DER UNTERGANG DES UNIVERSUMS

Hard Science Fiction

BRANDON Q. MORRIS

BRANDON Q.
MORRIS
HARD SCIENCE FICTION

Brandon Q. Morris c/o Matthias Matting

Sieglgut 51, 94034 Passau

www.hardsf.de

brandon@hardsf.de

Lektorat: Dr. Ulrike Bunge

Korrektorat: Mirjam Volgmann

Covergestaltung: Alex Tsatsos unter Nutzung von Bildern von Vadim Sadovski (Shutterstock)

Inhalt

Der Untergang des Universums

Zyklus YA7.3, K2-288Bb

»FRÜHSTÜCK, John!«

Kepler hebt den Kopf. Dieser Butler regt ihn auf.

»Johannes! Wie oft soll ich dir das noch sagen?«

»Entschuldigung, Jo... hannes.«

Der Butler spricht den Vornamen mit einem englischen »J« aus. Also falsch. Kepler seufzt.

»Denk an ein I. Iohannes.«

»I-o-hannes.«

»Lass es lieber. Nenn mich Kepler.«

Er erhebt sich von dem Sessel, in dem er die Nacht im Ruhemodus verbracht hat. Es riecht nach frischem Kaffee und Croissants.

»Gut«, sagt der Butler, »ich nenne Sie Kepler.«

Der Butler verbeugt sich formvollendet, so weit er das beurteilen kann, und geleitet ihn ins Nachbarzimmer. Woher hat Zhenyi bloß dieses altertümliche Modell? Er schätzt sein Alter auf mindestens zwei Kilozyklen. Damals waren altertümliche Butler für kurze Zeit wieder in Mode gekommen. Er hat seine Erinnerungen an diese Jahre auf Terra externalisiert, deshalb fallen ihm keine weiteren Details ein. Aber der Butler könnte auch viele Megajahre alt sein. Wer weiß das schon, heutzutage. Kepler überlegt, ob er ihn fragen soll, aber irgendwie scheint ihm das unschicklich. Der Butler ist zwar eine Maschine, aber sie spielt ihre Rolle so glaubwürdig, dass er Respekt vor ihr empfindet.

»Entschuldigen Sie bitte, verehrter Kepler«, sagt der Butler, »dass ich Ihren sprachlichen Anforderungen nicht genüge. »Meine Vokalisierungsspeicher sind seit dem letzten Megaflare von K2-288B nicht mehr so flexibel.«

»Warum hast du das nicht repariert?«

»Es hatte keine Priorität.«

Natürlich. Wie lange mochte Zhenyi schon unterwegs sein? Der Butler hatte bis zu seiner Ankunft auf K2-288Bb vor ein paar Zyklen nichts zu tun gehabt.

»Ihr Frühstück«, sagt der Butler und zeigt auf den Tisch.

Der Tisch sieht aus, als wäre er aus Holz. Es ist ein hervorragendes Imitat. Man meint fast, den Duft des Harzes zu riechen. Der Raum ist in ein stimmungsvolles Licht getaucht. Die Wände leuchten in einem warmen Gelb. An der Rückseite lodert Feuer in einem Kamin. Kepler geht um den Tisch herum. Der Kamin strahlt Hitze aus. Flammen züngeln an den Holzscheiten entlang. Eine hervorragende Arbeit! Zhenyi hatte schon immer ein Faible für Luxus. Hier sind keine Algorithmen am Werk, das Hologramm muss in Handarbeit gestaltet worden sein. Es gibt nur noch zwei Hologramm-Meister, die dazu fähig sind.

Kepler kniet sich vor den Kamin und streckt die Hand aus. Der Meister muss irgendwo seine Signatur hinterlassen haben. Vielleicht erkennt er sie. Er streckt die Hand aus, um das oberste Scheit hochzuheben.

»Aua«, ruft Kepler erschrocken und zieht die Hand zurück. Entweder das Hologramm besitzt keine Sicherheitsschaltung oder …

»Butler, was ist los mit diesem Hologramm?«

Kepler betrachtet die Hand, die er in die Flamme gehalten hat. Die Haut bildet zwei große Blasen, weiß in der Mitte, rosa am Rand. Er aktiviert die Schmerzsensoren, die sich automatisch abgeschaltet haben, um den Schmerz auszukosten. Die Wunde brennt höllisch. Er konzentriert seine

Wahrnehmung darauf. Das ist das Leben. Es ist nicht mehr so einfach, damit in Berührung zu kommen.

»Der Kamin ist kein Hologramm«, sagt der Butler. »Das Holz kommt von Terra.«

War da so etwas wie Stolz in seiner Stimme? Wenn er sich nicht verhört hat, kann dieser Butler keine Level-1-KI sein, wie es eigentlich für einfache Bedienstete vorgeschrieben ist. Es würde zu Zhenyi passen. Sie überschreitet gern Grenzen. Aber was hat der Butler gerade gesagt? Ruckartig dreht Kepler sich wieder zu der Flamme um.

In diesem Kamin verbrennt echtes Holz! Kepler kann es nicht fassen. Zweifellos weiß Zhenyi, was sie da tut. Sie verbrennt Biomasse, organisch gewachsen! Es gibt schon lange keine Wälder mehr auf Terra. Der letzte Baum ist verglüht, als die Sonne sich vor Megazyklen zu einem Roten Riesen aufgebläht hat. Oder lügt ihn der Butler an? Level-1-KIs können nicht lügen, und auch die auf Level 2 nicht, falls Zhenyi ihn unerlaubt hochgestuft hat.

Kepler steht auf. Er atmet tief durch. Dann dreht er sich zum Tisch um. Ob das Essen auch biologisch erzeugt wurde? Hier wundert ihn gar nichts mehr.

»Bitte, setzen Sie sich«, sagt der Butler und zieht den einzigen Stuhl zurück.

Kepler geht um den Tisch herum und folgt der Einladung. Der Butler schiebt den Stuhl heran. Das Holz knarrt, als er sich setzt.

Vor ihm stehen ein großer Teller und ein Glas. Es ist ein einfaches Trinkglas, durchsichtig und ungefärbt, mit der Form eines schmalen Zylinders. Er nimmt es und trinkt einen Schluck. Es ist kühles, klares Wasser fast ohne Eigengeschmack. Auf dem Teller liegen Gemüse und ein halber gebratener Vogel, vermutlich ein Huhn. Kepler ist sich aber nicht sicher. Er hat sich in den letzten Kilozyklen biooptimiert ernährt. Das Huhn könnte auch eine Taube sein – oder eine Ente. Er erinnert sich nicht mehr an die Größe dieser irdischen Tiere. Wahrscheinlich gehört dieses Wissen zu den

Erinnerungen, die er externalisiert hat. Die Speicherlast vieler Megazyklen würde sonst allmählich sein Gehirn vergiften.

Er greift nach dem Besteck. Messer und Gabel liegen rechts neben dem Teller. Vorsichtig schneidet er ein Stück von dem Tier ab, schiebt den Bissen in den Mund und schließt die Augen. Es ist Huhn, ganz eindeutig. Den Geschmack hat er nicht vergessen. Er kaut gründlich und schluckt, dann öffnet er die Augen wieder.

»Das ist Huhn«, sagt er.

»Sehr gut, Johannes«, antwortet der Butler. »Sie sind der erste Gast seit langer Zeit, der das erkannt hat.«

Johannes. Er kann es wohl nicht anders. Aber Kepler ist trotzdem amüsiert, weil der Butler ihn wie ein kleines Kind lobt.

»Ist es ... von Terra?«, fragt er.

Der Butler lächelt.

»Nein. Sie wissen doch selbst, dass das unmöglich ist.«

Kepler nickt. Natürlich, Terra ist seit Megazyklen tot. Die organische Materie des Huhns wäre längst zerfallen. Nanofabrikatoren müssen es hier auf K2-288Bb hergestellt haben.

»Aber das Holz?«

»Das war ein glücklicher Zufall.«

»Zufall?«

»Ein Neunundneunziger, der Holz geladen hatte. Das Schiff hat einmal die Milchstraße umkreist, aber die Ladung ist kaum gealtert. Zhenyi hat es gekauft.«

Das ist eine einigermaßen glaubwürdige Erklärung. Bei 99 Prozent der Lichtgeschwindigkeit vergeht die Zeit nur sehr langsam. Aber dieses Holz muss einen enormen Wert besitzen – und seine Freundin verbrennt es einfach?

»Warum baut Zhenyi nicht etwas daraus?«, fragt er.

»Ich kann nicht für meine Besitzerin sprechen. Aber dieser Tisch ist aus dem Holz gebaut. Ich habe Anweisung, für den allerhöchsten Komfort der Gäste zu sorgen.«

»Danke, das ehrt mich sehr«, sagt Kepler.

Mehr wird er aus dem Butler nicht herausbekommen. Butler-KIs sind darauf optimiert, unangenehmen Fragen aus dem Weg zu gehen. Er konzentriert sich lieber auf das Essen. Das Huhn ist wirklich köstlich. Die Fasern seines Fleisches zergehen beinahe auf der Zunge. Die Haut ist angeröstet und hat ein herrliches Aroma. Und das Gemüse ergänzt den Geschmack perfekt mit herben und süßlichen Noten.

KEPLER SCHIEBT DEN STUHL ZURÜCK. Sein Teller ist leer.

»Es war ein wirkliches Vergnügen«, sagt er.

Der Butler verbeugt sich, dann reicht er ihm ein feuchtes Tuch. Kepler wischt sich Mundwinkel und Hände damit ab.

»Ich wollte Sie während des Essens nicht damit belästigen, aber der Neunundneunziger, den sie erwarten, hat sich für morgen angekündigt.«

Endlich hat die Warterei ein Ende. Kepler zieht die Luft tief ein und stößt sie wieder aus. Dieser Körper ist vollkommen, aber trotzdem hat er ihn schon seit Tagen satt. Er fühlt sich darin nicht zu Hause.

»Vielen Dank für die Mahlzeit«, sagt er und deutet eine Verbeugung an. »Ich ziehe mich jetzt in mein Zimmer zurück.«

»Natürlich. Ich wecke Sie rechtzeitig, bevor das Schiff eintrifft.«

Zyklus YA7.4, K2-288Bb

Mit einem kräftigen Stoß öffnet Kepler die Klappe der Luftschleuse. Die Feuchtigkeit in der Atemluft gefriert blitzartig. Weißer Nebel steigt auf. Er klettert die kurze Leiter nach oben. Schon beim zweiten Schritt verfärbt sich die Haut an seinen Händen. Sie wird erst weiß, dann grau. Die Haut erfriert; kein Wunder bei minus 180 Grad Außentemperatur. Kepler schaltet die Schmerzsensoren ab. Er hat jetzt keine Zeit für uralte biologische Empfindungen.

Auf der Oberfläche herrscht ewige Dämmerung. Der Planet umkreist seine Sonne in gebundener Rotation. K2-288B, der Stern, hängt als schwache Funzel über ihm. Die Scheibe dieser Sonne ist groß, aber sie gibt kaum noch Wärme ab. Vor vielen Gigazyklen muss sich der Planet in der bewohnbaren Zone befunden haben, aber heute ist er tot – und so kalt, dass auch die Atmosphäre ausgefroren ist. Sie ist als Schnee- und Eisdecke auf der Oberfläche verteilt.

Seine Lunge sticht. Er muss besser aufpassen! Kepler hört auf zu atmen. Es wäre doch dumm, würde dieser Körper versagen, kurz bevor er das Schiff erreicht hat. Er würde zwar in einem weiteren Ersatzkörper neu erwachen, aber er hätte wertvolle Zeit eingebüßt. Er hat sie lange nicht wirklich geschätzt, die Zeit. Wenn man unsterblich ist, scheint sie keine Bedeutung zu besitzen. Aber seit er weiß, dass ein Ende kommen wird, hat sich das geändert.

Kepler geht über den trockenen Schnee, der bei jedem Schritt knirscht. Sein Körper leitet den Schall, den er ohne Atmosphäre sonst nicht hören würde. Die Sohlen seiner Sportschuhe sind dünn. Er steckt die rechte Hand in die Hosentasche. Aber das war keine gute Idee, denn nun löst sich die Haut an der Oberseite, und das blau glänzende Metall darunter kommt zum Vorschein. Es ekelt ihn immer, seinen Ersatzkörper so zu sehen.

Das Schiff kommt in Sichtweite. Es wirkt wie eine riesige Blechdose. Die Interstellar-Triebwerke hat es im Orbit gelassen. Das Schiff ist aus Sicherheitsgründen etwas abseits von Zhenyis Zuhause gelandet. Der Mensch ist unfehlbar, aber er schafft es nicht, das auf die Dinge zu übertragen, die er konstruiert. Das ist das Dilemma der heutigen Zeit – und der vergangenen Gigazyklen. Kepler hat sich oft mit diesem Gedanken beschäftigt. Es ist ein Problem, das der Mensch mit dem Gott der Bibel teilt. Es gibt keine perfekte Schöpfung, wenn man nicht annimmt, dass sie zu dumm dafür sind, wahre Perfektion zu erkennen. Daraus ergeben sich nur zwei mögliche Schlussfolgerungen: Entweder es existiert kein Gott, oder er ist einer der ihren. Die zweite Möglichkeit ist ihm aus irgendeinem Grund lieber.

»Hallo Kepler«, ruft ihn die Schiffs-KI mit einer weiblichen Stimme. »Schön, dass du uns persönlich begrüßt.«

Uns? Hat sich die KI gespalten? Das passiert manchmal, wenn Schiffe zu lange unterwegs sind, aber eher auf Fünfundneunzigern, weil dort die Bordzeit deutlich langsamer vergeht. Für interstellare Transporte sind in der Regel mindestens Level-3-KIs zuständig. Sie sind weitaus anpassungsfähiger, aber auch empfindlicher.

»Nun sag schon etwas, Kepler«, ermahnt ihn die Schiffs-KI. »Es ist unhöflich, nicht zu antworten.«

»Ich habe über das ›uns‹ nachgedacht.«

»Mensch, Kepler, erkennst du uns denn nicht?«

Er ist verwirrt. Es hat ihn noch nie interessiert, welche

Schiffs-KI welches Schiff steuert. Nur die Ladung geht ihn etwas an. Was ist bloß mit dieser KI los?

»Kepler, erinnerst du dich gar nicht an den Konvent bei Sagittarius A*?«

Eine Schiffs-KI, die ihn nach dem Konvent fragt, auf dem sie den Untergang des Universums beschlossen haben? Da fällt es ihm ein. Natürlich! Es gibt zwei Menschen, die sich an Bord eines Neunundneunzigers eingerichtet haben, die Curies. Aber dass sie damit auch Transporte durchführen?

»Marie, Pierre, seid ihr das?«

»Mann, das hat jetzt aber gedauert, bis der Groschen gefallen ist«, sagt eine männliche Stimme.

Jetzt erkennt er Pierre Curies Stimme. Er hat auf dem Konvent eine Rede gehalten.

»Entschuldigt«, sagt er. »Ich habe nicht erwartet, dass ihr auch Auftragstransporte durchführt.«

»Es hat sich angeboten. Wir wollten sowieso mit dir reden, und so bezahlst du uns auch noch für die Tour.«

»Verstehe. Es muss ja ein enormer Zufall gewesen sein, dass ihr meinen Auftrag auf HR8799b gesehen habt. Weiß Zhenyi denn von eurem Besuch?«

»Wir folgen dir schon eine Weile, Kepler. Du wechselst die Systeme so oft, als wärst du auf der Flucht. Zhenyi haben wir noch nicht erreicht, sie muss in Richtung galaktisches Zentrum unterwegs sein.«

»Was wollt ihr denn von mir?«, fragt er.

»Das klären wir dann bei einem guten Rotwein. Wir haben immer ein paar Flaschen im Gepäck.«

»Einverstanden«, sagt er.

Am Schiff öffnet sich kurz über dem Boden eine Klappe. Er bemerkt das nur, weil Dampf herausdringt, den die Sonne rötlich färbt. Kepler geht näher heran. Zwei Quader schieben sich nebeneinander heraus. Sie liegen auf einem dünnen Gestell, das viele kleine, zweigeteilte Beine besitzt. Die Quader kommen ihm entgegengelaufen. Die Bewegung wirkt so skurril, wie eine Schabe auf High Heels, dass er lachen muss, obwohl er das nicht zum ersten Mal sieht.

»Lach nur über uns«, sagt Marie Curie.

Die Quader laufen an ihm vorbei. Sie scheinen zu wissen, wo sich die Schleuse befindet. Er beeilt sich, was bei der hohen Schwerkraft schweißtreibend ist, holt sie ein und läuft jetzt neben dem hinteren. Ohne die seltsamen Füßchen würden sie wie Schneewittchensärge aussehen. Sie scheinen aus Glas oder einem anderen transparenten Stoff zu bestehen. Das Material ist aber so weit milchig getrübt, dass der Inhalt nicht zu erkennen ist. In welchem der beiden Särge wird sich die Ladung befinden, auf die er so lange warten musste?

Neben der Mannschleuse hat sich bereits eine deutlich größere Öffnung gebildet. In ihrer Mitte befindet sich eine Plattform. Die beiden Särge stellen sich nebeneinander darauf und fahren nach unten. Kepler steigt die Leiter in der Mannschleuse nach unten. Er muss warten, bis sich die Schleuse mit Luft gefüllt hat. Ungeduldig kratzt er sich die tote Haut von der Hand. Er sollte das lassen, aber seine Aufregung steigt.

Endlich öffnet sich die Tür. Er beginnt wieder zu atmen. Die Luft ist so warm und feucht, dass ihm übel wird. Warum ist ihm das vorhin nicht aufgefallen? Der Butler winkt ihm zu und führt ihn in das Wohnzimmer. Der Tisch steht nicht mehr dort. An seiner Stelle haben sich die beiden Särge platziert. Er kommt gerade rechtzeitig, als sich der linke Sarg mit einem schmatzenden Geräusch öffnet.

Ein nackter, männlich und durchtrainiert wirkender Oberkörper erhebt sich daraus. Die Haut ist fast pigmentfrei. Auf dem Kopf wachsen keine Haare. Das Wesen sieht sich um, dann zieht es eine in seinem linken Unterarm steckende Kanüle heraus und entfernt die auf seiner Brust klebenden Sensoren. Es räuspert sich, sagt aber nichts. Dann stützt es sich am Rand des Sarges ab, der daraufhin auf den dünnen Beinchen in die Knie geht, und steht auf. Auch sein Unterleib ist nackt. Es sind keine Geschlechtsorgane vorhanden, jedenfalls kann er keine erkennen. Kepler hat die Curies noch nie so gesehen. Er wird unwillkürlich rot. Eine primitive Reaktion, denkt er, aber sie hätten ja etwas sagen können, wenn sie seine Anwesenheit gestört hätte.

Das Wesen klettert geschickt aus dem Sarg. Es ist etwas kleiner als er. Kepler versucht, die Erinnerung an Pierre Curie mit dem Bild dieses nackten Wesens abzugleichen, aber es gelingt ihm nicht. Haben die Curies an dem Konvent nicht in einem anderen Körper teilgenommen? Er kann sich nicht mehr daran erinnern.

»Wir gehen erst einmal unter die Dusche«, sagen die Curies mit Pierres Stimme. »Du brauchst bestimmt auch erst einmal Zeit, deine Bestellung auszupacken.«

Kepler muss seinen Blick von dem nackten Wesen losreißen, das sich Pierre und Marie Curie teilen. Ökonomisch ist das ja absolut sinnvoll. So brauchen sie nur einen Körper zu erhalten. Aber er könnte das nicht. Eine zweite Stimme in seinem Kopf, das muss doch schrecklich sein. Die Curies sind zwar schon seit Gigazyklen ein Paar, aber das kann doch nicht ohne Konflikte abgehen. Und sie können bei einem Streit nie mal eben das Sternensystem verlassen!

Die Tür fällt mit einem lauten Geräusch ins Schloss. Er ist allein. Kepler stellt sich an die Längsseite des zweiten Sarges. Er hat einen delikaten Moment vor sich. Wie lange wartet er nun schon auf die Wiedervereinigung? Er hat K2-288Bb mit Lichtgeschwindigkeit erreicht. Bei Reisen nutzt er immer den Lasertransfer, auch wenn das sehr teuer ist. Aber das bedeutet auch, dass er am Ziel lange warten muss, denn mit Lichtgeschwindigkeit lassen sich nur die Daten seines Bewusstseins bewegen, nicht aber die Materie seinen Körpers.

Er betätigt zwei altmodische Hebel, die an beiden Seiten des Sargs angebracht sind. Dann hebt sich der Deckel, und er sieht sich selbst ins Gesicht. Es sieht falsch aus, seitenverkehrt, aber das ist klar, denn das ist kein Spiegelbild, sondern das Original. Vor ihm liegt Johannes Kepler, genauer gesagt seine fleischliche Hülle, zum soundsovielten Mal aus seinem Zellmaterial geklont. Den Namen hat er selbst gewählt, schon vor ewigen Zeiten. Es ist sein Körper und damit er selbst. Wie den meisten Menschen fällt es ihm schwer, lange Zeit außerhalb seiner Hülle zu existieren, so ungenügend die auch für das Überleben im All geeignet sein mag. Und er steckt nun schon viel zu lange in diesem Roboter.

»Butler, bitte bereite den Transfer vor«, sagt er.

»Natürlich, Johannes.«

Er hat das »J« korrekt ausgesprochen. Hat er den Vokalisator endlich repariert?

Die linke Tür öffnet sich. Der Butler kommt mit ein paar Kabeln herein. Kepler öffnet sein Hemd.

»Die Hände müssen wir reparieren«, sagt der Butler. »Waren Sie ohne Anzug draußen?«

Kepler nickt.

»Ihnen ist klar, dass das nach dem Transfer Ihr Tod wäre?«

»Natürlich. Das ist ja nicht mein erstes Mal.«

»Gut. Ich muss Sie darauf hinweisen, das gehört zum Protokoll.«

Der Butler klebt Sensoren auf seine Brust und auf beide Schläfen. Dann führt er ein Kabel in Keplers Ohr ein. Es kitzelt. Der Butler schließt auch den Körper im Sarg an die Kabel an.

»Das war's«, sagt er dann. »Sie können den Transfer starten.«

»Danke.«

Der Butler entfernt sich. Kepler deaktiviert das Skelettsystem des Roboterkörpers, damit er nicht umfällt und sich beschädigt. Dann ruft er die Vitaldaten des Körpers in sein Blickfeld. Die Körpertemperatur liegt bei 32 Grad, das Herz schlägt einmal pro Minute. Das Eintauchen wird unangenehm werden. Die Curies wissen schon, warum sie lieber in ihrem gemeinsamen Körper reisen.

Kepler atmet tief durch. Dann geben seine Gedanken den Startbefehl.

Es ist kalt. Saukalt. Schweinekalt. Scheißkalt. Er sucht

fieberhaft nach Schimpfwörtern, um sich von der Kälte abzulenken. Sein Herz hämmert. Er will sich die Herzfrequenz ins Blickfeld holen, aber nichts passiert. Dann fällt ihm ein, dass er wieder in seinem Körper steckt. Wenn er etwas sehen will, für das seine fünf Sinne nicht gemacht sind, braucht er ein Hilfsmittel. Er reibt sich die Hände. Die Muskeln gehorchen nicht sofort, aber es funktioniert besser und besser. Er tastet seinen Körper ab. Wo er nichts spürt, rubbelt er. Er erwärmt sich von außen nach innen. Vielleicht hätte er die Temperatur im Raum vorher erhöhen sollen. Dann fällt ihm ein, wie warm es ihm vorgekommen war. Der Butler muss von sich aus geheizt haben.

Langsam wird der Schmerz erträglich. Er zieht die Beine an. Die Muskeln kribbeln stark, folgen aber seinem Befehl. Er greift mit den Armen nach dem Rand des Sarges und zieht sich hoch. Warum ist das so schwer? Aber klar. Der Planet ist deutlich größer als die Erde. Sollte er jemals längere Wanderungen planen, braucht er ein Exoskelett. Es gibt jedoch keinen Anlass, sich für längere Zeit an der Oberfläche aufzuhalten.

Er sitzt. Das Gefühl kehrt in seine Haut zurück. Er hat es geschafft, er befindet sich wieder in seinem Körper. Er ist nicht mehr allmächtig und unbesiegbar. In seinem Körper ist er verletzlich. Ohne Werkzeuge würde er nicht lange überleben. Es ist, als hätte das Leben allein dadurch einen neuen Sinn bekommen.

Kepler kennt das Gefühl gut. Er hat nicht gezählt, wie oft er es schon erlebt hat. Es hält immer nur für ein paar Hundert Zyklen, dann muss er weiterziehen. Er ist geradezu süchtig nach dem Reisen, das ist seine Droge. Sie hilft ihm, den aktuellen Zustand der Welt zu verdrängen. Die Curies haben schon Recht: Er ist auf der Flucht. Er flieht vor der bloßen Existenz. Jeder der vielleicht zehntausend Menschen, die es noch gibt, löst das Problem auf seine Weise. Denn es ist schwer, anderen beim Sterben zuzusehen. Unerträglich wird es, wenn das Universum selbst einen langsamen Tod stirbt.

Zyklus YA7.5, K2-288Bb

»Weißt du, woher die Asche hier kommt?«

Die Curies hocken vor dem Kamin, in dem vorgestern das Feuer brannte, und betasten die Überreste in seinem Inneren mit der linken Hand.

»Keine Ahnung«, sagt er.

»Die Asche ist noch ein bisschen warm«, sagt Pierres Stimme.

»Gestern hat der Butler hier drin ziemlich eingeheizt, um mir den Transfer zu erleichtern.«

Die Curies stehen auf. Ihr Gesicht lächelt starr.

»Du lügst, aber lassen wir das«, sagt Marie.

Natürlich lügt er. Er kann doch nicht zugeben, dass er zugelassen hat, dass die Entropie auf völlig sinnlose Weise erhöht wird. Das Universum stirbt bald, weil ihm die Energie ausgeht und die Unordnung zunimmt, und er verbrennt wichtige Ressourcen zu Asche?

»Nein, ich lüge nicht. Ich habe kein Feuer anzünden lassen.«

Und das stimmt ja auch. Er räuspert sich.

»Ich bin eigentlich hierhergekommen, um allein zu sein«, sagt er.

»Du bist hier, um allein zu sein?«

»Ja, das war meine Idee.«

»Das war also deine Idee?«

Die Curies sind so. Ihr Ruf eilt ihnen voraus. Er darf sich nicht ärgern lassen. Kepler verschränkt die Arme und lächelt. Eine Weile ist es still. Marie wartet wohl, dass er etwas sagt, damit sie es spiegeln kann. Aber den Gefallen tut er ihr nicht, obwohl er gern wüsste, warum sie hier sind.

»Du musst zugeben, dass du fast überall allein sein könntest. Die Milchstraße hat 300 Milliarden Planeten. Wir haben sie alle abgesucht. Zugegeben, nur fast alle. Aber beinahe nirgends müsstest du Gesellschaft fürchten. Aber du wählst ausgerechnet K2-288Bb, wo sich Wang Zhenyi eine Basis eingerichtet hat. Dir muss doch klar gewesen sein, dass das Risiko, sie hier zu treffen, ziemlich hoch ist.«

»Ja, da hatte ich wohl Glück, dass sie nicht da ist.«

»Nein, Johannes«, sagt Pierre. »Wir haben uns über dich erkundigt, auch wenn es einige Megazyklen gedauert hat. Du hast mit Zhenyi eine gemeinsame Vergangenheit. Was wolltest du von ihr?«

»Gar nichts, ich wollte hier nur allein sein. Sie ist doch fast nie zu Hause.«

»Ich finde das nicht sehr plausibel«, sagt Marie, »angesichts der vielen Alternativen, wo du garantiert allein gewesen wärst.«

»Das ist mir egal«, sagt er.

Das stimmt nicht. Die Fragen sind ihm unangenehm, und die Curies schüchtern ihn ein. Aber er darf sich nichts anmerken lassen. Er hat sein Ziel mit Bedacht gewählt – weil er gehofft hatte, Zhenyi hier zu treffen. Und bis eben hat er sich noch gewünscht, dass sie irgendwann eintreffen würde.

»Wir fragen uns, warum du uns nicht die Wahrheit erzählst«, sagt Pierre. »Was willst du wirklich hier?«

»Habe ich doch schon gesagt.«

Marie seufzt. »So kommen wir nicht weiter«, sagt sie. »Du musst keine Angst vor uns haben. Wir sind doch Freunde!«

Freunde? Er kennt niemanden, der mit den Curies befreundet ist. Gagarin und Armstrong vielleicht. Oder Hahn und Meitner, das andere Physikerpaar. Wie lange hat er die beiden nicht mehr gesehen?

»Ich habe keine Angst. Ich weiß nur nicht, was ihr von mir wollt«, sagt er.

»Von dir wollen wir überhaupt nichts«, sagt Marie. »Es geht um Zhenyi. Wir haben gehört, dass sie das Rettende Projekt untergräbt.«

»Und was habe ich damit zu tun?«

»Du legst ein paar hundert Lichtjahre zurück, um sie zu besuchen?«

»Na gut, ich wollte mit ihr sprechen und hatte keine Lust, hunderte Zyklen auf eine Antwort zu warten.«

»Du hättest dich wie jeder andere auch auf Eis legen lassen können«, sagt Pierre.

Kepler schüttelt den Kopf. Tatsächlich ist es üblich geworden, die langen Wartezeiten auf Antworten einfach im Schlaf zu verbringen. Wenn der Gesprächspartner 100 Lichtjahre entfernt ist, kann man trotzdem ganz normal miteinander sprechen, wenn man die 200 Zyklen Wartezeit bewusstlos verbringt. Aber die Zeit, die ihnen bleibt, ist nicht mehr endlos. Seitdem ihm das bewusst geworden war, hatte er versucht, auf solche Tricks zu verzichten. Dann hatte er lieber überhaupt keine Gespräche geführt.

»Das ist nichts für mich«, sagt er. »Es scheint mir Verschwendung.«

»Nun gut«, sagt Pierre.

Die Curies wandern im Raum auf und ab. Es sieht aus, als würden sie grübeln. Aber in Wirklichkeit unterhalten sie sich vermutlich, ohne dass er es mitbekommt.

Kepler steht auf, geht zum Kamin und hockt sich davor. Tatsächlich, die Asche ist noch warm. Er fährt mit den Fingern hindurch. Auf diesen Körper muss er wirklich aufpassen. Wenn ihm so etwas passiert wie vorgestern, kann das trotz Nanofabrikatoren schlimme Folgen haben. Sein Zeigefinger berührt etwas Kühles, Rundes. Kepler will es schon herausnehmen und betrachten, da besinnt er sich. Vielleicht ist es kein Zufall. Das Objekt muss in dem Holz versteckt gewesen sein. Hat Zhenyi ihm eine Nachricht hinterlassen? So lange die Curies noch da sind, darf er sie nicht lesen. Er steht wieder auf und wischt sich die Aschefinger an seiner hellen Baumwollhose ab. Der Butler wird schimpfen, wenn er die Flecken bemerkt. Die Hose ist schließlich gestern erst hergestellt worden.

Kepler setzt sich auf den immer noch einzigen Stuhl. Der Butler hat zwar die Särge weggeschafft, aber keinen zusätzlichen Stuhl gebracht. Anscheinend mag er die Curies auch nicht so besonders. Er kann es ihm nicht verübeln. Dabei sind es brillante Wissenschaftler. Sie haben das Verfahren mitentwickelt, das zum Neustart von Sagittarius A* als Quasar führen soll. Und jetzt befassen sie sich mit solchen Nebensächlichkeiten wie seinem Besuch bei Zhenyi? Irgendetwas stimmt da nicht.

»Worüber wolltest du denn mit Zhenyi reden?«, fragt Marie.

»Über meine Erlebnisse auf HR8799b. Ihr könnt euch gar nicht vorstellen, wie dicht der Asteroidengürtel dort ist«, sagt er.

»Du weißt, dass wir eine Extraktion deiner externalisierten Erinnerungen bewirken können?«, fragt Pierre.

»Dazu müsste ich unter dem Verdacht stehen, ein Verbrechen begangen zu haben. Ihr braucht eine Anordnung von der Richter-KI auf Terra. Die Erde ist weit entfernt. Allein die Anfrage dauert ein paar Kilozyklen, die Antwort noch länger.«

»Das stimmt«, sagt Marie, und ihr Ton klingt versöhnlich. »Deshalb wollen wir mit dir reden, persönlich. Du hast nichts von uns zu befürchten.«

Da ist sich Kepler nicht so sicher. Marie spricht das letzte Wort so aus, dass es wie eine Drohung klingt. Sie macht das wirklich gut. Wenn er etwas wüsste, würde er jetzt vielleicht damit herausrücken. Aber er weiß ja nichts!

»Wer gibt euch denn überhaupt das Recht, mich so zu verhören? Ihr verschwendet eure Zeit«, sagt er.

»Den Eindruck habe ich auch«, sagt Pierre. »Wir sollten gehen.«

»Ja, das sollten wir.«

Wenn das Paar laut miteinander spricht, wirkt es nahezu geisteskrank. Ob es wirklich eine gute Idee ist, sich dem anderen so auszuliefern? Kepler ist froh, dass er nie das Bedürfnis danach hatte. Nicht einmal mit Zhenyi, die er vor langer Zeit wirklich geliebt hat.

Zyklus YA7.6, K2-288Bb

Kepler verbeugt sich, wie es zum Abschied üblich ist. Die Curies steigen wieder in ihren Sarg. Der Butler hatte noch vorgeschlagen, ihnen einen Raumanzug herzustellen, aber sie hatten abgelehnt. Der Deckel schließt sich, und der gläserne Quader macht sich auf seinen Beinchen auf den Weg zum Raumschiff.

Es war ein kurzer Besuch. Was werden sie jetzt über ihn reden? Ganz offensichtlich glauben sie ihm nicht. Er ist hierher gekommen, um Zhenyi zu treffen. Er hat gehofft, dass sie vielleicht doch noch etwas für ihn empfindet – und dass sie ihm Geld leiht. Seine ständige Flucht ist teuer. Ein Neunundneunziger ist selbst für eine kurze Strecke von hundert Lichtjahren nicht unter hunderttausend Gigs zu haben. Ein Gig, das ist ein Gigawattjahr, an sich schon eine gewaltige Energiemenge. Aber ein Schiff auf annähernde Lichtgeschwindigkeit zu beschleunigen, das ist selbst mit neuester Technik noch ein hoher und damit ein teurer Aufwand.

Die Technik selbst hat sich in den letzten Megazyklen nicht weiterentwickelt. Die letzten Menschen haben anderes zu tun. Sie sind mit sich selbst beschäftigt – oder mit dem Rettenden Projekt. Jedes Individuum erhält zur eigenen Verfügung einen festen Anteil aus der Energieproduktion der Menschheit. Aber auch die Zahl der Dysonsphären, die

Energie aus den Sternen saugen, wächst nicht mehr. Und gleichzeitig erlöschen die Sterne allmählich. Das Universum ist alt geworden, und die Menschheit träge.

Zhenyi, so heißt es, hat von ihren Vorfahren riesige Energiereserven geerbt. Sie soll geradezu märchenhaft reich sein. Niemand weiß, wo und wie sie ihre Vorräte aufbewahrt, und auch ihm hat sie es bisher nicht verraten. Kepler vermutet, dass sie irgendwo als potenzielle Energie in einem Gravitationsfeld lagern, aber ebenso könnte sie sie chemisch gespeichert haben. Er stellt sich ein Sonnensystem vor, dessen Planeten aus gefrorenem Wasserstoff bestehen.

Er hat sie schon bei ihrem letzten Treffen angepumpt. Es muss der falsche Moment gewesen sein. Sie hatte wohl eher einen romantischen Satz erwartet. Frauen! Aus dem Kredit war dann nichts geworden. Sie hatte ihm empfohlen, doch einfach auf die Marotte zu verzichten, mit seinem biologischen Körper zu reisen. Ein modulierter Laserstrahl braucht schließlich nur ein Drittel der Leistung einer mittleren Dysonsphäre. Aber Zhenyi kann das nicht verstehen. Er braucht diesen Körper, nicht irgendeinen Ersatz. Auch wenn er ewig auf Reisen ist, benötigt er etwas, um sich heimisch zu fühlen. Wie soll das mit einem am Ziel hergestellten Roboterkörper funktionieren?

Ein einziges Mal ist er rein energetisch gereist. Vor dem Konvent im Orbit von Sagittarius A* war es ihm nicht gelungen, einen Neunundneunziger zu bekommen. Die menschliche Flotte war damals schon dezimiert gewesen. Er erinnert sich nur mit Grausen an diese Zeit. Der Außenposten war übergequollen. Zehntausend Besucher – eine solche Menschenmenge hatten sich die Organisatoren wohl gar nicht mehr vorstellen können. Heute ist es schon ein großer Zufall, wenn sich drei Individuen am selben Ort aufhalten – wenn man mal von Mehrfachwesen wie den Curies absieht.

Die Diskussionen selbst hatte Kepler nur am Rande mitbekommen. Es war um das Rettende Projekt gegangen. Die Argumente dafür, vorgetragen von Pierre Curie, waren ihm schlüssig erschienen, deshalb hatte er zugestimmt. Eine lautstarke Minderheit hatte sich allerdings dagegen gewandt. Er erinnert sich nur noch an wenige Namen. Einstein, Platon und Scott waren darunter gewesen. Er hat seitdem nie wieder etwas von ihnen gehört, aber das hat überhaupt nichts zu bedeuten. Von den etwa 10.000 im Orbit des Schwarzen Lochs Anwesenden hat er nur von dreien jemals wieder gehört – von den Curies und von Wang Zhenyi. Gesehen hat er seine Freundin seit damals aber nicht wieder.

»Johannes? Darf ich Ihnen eine Mahlzeit zubereiten?«

Der Butler holt ihn aus seinen Gedanken. Er ist nicht böse darüber.

»Das wäre sehr freundlich«, antwortet er.

»Wie wäre es mit einem englischen Frühstück?«

»Ich würde ein Mittagessen bevorzugen. Zhenyi hat einmal behauptet, du würdest ein hervorragendes Steak zubereiten.«

»Nun, die Ehre muss ich den Nanobots lassen, aber das Rezept, das ist, so viel ich weiß, nur in meinen Speichern verfügbar.«

Der Butler senkt den Kopf ein wenig. Das betont seine Bescheidenheit noch. Eine wirklich gute Arbeit, denkt Kepler. Die KI weiß sehr genau, wie sie Menschen beeinflussen kann. Sie steht definitiv höher als Level-1. Ihm macht sie aber nichts vor, er hat schließlich früher selbst Künstliche Intelligenzen entwickelt und optimiert. Wenn er doch bloß seine eigene Intelligenz so weit optimiert hätte, dass er daran gedacht hätte, sich vor dem Antritt der Reise der Anwesenheit der Gastgeberin zu vergewissern! Aber er hatte einfach darauf vertraut, dass Zhenyi sich schon in ihrer Basis aufhalten würde.

Das Problem ist: Seine Vorräte sind mittlerweile so erschöpft, dass er ohne einen kräftigen Kredit nie wieder von hier wegkommt. Er wird also wohl oder übel auf Wang Zhenyi warten müssen.

Der Butler serviert das Steak. In diesem Moment bedauert Kepler gar nicht mehr, auf unbestimmte Zeit hierbleiben zu müssen. Schon der Duft ist unbeschreiblich! Wenn er die unwahrscheinliche Möglichkeit ausschließt, dass Zhenyi einen Rinderstall betreibt, handelt es sich um eine wahre Meisterleistung der Nanobot-Programmierung. Die winzigen Maschinen mussten nicht nur das »Fleisch« aus seinen Rohstoffen zusammensetzen. Sie müssen auch im passenden Moment genau die Duftstoffe absondern, die seine Nase bei einem perfekten Steak erwartet. Er könnte sie nicht einmal benennen.

»Darf ich Ihnen noch etwas Madagaskar-Pfeffer über Ihr Steak streuen?«

Der Butler steht mit erhobenem Pfefferstreuer rechts neben ihm.

»Gern.«

Der Pfefferstreuer nimmt Anlauf und bewegt sich in einer eleganten Bewegung in etwa zwanzig Zentimeter Höhe so über das Steak, dass sich ein feiner Pfeffernebel darüber senkt. Kepler fühlt sich ein wenig an die Asche im Kamin erinnert. Es ist dieselbe Farbe. Die metallene Kugel! Hoffentlich hat der Butler die Reste nicht entsorgt! Kepler sieht zum Kamin. Von hier aus ist nicht zu erkennen, ob er geputzt wurde.

»Ist etwas nicht recht?«, fragt der Butler.

»Das Steak ist perfekt.«

»Aber?«

»Ich frage mich nur, was mit dem Kamin ist.«

»Mit dem Kamin? Soll ich ihn anzünden? Ich müsste Sie enttäuschen. Frau Wang hat mich klar angewiesen, Ihnen den Kamin nur ein einziges Mal anzumachen und ihn danach auf keinen Fall zu reinigen.«

»Hat dich das denn nicht gewundert?«

Vielleicht ist das die falsche Frage. Wenn Zhenyi ihn betreffende Anweisungen gegeben hat, muss sie ja sogar gewusst haben, dass er kommen würde! Aber woher? Sie muss wie die Curies seinen Transportauftrag von HR8799b in die Finger bekommen haben. Und warum, um alles in der Welt, hat sie dann nicht auf ihn gewartet? Weil sie Angst hatte vielleicht?

»Nun, Johannes, es steht mir nicht an, mich über die Entscheidungen meiner Herrin zu wundern«, sagt der Butler.

»Ich fühle mich gerade ein bisschen von dir veralbert, wenn ich das so unhöflich sagen darf«, antwortet er.

»Wie meinen Sie das, Johannes?«

»Du bist mindestens eine Level-2-KI. Ich tippe aber eher auf Level-4. Aber selbst mit Level-2 hättest du gar keine andere Wahl, als dich zu wundern. Es gehört zur Definition dieses Levels, dass du jede Entscheidung und jeden Befehl überprüfst.«

»Nun, das mag sein, Johannes, dann habe ich die Anweisung offenbar geprüft und für richtig befunden. Ich bin aber nicht verpflichtet, darüber Rechenschaft abzulegen.«

»Das stimmt.«

»Danke, Johannes. Ich möchte Sie darauf aufmerksam machen, dass Ihr Steak kalt wird.«

»Danke.«

Kepler greift wieder nach dem Besteck. Die Kugel wartet also noch in der Asche auf ihn. Da kann er sich Zeit für eine gute Mahlzeit nehmen, denn die sollte er immer übrig haben. Wer weiß, was ihm morgen zustößt.

Kepler legt das Besteck zur Seite, und der Butler räumt den Tisch ab. Er lehnt sich zurück. Sein Magen ist unangenehm voll, und unter dem Hemd läuft ihm Schweiß über den Rücken. Er muss sich erst wieder an seinen biologischen Körper gewöhnen. Das Leben ist viel intensiver darin, aber das gilt auch für die Schattenseiten.

»Zur Verdauung noch einen Cognac?«, fragt der Butler. »Wir haben eine exklusive Auswahl.«

Das ist ein verführerisches Angebot. Zhenyi würde er zutrauen, dass sie irgendwie in den Besitz eines physisch gebrannten Cognacs gekommen ist, vielleicht sogar von Terra. Nein, das ist unmöglich. So lange hält sich kein Getränk.

»Danke für das Angebot, aber ich verzichte«, sagt er. »Mir ist sehr warm, könntest du die Temperatur bitte um zwei Grad senken?«

Der Butler senkt den Kopf. »Sehr gern.«

Kepler streckt die Beine aus und lässt die Arme herunterhängen. Gut, dass er allein ist. Mit Zhenyi an der anderen Seite des Tisches dürfte er sich nicht so gehenlassen. Einsamkeit hat ihre unbestreitbaren Vorteile. Der Butler ist auch nicht eingeschnappt, wenn er ihm widerspricht. Wobei – da ist er sich nicht so sicher. Wenn es sich um eine Level-4-KI handelt, verfügt sie über das komplette Gefühlsreservoir.

Er sollte aufstehen und nach der Kugel sehen. Aber dafür ist später auch noch Zeit. Er schließt die Augen und schläft ein.

Zyklus YA7.7, K2-288Bb

SCHWEIẞGEBADET WACHT KEPLER AUF. Er liegt im Bett. Die Decke hat sich um sein linkes Bein gewickelt. Er strampelt sie weg. Er muss etwas Wirres geträumt haben. Aber saß er nicht zuletzt noch am Esstisch? Kepler tastet seinen Körper ab. Offenbar trägt er einen Schlafanzug. Der Butler muss ihn ins Bett gebracht und entkleidet haben. Oder entkleidet und ins Bett gebracht. Er stellt sich vor, wie der in seinen eleganten Frack gekleidete Butler einen nackten Mann über die Schulter geworfen ins Schlafzimmer bringt. Wie hat er es angestellt, ihn nicht zu wecken?

Vermutlich ist sein Körper schuld. Die ersten Tage nach der Wiedervereinigung sind immer anstrengend. Für seinen Körper sind an Bord des Neunundneunzigers zwar nur ein paar Wochen vergangen, aber biologische Muskeln nehmen es übel, wenn sie so lange nicht bewegt werden. Er hat sich schon öfter beim Hersteller des Kryostase-Behälters beschwert, aber da gibt es einfach keinen Fortschritt mehr. Der Bedarf am Transport biologischer Körper ist minimal, weil die meisten Menschen mit Roboterkörpern zufrieden sind. Und alle noch aktiven Ingenieure und Forscher befassen sich mit dem Rettenden Projekt.

»Licht an«, sagt er.

Nichts passiert. Das muss eine von Zhenyis Marotten sein.

Sie haben eigentlich gut zusammengepasst, so extravagant, wie sie sich beide in den Augen anderer verhielten. Kepler steht auf. Irgendwo an der Wand muss ein Lichtschalter sein. Zhenyi ist schon verrückt. Er tastet sich fast blind durch den Raum. Sein Unterschenkel stößt gegen ein Hindernis. Das muss ein Stuhl gewesen sein. Ein stechender Schmerz schießt in sein Bewusstsein. Er will fluchen, aber ihm fällt nichts Passendes ein. Dann ertasten seine Hände endlich die Wand. Er bewegt sich nach rechts. Da kommt ein Türrahmen. Er tastet nach oben und findet endlich den Schalter.

Das Schlafzimmer ist ziemlich klein. Ein Bett, ein altmodisch anmutender Schrank und ein Stuhl befinden sich darin. Über dem Stuhl hängen seine Sachen. Sie sind perfekt zusammengefaltet. Aber warum hat der Butler ihn hier ins Bett gelegt und nicht im Gästezimmer, das er sonst immer benutzt hat? Kepler sieht an sich herunter. Der Schlafanzug sitzt perfekt. Es ist aber nicht der gleiche, den er in den vergangenen Nächten anhatte. Vielleicht ist der in der Wäsche.

Kepler öffnet die Tür. Im Flur geht automatisch das Licht an. Links oder rechts? Er erinnert sich nicht mehr, wo es zum Wohnzimmer geht. Er entscheidet sich für die rechte Seite. Nach ein paar Metern kommt er an einer Tür vorbei. Ist das das Wohnzimmer? Er öffnet sie und muss sich am Rahmen festhalten. Beinahe wäre er ins All gestürzt. Vor ihm breitet sich das Universum aus. Er kann aber trotzdem atmen. Kepler tastet nach vorn. Dort ist keine durchsichtige Wand, also muss es sich um eine Projektion handeln. Er betrachtet die Konstellation. Oben rechts ist die Spirale von Andromeda zu sehen. Die Darstellung muss uralt sein. Die Galaxie M31, Andromeda, ist längst mit der Milchstraße verschmolzen. Warum hat sich Zhenyi für die Vergangenheit interessiert?

Er schließt die Tür. Kurz darauf endet der Gang in einer weiteren Tür. Er öffnet sie und betritt das Wohnzimmer. Der Butler sitzt auf einem Stuhl vor dem Kamin und blickt hinein, als würde er das Feuer beobachten. Aber vermutlich hat er sich in den Ruhemodus versetzt.

Kepler räuspert sich. Der Butler dreht sich zu ihm um und beäugt ihn mit hochgezogenen Augenbrauen. Er scheint den Schlafanzug unpassend zu finden. Aber daran kann Kepler gerade nichts ändern.

»Guten Morgen, Johannes«, sagt der Butler und steht auf. »Soll ich Frühstück zubereiten?«

»Ein Steak wäre gut«, antwortet er. »Nein, ich nehme doch Frühstück. Englisch bitte.«

Ein Steak lässt ihn bloß wieder schläfrig werden. Er sollte nicht wieder den ganzen Tag verschlafen. Sein Körper wird sonst nie fit.

»Da muss ich um fünfzehn Minuten Geduld bitten«, sagt der Butler.

Er verneigt sich und verlässt das Wohnzimmer durch eine Tür, die Kepler bisher noch gar nicht bemerkt hatte. Mist, er wollte doch fragen, warum er in Zhenyis Schlafzimmer übernachtet hat. Kepler sieht sich um. Er will sich einen Stuhl heranziehen, da fällt ihm der Kamin ein. Er kniet sich davor und greift mit der linken Hand in die Asche. Sie ist immer noch warm. Das ist seltsam. Die Kugel ist noch da. Er holt sie heraus, schüttelt sie und pustet die restliche Asche weg.

Er betrachtet die Kugel und dreht sie dabei in den Fingern. Sie glänzt metallisch und strahlt eine gewisse Wärme aus. Vielleicht ist es die Restwärme der Asche, oder seine eigene Körperwärme? Metalle leiten die Wärme gut. Er schließt die Hand um die Kugel. Sie passt perfekt in seine Faust. Kepler schließt die Augen. Die Kugel scheint in seiner Faust zu vibrieren. Er öffnet die Hand und untersucht sie. Da ist nichts, das vibrieren könnte. Er hat wohl seinen eigenen Herzschlag gespürt.

Was soll das? Hat sich Zhenyi einen Scherz mit ihm erlaubt, indem sie ihm zum Zeitvertreib ein Rätsel hinterlassen hat? Das ist nicht ihre Art. Wenn sie etwas zu sagen hat, sagt sie es. Die Kugel ist eine verschlüsselte Botschaft. Aber warum hat sie dem Butler nicht einfach gesagt, was er Kepler mitteilen soll? Wenn es eine Level-4-KI ist, kann sie auch lügen, wenn der Falsche sie fragt. Zhenyi hat ihrem eigenen Butler wohl nicht vertraut, anders ist es nicht zu erklären. Aber er hat anscheinend von der Kugel gewusst. Kepler reibt die Kugel, in der Hoffnung, dass wie im Märchen ein Dschinn erscheint. Aber die Kugel reagiert nicht. Er stellt sich Zhenyi vor. Sie ist die intelligenteste Frau, die er je kennengelernt hat, und eine hervorragende Psychologin. Es geht nicht um die Botschaft, jedenfalls nicht primär. Es geht um ihn.

»Ich habe dich durchschaut, Zhenyi!«, sagt er und erschrickt vor seiner eigenen Stimme. Seine Ex-Freundin will ihn einbeziehen. Wenn er sich mit der Kugel beschäftigt, wird er ein Interesse daran entwickeln, was immer sich dahinter auch für ein Geheimnis verbirgt. Und es muss ein großes, gefährliches Geheimnis sein, wenn Zhenyi dafür einen solchen Aufwand treibt. Wahrscheinlich will sie mal wieder die Welt retten. Sie hat vor Gigazyklen schon versucht, die Kollision von Milchstraße und Andromeda aufzuhalten, weil das winzige Risiko bestand, dass die Heimatsonne samt Terra aus dem System geschleudert wird. Niemand hatte sie ernstgenommen, Kepler auch nicht. Das war der Grund für ihre erste Trennung gewesen. Am Ende war aber nichts passiert. Terra kreist immer noch im Hinterhof der neuen, nun elliptischen Galaxis.

Hätte der Butler gesagt »Komm, Kepler, und hilf meiner Chefin bei der Rettung der Welt«, hätte er dankend abgelehnt. Aber jetzt hält er die seltsame Kugel in der Hand, und er kann es sich nicht verkneifen, ihre Bedeutung herausfinden zu wollen. Zhenyi ist schlau.

Kepler setzt sich mit der Kugel an den Tisch. Er nimmt sie in beide Hände und versucht, sie aufzuschrauben. Aber seine Finger rutschen ab. Er schüttelt sie, doch in ihrem Inneren scheint es nichts Bewegliches zu geben. Hohl ist sie jedenfalls nicht. Er hält sie dicht vor seine Augen. Vielleicht gibt es feinste Schriftzeichen auf der Oberfläche? Aber da ist nichts. Die Schale ist glatt geschliffen und perfekt rund. Vielleicht sollte er sie unter dem Mikroskop betrachten oder aufschneiden? Nein, zerstören kann er sie auch später noch.

Kepler gähnt. Sein Körper könnte schon wieder schlafen. Er legt die Kugel auf die Holzplatte des Tischs und platziert seinen Kopf seitlich daneben. So sieht die Kugel größer aus. Die Tischplatte ist angenehm kühl. Er lässt die Kugel los, und sie rollt auf ihn zu, bis sie an seine Nase stößt. Er setzt sich wieder aufrecht hin und hält die Kugel fest.

»Der Tisch steht ein bisschen schräg«, sagt er.

Keine Antwort. Aber er ist ja auch allein. Das kommt davon, wenn man nie in Begleitung unterwegs ist. Die Tür an der hinteren Wand öffnet sich. Es ist der Butler, natürlich, wer sonst. Kepler wundert sich, dass er sich wundert. Er muss wirklich besser auf seine geistige Gesundheit achten.

Der Butler setzt das Frühstück auf dem Tisch ab. Der Teller ist abgedeckt, aber es riecht vielversprechend nach gebratenem Ei und Toast. Der Butler bringt eine große, weiße Tasse und schenkt ihm Tee ein. Kepler betrachtet den Flüssigkeitsspiegel. Er scheint waagerecht zu verlaufen.

Moment mal. Er legt die Kugel wieder auf dem Tisch ab, an der selben Stelle. Sie rollt in die gleiche Richtung wie vorhin.

»Kann es sein, dass der Tisch schräg steht?«, fragt er, obwohl der Tee ihm die Antwort schon gegeben hat.

»Auf keinen Fall, nein. Der Tisch ist absolut exakt gefertigt«, sagt der Butler.

»Und warum rollt dann die Kugel?«

Er legt sie noch einmal ab, und wieder kommt sie ihm entgegen.

»Das haben wir gleich«, sagt der Butler.

Er nimmt eine Serviette vom Tisch, faltet sie mehrfach und schiebt sie unter das Tischbein in Bewegungsrichtung der Kugel.

»Probieren Sie es jetzt.«

Kepler legt die Kugel auf den Tisch. Sie rollt ihm entgegen, und zwar in derselben Geschwindigkeit wie vorher.

»Das ist verblüffend«, sagt der Butler.

»Finde ich auch.«

Kepler steht auf und hebt den Tisch mit der rechten

Hand an der Ecke an, unter die der Butler die Serviette geschoben hatte. Jetzt steht die Platte eindeutig schräg. Der Tee schwappt über. In der Untertasse bildet sich eine Pfütze. Mit der anderen Hand platziert er die Kugel. Sie rollt ihm entgegen. Bergauf.

Er hält die Kugel an und lässt den Tisch fallen. Ein lautes Geräusch. Noch mehr Tee schwappt über.

»Das wäre aber nicht nötig gewesen«, sagt der Butler.

Kepler setzt sich. Er hält die Kugel vor sein Gesicht und betrachtet sie von allen Seiten.

»Was ist das für ein Taschenspielertrick?«, fragt er. »Ist im Tisch ein Magnet eingebaut?«

»Natürlich nicht«, antwortet der Butler. »Welchen Sinn sollte das haben?«

»Um mich ... ich weiß auch nicht.«

Kepler legt die Kugel wieder auf den Tisch und zieht sich den Teller heran. Die Kugel rollt. Sie bewegt sich auf den Tischrand zu. Unwillkürlich hält er die Hand davor, aber kurz vor dem Rand macht die Kugel kehrt. Sie rollt auf einer gekrümmten Linie zur Tischmitte, dort macht sie erneut kehrt und kommt in einem doppelten Zickzack zurück.

Er schiebt den Teller wieder zur Seite. Der Appetit ist ihm vergangen.

»Räumst du bitte ab?«, fragt er.

»Wie Sie wünschen.«

Kepler greift nach der Kugel. Sie sieht noch immer so aus wie zuvor. Was will sie ihm sagen? Er legt sie auf den Tisch zurück. Sie startet mit einer Bewegung schräg zur Ecke.

Logisch! Warum ist er nicht eher darauf gekommen? Die Kugel schreibt Buchstaben auf den Tisch! Das ist ihre Art, eine Botschaft zu vermitteln! Er muss sie einfach nur ungestört ihre Bahnen ziehen lassen.

»Kannst du für mich ein Video aufzeichnen, auf dem die Tischfläche zu sehen ist?«

»Kein Problem«, sagt der Butler.

Kepler stellt sich hin, um die Kugel besser beobachten zu können. Sie zeichnet wirklich Buchstaben. Er erkennt ein F, ein O und ein L. Manchmal muss er sie anhalten, weil er das Zeichen nicht verstanden hat. Die Kugel kann ja nicht absetzen, sie schreibt in unendlicher Folge. Der Text beginnt mysteriös, und genauso endet er auch.

»Folge mir!«, liest er. »Ich habe etwas gefunden, das unser Leben komplett in Frage stellt. Bitte hilf mir! Erinnerst du dich an die Nacht im Wega-System? Ruf den Butler bei seinem Namen, den ich dir damals genannt habe, dann wird er dich unterstützen. Ich fliege schon vor, vielleicht kann ich eine Katastrophe verhindern. Die Koordinaten lauten ...«

Puh. Ja, er erinnert sich an die Nacht, von der Zhenyi spricht, auch wenn sie einige Gigazyklen her ist. Sie hatten sich dort getroffen, um den Helium-Flash der Wega zu beobachten. Das Universum bietet nicht allzu oft solche Attraktionen, und dann noch in unmittelbarer Nähe von Terra, die zu diesem Zeitpunkt noch grün war, ein riesiges Naturschutzgebiet.

Sie hatten sich auf einem Mond des einzigen, Neptungroßen Planeten eingerichtet. Erst hatten sie Tage und Nächte im Bett verbracht. Dann hatten sie in Kryostase auf das große Ereignis gewartet. Der Butler hatte sie wieder geweckt. Gleich nach dem Erwachen waren sie, noch nackt, erneut übereinander hergefallen. Und dann hatte Zhenyi den Butler weggeschickt – und ihn dabei beim Vornamen genannt.

Aber an den Namen kann Kepler sich nicht mehr erinnern. Er weiß, als wäre es gestern gewesen, wie er ihren ganzen Körper liebkost hat. Aber der Name des Butlers? Wen interessiert der schon? Dann fällt es ihm ein. Zhenyi hatte ihm atemlos gesagt, dass er sich den Namen merken solle. Er sei sehr wichtig für sie, weil sie ... weil sie ... Er sucht krampfhaft nach der Erinnerung, aber sein Gedächtnis versagt. Hat er sie gar auf Terra externalisiert? Es würde Jahrhunderte dauern, ein Backup anzufordern.

Seltsamerweise ist er gar nicht böse darüber. So geht der Kelch an ihm vorüber. Wenn er den Butler nicht beim Vornamen nennt, kann er Zhenyi nicht folgen. Sie bekommt das schon allein hin. Sie hat doch immer alles hinbekommen. Er bleibt einfach hier, bis sie zurück ist. Er ist schon auf ihre Abenteuergeschichte gespannt. Kepler lehnt sich zurück. Jetzt ein Cognac, das wäre großartig.

Puppy. Der Butler heißt Puppy, wie Zhenyis erster Hund. Kepler hatte sich damals halb totgelacht über den Namen, und seine Freundin war ein bisschen beleidigt gewesen. Mist. Warum muss ihm der Name ausgerechnet jetzt wieder einfallen? Er betrachtet den Butler. Wüsste er es nicht besser, würde er ihn für einen schlanken Engländer von etwa fünfzig Jahren halten. Der Name passt wirklich nicht.

Er könnte ihn einfach wieder vergessen. Aber je mehr er ihn verdrängen will, desto besser prägt er sich ein.

»Puppy, könntest du mir bitte einen Cognac ...«

Er hat es gesagt. Der Butler erstarrt kurz. Kepler beobachtet ihn. In einem schlechten Film würden seine Augen plötzlich rot leuchten, aber nichts dergleichen passiert. Vielleicht hat er es überhört?

»Wünschen Sie eine bestimmte Sorte?«, fragt der Butler.

»Nein, Puppy.«

Er hat es schon wieder gesagt! Wie konnte er nur? Wenn der Butler es vorhin überhört hat, dann sicher nicht noch einmal. Aber der Butler nickt nur. Er verlässt den Raum und kehrt mit einem halb gefüllten Cognac-Glas zurück. Der Butler reicht es ihm. Kepler senkt die Nase darüber und schwenkt das Glas. Er riecht nur den verdunstenden Alkohol. Mit Cognac kennt er sich wirklich nicht aus.

»Ich schlage vor, wir nehmen die Mona Lisa zum nächsten Dyson-Relay und lassen uns dann zum Ziel strahlen«, sagt der Butler.

Kepler prustet in den Alkohol. Ein Tropfen Cognac landet in seinem Auge. Das Zeug brennt, verdammt!

Seine Ruhe ist dahin. Der Butler hat ihn richtig verstanden. Es wäre mies, Zhenyi nun nicht zu helfen. Das würde nicht zu seinem Selbstbild passen. Er, Kepler, ist kein mieser Mensch. Er ist ein bisschen bequem, aber einer Freundin in

Not hilft er immer, vor allem Zhenyi. Aber der Vorschlag von Puppy ist trotzdem nicht akzeptabel.

»Ich kann meinen Körper nicht schon wieder verlassen«, sagt Kepler. »Die graue Materie verträgt nicht so viele Übertragungen in kurzer Zeit. Und nein, ich werde ihn nicht aufgeben, das kann niemand verlangen.«

»Aber wir werden viel Zeit verlieren«, sagt der Butler, »wenn wir auf Ihre sterbliche Hülle Rücksicht nehmen müssen.«

»Was ist denn die Mona Lisa? Ein Fünfundneunziger? Oder gar ein Siebenundneunziger?«

Er kennt niemanden, der sich privat einen Siebenundneunziger leisten kann. Nun gut, das heißt nicht viel, er kennt ja nicht mehr viele Menschen.

»Die Mona Lisa ist natürlich ein Neunundneunziger«, sagt der Butler.

Oho!

»Dann verlieren wir ja vielleicht gar nicht so viel Zeit. Wir müssen schließlich auch die Aufladezyklen der Dyson-Sphären abwarten. Wo ist eigentlich das Ziel?«, fragt Kepler.

»Kommen Sie, wir sehen uns das genauer an.«

Puppy zieht ihn am Arm. Sie betreten den Gang, der zu Zhenyis Schlafzimmer führt. Der Butler öffnet die Tür, die Kepler heute Morgen schon ausprobiert hat.

»Unsere Sternkarte«, sagt der Butler.

»Ich weiß.«

Der Butler zieht die Augenbrauen hoch und sieht ihn an. Dann geht er ein paar Schritte in den Raum hinein. Kepler hält sich am Türrahmen fest. Es sieht immer noch aus, als läge der offene Weltraum vor ihm. Wenn er einen Schritt weitergeht, stürzt er in die Tiefe.

»Nun kommen Sie schon«, sagt der Butler.

Kepler macht einen herzhaften Schritt nach vorn. Der Boden hält. Das Bild des Universums um ihn herum verändert sich. Anscheinend spult der Butler gerade im Schnelldurchlauf nach vorn. Andromeda nähert sich der Milchstraße, in deren Zentrum ein riesiges Schwarzes Loch wächst, und dann wird es langsam dunkel um sie herum, weil mehr und mehr Sterne verlöschen.

»Jetztzeit«, kommentiert der Butler. »Ich zoome.«

Sie fliegen zu den Sternen. Blitzschnell kommen Sternhaufen und Nebel auf sie zu, umhüllen sie, bleiben hinter ihnen zurück. Es ist eine rasende Fahrt, und sie endet im Nichts.

»Das sind die Koordinaten, die Zhenyi übermittelt hat?«, fragt Kepler.

»Ja.«

»Kein Irrtum möglich?«

»Nein. Hier ist nichts.«

»Dann lassen wir die Reise besser sein«, sagt Kepler und dreht sich um, um den Raum zu verlassen.

Der Butler hält ihn fest.

»Nein, hier ist etwas«, sagt er, »wir sehen es nur nicht. Aber an den Bewegungsdaten der Sterne der Umgebung ist es deutlich zu erkennen.«

»Ich sehe nichts«, sagt Kepler.

Aber er weiß schon, was der Butler meint. Die Sterne in der Umgebung des Ziels sind exakt vermessen. Sie müssten sich auf eine bestimmte, berechenbare Weise bewegen.

»Warten Sie, gleich sehen Sie es.«

Die Sterne spalten sich auf. Der Butler hat offenbar eine Simulation gestartet und über die Wirklichkeit gelegt. Ein Teil der Sterne bewegt sich in die Richtung, die die Realität vorgibt. Der andere Teil fliegt dorthin, wo es die Berechnungen vorgeben. Die Differenz ist offensichtlich.

»Hier fehlt in den Daten ein M-Klasse-System«, sagt der Butler. »Die Masse des Zentralsterns müsste nach meinen Berechnungen bei 0,2 Sonnenmassen liegen.«

Ein Roter Zwerg also. Fast alle Sterne der Milchstraße sind heute Rote Zwerge. Alle größeren und helleren Exemplare sind längst zu Weißen Zwergen verglüht.

»Ein unbekanntes System? Das ist kaum vorstellbar«, sagt Kepler.

Die Menschheit hat schon vor Gigazyklen sämtliche

Sterne der Milchstraße erfasst und vermessen. Und neue Sterne sind seit langer Zeit nicht mehr geboren worden.

»Das sehe ich auch so«, sagt der Butler. »Jemand muss das System aus der Datenbank gelöscht haben.«

»Aber wer sollte dazu in der Lage sein? Es gibt bestimmt ein paar Milliarden Kopien.«

»Alle Datenbanken werden regelmäßig mit Terra synchronisiert. Die Änderung muss also dort passiert sein.«

»Wer kann so etwas?«

»Ein Systemprogrammierer«, sagt der Butler.

Kepler stockt der Atem. Es ist unmöglich. Es wäre ... nein, das kann er nicht glauben.

»Wie viele gibt es noch?«, fragt er.

»Sieben.«

»Wir müssen herausfinden, wer von ihnen sich auf Terra aufgehalten hat.«

»Das ist schwierig«, sagt der Butler, »weil wir den Zeitpunkt der Änderung nicht kennen. Es könnte bis zu 200 Kilozyklen her sein. In diesem Zeitraum war bestimmt jeder der Systemprogrammierer einmal auf Terra.«

»Dann müssen wir die Lösung anders finden«, sagt Kepler.

»Sie haben einen Vorschlag?«

»Ja. Wir suchen das Motiv. Warum wurde das System gelöscht? Dazu müssen wir hinfliegen.«

»Danke, Johannes. Ich glaube, das war es, was Wang Zhenyi von Ihnen wollte.«

Zyklus YA7.8, K2-288Bb

Der Raumanzug, den Puppy für ihn vorbereitet hat, sitzt tadellos. Er fühlt sich darin fast besser als im Adamskostüm, denn der Anzug verstärkt all seine Bewegungen mit künstlichen Muskeln. Dass die Gravitation auf K2-288Bb deutlich höher als auf Terra ist, spürt er in dem Anzug gar nicht mehr.

Aber es gibt auch einen riesigen Nachteil. Er kann sich nicht an der Nase kratzen, und gerade jetzt verspürt er das dringende Bedürfnis dazu. Vor seinem Gesicht befindet sich das gläserne Helmvisier. Er greift schon nach dem Verschluss, um es ein letztes Mal zu öffnen, da warnt ihn der Butler.

»Die Schleuse wird in fünfzehn Sekunden entlüftet.«

Seine Hand zuckt zurück. Er steht allein in der Schleuse. Der Butler will ihm folgen, nachdem er die Basis in den Bereitschaftsmodus versetzt hat. Kepler kratzt sich zwischen den Beinen. Dort ist der Anzug dünn genug. Er ist erleichtert. Es ist fast so gut, wie sich an der Nase kratzen zu können. Ein rotes Blinklicht kündigt die Entlüftung an. Es wird ernst. Dann schaltet sich das Licht wieder ab. Der Schleusendeckel öffnet sich, und in der Kammer wird es ein bisschen heller als zuvor.

Kepler klettert die Leiter nach oben. Alles ist spielerisch einfach. Er betrifft die Oberfläche des Planeten und rennt ein paarmal rund um die Schleuse. Er kommt kein bisschen außer Atem. Unter seinen Sohlen spürt er den Boden. Aber von der Kälte der zu Schnee ausgefrorenen Atmosphäre merkt er nichts. Die Wärmeisolierung ist perfekt. Er tritt auf einen Stein. Kepler bückt sich, hebt ihn auf und kratzt die Schneereste ab. Im roten Licht der Sonne sieht der Stein schwarz aus. Er holt aus und wirft ihn in hohem Bogen gen Himmel. Der Stein verschwindet sofort in der ewigen Dämmerung.

»Weg anzeigen«, sagt er.

In seinem Visier erscheint ein Pfeil. Das Landemodul ist etwa einen Kilometer von der Schleuse entfernt. Kepler winkelt die Arme an und joggt die Strecke. Wer weiß, wann er wieder die Gelegenheit hat, unter freiem Himmel zu laufen. Das Ziel ist 3500 Lichtjahre entfernt. An Bord des Neunundneunzigers wird die Zeit zwar viel schneller vergehen, aber für den Rest des Universums wird er für 3500 Zyklen verschwunden sein. Na ja, was kümmert ihn der Rest. Kepler bleibt stehen und hebt den Arm.

»Uhr«, sagt er.

An seinem Unterarm entsteht das Hologramm einer uralten Rolex. Der Sekundenzeiger schleicht um das Zifferblatt. Das ist die Istzeit. In der Urgeschichte der Menschheit war das die einzige Zeit, die man kannte. Kepler folgt dem Sekundenzeiger mit den Augen. Es muss ein schreckliches Gefühl gewesen sein, damals. Mit jedem Ticken der Uhr kam der Mensch seinem Tod einen Schritt näher, und zwar einen großen Schritt. 80 Zyklen zwischen Geburt und Vergängnis, ganze 2,5 Millionen Schritte. Die Menschen müssen furchtbar gestresst gewesen sein.

Aber er hat Zeit. Sein Leben endet in ein paar Gigazyklen, zusammen mit dem Universum. Was sind dagegen 3500 Zyklen?

»Johannes, wo bleibst du denn? Ich bin schon im Raumschiff.«

Der Butler muss ihn überholt haben, ohne dass er es gemerkt hat. Kepler seufzt. In der Istzeit muss er sich beeilen.

Große Zeiträume hin oder her – wenn er Zhenyi treffen will, müssen sie sich in derselben Sekunde am gleichen Ort aufhalten. Das kommt ihm wie ein Relikt aus der Vorzeit der Menschheit vor. Lange haben Forscher versucht, daran etwas zu verändern, aber das Prinzip scheint diesem Universum aufgeprägt zu sein. Die Geschwindigkeit des Lichts ist unveränderlich und nicht zu übertreffen.

Unter dem Pfeil im Display steht eine Entfernungsangabe. Kepler kneift die Augen zusammen, um sie erkennen zu können. Der verringerte Luftdruck im Anzug beeinflusst anscheinend seine Sehschärfe. Mit einem künstlichen Körper wäre das nicht passiert. Es sind noch 300 Meter.

»Ich bin gleich da«, sagt er und läuft los.

Das Schiff ist riesig, und es ist wunderschön. Kepler sieht zum ersten Mal einen Neunundneunziger aus der Nähe. Sein Körper ist zwar schon oft auf diesem Weg gereist, aber sein Bewusstsein war bisher immer via Laserlink unterwegs gewesen. Er stützt sich auf das Pult vor seinem Sitz und kann sich gar nicht sattsehen.

Schräg vor ihnen schimmert die riesige Kugel des Dunkle-Materie-Triebwerks. Sie leuchtet rötlich; es wirkt fast, als würde sie von innen heraus glühen, aber das muss das Licht des Zentralsterns sein. Die Kugel wirkt wie eine Mega-Ausgabe der Kugel, die Zhenyi für ihn im Holz versteckt hat. Natürlich, das muss eine Anspielung gewesen sein, die er nicht verstanden hat.

Und dann sind da die gewaltigen Segel, vier Stück. Sie ragen nach oben, unten und zu den Seiten in den Raum. Momentan sind sie halb eingerollt, zumindest kommt es ihm so vor. Das Licht des Roten Zwergs im Zentrum dieses Systems schafft es nicht, sie zu bewegen. Die Zahl der Systeme, in denen ein Schiff noch rein segelnd vorankommt, hat in den letzten Gigazyklen weiter abgenommen. Auch das ist ein Grund, warum das Reisen so teuer geworden ist.

Irgendwann werden alle Schiffe ihre Segel einrollen müssen. Sie werden nicht mehr stolz die Untiefen des Universums durchkreuzen, sondern sich allein auf die Kraft ihrer konventionellen Antriebe verlassen.

Sie steuern auf den Bereich vor der Antriebskugel zu. Dort befindet sich ein Gerüst, das die Lastmodule trägt. Sie sind geradezu winzig im Vergleich zum Rest des Schiffes.

»Wir könnten immer noch auf den Laserlink umsteigen«, sagt der Butler. »Wir haben einen Bewusstseinsextraktor an Bord.«

»Nein, danke. Mit dem Schiff sind wir flexibler. Vielleicht gibt es in dem verschwundenen System gar keinen Laserempfänger.«

»Das halte ich für unwahrscheinlich. Ein System aus der Datenbank zu löschen ist das eine, aber eine so riesige Konstruktion zu entfernen, ohne dass es jemand merkt ...«

»Aber wie wollen wir ein System adressieren, das es gar nicht gibt?«

»Wir haben ja die Koordinaten. Das genügt. Ich meine es nur gut, Johannes. Die Beschleunigung ist mörderisch. Sie sind ja noch nie bewusst in Ihrem Körper mitgeflogen.«

»Das muss ich dann wohl aushalten.«

»Triebwerkszündung in drei Minuten«, sagt der Butler.

Kepler schwimmt nackt in einer dicken, geleeartigen Masse. Es gebe nichts Besseres, um ihn vor der Beschleunigung abzuschirmen, hatte der Butler behauptet, also war er frohen Mutes in die Wanne gestiegen. Über seinem Gesicht liegt eine Atemmaske. Er sieht nur bunte Flecken, aber er hört die Stimme des Butlers und die Antworten der Schiffs-KI.

»Noch wäre Zeit für eine Bewusstseins-Extraktion«, sagt der Butler.

»Das halte ich schon aus.«

»Ich befürchte, dass Sie nicht wissen, worauf Sie sich einlassen.«

Hoffentlich hat der Butler nicht recht! Aber er muss das jetzt durchziehen.

»Sie können die Konzentration der Schmerzmittel per Sprachbefehl erhöhen.«

»Ich weiß.«

In dem Gelee schwimmen Millionen Nanomaschinen, die seine Vitalfunktionen überwachen und bei Bedarf Schmerzmittel in seine Blutbahn befördern. Das ist zumindest ein bisschen beruhigend. Das Gelee ist exakt 36,7 Grad warm. Kepler friert trotzdem, und er hat Angst. Aber das würde er nie zugeben.

»Es geht los«, sagt der Butler.

Eine Faust greift nach ihm und versucht, seinen Körper zu zerquetschen. Ist das noch normal? Er schließt die Augen, doch es wird nicht dunkel. Vor seinem inneren Auge erscheint ein roter Vorhang. Dahinter ertönen laute Trommeln. Sie schlagen zweimal in der Sekunde und öfter. Das muss sein Herz sein! Er muss sich beruhigen. Kepler versucht, tief durchzuatmen, aber seine Brust will sich nicht heben. Das Gelee ist mit einem Mal fest wie Beton. Es war ein Fehler. Er hätte auf den Butler hören sollen.

Doch dann lässt der Druck wieder nach. Der rote Vorhang öffnet sich. Sein inneres Auge zeigt nur noch Dunkelheit. Er öffnet die Augen.

»Was ist los?«, fragt er.

»Wir müssen tanken. Sie können gern für einen Moment auftauchen.«

Kepler greift unter sich und schiebt sich in der Wanne nach oben, bis sein Gesicht herausragt. Er sieht direkt auf ein riesiges Fenster. Das Bild ist etwas verschwommen. Da muss noch etwas Gelee auf den Gläsern der Atemmaske sein.

»Toller Ausblick, was?«

Über ihnen schwebt der Stern K2-288B. Von hier aus sieht er nicht rot, sondern eher orange aus. Protuberanzen segeln langsam über seine Oberfläche. Es ist ein majestätisches Bild. Der Rote Zwerg mag objektiv altersschwach sein – von hier aus wirkt er mächtig und gefährlich. Es ist trotz allem ein Stern, in dessen Innerem es so heiß ist, dass Atome zu neuen Elementen verschmelzen. Kepler kann sich nicht erinnern, schon einmal einen Stern aus solcher Nähe gesehen zu haben.

Eines der Segel bewegt sich ins Blickfeld. Es glänzt. Wie das Schiff selbst ist es mit Solarzellen besetzt, die die Strahlungsenergie des Sterns in elektrische Energie umsetzen.

»Wie lange bleiben wir im Orbit?«, fragt Kepler.

»Einen Tag. Die Energiegewinnung hier ist sehr ineffizient. Die nächste Dyson-Sphäre ist zehn Lichtjahre entfernt. Dort müssen wir dann für den großen Sprung tanken.«

Na toll. Das bedeutet, dass er viermal gequält werden wird, jeweils beim Beschleunigen und beim Bremsen. Vielleicht sollte er sein Bewusstsein doch extrahieren lassen. Aber er hat sich nun einmal vorgenommen, in einem Stück bei Wang Zhenyi anzukommen.

Zyklus YC3.4, IRS 13 E3N

»Start«, sagt Gropius und aktiviert das Triebwerk.

Jetzt hängt alles davon ab, wie genau seine Simulationen waren. Er verringert seinen Systemtakt, sein internes Zeitempfinden, sodass die Zeit für ihn zehnmal schneller vergeht. Der Asteroid setzt sich in Bewegung. Walter Gropius, der Himmelsarchitekt, kontrolliert seine Bahn. Es sieht gut aus. Der Asteroid hat die nötige Geschwindigkeit. Er koppelt das Triebwerk ab. Dann transferiert sich Gropius mit einem Laserimpuls zum Ziel des Asteroiden, einem terrestrischen Planeten mit der ungefähren Größe von Terra.

Der Asteroid wird erst in zwanzig Zyklen dort einschlagen, also setzt Gropius den Systemtakt weiter herunter. Jedes Jahr ist für ihn bloß noch eine halbe Minute. Um den Planeten ist es nicht schade. Er hat nie Leben beherbergt – wie fast alle Planeten der Milchstraße.

Dann ist es so weit. Der Asteroid schlägt ein. Er ist halb so groß wie der terranische Mond. Der Aufprall ist eine Katastrophe. Die Orbitalstation, in der sich Gropius aufhält, wird von Bruchstücken aus der Kruste des Planeten getroffen. Der Architekt transferiert sein Bewusstsein sicherheitshalber zu dem Gasriesen, der weiter außen kreist. Der Asteroid reißt nicht nur ein Stück aus dem Planeten heraus, er verändert auch dessen Bahn. Der Planet wird nach innen getragen, wo er die Rotation des weiter innen liegenden Planeten stört. Dieser macht nach außen Platz. Es kommt zu einer Resonanz mit dem riesigen Gasplaneten, und der wiederum ist schwer genug, um auch die Sonne zu beeinflussen.

Gropius braucht nicht viel. Nur eine kleine Bewegung der Sonne in die passende Richtung, das ist es, was sein Manöver auslösen sollte. Er lässt die Zeit noch ein bisschen schneller ablaufen. Der Stern im Zentrum des Planetensystems, E3N, ist nicht allein. Er bewegt sich mit einem guten Dutzend anderer Sterne in einer lockeren Gruppe, IRS 13 genannt, um ein mittelschweres Schwarzes Loch. Dass E3N nun aus der Reihe tanzt, lässt seine zwölf Begleiter nicht unbeeindruckt. Sie verändern ihre Orbits um das Schwarze Loch. Aber E3N ist hier nur Mittel zum Zweck. Gropius, der Architekt, hat es auf E3C abgesehen. Dieser Stern ist dem Schwarzen Loch am nächsten, und genau wie seine Simulationen es gezeigt haben, oszilliert der Orbit von E3C nun so stark, dass er dem Schwarzen Loch gefährlich nahe kommt. Gropius ist gespannt. Gleich muss die Falle zuschnappen. Wenn E3C den Mindestabstand unterschreitet, hat seine letzte Stunde geschlagen.

Aber dann gibt E2 Gas. Der unauffällige Stern stürzt mit einem Mal nach vorn, als würde er den anderen entfliehen wollen. Das hat Gropius nicht vorhergesehen. Anscheinend füllt E2 nicht einfach nur die Lücke, die E3C hinterlassen hat, sondern ist gar nicht mehr zu bremsen. In der Konfiguration der dreizehn Sterne ist dadurch eine Lücke, eine Gravitationswanne frei, und es kommt, wie es kommen muss: E3C wird von seinen Freunden wieder eingefangen und dadurch vor dem Schwarzen Loch gerettet. Er hat versagt. Seine Simulation hat nicht alle Faktoren berücksichtigt.

Gropius ärgert sich. Das kommt davon, wenn man ihm nicht genügend Zeit lässt. So einfach lässt sich ein Schwarzes Loch nicht füttern. Nur, weil es angeblich nichts auslässt und alles schluckt, ist es noch lange kein Kinderspiel, ein Objekt so nah heranzubringen, dass es darin verschwindet. Vor allem, wenn dieses Objekt ein Stern ist.

Er geht die Simulation noch einmal durch. Es ist nun schon der fünfte gescheiterte Versuch. Inzwischen ist er nicht mehr so sicher, dass es eine gute Idee war, IRS 13 als Spielplatz für die Tests auszusuchen. Ein paar Sterne, die um ein mittelschweres Schwarzes Loch orbitieren, das war ihm hinreichend einfach erschienen. Aber selbst, wenn er nun Lösungen findet, kann er nicht sicher sein, dass die sich auf Sagittarius A* übertragen lassen. Das riesige Schwarze Loch im Zentrum der Milchstraße, seit der Kollision mit Andromeda auf dreifache Größe angeschwollen, ist das eigentliche Ziel.

Gropius ist stolz, dass er dabei sein darf. Das Rettende Projekt könnte die ingenieurtechnische Meisterleistung der Menschheit werden – und vermutlich ihre letzte große Leistung überhaupt. Wenn es gelingt, wird es ihr Überleben für ein oder zwei Gigazyklen garantieren. Energie wird dann wieder im Überfluss zur Verfügung stehen. Doch dazu müssen sie den Kern der Galaxis erst in einen AGN verwandeln, einen aktiven Galaxienkern – auch Quasar genannt. Quasare sind so ungeheuer hell leuchtende Himmelsobjekte, dass sie auch aus vielen Milliarden Lichtjahren Entfernung noch erkennbar sind. Eine gigantische Dysonsphäre, um einen Quasar herum errichtet, die sämtliche ins All abgestrahlte Energie aufsaugt, würde allein den Energiebedarf der Menschheit decken. Aber alle bekannten Quasare befinden sich in zu großer Entfernung. Sie müssen das Schwarze Loch im Zentrum der Milchstraße also selbst in ein solches Objekt verwandeln.

Gropius' Versuche an IRS 13 sollen diesen gewaltigen Prozess vorbereiten – zumindest den ersten Teil. Er soll das Schwarze Loch Sagittarius A* wecken. Damit ein Schwarzes Loch aufwacht und zum aktiven Galaxienkern werden kann, muss man es füttern, und zwar mit der Materie von möglichst vielen Sternen. Die Milchstraße hat 200 Milliarden Sterne. Ein Großteil sind heute Weiße und Rote Zwerge, aber das stört nicht – es ist definitiv genug Futter da. Allerdings weiß niemand genau, in welchem Zeitraum Sagittarius A* wie viel

Nahrung benötigt, um sich in einen Quasar zu verwandeln. Deshalb müssen sie in der Lage sein, möglichst viele Sterne in kurzer Zeit hineinzubefördern.

Mehrere Himmelsarchitekten haben Pläne dafür entwickelt. Aber Gropius' Ideen fanden die Zustimmung des Konvents. Heute weiß er auch, warum: Niemand muss seinetwegen sparen. Er geht nach dem Schmetterlingsflügel-Prinzip vor. Kleine Ursachen sollen große Wirkungen entfalten. Aber er hat gerade wieder gesehen, wie kompliziert es ist, diese Wirkungen exakt vorauszuplanen. Vielleicht hätten sie doch zehntausend Weiße Zwerge, wie es sein Konkurrent Le Corbusier vorgeschlagen hatte, mit Triebwerken versehen in das Schwarze Loch schicken sollen. Aber in dieses Konzept hätte die Menschheit einen großen Teil ihrer Energievorräte investieren müssen.

Gropius transferiert sich wieder in das Triebwerk zurück, das den Asteroiden aus der Bahn geworfen hat. Er muss sich einen direkteren Weg überlegen, wie die Sonnen dieser kleinen Gruppe durcheinanderzubringen sind. Er setzt den Systemtakt hoch. Die Zeit vergeht wieder so langsam wie in der Urzeit. So hat er genug davon, um gründlich nachdenken zu können.

Zyklus YC3.7, Dysonsphäre 3Z

Die Reise ist ein großes Abenteuer. Kepler ärgert sich längst nicht mehr, dass er sie angetreten hat. Bei all seinen bisherigen Interstellar-Flügen hat er von der Reise selbst wenig mitbekommen, schließlich ist sein Bewusstsein in all seine Informationsbits zerteilt auf einem modulierten Laserstrahl geritten, während sein Körper seelenlos geschlafen hat. Jetzt erlebt er, was Raumfahrt wirklich bedeutet: grenzenlose Langeweile, unterbrochen von gelegentlichen Stopps an Tankstellen.

Bisher hat Kepler vor allem die Langeweile ausgekostet. Für ihn ist es Muße und er kann sie sogar genießen. Er hat in seinem Gelee geschaukelt, ab und zu etwas gegessen, das ihm über einen Schlauch in den Mund gespült wurde, einen Blick auf das Nichts vor ihm geworfen und dann wieder geschlafen, von der schwabbeligen Masse geschützt.

Seine Schlafkuhle hat er nicht verlassen, und die Schmerzen, die er beim Start empfunden hat, haben deutlich abgenommen. Dass in einem Neunundneunziger bei 99 Prozent der Lichtgeschwindigkeit die Zeit ganz langsam vergeht, ist nur eine Seite der Medaille. Die andere ergibt sich daraus, dass das Schiff mit ihm an Bord nicht endlos stark beschleunigen kann. Dadurch dauert es lange, bis sie auf die Höchstgeschwindigkeit kommen. Tatsächlich bestand der Flug bisher fast nur aus Beschleunigen und Bremsen, und beides ist sehr unangenehm.

Jetzt haben sie eine längere Bremsphase hinter sich. Der Butler behauptet, sie hätten Dysonsphäre 3Z erreicht, ihr erstes und einziges Zwischenziel. Kepler durchsucht den Himmel, aber er kann nichts erkennen.

»Bist du sicher, dass wir hier richtig sind?«, fragt er.

»Ja, Johannes, das sind wir.«

Kepler zuckt mit den Schultern. Das System besitzt keine Planeten, aus deren Bewegung er die Existenz eines Zentralsterns ableiten könnte. Er ist Astronom. Er interessiert sich für natürliche Himmelsphänomene, nicht für künstliche Objekte. Himmelsarchitektur hat er als Fach stets verabscheut. Nicht, weil es ihm weniger wertvoll erschiene, sondern weil die Architekten sich in die natürliche Ordnung des Alls einmischen. Sie verschieben Planeten in die habitable Zone, um die Ausbeute der Plantagen dort zu erhöhen. Sie regulieren den magnetischen Puls der Sterne, um menschliche Kolonien vor tödlichen Flares zu schützen. Und sie errichten gigantische Sphären um besonders hell leuchtende Himmelsfeuer, um mit der von ihnen abgesaugten Energie die interstellaren Reisen des Menschen unabhängig von den galaktischen Gezeiten zu machen. Ist das wirklich nötig? Bewegt sich nicht schon alles von selbst schnell genug? Die Sonne wandert mit 220 Kilometern pro Sekunde durch die Milchstraße. Wer genug Zeit und Geduld hat, erreicht in 240 Megazyklen ganz einfach jeden Hinterhof der Milchstraße.

Kepler hat immer angenommen, dass sich das Universum irgendwann einmal für diese Anmaßung rächen würde. Aber das ist nicht passiert. Sein eigener Gedanke hat sich als Anmaßung herausgestellt. Die Menschheit ist dem Universum völlig egal. Es gebärt sich, wächst und stirbt. Nichts anderes zählt. Ein bisschen hat ihn das mit den Architekten versöhnt.

Woran sollte eine Dysonsphäre zu erkennen sein? Auch wenn er das nicht gelernt hat, müsste er es aus der Physik ableiten können. Natürlich muss sie im Infrarot zu sehen sein, und zwar mit dem Spektrum eines Schwarzen Strahlers, zumindest, wenn sie keine Defekte aufweist. Die Dysonsphäre hier ist offenbar noch voll funktionsfähig. Sonst hätte er sie längst auch im optischen Bereich entdeckt, weil Protuberanzen aus ihr herausdringen würden. Er schaltet den Bildschirm auf Infrarot.

Und da ist sie wirklich. Dicht vor ihnen schwebt eine perfekte Kugel, deren pechschwarze Oberfläche im Infrarot glüht. Er muss den Architekten verzeihen. Ein solches Bauwerk zu errichten, ist eine Meisterleistung und des Menschen absolut würdig. Denn es ist, wie der Mensch, der perfekte Parasit. Die Sphäre saugt sämtliche Energie ab, die der Stern ausstrahlt. Einen Teil, das ist physikalisch nicht zu verhindern, gibt sie im Infrarot ab. Der größere Teil aber ist nutzbar. Üblicherweise konzentrieren über die Außenfläche der Sphäre verteilte, automatische Fabriken die Energie, indem sie Dunkle Materie erzeugen, die dann in den Kugelantrieben der betankten Raumschiffe genutzt werden kann. Oder sie speichern sie, um damit die gewaltigen Laser-Richtstrecken zu betreiben, mit denen er sich bisher durch das Universum schießen ließ.

»Wie lange bleiben wir hier?«, fragt er.

»Der Tankvorgang dauert höchstens einen Tag«, antwortet der Butler. »Wir fliegen noch etwas näher heran, dann erreichen uns die Lastkähne besser.«

Kepler würde jetzt gern aussteigen. Von der Oberfläche des Raumschiffs aus hat er bestimmt einen viel besseren Blick. Aber an dieser Stelle ist sein biologischer Körper hinderlich. Er müsste den Raumanzug anlegen, dann nach draußen klettern und schließlich auf dem kilometerlangen Schiff den besten Platz suchen. Nein, danke, da bleibt er lieber in seinem Geleebad. Immerhin kann er den Bildschirm über sich beliebig zoomen und sämtliche Feeds der Schiffskameras darauf darstellen lassen.

Es dauert eine Weile, bis überhaupt etwas passiert. Dann erscheint ein weißes Blinklicht über der Hülle der Sphäre. Das muss einer der Lastkähne sein, von denen der Butler gesprochen hat. Er holt sich das Lastschiff optisch heran. Es sieht aus wie eine Miniaturausgabe des Neunundneunzigers. Der Lastkahn besteht aus einer Kugel, in der sich die Dunkle Materie befindet, und zwei Segeln. Allerdings befinden sich die Segel vorn, nicht hinten. Sie sind aufgespannt. Offenbar trifft sie ein Impuls von der Sphäre aus. Es ist, als würde man ein Stück Papier schweben lassen, indem man es immer im richtigen Moment anpustet. So braucht der Lastkahn keinen eigenen Antrieb. Das wäre vermutlich auch ineffizient, denn die Dunkle Materie ist schwer.

Für den Antrieb von Raumschiffen hat sie einen großen Vorteil: Man kann sie zu beliebig großen Bergen anhäufen, ohne dass etwas passiert. Normale Materie bildet, wenn es zu viel davon an einem eng begrenzten Ort gibt, ein Schwarzes Loch. Darin entartet sie. Dunkle Materie hingegen macht nicht solche Schwierigkeiten. Allein durch ihre schiere, im Bauch des Raumschiffs konzentrierte Masse krümmt sie den Raum derart, dass das Schiff gewissermaßen dauernd einen Abhang hinunterrollt. Es ist ein Antrieb ohne Strahlung und Hitze. Aber es gibt natürlich kein Perpetuum Mobile. Die Dunkle Materie verbraucht sich mit der Zeit und muss an Tankstellen wie dieser hier erneuert werden.

Der erste Lastkahn nähert sich dem Neunundneunziger. Kepler hat noch nie gesehen, wie das Tanken vor sich geht. Öffnet sich einfach nur eine Klappe im Raumschiff? So einfach kann es nicht sein, denkt Kepler. Er erinnert sich an den großen Nachteil der Dunklen Materie: Sie lässt sich nicht gern einsperren. Grundsätzlich reagiert sie nur auf Gravitation. Aber Gravitation ist immer anziehend. Um etwas wirksam einzuschließen, bräuchte man eine abstoßende Kraft. Lange haben die Menschen versucht, dafür Dunkle Energie einzusetzen, aber es ist ihnen nicht gelungen. Bis heute hat niemand das Prinzip der Dunklen Energie verstanden. Noch immer streiten sich die Forscher darum, ob es überhaupt ein echtes Phänomen ist oder nicht einfach nur eine grundlegende Eigenschaft dieses Kosmos. Wenn manche Menschen eben klein und dick und andere groß und schlank sind, warum sollte dann dieser Kosmos nicht einfach diesen oder jenen Betrag an Dunkler Energie aufweisen?

An der Außenhülle des Kugeltriebwerks öffnet sich eine Klappe, die etwa doppelt so groß wie der Lastkahn ist. Sie schiebt sich einfach zur Seite. Der Lastkahn wiederum öffnet seine Transportkugel zur Hälfte. Was passiert jetzt? Ist es am Ende doch ganz einfach? Er hätte sich doch mehr für die Architektur interessieren sollen.

»Der Ladevorgang sieht so einfach aus«, sagt Kepler.

So muss er nicht eingestehen, dass er das Prinzip dahinter nicht kennt, hat aber doch die Chance, dass der Butler es erklärt.

»Ich finde das faszinierend«, sagt der Butler. »So kompliziert, und doch so simpel.«

Das war nicht, was er hören wollte. Aber dann fällt es ihm selbst ein. Es ist geradezu ein Kinderspiel. Die Dunkle Materie folgt dem Gradienten, sie fließt dorthin, wo sich schon viel Masse befindet. Es ist nicht anders, als eine Schaufel voll Erde über einem Grab umzudrehen. Die Erde fällt automatisch nach unten.

»Schade, dass man es nicht sieht«, sagt Kepler.

»Das ist wahr. Ich würde aber niemandem raten, in den Strom zu geraten. Dort ist geradezu ein gravitationeller Mahlstrom zugange. Was immer dort hineingerät, wird unweigerlich in den Triebwerkskern gezogen.«

»Füllt sich der Tank dann nicht allmählich mit immer mehr normaler Materie?«

»Allerdings«, sagt der Butler. »Deshalb muss das Schiff etwa einmal alle 500 Millionen Lichtjahre gereinigt werden.«

»Und wenn man darauf verzichtet?«

»Dann hat man irgendwann im Triebwerk ein Schwarzes Loch. Das ist aber noch nie vorgekommen, jedenfalls unter normalen Umständen.«

»Was heißt das?«

»Kolumbus ist auf diese Weise von ein paar Megazyklen von seinem Schiff verschlungen worden. Dabei handelte es sich allerdings um Sabotage. Statt Dunkler Materie hatte man fünfzig Prozent normale Materie in den Tank gefüllt. Es ist nie herausgekommen, wer dafür verantwortlich war.«

»Das wird uns doch nicht passieren?«

»Nein, keine Sorge. Ich beleuchte den Bereich, durch den die Dunkle Materie strömt.«

»Davon ist aber nichts zu sehen.«

»Dann ist alles gut. Dunkle Materie ist für alle Wechselwirkungen außer der Gravitation unsichtbar. Solange wir nichts sehen, ist keine normale Materie dabei.«

»Das beruhigt mich«, sagt Kepler.

»Mich auch«, sagt der Butler. »Mein Überlebensinstinkt ist nicht geringer ausgeprägt als der Ihre. Eher stärker, glaube ich.«

Behauptet die KI gerade, sie würde stärker am Leben hängen als er selbst? Der Butler ist ziemlich dreist. Hat er vielleicht recht?

Zyklus YF1.6, Terra

In Trillionen Informationsbrocken zerstückelt erreichen Pierre und Marie Curie die Antenne, die zwei Drittel der erdabgewandten Seite des Mondes bedeckt. Ihre Bestandteile werden gesammelt und zusammengefügt und erreichen schließlich ein armdickes optisches Kabel, das sie in Lichtgeschwindigkeit auf die gegenüberliegende Seite des Mondes transportiert. Von hier führt eine Richtverbindung zur Wächterstation, die in 450 Kilometern Höhe über der Oberfläche von Terra schwebt.

Der Wächter hält sie an. Er zeigt sich ihnen als geflügeltes Wesen, als Engel.

»Ich begrüße Sie an der Wiege der Menschheit«, sagt er.

»Wir grüßen dich, Wächter.«

Pierre und Marie Curie stehen Hand in Hand vor dem Engel, der fast doppelt so groß ist wie sie. Sie teilen sich sonst einen Körper, aber hier, in der virtuellen Realität der weltumspannenden KI, existiert nur ihr Bewusstsein. Nichts von dem, was sie sehen, ist real, und doch fühlt es sich für sie vollkommen wie die Wirklichkeit an.

Der Engel lächelt freundlich, aber sie wissen, dass sie ohne seine Genehmigung nicht weiterkommen. Der Wächter von Terra ist unüberwindlich. Viele haben probiert, ihn auszutricksen. Die begabtesten Hacker sind daran gescheitert.

Nur Odysseus soll es geschafft haben, doch von ihm hat seitdem nie wieder jemand etwas gehört.

»Was führt euch hierher?«, fragt der Wächter.

»Die Arbeit«, sagt Pierre.

»Aber natürlich auch die Neugier«, ergänzt Marie.

Es kann nie schaden, den Wächter freundlich zu stimmen. Man sagt, dass er sehr stolz auf seine Aufgabe ist, die Erde zu bewachen.

»Das freut mich. Ihr könnt euch unbegrenzt an Bord der Wächterstation aufhalten. Euer Besuch hier ist gratis. Das Terra-Erinnerungsprogramm kommt für alle energetischen Kosten von Anreise und Aufenthalt auf.«

»Danke, Wächter«, sagt Marie.

Pierre drückt fest ihre Hand. Er scheint von dem Engel genauso beeindruckt wie sie.

»Wenn ihr mich braucht, müsst ihr mich nur rufen«, sagt der Wächter.

»Ich ... wir müssen die Speicher betreten«, sagt Pierre.

Das Gesicht des Engels verändert sich. Sein Lächeln verschwindet.

»Terra selbst ist off limits, das tut mir leid«, sagt der Engel.

Sein Gesicht allerdings drückt keinerlei Bedauern aus.

»Wir haben die Sondergenehmigung des Konvents, Terra zu besuchen«, sagt Pierre. »Warte, ich habe sie hier.«

Er zieht einen Zettel aus der Hosentasche. Es ist ein unscheinbares Papier. Aber das spielt keine Rolle, denn es ist nur ein Symbol. Alle nötigen Informationen sind darin eingebettet. Er hält den Zettel hoch. Der mächtige Engelsflügel bewegt sich in seine Richtung. Der Zettel flattert in die Luft wie ein kleiner Vogel, der gerade fliegen lernt. Dann verschwindet er.

Der Engel lächelt wieder.

»Vielen Dank, Pierre und Marie Curie. Ihr habt die Genehmigung, Terra zu betreten. Ich beglückwünsche euch dazu. Im letzten Megazyklus hatte Terra lediglich vier Besucher.«

»Danke, Wächter«, sagt Marie und hängt sich bei Pierre ein. »Zuerst hätten wir gern einen Ausblick auf den Planeten.«

»Natürlich. Es stehen mehrere Gastkörper bereit. Ihr habt freie Wahl. Momentan befindet sich außer euch niemand auf der Station.«

SIE BEGUTACHTEN die Gastkörper über die Kamera. Es ist ein seltsames Gefühl. Marie fühlt sich wie ein Voyeur. Früher muss es hier wesentlich mehr Besucher gegeben haben. Auf den meisten Stationen gibt es bloß einen Gastkörper. Deshalb sind sie irgendwann auf die Idee gekommen, sich einen Körper zu teilen. Aber hier ...

»Musst du auch an Karneval denken?«, fragt sie.

»Pssst. Ich weiß nicht, ob der Wächter uns zuhören kann«, antwortet Pierre. »Ich möchte ihn nicht verärgern.«

»Okay«, sagt sie.

»Was hältst du von dem Mann im Frack dort links?«, fragt Pierre.

»Der sieht aus wie der eingebildete Butler von Zhenyi. Lass uns lieber das Einhorn wählen«, sagt sie.

»Du weißt, dass ich Fantasiewesen hasse.«

»Ich wollte es wenigstens probiert haben. Am Ende einigen wir uns doch wieder auf irgendetwas Geschlechtsloses.«

»Es passt eben am besten zu unserer Konfiguration«, sagt Pierre.

»Konfiguration, wie das klingt. Es war eine bewusste Entscheidung. Wenn du willst, machen wir sie rückgängig.«

»Nein, Schatz, das will ich auf keinen Fall.«

»Nenn mich nicht Schatz, Pierre.«

»Entschuldige. Also das da?«

Die Kamera zoomt auf ein androgynes Wesen, das Sportsachen trägt. Marie seufzt unhörbar.

»Gut«, sagt sie.

»Das ist also die berühmte Wiege der Menschheit«, sagt Pierre und zeigt nach oben.

Sie stehen auf dem Dach der Raumstation. Über ihnen schwebt eine riesige, gelb-braune Kugel. Früher hat sie einmal die Bezeichnung »Blauer Planet« getragen, aber das war vor mehreren Gigazyklen, bevor der Zentralstern sich zum Roten Riesen aufblähte.

Auf Marie wirkt Terra trostlos. Der Planet erinnert sie an einen verschrumpelten, trockenen Apfel. Die Oberfläche ist voller Risse. Wo sich einst Meere befanden, gibt es nur noch tiefe, staubige Becken. Es gibt keine Wolken mehr, weil auch die Atmosphäre fortgerissen wurde. Ein kleiner Teil der Atmosphäre hat sich aus dem Erdinneren erneuert. Deshalb liegt auf den großen Gebirgen auch wieder Schnee. Aber es ist kein gefrorenes Wasser, sondern Trockenschnee. Seit die Sonne zum Weißen Zwerg geschrumpft ist, wird es auf der Oberfläche kaum noch wärmer als minus 100 Grad.

»Warum haben wir Terra damals eigentlich nicht in Sicherheit gebracht?«, fragt sie. »Die Technik hätten wir doch gehabt?«

Marie erschrickt, als der Wächter-Engel neben ihr materialisiert. Sie greift nach ihm und fasst ins Leere. Es ist eine Projektion. Aber er muss ihre Frage mitgehört haben.

»Es war eine Frage des Wollens«, sagt er. »Erst wollten die Menschen ihren Planeten nicht derart umgestalten, und dann war es zu spät. Aber sein Inneres war damals schon ausgehöhlt und mit Speichereinheiten gefüllt. Was an der Oberfläche passierte, spielte da keine Rolle, solange die Technik im Inneren sicher war.«

»Sie scheinen traurig darüber zu sein«, sagt Marie.

Der Engel muss eine uralte KI sein – vielleicht sogar aus der Zeit, als es die Level-Einteilung noch nicht gab.

»Ja, das bin ich«, sagt der Engel. »Die Erde war unbeschreiblich grün. Es war ein ganz besonderer Planet.«

»Wir können jeden Planeten jederzeit in ein grünes Paradies verwandeln«, sagt Pierre.

»Das ist richtig. Aber meines Wissens gibt es keinen einzigen grünen, von Menschen bewohnten Planeten mehr. Ist das nicht seltsam?«

Der Wächter hat recht. Die Menschen sind merkwürdig. Warum gibt es für niemanden ein grünes Paradies?

»Dann sagen Sie es uns«, sagt Pierre, »warum wohnt kein Mensch auf einem grünen Planeten?«

»Weil ihr euch jederzeit einen bauen könntet«, sagt der Wächter-Engel und verschwindet.

»Das stimmt«, sagt Marie.

Würde er unsere Pläne kennen, würde er das nicht sagen, antwortet ihr Pierre in Gedanken, sodass niemand sie belauschen kann.

Zyklus YF1.7, Terra

DAS SHUTTLE SETZT sie mitten in Europa ab. Es ist 5 Uhr Ortszeit. Früher hätte man diese Zeit wohl das Morgengrauen genannt. Aber der Weiße Zwerg am Himmel leuchtet kaum heller, als der Mond einst in der Nacht schien. Um sie herum sind hohe Berge zu sehen, vermutlich die Alpen. Die Landschaft ist braun. Marie hat nichts anderes erwartet. In der Bergflanke vor ihnen befindet sich ein riesiges Tor. Sie laufen darauf zu. Niemand hat ihnen gesagt, wohin sie gehen müssen, aber das Tor muss ihr Ziel sein. Es ist ein kurzer Spaziergang. Sie machen ein Spiel daraus, indem jeder ein Bein ihres Körpers übernimmt. Das ist lustig. Manchmal lässt sich Marie extra ein bisschen länger Zeit, den Schritt zu setzen. Pierre wird schnell ungeduldig. Aber wenn er mit seinem Bein zu früh dran ist, fällt der Körper hin.

Sie stürzen drei Mal. Der Wächter fragt schon per Funk, ob es ihnen gut geht. Marie beruhigt ihn. Das Tor, das sie erreichen, ist wirklich riesig. Ob es schon jemals offen war? Ganz unten öffnet sich eine winzige Tür. Das muss ihr Ziel sein. Marie überlässt Pierre das Gehen. Sie betreten einen Gang, der wie ein Büroflur aussieht. Links und rechts gehen Türen ab. Pierre öffnet eine Tür auf der rechten Seite. Dahinter befindet sich ein Badezimmer. Sie gehen geradeaus weiter durch eine etwas größere Tür und erreichen einen dunklen Gang. Ihre Schritte hallen. Das ist kein normaler Büroflur mehr.

Pierre aktiviert den Nachtsichtmodus des Körpers, aber dann wird es mit einem Mal hell um sie herum. Die Automatik muss das Licht angeschaltet haben. Sie stehen am Anfang eines unendlich anmutenden Ganges. Neben den Geländern links und rechts reichen metallene Regale weit nach unten und nach oben. Weder ein Boden noch eine Decke sind zu sehen. Die Regale bestehen aus einer offenen Konstruktion, sodass man an ihnen vorbeisehen kann.

Ihr Körper hält sich an einer Stange fest, und sie wagen den Blick nach unten. Sie sind tief beeindruckt, auch wenn das nicht ihr erster Besuch ist. Sie befinden sich in einer gigantischen Höhle, die von oben bis unten und von vorn bis hinten mit Regalen vollgestellt ist. Auf den Regalböden sind Speicher- und Recheneinheiten angeordnet. Hier werden die externalisierten Erinnerungen aller noch lebenden Individuen gespeichert, aber auch all ihre Beziehungen untereinander.

Sie betreten das kollektive Gedächtnis der Menschheit, um einen Mord zu begehen – einen Mord an einer noch lebenden Person. Es war Maries Idee gewesen. Wenn man ein Planetensystem entfernen kann, warum dann nicht auch eine unangenehme Person? Pierre war sofort einverstanden gewesen. Er hatte sie sogar beglückwünscht, aber Tatsache ist, dass sie eine Mörderin sein wird. Der Gedanke ist Marie unangenehm, aber sie darf ihn nicht verdrängen, sonst holt er sie garantiert wieder ein. Sie muss sich klar darüber sein, dass es sich um eine bewusste Tötung handelt, einen Anschlag, wenn auch mit enormem zeitlichem Vorlauf.

Der Mensch, den sie komplett aus diesem Speicher löschen werden, wird zunächst gar nichts von ihrem Verbrechen bemerken. Die Terra-Datenbank wird in regelmäßigen Abständen mit allen anderen Datenbanken in der Milchstraße abgeglichen. Das dauert lange. In hundert Zyklen werden die Sterne in hundert Lichtjahren Umkreis betroffen sein. In 25 Kilozyklen wird niemand im galaktischen Zentrum diese Person mehr kennen. Erst in 200.000 Zyklen wird auch am gegenüberliegenden Ende der Milchstraße jede Erinnerung ausgelöscht sein. Erst dann wird sich ihre Tat vervollständigt haben.

Aber der gewaltige zeitliche Rahmen macht ihr keine Sorgen, denn sie haben Zeit, sehr viel Zeit. Marie greift in Gedanken nach Pierres Hand. Ihr Mann erwidert die Geste. Im Leben eines Unsterblichen sind eine Million Jahre nur ein Augenblick. Ihre Pläne hingegen reichen weit in die Zukunft, weiter als jeder andere Plan, der je von einem Menschen erdacht wurde.

Zyklus YF1.8, Terra

Das Paar war ihm gestern schon seltsam erschienen. Multi-Wesen, die ihre Zeit gern gemeinsam in einem Körper verbringen, sind nicht ungewöhnlich, obwohl sich der Wächter an Zeiten erinnert, an denen es noch anders war. Aber die beiden haben ihr Bewusstsein gegen ihn abgekapselt. Natürlich hat er dafür Verständnis. Die meisten Besucher spüren seine Präsenz und versuchen sich zu verschließen. Aber Pierre und Marie Curie haben das wahrlich meisterhaft hinbekommen, als hätten sie lange dafür trainiert.

Er hat es nicht einmal geschafft, eine Prüfsumme über ihr Bewusstsein zu bilden, um sie mit der Liste der früheren Besucher abzugleichen. Sie waren ihm zwar unbekannt vorgekommen, doch das bedeutet nichts. Er merkt sich Besucher nicht anhand ihres Namens oder ihres Aussehens. Er bildet Prüfwerte über charakteristische Eigenschaften. Denn Namen oder Aussehen können sich verändern. Die Eigenschaften eines Bewusstseins hingegen sind über Gigazyklen stabil, wenn sie sich auch meist von den Extremwerten in die mittleren Bereiche verschieben.

Nachdem die Curies hinter dem Tor verschwunden waren, hatte er sie aus den Augen verloren. In den Speicherbereichen gibt es keine Kameras. Ob sie schon umgesetzt haben, wozu sie gekommen sind? Der Wächter ist unsicher, und er hasst dieses Gefühl. Der Terraspeicher ist ähnlich wie ein menschliches Gehirn konstruiert. Daten werden darin in Bereichen abgelegt, die ein gemeinsames Thema haben. Das erschwert manchmal die Suche, aber es hat den Vorteil, dass sich ähnliche Daten gegenseitig stimulieren und verstärken können – und das spart am Ende eine Menge Energie. Es gibt noch einen zweiten Nachteil: Inkonsistenzen fallen nicht so leicht auf, falsche Erinnerungen, die aus der Neukombination bestehender Inhalte entstehen können. Der Speicher setzt einen wohlgesinnten Benutzer voraus, der von selbst darauf achtet, keine Inkonsistenzen und Widersprüche zu hinterlassen.

Den Curies würde der Wächter allerdings zutrauen, dass sie nicht zu dieser Art Besucher gehören. Dafür spricht schon, dass sie überhaupt um Zugang zu Terra gebeten haben. Die Berechtigung des Konvents war zwar echt gewesen. Aber was sollte der Zweck ihres Besuchs gewesen sein? Der Wächter hätte jedes Problem mit dem Speicher zweifellos selbst lösen können, man hätte ihn lediglich per Laserlink darum bitten müssen. Und auch die Abfrage von Daten ist aus der Ferne leicht möglich.

Er muss sich beeilen. Das Shuttle mit den beiden ungebetenen Gästen dockt gerade an der Wächterstation an. Er will die Curies einem kleinen Test unterziehen, bevor sie sich über den Laserlink entfernen können. Über das Kamerasystem beobachtet er sie. Der Körper, den sie gewählt haben, marschiert den Gang entlang. Sie betrachten nicht noch einmal die Erde, wie es sich die meisten Besucher nicht nehmen lassen. Sie haben es offenbar eilig, den Körper wieder loszuwerden. Spürt er da eine Art schlechtes Gewissen? Es ist schwer zu sagen. Die Curies kapseln sich immer noch sehr gut ab.

Dann haben sie den Extraktor erreicht. Der Körper lehnt sich an die Wand. Das kombinierte Bewusstsein wird über eine elektrische Verbindung ausgelesen. An dieser Stelle kann der Wächter eingreifen. Er kann ihre Bewusstseinsinhalte nicht mitlesen, die sind auch für ihn unerreichbar verschlüsselt. Aber er kann ihnen Informationen zuspielen, die nicht der Wahrheit entsprechen.

Er setzt Pierre und Marie Curie in einer Welt aus, die sie nicht erwarten. Sie besteht aus einer fußbreiten Stange, die ohne Anfang und ohne Ende in hundert Metern Höhe über einem Lava-Ozean verläuft.

»Scheiße, was ist das?«, ruft Marie.

Die Überraschung ist ihm gelungen. Marie schwankt deutlich hin und her. Pierre hält sie am Arm fest.

»Bleib ganz ruhig«, sagt er, »das muss ein Fehler sein.«

»Ein Fehler? Was für ein Fehler?«

»Das ist alles nicht echt, Marie. Erinnere dich, wir haben uns gerade aus dem Körper extrahieren lassen. Es kann sich nur um eine Fehlschaltung in der Matrix handeln.«

Der Wächter lässt einen heißen Wind vom Boden aufsteigen. Der Wind transportiert Hitze, und er bringt die Stange zum Schwanken.

»Das fühlt sich aber leider sehr echt an«, sagt Marie.

»Ich weiß. Es muss gleich vorüber sein.«

Nein, muss es nicht. Der Wächter lässt den Wind zum Sturm anschwellen. Er darf den beiden keine Ruhe gönnen. Ein schwarzer Stein stürzt mit rasendem Tempo vom Himmel und fällt in die Lava, sodass das glühende Gestein weit nach oben spritzt. Noch einmal zerrt der Sturm an dem Balken, und jetzt schafft er es: Marie fällt.

Sie reagiert panisch, verliert die Kontrolle – und das ist der Moment, in dem sie nicht mehr verhindern kann, ihr Bewusstsein zu öffnen.

Der Wächter erkennt, was Marie getan hat. Es ist ungeheuerlich. Er ist so schockiert, dass er sie beinahe in die Lava stürzen lässt. Im letzten Moment materialisiert er in der fremden Welt, fängt sie auf und trägt sie nach oben. Er setzt sie auf der Stange ab und schwebt vor den beiden. Der starke Aufwind trägt ihn; er muss nicht einmal seine Flügel bewegen.

»Da bist du ja«, sagt Pierre, »bloß gut!«

Er klingt erleichtert. Er weiß wohl noch nicht, was Maries Gedanken verraten haben.

»Danke, dass du mich aufgefangen hast«, sagt Marie.

Sie sieht ihn nicht an. Sie hat offenbar ein schlechtes Gewissen, hofft aber, dass er nichts bemerkt hat.

»Das war ein Test«, sagt der Wächter-Engel mit drohend lauter Stimme.

»Und wir haben ihn nicht bestanden, stimmt's?«, fragt Pierre.

Er scheint überhaupt nicht beunruhigt. Weiß er nicht, wozu er als Wächter fähig ist? Er ist Richter und Henker in einem. Die Integrität des Terraspeichers hat oberste Priorität.

»Ihr habt ihn nicht bestanden. Ich verurteile euch zum Tod durch Desintegration des Bewusstseins.«

Jeder Splitter, jedes Körnchen, jeder Gedanke eines Bewusstseins wird dabei so aufgeteilt, dass eine Neuschaffung unmöglich ist. Dazu werden auch alle Backups zerstört. Es ist kein schmerzhafter, aber ein dauerhafter Tod. Die beiden haben ihn verdient.

»Ich habe es dir doch gesagt, Marie, Dummchen. Das ist nicht echt. Nichts hier ist echt. Wir sind immer noch in der Matrix der Wächterstation.«

Pierre Curie zieht einen schwarzen Gegenstand aus seiner Hosentasche. Das Objekt sieht aus wie eine Pistole. Der Systemprogrammierer hat sie ihm für den Notfall mitgegeben. Ein Schuss, und jedes virtuelle Objekt wird zerstört. Pierre zielt auf den Wächter.

»Was soll das?«, fragt er.

»Ich töte dich, bevor du uns tötest«, erklärt Pierre Curie und drückt ab.

Eine unsichtbare Kugel fliegt mit Lichtgeschwindigkeit aus der Waffe und trifft den schwebenden Engel ins Herz. Eine Blutspur läuft über seine weiße Haut nach unten. Dann löst er sich in einem Regen aus Federn, Kristallen und feinem Staub auf.

»Sehr eindrucksvoll«, sagt Marie. »Ich würde gern wissen, wer das programmiert hat.«

Pierre nimmt Maries Hand. Die vom Wächter erzeugte, virtuelle Lavalandschaft verschwindet. Der Laseremitter kommt in Sicht. Sie stellen sich auf eine Plattform und lösen sich in Licht auf.

Zyklus YM6.1, IRS 13

Es ist nicht leicht, einen Mond zu erschaffen. Gropius fühlt sich wie ein Kind im Sandkasten, das mit Förmchen spielt. Nur ist sein Sandkasten zehn Lichtjahre groß. Dabei hat er noch Glück: Hier, so nah am Zentrum der Milchstraße, stehen die Sterne dichter als in den Außenbereichen – dort, wo der Mensch herkommt. Im Umkreis von zehn Lichtjahren hat er siebzehn Sterne gefunden, die ihren Kuipergürtel noch nicht eingebüßt haben.

Das ist nun schon das vierte System, das er aberntet. Sein Schiff ist zwar bloß ein Fünfundneunziger, aber bei so vielen kurzen Sprüngen kommt ein Neunundneunziger sowieso nicht auf Maximalgeschwindigkeit. Während des Flugs hatte er also viel Zeit zum Nachdenken und Planen. Er bringt das Schiff in einen Orbit mit zehn Astronomischen Einheiten Abstand zum Zentralstern. Der Gasriese, der weiter innen kreist, muss einst hier draußen unterwegs gewesen sein. Seit der Zentralstern seinen Brennstoff verbraucht hat, ist das System auf Miniaturformat geschrumpft.

Für seine Aufgabe ist das sehr praktisch. Denn dadurch hat sich die Materiedichte im Kuipergürtel erhöht. Allerdings hat sich auch die Zusammensetzung verändert. Alle leichten Bestandteile, Eis, gefrorenes Kohlendioxid oder Stickstoff wurden in den interstellaren Raum geblasen, als sich der Stern zum Roten Riesen aufblähte. Geblieben ist das Gestein.

Gropius bewegt sich mit Lichtgeschwindigkeit durch sein Schiff. Am Heck, hinter der Kugel mit dem Dunkle-Materie-Antrieb, besitzt es eine Konstruktion, die man auf den ersten Blick für ein zusätzliches Paar Segel halten könnte. Das ist sein Besen. Die Ähnlichkeit ist kein Zufall: Er hat dafür die Interstellar-Segel eines älteren Schiffes recycelt. Gerade sind die Nanobots noch dabei, das Material zu verstärken. Das ist eine Lehre aus den vorigen Systemen. Weil die Materie im Gürtel schwerer als gedacht war, hatte sich die Last schneller als erwartet so stark erhöht, dass der aus einer äußerst dünnen Lage Nanofasern bestehende Stoff oft gerissen war. Jedes Mal hatte er dann Material und damit Zeit verloren.

Das soll ihm nicht noch einmal passieren. Der Besen, genau genommen eine Mischung aus Besen und Netz, wird dadurch zwar schwerer, und er muss langsamer fliegen, aber er wird nicht so häufig wegen Reparaturen pausieren müssen.

DAS ERSTE SEGEL IST BEREIT. Gropius lässt es zu ganzer Größe ausfahren. Es verdeckt den Stern und seinen letzten verbliebenen Planeten. Das sieht doch sehr gut aus! Er legt einen Kurs fest. Das Schiff wird im Zickzack durch den Kuipergürtel fliegen. Dazu braucht er bloß abwechselnd zu bremsen und Gas zu geben – den Rest erledigt die Orbitalmechanik.

Die Nanobots melden, dass auch die anderen drei Segel bereit sind. Es ist Zeit. Gropius gibt den Startbefehl. Ein riesiger Besen sammelt ab sofort die Überreste aus uralten Zeiten. Es ist ein seltsames Gefühl. Der Müllplatz am Rande dieses Systems ist kurz nach der Geburt des Universums entstanden, als es noch keine Menschen gab. Erst jetzt wird er aufgeräumt – während der Kosmos sich in den letzten Zügen seiner Existenz befindet. Ein dummer Zufall hat ausgerechnet die Menschen zu seinen Totengräbern bestimmt, die wie im alten Ägypten mit in das Grab steigen werden müssen. Er wird es nicht verhindern können, selbst wenn er mit dem Rettenden Projekt der Menschheit noch eine Gnadenfrist verschafft.

Zyklus YN4.4, IRS 13

Der Netzbesen ist voll. Die Nanobots melden bereits erste Haarrisse. Aber Gropius kann nicht einfach mitten im All anhalten. Alles bewegt sich, und sein Schiff ist immer mit dabei. Wenn die Konstruktion nicht reißen soll, muss er den Kuipergürtel verlassen. Gropius berechnet seine Möglichkeiten. Wenn er bremst, verlässt er den aktuellen Bereich nach innen, beschleunigt er, bewegt sich das Schiff samt seiner Ladung nach außen. Der Treibstoffbedarf hängt lediglich von der Masse des Schiffes ab. Aber außen sinkt die Dichte des Gürtels schneller als innen, er ist also eher in Sicherheit. Deshalb gibt er Gas.

Das Schiff beschleunigt und erweitert seinen Orbit. Gropius verfolgt die Lastanzeige. Der Punkt springt auf der Skala hin und her. Er wandert kontinuierlich nach oben, weil das Schiff beschleunigt, dann springt er nach unten, wenn ein neuer Riss vorübergehend zu einem Lastrückgang führt. Er war zu gierig; er hätte den Sammelorbit früher verlassen sollen. Eine weitere Lehre aus seiner Arbeit, die er im nächsten Durchgang berücksichtigen muss.

Gropius schaltet das Triebwerk ab. Jetzt sollten sie weit genug draußen sein. Das Schiff und die eingesammelten Gesteinsbrocken schweben schwerelos durch das All. Die Lastanzeige steht bei 0. Er ruft den letzten Wert ab und rechnet anhand der Beschleunigung auf die Masse um. Nicht schlecht! Er hat knapp zehn Trillionen Tonnen Gestein gesammelt. Das ist ein Drittel mehr als im vorigen System. Das Verstärken des Besens hat also doch etwas gebracht. Wenn er die Aktion noch sechsmal wiederholt, hat er die Masse des Erdmondes zusammen. Das ist das Ziel. Für seine Versuche, das Schwarze Loch in IRS 13 zu destabilisieren, braucht er einen Auslöser, der so schwer wie der ehemalige Erdmond ist.

Wieder eilt er durch die Außenhaut des Schiffes. Er teilt sich in mehr als dreihundert Untereinheiten auf. Beim ersten Mal hatte er noch befürchtet, sich vielleicht nicht wieder komplett zusammenfügen zu können. Aber diese Angst war unbegründet gewesen. Keine seiner dreihundert Unterpersönlichkeiten hatte sich dagegen gesperrt, wie er es befürchtet hatte. Er braucht seine dreihundert Einzel-Ichs, um die Schweiß-Strahler zu steuern. Normalerweise hält Eis die inhomogenen Bestandteile typischer Kuipergürtelobjekte zusammen und bildet quasi schmutzige Schneebälle. Doch das Material des Keplergürtels enthält kaum noch Eis. Also muss er die gesammelten Brocken anders zusammenfügen. Dazu hat er in die Außenhülle des Schiffs mehr als 300 starke Laser integriert.

Jedes seiner Unter-Ichs steuert jetzt einen davon. Er hat mit einem Mal sechshundert Augen, die sich untereinander absprechen. Es macht richtig Spaß. Sie nehmen erst kleine Brocken ins Visier. Ein Strahl schubst ihn in eine bestimmte Richtung, ein zweiter erhitzt die Oberfläche an der Vorderseite, ein dritter schiebt ein Kollisionsziel in die Bahn – und schon ist der Brocken ein Stück gewachsen. Im Grunde spielt er die Entstehung der Planeten nach, nur unter anderen Voraussetzungen. Aus kleinen, fast unsichtbaren Gesteinskrümeln werden langsam größere, die sich zu noch größeren Brocken vereinen, und die verschmelzen wiederum zu Himmelskörpern, die schon eigene Namen verdient hätten, würden sie nicht schnell mit ihren Kollegen zusammengebacken. All das passiert völlig lautlos. Auch die Laserstrahlen sieht man nicht. Seine dreihundert Kameras registrieren lediglich das Glühen der erhitzten Oberflächen und die scheinbar chaotische Bewegung der zunächst Millionen, dann noch Tausenden und schließlich zwanzig verbliebenen Körper.

Für das Finale vereinen sich seine dreihundert Persönlichkeiten wieder in einer. Es sind noch drei große Asteroiden übrig. Sie sind so schwer, dass einzelne Laserimpulse nicht mehr genügen, um sie zu bewegen und um ihre Oberflächen aufzuschmelzen. Er konzentriert das Feuer aus mehreren Batterien. Aber er muss aufpassen. Seine Aufbauarbeit kann schnell in Zerstörung umschlagen. Er will die Asteroiden nicht zerstrahlen – sie sollen sich zu einem neuen Mond zusammenfügen. Er beschleunigt sie so geschickt, dass sie fast im selben Moment aufeinandertreffen und sich ihre Impulse dadurch gegenseitig auslöschen.

Das war es. Mit ein paar Korrekturimpulsen verschließt er die Bruchstellen. Er hat, wenn man die Sammelphase nicht mitrechnet, innerhalb eines einzigen Tages geschafft, wofür das Universum früher einen Megazyklus brauchte. Der Mensch hat sich wirklich emanzipiert und seinen Lehrmeister längst übertroffen. Zu dumm, dass er mit dem Universum zusammen von der Bühne abtreten muss. Es wäre ja schön, wenn die Menschen das Ende des Universums irgendwie überdauern könnten, aber dieser Weg ist prinzipiell verschlossen.

Jetzt muss er den Mond nur noch auf den Weg bringen. Er bringt das Schiff in seine Nähe und schießt eine Sonde mit Nanobots auf die Oberfläche des Himmelskörpers. Die Nanomaschinen werden einen Spiegel konstruieren, den er dann vom Schiff aus mit allen Lasereinheiten beschießen kann. Der Mond wird Fahrt aufnehmen und zusammen mit neun oder zehn ähnlich großen Objekten in ein paar Kilojahren im Zielsystem von IRS 13 eintreffen. Gropius braucht nur etwas Geduld.

Zyklus ZB2.3, Unbekanntes System

Der namenlose Stern vor ihnen besitzt etwa ein Viertel der Sonnenmasse. Für einen Roten Zwerg ist er damit relativ schwer. Aber trotzdem ist Kepler enttäuscht. Jeden Tag, den sie im Anflug auf die von Zhenyi übermittelten Koordinaten nun schon bremsen, hat er auf Überraschungen gehofft, aber der Butler hat ihn immer wieder vertröstet. Wenn Zhenyi ihn hierher bestellt hat, muss es doch einen Grund geben? Er spuckt den Schlauch aus und räuspert sich.

»Vielleicht bist du ja bei der Dyson-Sphäre falsch abgebogen«, sagt er.

»Ausgeschlossen«, meint der Butler, »das ist das System, in das uns meine Herrin geführt hat.«

»Das war ein Scherz«, sagt Kepler.

»Nein, das war kein Scherz. So etwas traue ich Wang Zhenyi nicht zu.«

»Ich meinte meine Behauptung, du wärst falsch abgebogen.«

»Ach so. Das habe ich natürlich nicht ernstgenommen.«

»Du hast mir aber so geantwortet, als hättest du es ernstgenommen, Puppy.«

Der Name des Butler klingt immer noch lustig. Er muss ihn öfter aussprechen, um sich daran zu gewöhnen. Der

Butler antwortet nicht. Kepler lässt sich wieder in sein Geleebad sinken.

»Ich würde vorschlagen, Sie kleiden sich schon einmal an.«

»Warum?«

»So wollen Sie Zhenyi doch sicher nicht unter die Augen treten, Johannes?«

»Hier gibt es keine Spur von Zhenyi. Die Botschaft ist ja nun schon hunderte Zyklen alt. Sie ist bestimmt weitergezogen.«

»Aber nicht, ohne uns einen Hinweis zu hinterlassen. Sehen Sie, es gibt vier Planeten. Dort müssen wir nachsehen.«

Kepler taucht mit dem Gesicht aus dem Gelee. Auf dem Bildschirm über ihm ist das Sonnensystem zu bewundern. Es besteht aus vier Gesteinsplaneten. Zwei sind etwa so groß wie Terra, zwei sind deutlich größer. Kepler seufzt. Natürlich hat der Butler recht. Sie müssen nachsehen, was da unten los ist.

»Wir fangen beim innersten Planeten an«, sagt Kepler.

»Sie fangen innen an«, sagt der Butler.

»Wie, soll ich das allein übernehmen?«

»Nein. Ich klappere die äußeren Planeten ab. Mit Ihrem biologischen Körper werden Sie dort nicht viel Freude haben.«

»Danke, Puppy.«

Es geht doch nichts über eine kluge KI.

Am Nachmittag serviert ihm der Butler seine erste feste Mahlzeit nach der langen Zeit im Geleebad. Kepler fühlt sich wie neu geboren. Seine Haut ist ganz weich. Die Gelenke sind beweglich wie nie zuvor, und die Muskeln scheinen vom langen Liegen nicht geschrumpft, sondern gestärkt.

»Die Geleewanne ist ja ein wahres Lebenselixier«, sagt Kepler.

»Ja, die Nanobots darin bringen selbst den ältesten Körper in Schwung.«

Danke für das Kompliment, denkt Kepler. Du mich auch.

»Wann geht es los?«, fragt er.

»Morgen. Wir nähern uns gerade dem innersten Planeten und werden einen Orbit darum einschlagen. Dann starten wir mit Shuttles zur Oberfläche.«

»Verstehe.«

Kepler kaut gedankenverloren, während er auf dem Bildschirm durch die Daten des inneren Planeten scrollt. Es dürfte kein besonders anstrengender Ausflug werden. Der Planet befindet sich innerhalb der habitablen Zone. An der Oberfläche liegt die mittlere Temperatur bei zehn Grad Celsius. Allerdings nur auf der dem Roten Zwerg zugewandten Seite. Der Planet ist in einem gebundenen Orbit gefangen. Aber wenn sie überhaupt hier war, wird Zhenyi ja nicht so dumm gewesen sein, sich auf die dunkle Seite begeben zu haben.

»Wissen wir irgendetwas über den Planeten?«, fragt er.

»Gar nichts – in der Datenbank existiert er nicht. Aber ich taste ihn schon dauernd in allen Wellenlängen ab.«

»Mit welchem Ergebnis?«

»Es gibt keine besonderen Merkmale. Hätte uns Zhenyi nicht hierhergelockt und wäre das System nicht aus der Datenbank gelöscht worden, würde ich es für nicht weiter beachtenswert halten.«

Immerhin ist der Butler ehrlich. Kepler hat den gleichen Eindruck gewonnen. Dieser Planet ist so stinknormal, dass es schon wehtut. Warum löscht ihn dann jemand aus dem Verzeichnis? Dafür muss es einen Grund geben. Aber es gibt ja noch drei andere Planeten, die das Ziel der Aktion gewesen sein könnten. Oder geht es um den Stern selbst? Warum hat Zhenyi nicht wenigstens ein paar Andeutungen gemacht? Weiß sie überhaupt mehr als sie? Und wo hält sie sich auf?

Kepler beißt auf einen Knochen.

»Aua«, sagt er. »Das war ein Knochen.«

»Es tut mir leid, Johannes, aber das war die Gabel. Sie haben auf die leere Gabel gebissen.«

Kepler hält sich das Werkzeug vor das Gesicht. Er muss

sich besser konzentrieren. Beim Essen sollte man keine fremden Planeten betrachten.

Zyklus ZB2.4, Unbekanntes System

»Zwanzig Meter, neunzehn, achtzehn ...«

Kepler hält sich an den Seitenlehnen fest. Der Sturm schüttelt die Rakete durch. Hätte ihm der Butler nicht ein ruhigeres Landegebiet aussuchen können?

»Neun, acht, sieben ...«

Auf den Bildschirmen ist schon seit Minuten nur noch eine graue Wand zu erkennen, die jetzt braune Sprenkel bekommt. Das wird der Dreck sein, den die Triebwerke hochschleudern. Kepler zählt mit der Stimme der Automatik mit. Gleich hat er es geschafft.

»Drei, zwei, eins ... Landung.«

Ein Stoß trifft seine Wirbelsäule. Die Liege hat ihn nicht schnell genug abgeschirmt. Aua! Er stößt die Luft aus und bemerkt, dass er in den letzten Sekunden das Atmen vergessen hat. Er muss sich wirklich besser konzentrieren. Die Zeit im künstlichen Körper, wo das Atmen angenehm, aber optional ist, hat wohl ihre Spuren hinterlassen. Oder liegt es an seiner Aufregung? Er tastet seine Stirn und seine Schläfen ab. Die Haut ist von kaltem Schweiß bedeckt. Das ist alles ganz normal, sagt er sich. Er steckt in seinem biologischen Körper, dessen Reaktionen nun einmal nicht vorhersehbar sind. Er hat es ja so gewollt.

Kepler ruft das Radarbild auf den Screen. Der Landeplatz befindet sich in einer hügeligen Landschaft, die ihn an HD40307g erinnert, ein beliebtes Fotomotiv. Es ist wohl auch deshalb so populär, weil es zeigt, wie egal dem Universum der Mensch ist. HD40307g sieht nämlich wunderschön grün und ansprechend aus, doch trotzdem will niemand einen Fuß auf den Planeten setzen, weil seine Schwerkraft mörderisch ist.

Mit welchen Überraschungen wird dieser Planet hier aufwarten, der nicht mal einen Namen trägt? Auf den Sensoren sieht auch hier alles perfekt aus. Die Atmosphäre besitzt in Bodennähe genug Sauerstoff, sodass er ohne Technik atmen kann. Die Schwerkraft ist angenehm, die Temperaturen sind frühlingshaft. Gut, es gibt ein ausgeprägtes Wettersystem. Stürme wie dieser bilden sich binnen weniger Minuten, flauen aber auch schnell wieder ab.

So wie jetzt. Es ist plötzlich ganz still, fast, als hätte sein Gedanke den Befehl gegeben. Er wechselt vom Radar zum Kamerabild. Die Hügel um das Schiff herum sind von einer gelblich-grünen Masse organischen Ursprungs bedeckt. Schon aus dem Orbit heraus haben sie diese Art Rasen entdeckt. Er breitet sich um den ganzen Planeten herum aus. Andere Himmelskörper haben Meere aus Wasser oder Lava – dieser hat seinen Rasen-Ozean.

Gefahren scheinen davon nicht auszugehen. Das Radar hat in 30 Zentimetern Tiefe festen Boden gemessen. Er wird wie durch hohes Gras waten, wenn er den Planeten erkundet. Natürlich muss er vorsichtig sein. Der erste Eindruck kann täuschen. Vielleicht ist das ja eine gigantische Falle, die nur auf einen Snack wie ihn wartet. Aber das ist sehr, sehr unwahrscheinlich. Andere Lebensformen scheint es hier nicht zu geben, und wenn der Planet auf Nahrung aus dem All angewiesen wäre, hätte er kaum so lange überleben können. Nein, er muss zwar vorsichtig sein, aber er braucht sich auch nicht zu fürchten. Dies ist kein Horrorfilm, es ist die Erforschung einer Welt, über die sie sich schon aus dem Orbit umfassend informiert haben.

Aber es muss doch ein Geheimnis geben. Zhenyi kennt es offenbar, sonst hätte sie ihn nicht hergelockt. Vielleicht ist es auch dieses Geheimnis, das für ihr Verschwinden verantwortlich ist. Kepler löst den Gurt und erhebt sich von seiner Liege.

Es ist seltsam, in Hemd und Hose auf einem fremden Planeten zu stehen. Kepler fühlt sich ungeschützt. Aber da ist wirklich nichts, vor dem er sich in Acht nehmen müsste. Die Funzel am Himmel schafft es nicht einmal, einen Sonnenbrand auf seiner Haut zu verursachen.

Der Sturm ist komplett abgeflaut, kein Lüftchen regt sich mehr. Am Horizont sind ein paar flache Wolken zu erkennen. Sie sind etwas nördlich des Äquators gelandet. Die Sonne steht fast im Zenit, und sie wird ihren Platz dort auch nicht verlassen. Kepler macht ein paar Schritte auf der Stelle. Der Boden scheint relativ locker zu sein, es ist Erdreich, kein Gestein. Der elastische Untergrund wäre perfekt zum Joggen geeignet.

Aber eines ist seltsam. Die Rakete, in der er gekommen ist, ist auf einem Feuerstrahl nach unten geritten, mit Hilfe eines guten alten chemischen Triebwerks. Es gibt nichts Besseres, um auf Planeten mit Atmosphäre zu landen. Die heißen Abgase haben den Erdboden im Umkreis von etwa 50 Metern versengt. Doch da sind überhaupt keine verbrannten Pflanzen. Hat die Automatik instinktiv einen Fleck ohne Vegetation ausgesucht?

Kepler geht langsam in Richtung Horizont, bis er die Grenzlinie erreicht. Dort bückt er sich. Diesseits der deutlich ausgeprägten Linie ist der Erdboden fast schwarz, jenseits ist er bräunlich. Er nimmt etwas Erde von beiden Seiten in die Finger. Wo der Feuerstrahl sie erhitzt hat, erinnert ihre Struktur an trockenen Sand. Jenseits davon ist sie faserig und fühlt sich deutlich feucht an. Auf seinen Fingern bleibt ein schmieriger Film zurück. Kepler riecht daran. Er muss eine Probe nehmen, vermutlich steckt der Film voller Mikroorganismen.

Er steht wieder auf. Zwei Meter vor ihm beginnt der

grüne Rasen. Kepler betrachtet die Vegetation. Es scheint keinerlei Pfade zu geben. Sie ist überall gleich dicht. Es ist ein phänomenaler Bewuchs. Das kniehohe Gras, das sich bis zum Horizont ausbreitet, scheint auch keine Konkurrenz zu kennen. Das ist wirklich einzigartig. Irgendwann muss diese Pflanze all ihre Mitbewerber überwunden haben. Meist führt das dazu, dass das Ökosystem völlig zusammenbricht. Aber hier offenbar nicht. Vielleicht, weil der Planet das Glück hatte, um einen langweiligen Roten Zwerg zu kreisen. Hier hat sich über viele Gigazyklen hinweg nichts verändert.

Kepler seufzt. Vielleicht war es ein Fehler, hierher zu kommen. Wenn der Mensch seinen Fuß auf einen Planeten setzt, verändert er ihn immer. Es reicht ja, wenn sich an den vom Triebwerk verbrannten Stellen mit einem Mal neue Arten breitmachen können. Kleine Änderung, große Wirkung. Dieses Ökosystem ist darauf nicht eingestellt. Vielleicht hat deshalb jemand diesen Planeten aus der Datenbank gelöscht? Was nicht existiert, kann der Mensch nicht zerstören. Und dann kommt die neugierige Zhenyi daher und vermutet eine Verschwörung. Wenn er sofort wieder startet, hat der Planet vielleicht noch eine Chance.

Nein. Er weiß doch noch viel zu wenig. Wenn Zhenyi hier ist, muss er sie finden und mit nach Hause nehmen.

Kepler will den Rasen betreten, aber er schafft es nicht. Er hebt den Fuß, aber sobald er ihn absetzt, steht er auf braunem Erdreich. Die Vegetation weicht vor ihm zurück! Er bleibt wieder stehen. Das ist unmöglich. Das Gras muss spüren, dass sich etwas darauf zu bewegt, es muss die Bewegung vorherberechnen und sich dann aus dem Gefahrengebiet entfernen. Dafür hat es vielleicht zwei oder drei Sekunden.

Er hockt sich hin, und sofort vergrößert sich der Kreis, in dessen Mittelpunkt er sitzt. Er greift mit der rechten Hand nach einem der Grashalme, aber die ganze Pflanze entwischt ihm.

»Sch, sch«, sagt er, als hätte er es mit einem ängstlichen Tier zu tun.

Er greift nach einer anderen Pflanze, doch auch die ist schneller als er.

»Sch, sch«, sagt er noch einmal, »ich will euch doch nichts tun, meine Kleinen.«

Seine beruhigenden Worte helfen nicht. Immer, wenn er nach einer Pflanze greift, zieht sie sich zurück. Sie scheint sich dabei blitzschnell im Erdreich zu verstecken. Aber wie macht sie das? Wer beobachtet ihn die ganze Zeit, wer warnt vor seinen Bewegungen und wie schafft eine Pflanze es überhaupt, so schnell zu reagieren?

Weil die Halme keine Pflanzen sind, du Dummkopf, denkt er. Er hat sich, typisch Mensch, von Äußerlichkeiten beeinflussen lassen. Er muss mit seinen Überlegungen einen Schritt zurückgehen. Organismen, ja, darum handelt es sich gewiss, es ist Leben, kein chemischer Vorgang. Aber Pflanze und Tier, das sind irdische Einteilungen. Kepler steht auf. Er läuft ein paar Schritte in Richtung Süden. Die grünen Halme weichen seinen Schritten immer rechtzeitig aus. Er rennt, doch auch das beeindruckt sie nicht.

Allmählich wandert die Sonne in seinem Blickfeld nach links. Das ist falsch. Sie muss am selben Ort bleiben. Offenbar läuft er nicht geradeaus. Kepler bleibt stehen und sieht zurück zur Rakete. Er hat eine bogenförmige Schneise hinterlassen. Die Grashalme besiedeln den Platz, den sie ihm gelassen haben, also nicht wieder, jedenfalls nicht sofort. Aber warum der Bogen? Er ist nicht absichtlich im Kreis gelaufen! Es gibt zwar das Phänomen, dass Menschen ohne Orientierung von der geraden Linie abkommen. Aber die Sonne im Süden, das ist ein ziemlich klarer Wegweiser. Trotzdem hat es der Rasen geschafft, ihn vom Weg abzubringen.

Kepler läuft wieder los. Er schließt die Augen. Der Weg, den er nun nimmt, ist gerade. Er öffnet sie wieder, und landet prompt erneut in einem Bogen. Offenbar gehen ihm die Halme so aus dem Weg, dass sich ein unmerklicher Bogen bildet. Der Rasen spielt mit ihm! Diesmal ergibt er sich. Wohin wird der Weg ihn führen? Kepler spaziert gemütlich zehn Minuten lang über den fremden Planeten. Dann erreicht er das Raumschiff wieder. Der Rasen hat ihn zurückgeführt. Na, wenn das kein freundlich formuliertes »Verpiss dich!« ist?

Aber so einfach will er es diesem Planeten nicht machen. Gerade dieser Psychotrick beweist doch, dass er hier etwas auf der Spur ist. Er wird nicht einfach wieder abfliegen. Das muss der Planet sein, den Zhenyi gemeint hat.

Beim zweiten Versuch verlässt sich Kepler nicht auf seine Sinne. Er hat eine komplette Scanausrüstung mit nach draußen gebracht. Sie besteht aus einem mehräugigen Kamerakopf und einem dreibeinigen Stativ. Er stellt das Stativ an den Außenrand des verbrannten Bodens und montiert den Kamerakopf. Die Scanausrüstung wird ihn in sämtlichen Wellenlängen beobachten. So muss er dem Geheimnis des seltsamen Rasens auf die Schliche kommen.

Kepler aktiviert die Ausrüstung. Die Kamera fokussiert automatisch und folgt dabei stets seiner Person. Er stellt sich vor den Rasen und hebt in Zeitlupe den rechten Fuß, als wolle er losgehen. Das Gras reagiert nicht sofort. Zunächst passiert gar nichts. Als sein Fuß zwanzig Zentimeter über dem Boden ist, verschwinden die Halme direkt vor ihm. Er steht auf einem Bein. Gut, dass ihn gerade niemand beobachten kann. Dann streckt er das Bein aus, erst nach vorn, dann nach links und schließlich nach rechts. Der Rasen reagiert und verschwindet direkt unter seinem Bein.

Du willst kein Risiko eingehen, denkt er, sehr schlau von dir. Und was sagt die Kamera dazu? Er beendet die Kunststückchen und geht zu seiner Messeinrichtung. Die Kameras haben in keiner Wellenlänge Aktivitäten aufgefangen, die über das hinausgehen, was er selbst gesehen hat. Hm. Er ist enttäuscht. Dann fällt ihm das Mikrofon ein. Er spielt die Tonaufnahme ab. Sie hört sich verrauscht an. Aber es ist völlig windstill, und das Mikrofon ist gut geschützt. Da darf nichts rauschen. Er schneidet die tieferen Frequenzen heraus.

Das Rauschen wird deutlicher. Er spielt den Ton langsamer ab. Ist das noch Rauschen, oder gibt es da eine Struktur? Er verringert das Tempo weiter. Und dann wird es klar. Das Rauschen ist eine schnelle Folge verschiedenster Töne! Er entzerrt die Aufnahme noch ein bisschen. Sind das Stimmen? Es kommt ihm vor, als würde sich ein Vogelschwarm unterhalten, allerdings mit deutlich tieferen Stimmlagen als bei Spatzen oder Meisen.

Er sendet die Aufnahmen an das Raumschiff im Orbit und beauftragt die Schiffs-KI, darin nach Mustern und Bedeutung zu suchen. Wenn das wirklich Stimmen sind, muss es einen nachweisbaren Informationsgehalt geben. Die Analyse wird allerdings einen halben Tag dauern.

Kepler nimmt den Kamerakopf vom Stativ und legt ihn auf den Boden, direkt vor das Gras. Dann zoomt er damit, so gut es geht. Er will wissen, woher die Geräusche kommen. Die Grashalme scheinen ja keine Sprechorgane zu besitzen. Er hält mehrmals den Arm über das Gras und provoziert eine Reaktion. Dann betrachtet er die Bilder der Kamera. Es ist spannend. Die Halme haben mit irdischem Gras wenig gemein, das wird in der Vergrößerung besonders deutlich. Sie sind nicht flach, sondern kreisrund, und sie sind in jeder Richtung enorm biegsam. Kepler kommen sie eher wie lauter kleine Schlangen vor. Aber er kann auch keine Gliederung erkennen. Die Halme haben bis zur Spitze etwa denselben Durchmesser, und dann sind sie abrupt zu Ende, fast, als wären sie dort von einer riesigen Erntemaschine abgeschnitten worden. Die »Schnittfläche« ist glatt und scheint keine sichtbaren Verletzungen aufzuweisen.

Kepler zoomt noch ein Stück in das Bild hinein und analysiert seinen zeitlichen Verlauf. Er kompensiert das Schwanken der Halme. Und dann erkennt er es: Die Flächen an ihren Spitzen sind entscheidend. Sie vibrieren, das ist in der höchsten Zoomstufe zu sehen. Und dabei produzieren sie die Töne, die er analysiert hat. Kepler tritt einen Schritt zurück. Jeder dieser Halme besitzt an seiner Spitze quasi einen Mund, mit dem er zu den anderen Halmen sprechen kann. Was er für Gras gehalten hat, könnte eine planetenumspannende Kolonie von Lebewesen sein, die sich gemeinsam von der reichlich zur Verfügung stehenden Energie ernähren.

Aber wie merken sie, dass er sich nähert? Spüren sie seine Anwesenheit irgendwie? Kepler geht noch einmal sämtliche Daten durch. Nein, da gibt es nichts. Bis auf ... die Tatsache, dass jeder Lautsprecher auch ein Mikrofon sein kann. Die Münder können vermutlich nicht nur reden, sie fühlen offenbar auch, was um sie herum passiert. Sie müssen enorm empfindlich sein. Immer, wenn er einen Arm oder ein Bein bewegt, stößt er damit ein paar Luftmoleküle an. In einer dichten Atmosphäre wie dieser kann man sich nicht lautlos bewegen. Wahrscheinlich werden die Luftdruckschwankungen von den empfindlichen Organen an der Spitze der Halme registriert, sodass der Organismus reagieren kann.

Das ist wirklich spannend, und es wäre Grund genug, dass Zhenyi ihn hergeholt hat, obwohl er kein Biologe ist. Es ist wohl die komplexeste Form von Leben, die der Mensch in den vielen Gigazyklen seiner Existenz entdeckt hat. Denn das Leben hatte sich als überraschend, geradezu deprimierend rares Phänomen erwiesen.

Aber was er herausgefunden hat, eröffnet zwei noch weitaus spannendere Fragen: Wie groß ist der Anteil der Organismen, den sie in Form der Halme sehen können? Gibt es im Erdreich bloß noch so etwas wie Wurzeln, oder sind die Halme nur die Spitze des Eisbergs? Und noch wichtiger: Wie verarbeiten diese Organismen das Wissen, das sie erwerben? Warum entscheidet sich der rechte Grashalm dafür, besser zu verschwinden, während der Halm direkt daneben stehenbleibt? Und wer hatte die großartige Idee, ihn durch einen psychologischen Trick wieder zurück zum Raumschiff zu führen? Oder wird er gerade zum Opfer seiner eigenen Psychose, die ihn zwingt, in lauter Zufällen Gesetze erkennen zu wollen?

Er wird für heute Schluss machen. Er braucht unbedingt Ideen, wie er diesen beiden Fragen auf den Grund gehen kann.

Zyklus ZB2.5, Unbekanntes System

Kepler hätte jetzt gern einen klugen Gesprächspartner. Die Schiffs-KI ist auf ein niedriges Level beschränkt; sie antwortet entweder einsilbig oder mit Gegenfragen. Den Turing-Test würde sie sicher nicht bestehen.

Der Butler ist gerade im Orbit des dritten Planeten. Die Signallaufzeit dorthin liegt bei sieben Minuten. Dadurch laufen Gespräche sehr zäh ab.

»Wie läuft es bei dir?«, fragt Kepler.

Warten. Er steht auf, geht um die Liege herum, setzt sich wieder. Warten.

»Dieser Planet ist nicht unser Ziel«, sagt der Butler. »Die Oberfläche besitzt keinerlei Atmosphäre mehr. Eigentlich ungewöhnlich, denn in dieser Entfernung zur Sonne ist der Planet ja viel sicherer als der, wo Sie sich gerade aufhalten. Ich werde mir noch den letzten Planeten ansehen, aber ich glaube, die Ereignisse, derentwegen Zhenyi uns herbestellt hat, spielen sich bei Ihnen ab. Welchen Eindruck haben Sie denn?«

»Ich habe lauter spannende Ergebnisse«, erklärt Kepler. »Die Oberfläche ist von einer Art Rasen bedeckt, der interessante Eigenschaften besitzt. Ich schicke meine Beobachtungen mit. Aber es ergeben sich auch zwei Fragen daraus.«

Er formuliert die Fragen und drückt dann den Sendeknopf. Jetzt heißt es wieder warten. Kepler steht auf und geht um die Liege herum. Dann holt er das vergrößerte Bild auf den Schirm und sieht es ganz deutlich: Die Abdeckung der Halme funktioniert wie eine Trommel und wie ein Mikrofon. Die Natur denkt sich wirklich schlaue Techniken aus. Wie konnte so etwas so viele Gigazyklen verborgen bleiben? Oder war es Absicht, dass niemand davon wusste?

Warten.

Warten.

»Das ist phänomenal. Es gibt nichts Vergleichbares im Universum«, antwortet der Butler. »Ich habe meine lokalen Datenbanken geprüft. Das ist anders als jede Lebensform, die die Menschen je irgendwo gefunden hätten, all die eingeschlossen, die sie dann später vernichtet haben oder die die Explosion ihres Sterns nicht überstanden haben. Im Grunde kann ich mir die weitere Suche hier sparen. Aber aus Gründen der Vollständigkeit werde ich sie trotzdem nicht abbrechen. Die Fragen habe ich verstanden, sie sind ja wirklich eingängig, Antworten darauf habe ich aber nicht. Ich würde dafür plädieren, ein Exemplar einzufangen. Wenn die Sinne der Halme akustisch funktionieren, müsste eine Laserpinzette Erfolg versprechen.«

Natürlich. Akustische Vibrationen breiten sich mit Schallgeschwindigkeit aus. Wenn er die Pflanzen überlisten will, muss er einfach nur schneller sein als sie. Eine Laserpinzette sollte ihm diesen Vorteil bringen. Es lohnt sich doch immer, mit dem Butler zu sprechen. Puppy ist in kurzer Zeit zu seinem zweitliebsten Gesprächspartner geworden, gleich nach ihm selbst.

Die Luft ist hier draußen viel angenehmer als im Raumschiff. Wenn er Zhenyi gefunden hat, muss er sie überreden, ihre Basis von K2-288Bb hierher zu verlegen. Sie könnten im Freien frühstücken, sich einen Pool anlegen, sich im warmen Wasser lieben ... Aber vielleicht sollte er sie erst einmal finden.

Merkwürdigerweise ist sich Kepler sicher, dass seine Forschungsarbeit dazu beiträgt. Warum eigentlich? Er hat noch keinerlei Spur von ihr ausfindig gemacht; Zhenyi könnte ebensogut mit einem defekten Antrieb zwischen den Sternen treiben.

Er nimmt die Laserpinzette aus dem Köcher. Sie sieht überhaupt nicht wie eine normale Pinzette aus. Das Gerät erinnert an ein dickes Rohr oder an eine Taschenlampe. An der Spitze besitzt es drei kleine Laseraugen, die konzentriertes Licht in einer wählbaren Frequenz ausstrahlen können. Die drei Strahlen lassen sich so fokussieren, dass sie sich in einem Punkt treffen, um dort gemeinsam ihre Wirkung zu entfalten.

Die soll in seinem Fall ganz einfach darin bestehen, dass der Halm an dieser Stelle durchtrennt wird, sodass er ihn genauer untersuchen kann.

Kepler nähert sich der Grenze. Von seinen gestrigen Versuchen ist nichts mehr zu bemerken. Die Halme besiedeln also nach gewisser Zeit die von ihnen aufgegebenen Flächen wieder. Das gilt auch für den zusätzlichen Ring, den sie um das Schiff gebildet hatten. Heute ist nur noch der Bereich frei, in dem das Triebwerk die Erde verkohlt hatte.

Er kniet sich hin und bemüht sich dabei, dem Gras nicht zu nahe zu kommen. Er will die Halme überraschen. Kepler nimmt das Rohr zur Hand und justiert den Konvergenzpunkt. Er liegt jetzt etwa dreißig Zentimeter vor dem Rohrende. Dann zielt er mit dem Rohr auf einen der Halme in der ersten Reihe.

Ob das Gras Gedanken lesen kann? Anscheinend nicht, denn es steht ganz ruhig da. Ein leichter Wind wiegt es hin und her. Es ahnt noch nichts von dem, was ihm bevorsteht. Es kann die Photonen nicht spüren, die ihm mit Lichtgeschwindigkeit entgegenrasen. Kepler drückt den Auslöser der Laserpinzette, und der obere Teil des Halms fällt herab. Jetzt reagieren die anderen Halme um ihn herum; sie verstecken sich im Erdreich. Aber dieser Halm kann sich nicht mehr wehren. Kepler hebt ihn vorsichtig auf. Das Unterteil der Pflanze steht starr, als wüsste es nicht, wie ihm geschieht.

Vermutlich ist es auch genau so, denn der Drucksensor befindet sich ja an dem Ende, das er entfernt hat. Er greift mit der linken Hand nach der unteren Hälfte und zieht daran. Plötzlich meint er ein Pfeifen zu hören, ein ansteigendes Geräusch, das ihm durch Mark und Bein geht. Ruft der Halm jetzt um Hilfe, oder ist es eher ein Klagelaut?

Kepler lässt den in der Erde steckenden Halm wieder los. Er kann sich nachher immer noch darum kümmern. Jetzt analysiert er erst einmal die Probe, die er gewonnen hat.

DIE LUFT im Schiff ist wirklich verbraucht. Warum ist ihm das vorher noch nicht aufgefallen? Er legt den halben Halm in den Analysator. Die Maschine braucht etwa drei Minuten, um ihn zu untersuchen. Kepler knetet seine Finger. Es lohnt sich nicht, für die kurze Zeit nach draußen zu klettern. Die Ergebnisse müssen gleich da sein.

Der Analysator meldet, dass seine Arbeit beendet ist. Kepler legt sich auf die Liege und lässt die Ergebnisse über den Haupt-Bildschirm ausgeben: Das Leben hier basiert auf Kohlenstoff. Das ist nicht überraschend; die Menschheit hat bisher nur kohlenstoffbasiertes Leben gefunden. Stärke, Proteine, Zucker: die Verbindungen ähneln denen des irdischen Lebens. Er könnte sich aus den Halmen sogar einen Salat machen und würde ihn vertragen. Allerdings sind ein paar ätherische Öle enthalten, die dem Campher ähneln. Ein Halm-Salat würde also vermutlich nicht besonders gut schmecken. Aber durch eine Wärmebehandlung könnte man die Öle entfernen.

Er wechselt zu den Strukturdaten. In dieser Hinsicht gibt es keinerlei Parallelen zu irdischem Leben mehr. Die organischen Moleküle, aus denen der Halm besteht, kommen auch in seinem eigenen Körper vor, aber sie verbinden sich hier ganz anders miteinander. Es sind zum Beispiele keine Zellstrukturen zu erkennen. Sicher, es gibt Funktionseinheiten. Das Äußere des Halms ist von kleinen Kraftwerken bedeckt, die Sonnenlicht in chemische Energie umsetzen. Die Moleküle hier ähneln dem Chlorophyll irdischer Pflanzen. Dann gibt es aber auch noch andere Einheiten, in denen Ringmoleküle dupliziert werden. Kepler würde darauf wetten, dass sie für die Stabilität der Halme zuständig sind. Aber die verschiedenen Komponenten schirmen sich nicht gegeneinander ab. Es gibt keine Zellwände, die für den Stoff- oder Energietransport überwunden werden müssten. Das macht dieses Lebewesen vermutlich sehr effizient. Vielleicht konnte es sich dadurch gegen die zweifellos einst vorhandene Konkurrenz durchsetzen. Kooperation statt Kampf. Kepler stellt sich vor, wie die Ur-Vorfahren der Grashalme irgendwann zusammenkamen und feststellten, dass sie perfekt miteinander harmonieren. Dieser Planet scheint so etwas wie ein primitives Paradies zu sein.

Aber vielleicht täuscht er sich auch. Womöglich hat sich die heute dominierende Spezies in einem gewaltigen Vernichtungsfeldzug gegen all ihre Konkurrenten durchgesetzt, und was er als Paradies betrachtet, stellt in Wirklichkeit eine Hölle dar.

Eine Hölle, die all ihre Besucher verschlingt und bereits Zhenyi auf dem Gewissen hat?

Mensch, Kepler, denkt er, deine menschliche Fantasie geht schon wieder mit dir durch. Warum soll etwas nicht einfach mal das sein, wonach es aussieht?

Hätte dich Zhenyi denn herbestellt, wenn hier eitel Sonnenschein herrschte?

Warum sollte sie ihn nicht in ein offensichtliches Paradies einladen? Vielleicht hat sie ihren Trennungsbeschluss noch einmal überdacht?

Du belügst dich selbst, Kepler, das ist doch typisch!

Es ist anstrengend, mit sich zu streiten. Er schläft ein.

Zyklus ZB2.6, Unbekanntes System

Der Halm ist weg, und im ganzen Schiff riecht es intensiv nach Campher. Kepler hat bereits den Analysator durchsucht, den Fußboden darunter, den gesamten Raum. Die Schleuse war geschlossen, also kann der Halm nicht nach draußen geflüchtet sein. Mal davon abgesehen, dass dann die dringende Frage nach dem Wie entstünde.

Kepler setzt sich auf die Liege. Soll er sich vielleicht besser selbst unter den Scanner begeben? Er stellt sich vor, wie der Halm die Gelegenheit genutzt hat und durch seinen Mund in seinen Magen gekrochen ist. Oder gar durch die Ohren in sein Gehirn. Vielleicht beginnt er bald, sich mit den anderen Halmen zu unterhalten.

Aber das ist Unsinn. Da war nichts an dem Halm, das irgendwie sein Gehirn beeinflussen könnte, vielleicht von dem Campher abgesehen. Der starke Geruch benebelt ihn, aber auch nicht so stark, dass er in Gefahr wäre. Wäre das Zeug giftig, hätte es die Lebenserhaltung längst aus seiner Atemluft geholt. Er muss sich beruhigen.

Was ist die wahrscheinlichste Variante? Der Halm besaß keine Füße. Er kann sich also nicht aus dem Staub gemacht haben. Vermutlich hat er sich im Wortsinn in Luft aufgelöst. Kommt daher der intensive Campher-Geruch? Kepler sucht ein Stück Papier und reibt damit über die Ablage neben dem

Analysator. Dann steckt er das Papier in die Maschine. Das Gerät braucht nicht lange, um ihm die Lösung zu liefern: Der Halm muss eine Art Selbstmord begangen haben. Seine Moleküle haben einfach ihre Zusammenarbeit beendet. Der Analysator findet jede Menge Bruchstücke, aber kein einziges Molekül hat noch seine vorherige Form. Vielleicht hat dem Halm etwas Wichtiges gefehlt? Hätte er ihn ins Wasser stecken sollen, oder war die Luft zu trocken? Es ist eigentlich egal, er hat die Antwort auf seine Frage. Er will ja den außerirdischen Rasen nicht kultivieren.

Trotzdem ist da ein leichter Schock. Er hat dem Ökosystem etwas entnommen, das daraufhin gestorben ist, wenn man so will. Er ist schuldig. Es tut ihm leid. Wie entschuldigt man sich bei einem außerirdischen Rasen? Er weiß noch viel zu wenig. Bilden die Halme eine Kolonie? Leben sie in Symbiose, oder sind sie gar ein einziges Lebewesen? Alles ist möglich. Wie werden sie ihn wohl sehen? Erkennen sie, dass er lebt, während das Raumschiff tot ist? Sie haben auf seine Anwesenheit reagiert. War das ein bewusstes Ausweichen – oder reiner Instinkt? Ist ihnen im Grunde alles egal, Hauptsache, niemand steht ihnen in der Sonne?

So viele Fragen! Aber wenn er noch lange hier herumsitzt, wird er keinerlei Antworten erhalten. Er steht auf und läuft zum Schrank, in dem der Raumanzug hängt. Er öffnet die Tür und schließt sie gleich wieder. Er braucht ja gar keinen Anzug! Kepler greift nach der Laserpinzette und begibt sich durch die Schleuse nach draußen.

IRGENDWIE HAT ER DAMIT GERECHNET, frische Morgenluft zu atmen, aber das ist natürlich Humbug. Hier draußen hat sich nichts verändert. Die Sonne hängt an der gleichen Stelle am Himmel fest, als hätte sie dort jemand angenagelt. Es ist zwei, drei Grad wärmer als gestern. Kepler sieht auf seinen rechten Arm, um die genauen Werte abzulesen, aber da ist nichts. Er hat ja keinen Raumanzug an, sondern ein langärmliges Hemd. Vielleicht hätte er wenigstens das Universalgerät mitnehmen sollen.

Aber er kann es ja nachher noch holen. Er kniet sich am Rand des verkohlten Bereiches auf den Boden. Irgendwo hier muss der Halm sein, den er abgeschnitten hat. Ob der Rest sich auch aufgelöst hat? Aber nein, der halbe Halm ist noch da. Kepler rückt ganz nah an ihn heran. Seine Kollegen weichen zurück, aber der Halm selbst reagiert nicht. Es ist logisch, wenn die Halme über die Fläche an der Spitze akustische Signale empfangen. Er hat die Pflanze ihrer Augen und ihrer Ohren beraubt, und wohl auch ihres Sprachorgans. Der Mensch ist ein Zerstörer.

»Es tut mir leid«, sagt Kepler.

Vielleicht können ja die Halme in der Nähe seine Laute auffangen. Sie werden ihn nicht verstehen, aber womöglich ahnen sie aus dem Kontext, was gemeint ist. Denn gleich wird er diesem fremden Wesen vermutlich noch einmal wehtun. Aber wie soll er sonst weiterkommen? All das hier hat irgendwie mit Zhenyis Verschwinden zu tun. Er muss jeder Spur folgen, koste es, was es wolle.

Kepler greift mit der rechten Hand nach dem gekürzten Halm. Dann schließt er die Augen und spürt in seine Hand hinein. Kann es sein, dass der Halm in seinen Fingern zittert, dass er versucht, sich ihm zu entziehen? Er hebt die Finger etwas an. Sie rutschen den Halm entlang. Das muss dieser Campher sein. Er macht das Material glitschig. Er wischt seine Hand an der Hose ab und probiert es noch einmal.

Eins, zwei, drei – er reißt an dem Halm, aber ohne Erfolg. Die anderen Exemplare in der Nähe scheinen sich jedoch ein Stück zurückzuziehen. Zumindest kommen sie dem Halm, den er bearbeitet, nicht zu Hilfe. Kepler stellt sich vor, wie sie sich auf ihn stürzen und ihn strangulieren. Er wischt die Finger noch einmal ab. Würde er den Raumanzug tragen, hätte er mehr Kraft im Arm. Aber das erscheint ihm unfair. So ist es ein Kampf Mann gegen Mann. Kepler zieht ein weiteres Mal an dem Halm.

Jetzt funktioniert es. Kepler muss sich mit dem anderen Arm abstützen, damit ihn der Schwung nicht umwirft. Er hat den Rest des Halmes in der Hand. Am unteren Ende ist eine Art Knäuel zu sehen. Das muss die Wurzel sein. Sie hängt voller brauner Erde, er erkennt aber auch weißliche Fäden, die sich winden. Kepler betrachtet das Loch, das der Halm im Boden hinterlassen hat. Es ist überraschend groß. Auch darin zappelt und windet sich etwas. Ihm wird übel. Das ist ... seltsam. Dann drückt von unten braune Masse nach oben, vermutlich Erde. Das Loch verschließt sich. Das alles hat höchstens eine Minute gedauert.

Kepler betrachtet den Rest des Halms. Er schüttelt die Erde ab. Die weißen Fäden erlahmen. Es sind keine Würmer, es ist vermutlich dasselbe Material, aus dem der Halm besteht, nur ohne Chlorophyll. Eigentlich eine ganz normale Wurzel also. Nur das Loch im Boden, das hat ganz anders gewirkt: so, als ob sich das Leben auf diesem Planeten unter der Oberfläche abspielte und nicht darüber.

Kepler ist fasziniert und abgestoßen zugleich. Das muss er mit dem Butler besprechen.

Zyklus ZB2.7, Unbekanntes System

Unbekanntes System. Immer, wenn Kepler etwas in sein Tagebuch einträgt, stört er sich daran. Müsste es nicht besser »gelöschtes System« heißen? Sowohl dem Stern als auch dem Planeten hatte die Menschheit ganz gewiss schon einen Namen gegeben. Und vielleicht besaß er auch schon vorher so etwas wie eine Bezeichnung? Das Gras wird seiner Heimatwelt sicher keinen elaborierten Namen gegeben haben. Aber er ist sicher, dass es die Erde unter sich und die Wärme und das Licht über sich spürt. Das sind grundlegende Fähigkeiten des Lebens. Vielleicht sollte er so fair sein, dem Planeten kein Wort der menschlichen Sprache zuzuweisen – irgendwann wird er vielleicht erfahren, welchen Namen dieser Himmelskörper wirklich trägt.

Er ist heute aber wieder ganz der Poet! Manchmal mag er sich so. Dann wieder hätte er lieber den zupackenden Ingenieur, der er aber nie war. Es ist schon seltsam. Er existiert nun seit über zwanzig Gigazyklen. Aber er weiß noch immer nicht, wer er ist. Oder weiß er es, will es sich aber nicht eingestehen, weil er seinen Ansprüchen nicht genügt?

»Johannes?«

Die Stimme kommt aus allen Lautsprechern gleichzeitig. Er fasst sich ans Herz.

»Mann, musste das sein? Ich habe mich so erschreckt!«, sagt er.

Er rechnet damit, auf die Antwort des Butlers warten zu müssen, aber sie kommt sofort.

»Ich habe zuerst versucht, Sie über den Bildschirm zu kontaktieren, aber ohne Erfolg.«

»Ich war in Gedanken. Bist du schon wieder zurück?«

Kepler ist ganz froh, dass der Butler ihn ablenkt. Manchmal versinkt er tagelang in Grübeleien.

»Die Entfernungen in diesem System sind kurz. Ich bin im Orbit, ziemlich genau über Ihnen.«

»Wie, geostationär?«

Er beißt sich auf die Zunge. Der Planet rotiert so langsam, da ist ein geostationärer Orbit fast unmöglich.

»Nein, nur in diesem Moment. Wäre es Nacht, könnten Sie mich von Osten nach Westen über den Himmel ziehen sehen.«

»Hier unten ist nie Nacht.«

»Ich weiß. Sie sollten froh sein. Auf der Nachtseite ist es ganz schön kalt. Haben Sie mehr herausgefunden?«

Kepler schickt dem Butler die Auswertung des Analysators und beschreibt ihm dann, was er beobachtet hat. Was er in dem Loch in der Erde gesehen hat, lässt er aus. Er weiß selbst nicht, warum.

»Hier sind wir auf jeden Fall richtig«, sagt der Butler dann. »Auch wenn noch fast alle Fragen offen sind, klingt das schon sehr vielversprechend.«

Fast alle Fragen? Ist denn überhaupt schon etwas geklärt?

»Ich bin unsicher, in welche Richtung ich gehen sollte«, sagt Kepler.

»Immer der Nase nach«, antwortet der Butler. »Nein, entschuldigen Sie, ich fühle mich heute auf seltsame Weise beschwingt. Ich fand es sehr spannend, wie der Rasen Sie kollektiv zurück zum Raumschiff geführt hat. Vielleicht könnten Sie dem nachgehen.«

Kepler ist erleichtert. Das ist ein unschuldiges Spiel. Er hatte befürchtet, der Butler würde weitere Experimente an den Pflanzen vorschlagen. Das scheint ihm mit einem Mal gründlich falsch. Er hätte den Halm nicht aus dem Boden reißen dürfen. Jetzt wäre eine gute Gelegenheit, dem Butler davon zu berichten.

Er lässt sie vorüberziehen. Eine unangenehme Gesprächspause entsteht. Kepler merkt, dass der Butler in aller Höflichkeit auf eine Antwort wartet.

»Gut«, sagt er, »Ich werde mir ein paar Experimente für die Vegetation ausdenken.«

»Verstanden. Das Schiff wird gleich im Funkschatten verschwinden, aber in ein paar Stunden bin ich wieder da.«

DIESMAL ÜBERLEGT KEPLER ERNSTHAFT, ob er nicht doch den Raumanzug anlegen sollte. Während der kommenden Stunden kann ihm wirklich niemand helfen. Er ist der einsamste Mensch im Universum, solange der Butler mit dem Schiff auf der gegenüberliegenden Seite des unbekannten Planeten schwebt. Er wirft einen Blick aus der Schleuse. Die Sonne scheint. Der Rasen wiegt sich in einem leichten Wind. Es fehlen eigentlich nur ein paar zwitschernde Vögel. Kepler macht das Tschilpen eines Spatzen nach. Jetzt ist das Bild komplett. Er darf sich nicht verrücktmachen. Vor ihm liegt ein wunderbarer, geradezu unendlicher Sommertag, den er mit einer leichten Wanderung über grüne Hügel verbringen wird.

Kepler verlässt die Schleuse. Er wählt bewusst einen Weg, der möglichst weit von dem abgerissenen Halm entfernt den Rasen erreicht. Vielleicht wissen die Pflanzen dort ja nicht, was er getan hat. Er hat immer noch ein schlechtes Gewissen. Wieder entfernt sich der Rasen, sobald er sich in seine Richtung bewegt. Dabei orientieren sich die Pflanzen eindeutig an seinen Bewegungen. Einmal bleibt er stehen und stellt sich nur vor, jetzt einen Schritt nach rechts zu machen. Nichts geschieht. Kepler ist merkwürdig erleichtert. Hat er wirklich geglaubt, der Rasen könne seine Gedanken lesen?

Er betrachtet den Weg. Das Erdreich ist überall homogen. Es gibt keine größeren Steine, Kiesel oder ähnliches. Vermutlich liegt das daran, dass das System schon so alt ist. Die Vegetation hatte genug Zeit, den Planeten nach ihren Bedürfnissen zu formen. Darum gibt es auch keine hohen Gebirge mehr, nur noch sanfte Hügel. Wie sähe Terra heute aus, hätte es die Menschen nie gegeben? Genauso verbrannt wie jetzt, du Dummkopf. Dieser Planet hatte einfach das Glück, um einen besonders langlebigen Roten Zwerg zu kreisen. Von den 300 Milliarden Planeten der Milchstraße hat der Mensch vielleicht zwei oder drei auf dem Gewissen. Er nimmt sich bloß immer viel zu wichtig.

Heute ist wohl Tag der Selbsterkenntnis. Dabei stand das gar nicht auf dem Plan.

Kepler stolpert beinahe, als er wieder das Landemodul erreicht. Der Rasen hat ihn offenbar erneut ganz sanft gelenkt. Vermutlich ist es sogar nett gemeint. Er gehört nicht auf den Planeten, er gehört in diesen Lander. Aber er ist dickköpfig. Er will eine Wanderung unternehmen. Das ist sein Plan.

Diesmal konzentriert er sich wirklich. Er überzeugt sich immer wieder davon, dass das Schiff noch genau hinter ihm liegt. So schafft er es, den nächstgelegenen Hügel zu überqueren, und dann noch einen, und noch einen – bis er das Landemodul nicht mehr sieht. Kepler geht weiter. Er kann sich nicht verirren. Notfalls ruft er eben den Butler. Er hat das Universalgerät samt Funkmodul am Arm. Zügig geht er um einen Hügel herum, der wie alle anderen aussieht – und stößt erneut auf den Lander.

Kepler lacht. Dieser Rasen hat es wirklich drauf. Es ist, genau betrachtet, eine enorme Leistung. Er dreht um und läuft in die entgegengesetzte Richtung. Die Halme hier unten können sein Schiff nicht sehen. Trotzdem bewegen sie sich so, dass er ganz allmählich dorthin zurückgeleitet wird. Das heißt, sie müssen von irgendwoher und irgendwie die nötigen Informationen beziehen. Ob die Halme dauernd akustisch miteinander kommunizieren? Oder vollzieht sich die Übermittlung unten im Erdreich? Er bemüht sich, nicht an den Anblick zu denken, der ihn an ein riesiges Grab erinnert hat. Vielleicht spielen auch die ätherischen Öle eine Rolle, wobei es gerade kein bisschen nach Campher riecht.

Er setzt sich hin. Um ihn herum entsteht automatisch ein brauner Kreis mit zwei Metern Durchmesser. Kepler ist müde. Er stützt die Arme auf den Knien ab und bewegt sich nicht. Der Kreis wird kleiner. Ist es Neugier, die die Halme zum Näherkommen bewegt? Er legt sich auf den Bauch. Ein kleines Nickerchen schadet nie. Der Kreis verwandelt sich in ein Viereck, das zu seinen Füßen hin schmaler wird. Er legt den Kopf auf den rechten Unterarm. Aus dieser Perspektive wirken die Halme viel höher, aber nicht bedrohlich. Sie sind nicht gefährlich, davon ist er überzeugt.

Jedenfalls nicht, solange er an der Oberfläche bleibt.

Kepler wacht exakt eine halbe Stunde später wieder auf. Er hat beinahe die Halme im Verdacht, ihn geweckt zu haben, aber das ist unmöglich. Der kurze Schlaf hat ihn wunderbar erholt. Gleich nach dem Aufwachen ist ihm eine neue Strategie eingefallen. Oder hat er sie geträumt? Aber er kann sich an keinen Traum erinnern.

Er braucht neue Orientierungsmarken, wenn er dem Landemodul entkommen will. Andernfalls trickst ihn die Vegetation immer wieder aus. Er sucht sich einen der Hügel aus und marschiert schnurstracks nach oben. Dort setzt er sich. Er schiebt Erde zusammen und formt einen kleinen Berg, bemüht sich dabei jedoch, den Boden nicht zu tief anzukratzen. Dann verlässt er den Hügel. Der braune Fleck bleibt, wie er es vermutet hat. Die Halme können ihn nicht so schnell wieder besiedeln, wie sie es gewöhnt sind. Das gibt ihm genug Zeit, sich daran zu orientieren und den nächsten Hügel zu erreichen.

Es funktioniert. Er betrachtet den weißen Fleck am Himmel, die hiesige Sonne. Für große Entfernungen kann er sich an ihr orientieren. Für kleine funktioniert der Trick mit dem Hügel besser.

Er ruft den Butler per Funk. Eigentlich müsste er jetzt wieder in seiner Reichweite sein.

»Ich höre Sie, Johannes«, sagt der Butler.

»Gut. Wie weit habe ich mich vom Landemodul entfernt?«

»Etwa 4600 Meter.«

Das kann doch nicht sein Ernst sein! Seine Beinmuskeln sagen ihm, dass er schon mindestens 15 Kilometer gelaufen sein muss. Aber wohl nicht direkt.

»Das ist ... deprimierend«, sagt er.

»Das tut mir leid. Irgendetwas Neues dort unten?«

Kepler beschreibt seine Versuche.

»Eine Art kollektiver Instinkt«, kommentiert der Butler. »Oder auch kollektive Intelligenz, das ist schwer zu sagen. Vielleicht ist es Zeit für den Spiegelversuch.«

»Spiegelversuch?«

»Manche Tierarten erkennen sich selbst in einem Spiegel, andere nur einen Artgenossen. Ist allerdings nicht sehr aussagekräftig und setzt voraus, dass wir typische und untypische Reaktionen der Spezies unterscheiden können.«

»So weit sind wir noch nicht«, sagt Kepler.

»Vermutlich. Dann kümmern wir uns vielleicht zuerst darum, was ich auf der Rückseite des Planeten entdeckt habe.«

»Du hast etwas ... entdeckt? Warum sagst du das erst jetzt?«

»Die Höflichkeit gebietet es, sich erst für den anderen zu interessieren. Ich kann meine Programmierung nicht verleugnen.«

»Und was hast du entdeckt?«

»Eigentlich noch gar nichts. Aber das Magnetfeld des Planeten ist dort ein wenig eingedellt.«

»Und das bedeutet?«

»Es könnte Erzlager unter der Oberfläche geben. Angesichts des Alters des Planeten ist das aber eher unwahrscheinlich.«

»Und was ist es dann?«

»Ein abgestürztes Raumschiff könnte solche Veränderungen im Magnetfeld ebenfalls bewirken.«

»Das muss Zhenyi sein!«

Sie haben endlich eine Spur! Kepler springt auf.

»Offiziell ist hier jedenfalls kein Wrack verzeichnet.«

»Hier ist nichts verzeichnet, nicht einmal der Planet.«

»Das stimmt auch wieder«, sagt der Butler.

»Hast du denn genauer nachgesehen? Radar, Teleskope, Gamma und so weiter?«

»Das habe ich, aber es war nichts zu sehen. Die Rückseite des Planeten ist zu großen Teilen von Eis bedeckt. Das Raumschiff könnte darin versunken sein.«

»Das ist plausibel. Wir müssen unbedingt nachsehen.«

»Dann steigen Sie schnell in Ihren Lander, Johannes, und kommen Sie! Ich erwarte Sie oben.«

»Ich eile.«

Kepler läuft los. Der Kollektivinstinkt der Halme bringt ihn auf kürzestem Weg zum Landemodul zurück. Diesmal wehrt er sich nicht. Was werden die Halme wohl über sein geändertes Verhalten denken?

Zyklus ZB2.7, PSR J1745-2900

»WIE VIEL ZEIT BLEIBT UNS?«, fragt Marie.

»Das Schiff verbraucht pro Stunde ein Zehntel seines Tankinhalts, allein um den Kurs zu halten«, antwortet Pierre.

»Gib mir zwei Stunden«, sagt Marie.

»Du hast maximal drei, dann muss ich starten, oder wir kommen nie wieder hier weg.«

Marie steht auf der Außenhülle des Neunundneunzigers. Sie ist allein. Das ist an sich schon ein beängstigendes Gefühl. Den gemeinsamen Körper hat sie in den letzten tausend Jahren nicht verlassen. Aber jetzt ist er ungeeignet. Sie trägt einen Ultraleicht-Körper. Pierre hat die Kontrolle des Schiffs übernommen, während sie den Außeneinsatz durchführt.

Der Himmel über ihr ist auf den ersten Blick völlig schwarz. Mitten im Kern der Milchstraße ist das eigentlich völlig unmöglich. Hier stehen die Sterne so dicht, dass der Himmel ein einzigartiges Leuchten und Glitzern hat, das man sonst nirgendwo findet. Aber nicht hier, 0,3 Lichtjahre von Sagittarius A* entfernt, dem Schwarzen Loch, das die Milchstraße kontrolliert. Es verrät sich nur, wenn man genau hinsieht. Zum Beispiel durch die Einsteinringe, die ganz zart in zwei Himmelsrichtungen zu sehen sind. Sie entstehen, weil Sagittarius A* für das Licht dahinter befindlicher Sterne als Gravitationslinse fungiert.

Aber das Schwarze Loch spielt heute nur eine Nebenrolle. Es ist vor allem schuld daran, dass sie sich besser beeilen sollte, denn ihr Raumschiff muss enorm viel Treibstoff aufwenden, um in ihrer Nähe zu bleiben. Ihr eigentliches Ziel ist PSR J1745-2900, ein Neutronenstern. Das gerade einmal 20 Kilometer durchmessende Objekt muss irgendwo über ihr sein. Sie schaltet den Radiodetektor ein, und sofort erkennt sie eine helle Kugel.

Marie aktiviert das Triebwerk, das in den Beinen des Ultraleicht-Körpers eingebaut ist. Sie haben lange überlegt, wie sie der überragenden Schwerkraft des Neutronensterns Paroli bieten können. Doch sie sind immer wieder beim einzigen Faktor gelandet, für den sich die Gravitation interessiert: bei der Masse. Marie wiegt heute nicht 70 Kilogramm wie in ihrem gemeinsamen Körper, sondern nur drei Gramm. Ihr ganzer Körper besteht aus Nanomaschinen, die sich gegenseitig festhalten. Ein normaler Mensch würde sie gar nicht sehen, weil sie nur aus Fäden besteht, die weitaus dünner sind als ein menschliches Haar.

Es war eine gemeinsame Meisterleistung gewesen, diese Maschine zu bauen. Marie ist froh über solche Momente, sie zeigen ihr, dass es sich lohnt, das Leben mit Pierre zu teilen. Ihre Existenz kommt ihr wie eine Exponentialkurve vor. Da war die lange Zeit allein, bevor sie Pierre Curie kennenlernte. Und dann, sobald sie verschmolzen waren, hatte das exponentielle Wachstum begonnen. Wohin wird es sie führen? Das wissen sie nicht. Aber ihre Pläne reichen weit in die Zukunft, weiter, als jedes andere Lebewesen denken kann, und zu Zuständen, die sich niemand ausmalen kann außer ihnen selbst. Weil sie perfekt zusammenpassen, vom Denken, vom Fühlen und vom Wollen, das hat Marie so zuvor nie erlebt.

Sie schwebt durch den Raum, der hier schon stark gekrümmt ist. Die Fäden, aus denen ihr Körper besteht, spüren davon nichts. Sie folgen einfach der Krümmung, die für sie naturgegeben ist. Aber Maries Bewusstsein, das auf einem winzigen Chip ruht, weiß, wie das All wirklich aussieht. Und es weiß noch viel mehr: Es kennt bereits die Zukunft des

Universums. Ihre Mission auf PSR J1745-2900 wird diese Zukunft aktiv gestalten.

Marie landet. Das Triebwerk gibt alles, was es hat, aber es kann der Kraft des Neutronensterns nicht widerstehen. Das ist kein Problem, es gehört zum Plan. Die feinen Haare ihres Körpers legen sich wie Spinnenbeine flach über die entartete Oberfläche dieses ehemaligen Sterns. Die Nanomaschinen beginnen ihre Arbeit. Ein paar davon formen neben dem Chip mit ihrem Bewusstsein eine Antenne. Das wird ihr Notausgang sein. Die Reichweite ist gering, deshalb muss Pierre das Schiff unbedingt stabil in der Nähe halten. Alle anderen Nanomaschinen erfüllen ihre eigentliche Aufgabe. Sie verändern die oberflächliche Struktur des Neutronensterns. Sie prägen ihm damit Informationen auf, die unvergänglich sind, weniger vergänglich jedenfalls als die Materie, aus der PSR J1745-2900 besteht. Wenn der Neutronenstern dereinst vom Schwarzen Loch geschluckt wird, werden die Informationen an seinem Ereignis-Horizont erhalten bleiben. Sie werden sich mit anderen vereinen, die Marie anderen Objekten übergeben hat, und sie werden schließlich die Wirkung entfalten, auf denen ihr gesamter Plan basiert.

Der Plan ist genial. Er hat nur zwei Nachteile, die ihn aber nicht weniger wertvoll erscheinen lassen: Sie haben nur einen einzigen Versuch, weil er so aufwändig ist. Und ob alles funktioniert hat, werden sie erst dann wissen, wenn es für Planänderungen zu spät ist. Aber ist das nicht das Grundprinzip des Lebens? Es wäre dumm, deshalb auf den Plan zu verzichten.

Auch hier, auf PSR J1745-2900, erfährt Marie nicht, ob die Nanomaschinen ihre Arbeit erfolgreich verrichtet haben. Ein Rückkopplungsmechanismus wäre viel zu aufwändig gewesen. Durch die enorme Schwerkraft verändert sich der Ablauf der Zeit. Sie hat das Gefühl, gerade erst gelandet zu sein und in einen starren Himmel zu blicken. Für Pierre hingegen ist sie schon fast zwei Stunden unterwegs und wird von ihrem Gastgeber, dem Neutronenstern, in rasantem Tempo herumgeschleudert. Sie hatten extra eine Spezialantenne konstruieren müssen, um die frequenzverschobenen Bruchstücke ihres Bewusstseins wieder komplett einfangen zu können.

Die Antenne neben dem Chip ist fertig. Das ist das einzige Symptom dafür, dass ihre Arbeit hier beendet ist. Es wird Zeit, zu Pierre zurückzukehren. Marie aktiviert die Antenne und überträgt die Bits ihres Bewusstseins per Funk zurück zum Neunundneunziger.

»Schön, dass du wieder da bist«, begrüßt sie Pierre.

Marie verfolgt seine Gedanken, die die Triebwerke des Neunundneunzigers aktivieren. Es sind schöne, stolze Gedanken. Marie liebt ihren Mann wirklich.

Zyklus ZB2.8, Unbekanntes System

Er hat gerade einmal den ersten Schritt auf die dunkle Seite getan, und schon vermisst er den Tag. Hätte Zhenyi denn nicht auf der anderen Seite des Planeten abstürzen können? Hier ist es so kalt, dass er seinen Raumanzug trägt. Beim dritten Schritt schließt er den Helm, weil seine Nase abzufrieren droht, beim fünften dreht er die Heizung hoch. Nein, das wird kein Kinderspiel.

Sie sind in der Nähe der Beule im Magnetfeld gelandet. Kepler wird trotzdem eine gewisse Strecke laufen müssen. Maximal fünfzig Kilometer, hat der Butler versprochen. Leider lassen sich die Koordinaten des Ziels nicht genauer berechnen. Er seufzt. Der Erdboden ist hier ganz anders als unter der ewigen Sonne. Überall liegen kleinere und größere Gesteinsbrocken herum. Er muss dauernd aufpassen, nicht zu stolpern. Wenigstens bewahrt ihn das davor, erneut in Grübeleien zu verfallen.

Aua! Der Stein rollt unter seinen Füßen weg. Er kann sich gerade noch halten. Immerhin ist das Gebiet eisfrei. Beim Absturz eines so großen Schiffes muss eine Menge Wärme freigeworden sein. Vermutlich hat sie das Eis geschmolzen. Aber vielleicht ist die Luft auch zu trocken, als dass sich hier dicke Eisschichten bilden könnten. Sie wissen zu wenig über diesen Planeten, um das beurteilen zu können.

Kepler leuchtet mit der Lampe nach vorn. Gerade hat er sich eingebildet, am Rande des Lichtkreises sich im leichten Wind wiegende Halme zu sehen. Jetzt spinnt er wohl schon völlig. Halme, wie er sie auf der anderen Seite des Planeten gesehen hat, wären mangels Licht hier nicht überlebensfähig.

Und wenn sie sich nun gegenseitig unterstützen und versorgen, über den ganzen Planeten hinweg, unterirdische Netzwerke nutzend? Dafür hat er keinerlei Beweise. Da sind ja nicht einmal Halme – jedenfalls immer dann, wenn er mit der Lampe hinleuchtet. Ob sie sich vor ihm verstecken? Vielleicht sind sie ja auch das genaue Gegenteil der Halme von der Vorderseite, diese Geschöpfe der Nacht? Womöglich vertragen sie gar kein Licht und ziehen sich deshalb immer rechtzeitig ins Erdreich zurück? Nein, aus Sicht der Evolution ergibt das wenig Sinn. Er bildet sich das alles nur ein.

Er läuft einen Hügel hinauf. Es können höchstens dreißig Meter sein, aber er kommt trotzdem außer Atem. Er muss besser auf die Fitness seines biologischen Körpers achten. Die Nanomaschinen, die in seinen Adern herumkurven, können zwar offensichtliche Schäden ausbessern, doch sie lassen keine neuen Muskeln wachsen, und sie ersetzen auch das Training nicht.

Oben angekommen, leuchtet er nach unten. Der nächste Hügel ist nicht weit entfernt. Die Landschaft wirkt wie auf der anderen Seite, nur fehlt hier das Gras. Diese Seite kann also nicht schon immer im Dunklen gelegen haben, sonst hätte sich die Verwitterung anders auswirken müssen. Vielleicht hat der Planet ja sehr lange ungebunden rotiert, wurde dann aber immer langsamer und ist schließlich von seiner Sonne gefesselt worden.

Kepler singt. Ganz plötzlich hat er das Bedürfnis. Seine ersten Töne klingen schief, aber sein Gesang wird schnell besser. Die Dunkelheit drückt nicht mehr so, wenn er ein Wanderlied auf den Lippen hat. Zum Glück hört ihm gerade niemand zu. Der nächste Mensch ist vermutlich hundert Lichtjahre entfernt, oder mehr. Ach nein, er hat Zhenyi vergessen. Sie ist hoffentlich näher. Sie muss hier irgendwo sein.

Er lässt den Scheinwerfer über den Boden streichen. Erst nach vorn, dann nach links, dann wieder zurück. Es ist, als würde er den Inhalt der vor ihm liegenden Fläche freirubbeln. Aber sein Kurzzeitgedächtnis ist schlecht. Er vergisst schnell wieder, was er im Lichtstrahl gesehen hat, und ist dann überrascht, wenn er auf einen großen Stein tritt. Deshalb wiederholt er den Vorgang immer und immer wieder. Er kommt sich dabei wie ein Magier vor, der die Dunkelheit bekämpft. Oder wie ein Urmensch, der mit einem brennenden Ast gegen die gefährliche Welt um ihn herum antritt. Die Menschen haben so viel erreicht seit damals, und doch so wenig. Was wird von ihnen bleiben? Nichts. Sie haben keine Kinder gezeugt, die sie beerben könnten. Sie bereisen zwar das All, aber sie haben es nicht geschafft, dauerhafte Spuren zu hinterlassen.

Da, war da etwas? Ganz am Rand, kurz nachdem der Strahl der Lampe den Bereich verlassen hat? Nein, das ist unmöglich. Er ist die einzige bewegliche Lebensform hier. Kepler singt lauter, um das seltsame Gefühl zu vertreiben. Wie viele Hügel hat er jetzt schon hinter sich? Müsste er nicht allmählich irgendwo ankommen, oder war die Delle im Magnetfeld eine falsche Spur?

Er besteigt den nächsten Hügel, wartet ab, bis er wieder normal atmen kann, und zeigt mit der Lampe nach vorn. Er hat einen weiteren Hügel erwartet, aber da ist nichts. Der helle Lichtstrahl sticht in die Dunkelheit, punktiert sie und schneidet ein Stück Leere heraus, das krachend vor ihm zu Boden fällt. So kommt es ihm vor. Zu hören ist nichts außer dem Wind, der in den letzten Minuten aufgekommen sein muss. Kepler sollte froh sein über die Abwechslung, aber er bekommt Angst. Wieso ist die Hügellandschaft plötzlich zu Ende?

Es hat nichts mit ihm zu tun. Natürlich nicht. Es muss hier schon seit Millionen Jahren so aussehen, und es gibt sicher eine Ursache. Vielleicht ist ein Asteroid eingeschlagen, und der Krater ist inzwischen mit Sand gefüllt. Kepler geht vorsichtig weiter. Am Fuß des Hügels befindet sich tatsächlich ein sandiger Bereich. Aber dahinter wird der Boden wieder fest, und zwar sehr fest.

Kepler leuchtet vor sich. Es sieht aus, als hätte hier jemand den Boden gekämmt. Der Sand ist fein säuberlich verteilt. Er geht ein paar Schritte nach vorn und dreht sich um. Er hat Fußabdrücke hinterlassen, nicht sehr tief zwar, aber deutlich sichtbar. Wieder rubbelt er mit der Lampe die Dunkelheit frei. Dabei fällt ihm eine gerade Linie auf, die ein paar Meter rechts von ihm in die Ebene hineinläuft. Er nähert sich der Struktur. Es handelt sich nicht um eine Linie, sondern um eine Art Blech, das aus dem Boden herausschaut. Er tritt dagegen. Das Blech vibriert und gibt einen dumpfen Laut von sich. Kepler folgt ihm. Nach etwa 25 Metern trifft es auf ein zweites Blech, das senkrecht zu dem ersten verläuft.

Er hüpft, was in dem Raumanzug gar nicht so einfach ist. Dabei konzentriert er sich auf die Landung. Sie erzeugt ein dumpfes Geräusch, während er eigentlich ein Knirschen erwarten würde. Immerhin springt er hier auf Sand herum! Aber das Geräusch knirscht nicht, es dröhnt, als würde er auf eine riesige Trommel schlagen.

»Puppy?«

»Ich höre Sie, Johannes.«

»Ich bin da auf etwas gestoßen«, sagt Kepler.

»Dass Sie gern singen und hüpfen? Das überrascht mich allerdings.«

»Nein. Scanne doch bitte mal die Ebene vor mir.«

»Ist alles schon passiert, leichte Ausschläge im Magnetfeld, sonst nichts.«

»So soll es für uns aussehen, das stimmt. Wie ist denn die Schwereverteilung? Gibt es da nichts Auffälliges?«

»Nichts, was über die Messgenauigkeit hinausreicht.«

»Und unterhalb der Genauigkeit?«

»Aber das sagt doch überhaupt nichts, Johannes.«

»Mir schon.«

»Okay. Moment ... ein paar kissenförmige Abweichungen, aber unter der ...«

»Messgenauigkeit, ich weiß.«

»Und nun?«, fragt der Butler.

»Ich denke, wir haben Zhenyis Schiff gefunden. Sie hat es hier im Boden versteckt.«

»Das müsste ich doch im Scanner sehen.«

»Eben nicht, Puppy. Das Schiff ist von einer dünnen Sandschicht bedeckt, dadurch fällt es nicht auf, und Zhenyi hat sein Inneres so gut gefüllt, dass die Schwerkraftwirkung etwa der der hiesigen Kruste entsprach. Nur gegen die induktive Wirkung des Metalls im Rumpf konnte sie nichts tun, daher der Ausschlag im Magnetfeld.«

»Das ist ja eine schöne Theorie, aber wie soll sie das allein so gut hinbekommen haben?«

Da nennt der Butler tatsächlich eine Schwachstelle seiner Idee.

»Vielleicht hatte sie Roboter dafür an Bord?«, schlägt er vor.

»Bei der Abreise hatte sie die noch nicht. Aber sie hätte sie natürlich unterwegs bauen lassen können, das stimmt. Dazu müsste sie ihren genauen Plan aber vorher schon gekannt haben.«

»Das ist doch möglich, Puppy.«

»Hm, ja.«

»Das Landemodul – du könntest es für ein paar Minuten über der Ebene schweben lassen.«

»Sie wollen den Sand wegpusten, Johannes?«

»Das wäre der Gedanke.«

»Das ist nicht ganz ungefährlich, weil Sie währenddessen auf sich gestellt wären.«

»Ein paar Halme sind doch nicht gefährlich. Das Risiko gehe ich ein.«

Kepler zieht sich in die Hügel zurück. Kurz darauf hört er

hinter sich ein Dröhnen, dann schwebt ein Feuerschweif rechts von ihm in Richtung Ebene. Der Schweif wird größer, offenbar lässt der Butler das Landemodul absinken. Wind kommt auf. Sandkörner prasseln gegen sein Visier. Er dreht sich sicherheitshalber um. Der Wind flaut wieder ab. Das Landemodul entfernt sich in südlicher Richtung.

»Danke, Puppy«, sagt er über Funk.

»Bitte seien Sie vorsichtig«, warnt ihn der Butler. »Unter dem Sand sind Strukturen zum Vorschein gekommen, die eindeutig an die Oberseite des Schiffes erinnern.«

»Ha! Hatte ich doch recht!«

»Ich gebe es zu. Auf Ihrem Universalgerät müsste jetzt der Weg zur Schleuse eingezeichnet sein. Ich wette, dass sie funktionsfähig ist.«

DIE STIEFELSOHLEN DRÖHNEN auf dem Dach des Raumschiffs. Das ist ein seltsames Gefühl – er kennt Raumschiffdächer nur geräuschlos, weil er bisher nur im All darüber spaziert ist. Ein Neunundneunziger, der auf einem Planeten niedergegangen ist, das hat es sowieso noch nie gegeben. Gerade fällt ihm auch eine andere unglaubliche Tatsache auf: Zhenyi muss zwei von diesen Teufelsschlitten besitzen! Sie ist wohl wirklich unglaublich reich.

Kepler stellt sich vor, wie der Lärm seiner Stiefel Zhenyi weckt. Sie erkennt ihn am Rhythmus seiner Schritte, zieht schnell ein verführerisches Kleid an und wartet nun an der Schleuse auf ihn. Er lacht. Daraus wird wohl nichts werden.

Der Strahl der Taschenlampe fällt auf eine runde Einbuchtung.

»Ich bin bei der Schleuse«, sagt er.

»Moment, ich öffne Ihnen.«

Kepler wundert sich nicht, dass der Butler die nötigen Codes besitzt. Das gehört sicher zu seinem Job. Das Auge in der Mitte der Einbuchtung öffnet sich. Im Licht der Lampe wirkt es schwarz und drohend und damit alles andere als einladend.

»Sie sind dran, Johannes«, sagt der Butler.

»Ich weiß. Ich muss das geistig vorbereiten.«

Er muss sich überwinden. Langsam geht Kepler auf das Auge zu. Dann leuchtet er direkt hinein. Es ist gar nicht so unergründlich tief, sondern nur etwa zwei Meter. Er kniet sich hin, greift nach der Leiter und klettert nach unten.

»Bin da«, sagt er.

»Okay, ich schließe die Schleuse. Es könnte sein, dass wir dadurch die Verbindung verlieren.«

»Kannst du sie nicht offen lassen?«

»Leider nicht, Johannes. Die innere Tür würde sich nicht öffnen. Auf der Außenseite der Schiffswand herrscht normalerweise Vakuum.«

»Und was erwartet mich innen?«, fragt er.

»Dunkelheit, aber das bist du ja schon gewöhnt.«

Über die dunkle Oberfläche eines Planeten zu wandern, ist das eine. Aber die Gänge eines unbekannten Raumschiffs in völliger Dunkelheit zu erforschen, das erinnert ihn verdammt an den ein oder anderen Horrorfilm. Lass dich bloß nicht darauf ein, schreit er dann den Helden immer zu, aber die scheren sich nicht darum.

»Könntest du das Schiff nicht aktivieren?«

»Besser nicht, Johannes, Vergiss nicht, dass Zhenyi es bewusst versteckt hat. Wir haben nun schon die schützende Sandschicht entfernt. Jetzt ist es aus dem Orbit schon ganz gut zu erkennen, wenn man sich nicht auf das Teleskop beschränkt. Aber wenn ich es aktiviere, wird es wie ein Leuchtturm ins All strahlen, dann locken wir vielleicht die falschen Leute an.«

Kepler seufzt. Er muss also wirklich in den dunklen Gängen des Raumschiffs nach Zhenyi suchen. So spannend hat er sich das Abenteuer nicht vorgestellt. Aber der Butler hat recht. Sie wissen nicht, warum Zhenyi ihr Schiff versteckt hat, also sollten sie sie nicht in Gefahr bringen.

»Ich frage mich, ob wir nicht unser eigenes Schiff ebenfalls etwas unauffälliger machen sollten«, sagt er.

»Ein guter Vorschlag. Ich werde das Schiff in den Sparmodus versetzen. Dadurch werden wir allerdings nicht so schnell einsatzbereit sein wie sonst.«

»Ich muss ja sowieso erst mit dem Landemodul in den Orbit kommen.«

Es knirscht, während sich ein feiner Sandregen über seinen Raumanzug ergießt. Die Schleuse ist ganz offensichtlich nicht für den Einsatz auf einem Planeten gemacht. Wenn er jetzt die Innentür öffnet, bringt er bestimmt eine Menge Schmutz mit in das Innere. Wer weiß, vielleicht besitzt Zhenyi ja auch wertvolle Teppiche aus der Frühzeit der Menschheit, die er damit endgültig versaut.

Die Tür leuchtet erst grün auf, dann schiebt sie sich zur Seite. Vor ihm liegt ein Gang, der in drei Richtungen verläuft. Es geht ja gut los, er muss jetzt schon eine Wahl treffen.

»Puppy? Hörst du mich?«

Der Butler meldet sich nicht. Das Schiff ist gut abgeschirmt. Könnte er dann nicht ebensogut das Licht einschalten? Tatsächlich findet er an der Wand einen Knopf, der diese Funktion haben könnte. Aber es passiert nichts. Der Butler hat recht, Zhenyi hat hier wohl alles deaktiviert. Er setzt den Helm ab. Den Raumanzug trägt er ja nur wegen der Kälte, Sauerstoff gibt es genug. Die Luft riecht abgestanden. Er könnte wetten, dass das Schiff ewig nicht mehr gelüftet wurde.

Kepler orientiert sich. Über das Schiff weiß er nur, dass es lang gestreckt und flach ist. Sein hinterer Bereich ist für Triebwerke und Ladung reserviert, dort gibt es keine Gänge. Die Schleuse befindet sich in der Außenhaut. So lange er keine Treppe oder Leiter nach unten steigt, bewegt er sich also entlang der Außenwand durch das Schiff. Eigentlich müsste er dabei auch auf die Kommandozentrale treffen, irgendwo weiter vorn. Er muss bloß den richtigen Gang wählen.

Er schließt die Augen und ruft sich die Lage der Schleuse in der Ebene ins Gedächtnis. Er muss den Gang nehmen, der senkrecht von ihr wegführt, das scheint ihm am plausibelsten. Falls er bald irgendwo endet, hat er sich geirrt. Kepler läuft los. Der Gang setzt sich fort. Er wird zwar ab und zu durch Schotten unterbrochen, aber er verläuft ansonsten immer in dieselbe Richtung.

An Kreuzungen leuchtet er in alle Richtungen. Die abzweigenden Gänge sind meist deutlich schmaler. Kepler betrachtet Wände und Decken. Sie scheinen alle aus dem gleichen, blütenweißen Material zu bestehen. Das war bestimmt teuer. Er würde gern etwas abkratzen, um es zu analysieren.

Wie lange ist er nun schon unterwegs? Im Dunkel nur einem Lichtstrahl zu folgen, macht ihm Kopfschmerzen. Er massiert seine Schläfen und kneift die Augen zusammen. Er öffnet sie wieder, und im selben Moment sieht er einen weißen Hasen.

Einen was? Er muss sich irren. Das ist kein Hasenrevier, sondern ein Schiff. Zhenyi hatte sicher keine Haustiere. Der Hase ist quer durch den Gang gehoppelt und auf der linken Seite verschwunden. Sicher war das bloß Einbildung. Seine Nerven sind überreizt; er sollte endlich mal wieder ausschlafen und danach gut essen. Er geht bis zur Abzweigung, späht um die Ecke und springt zurück.

Da sitzt wirklich ein riesiger Hase.

Das Tier ist etwa halb so groß wie er. Es hat enorm lange Haare, sodass man seine Gestalt kaum erkennt, und es scheint von innen heraus zu leuchten.

Er hat sich von einem Hologramm narren lassen! Kepler atmet immer noch schwer, aber der Gedanke beruhigt ihn. Das ist eine Überraschung, die zu seiner Ex-Freundin passt.

»Was machst du denn hier?«, fragt er.

Der Hase sieht ihn mit großen, dunklen Augen an, als überlege er, in welcher Sprache er mit ihm reden soll. Oder ist es ein Kaninchen? Die Ohren sind so kurz, passt das denn zu einem Hasen? Der Butler wüsste es bestimmt.

»Guten Tag, Kepler«, sagt der Hase.

Seine Stimme kommt nicht aus seinem Mund, sondern aus den Wänden um sie herum, das stört die Illusion etwas. Es ist ein primitives Hologramm. Der Projektor steckt vermutlich in der Decke. Kepler wedelt mit der Hand über dem Hasen. Das Bild müsste sich verändern, wenn er den Projektionsstrahl abdeckt.

Der Hase beugt sich vor und beißt ihn in den Oberschenkel. Obwohl er den Raumanzug trägt, spürt Kepler den Schmerz. Er zuckt zurück.

»Aua, was war das denn?«

Er sieht den Hasen wütend an, und der sieht mindestens genauso wütend zurück.

»Du hast mich für ein primitives Hologramm gehalten. Das war eine Beleidigung! So etwas lasse ich mir nicht gefallen!«

»Aber du kannst mich doch nicht gleich beißen!«

»Du hättest mir doch nicht geglaubt, wenn ich dir widersprochen hätte! Außerdem hast du dich extrem übergriffig verhalten. Wenn ich nun mal eben deine Luftröhre zusammengequetscht hätte, um zu prüfen, ob du einen biologischen Körper hast?«

»Aber das kannst du doch nicht ...«

»Du siehst ja, ich kann.«

»Lass mich wenigstens ausreden.«

Der Hase schließt das Maul. Dann scharrt er mit dem rechten Lauf auf dem Boden und sieht sich dabei zu. Das Geräusch der Krallen ist nervtötend.

»Okay, schließen wir wieder Frieden?«, fragt Kepler.

»Bist du fertig? Ich will dich ja nicht unterbrechen.«

»Ja. Warum bist du so aggressiv?«

»Lauf du mal monatelang durch dunkle Gänge, ohne mit jemandem sprechen zu können, weil du auf eine bestimmte Person warten musst!«

»Zhenyi hat dich hier ausgesetzt?«

»Allerdings.«

»Und du sollst auf mich warten?«

»Richtig. Leider.«

»Wieso leider?«

»In der langen Zeit habe ich mir unsere Begegnung ausgemalt. Ich würde meine heroische Aufgabe erfüllen, auf den Boten warten und ihm alles verraten. Und dann kommst du und zweifelst schon in der ersten Minute an meinen Fähigkeiten. Das ist, als hätten Jesu' Jünger ihm zunächst seine göttliche Herkunft abgesprochen.«

»Das haben sie. So steht es in der Bibel.«

»Oh, das wusste ich nicht, Kepler. Ich bin ja bloß ein Hase.«

»Ein Hase, der mir etwas erzählen soll.«

Der Hase seufzt.

»Dann folge mir in die Zentrale«, sagt er.

Die Zentrale ist der düsterste Ort des ganzen Raumschiffs. Vermutlich liegt das daran, dass sie so riesig ist und er sich dadurch so klein fühlt. Der Scheinwerferstrahl schafft es gerade so, sie zu durchqueren. Oben verliert er sich im Gebälk. Welchen Zweck mögen all die Verstrebungen dort wohl haben?

Der weiße Hase hoppelt ihm voraus, bis er ihn nicht mehr sieht. Dann erscheint eine Statue in der ungefähren Mitte des Raums, als käme sie aus dem Nichts. Kepler geht langsam näher heran. Er hat die Statue fast erreicht, als auch der Hase wieder auftaucht.

»Ich habe dir Zhenyi angeschaltet«, sagt er.

»Danke«, antwortet Kepler.

Die Statue sieht wirklich aus wie seine Ex-Freundin. Sie scheint nur wenig gealtert, obwohl ihr letztes Treffen bestimmt 100.000 Zyklen zurückliegt. Aber alles andere wäre ein Wunder. Warum hat sie eine Statue von sich angefertigt?

Kepler betrachtet die Figur. An den Rändern scheint sie leicht zu verschwimmen. Noch ein Hologramm!

»Ein Holo?«, fragt er.

»Richtig.«

»Und warum bewegt sie sich nicht?«

»Zu viel Energie. Ursprünglich hätte das Hologramm dich begrüßen sollen, aber es braucht viermal so viel Energie wie ich. Ich wollte es dir nur gezeigt haben.«

»Danke. Zhenyi ist noch immer wunderschön.«

»Noch immer? Wird das wieder eine Beleidigung?«

»Nein, Hase. Bitte beiß mich nicht.«

»Na gut. Ich sollte eigentlich sowieso keine Zeit verlieren. Zhenyi wartet ganz dringend auf dich.«

»Aber wo? Ich suche sie ja schon seit Tagen.«

»Auf der hellen Seite natürlich. Moment, ich gebe dir die Koordinaten.«

Der Hase tippt ihn am Arm an. Daraufhin erscheinen ein paar Zahlen in seinem Multifunktionsgerät. Er prüft die Koordinaten. Der angegebene Ort ist etwa 3000 Kilometer von der Stelle entfernt, an der sie zuletzt gesucht haben.

»Gut, damit kann ich etwas anfangen«, sagt Kepler.

»Kannst du nicht.«

»Kann ich nicht?«

»Du brauchst einen Schlüssel. Moment.«

Natürlich, was sonst. Bei jeder Suche braucht man einen Schlüssel. Was wird es sein? Der Hase hoppelt davon. Dann verschwindet die Statue. Er wird doch nicht das riesige Hologramm mitschleppen müssen?

Der Hase tippt ihn von hinten an. Kepler fährt herum.

»Mach so was nicht«, sagt er.

Der Hase sieht ihn traurig an.

»Entschuldige«, sagt Kepler.

Der Hase lächelt wieder.

»Hier.«

Er reicht ihm ein etwa handtellergroßes Gerät.

»Das ist der Emitter«, erklärt der Hase, »aus dem du Zhenyi projizieren kannst. Das wird der Schlüssel sein.«

»Danke. Hat sie sonst noch etwas gesagt?«

»Sie hat Verbindung aufgenommen, was immer das bedeutet.«

Sie hat Verbindung aufgenommen. Zu wem und warum? Kepler weiß instinktiv, dass er dem Hasen diese Frage nicht zu stellen braucht. Sein Wissen scheint sehr begrenzt.

»Ich verabschiede mich dann mal«, sagt er.

»Ja, schade, ich würde gern mit dir durch das Schiff streifen, man kann dich gut ärgern.«

»Danke, ich verzichte.«

»Außerdem schmeckst du gut. Das habe ich schon beim ersten Biss gemerkt. Darf ich?«

Der Hase lässt eine riesige, eher an eine Schlange erinnernde Zunge aus seinen Maul hängen.

»Untersteh dich.«

Der Hase lacht.

Zyklus ZB2.9, Unbekanntes System

Kepler steht auf der letzten Stufe des Ausstiegs. Er ist an der von Zhenyi übermittelten Position gelandet. Die Landschaft sieht genauso aus wie an seinem ersten Landeplatz. Es ist wirklich zum Verwechseln ähnlich: Sanft geschwungene, grün bewachsene Hügel ziehen sich bis zum Horizont. Nur die Sonne hängt deutlich tiefer am Himmel.

Er fröstelt. Hier ist es ein paar Grad kälter. Er hätte damit rechnen sollen. Es hätte ja nicht gleich der Raumanzug sein müssen wie auf der Rückseite, aber ein langärmliger Pullover wäre praktisch gewesen. Er greift nach dem Hologramm-Emitter in der Hosentasche. Das Gerät ist warm und vibriert, als wüsste es, dass es bald zum Einsatz kommt.

Vorsichtig setzt er den Fuß auf die verbrannte Erde. Sein schlechtes Gewissen meldet sich; dann fällt ihm auf, dass keinerlei Asche zu sehen ist. Vermutlich hat sich das Gras noch vor der Landung weit genug zurückgezogen. Der Rasen beginnt erst in etwa zehn Metern Entfernung. Die Vegetation kann anscheinend gut einschätzen, wo es für sie gefährlich wird.

Kepler entfernt sich vom Raumschiff. Er hat jetzt richtig Lust auf eine kleine Wanderung. Hoffentlich ist das Ziel nicht zu nah; andererseits will er Zhenyi natürlich so schnell wie möglich aufspüren. Von oben hat er nichts gesehen, das überhaupt als Ziel in Frage käme. Zhenyi wird ihre Unterkunft wohl gut getarnt haben. Wie wird das mit dem Hologramm funktionieren?

Er betritt den Rasen. Wie schon gewohnt ziehen sich die Halme prompt zurück. Sehr rücksichtsvoll, so braucht er nicht zu befürchten, sie zu verletzen. Die Sonne wärmt ihn von der Seite, die Luft riecht angenehm frisch, und der Rasen leitet ihn durch eine unwirkliche Landschaft, die auch aus einem Traum kommen könnte. Für einen kurzen Moment gibt er sich dem angenehmen Gefühl hin.

Dann steht er wieder vor der Landekapsel. Ganz so einfach scheint es doch nicht zu sein, Zhenyi zu finden.

Er nimmt den Emitter aus der Tasche und befühlt ihn. Es ist ein ganz normaler Holo-Emitter mit kleinem Energiespeicher. Damit lassen sich stationäre Hologramme bis etwa vier Meter Höhe erzeugen. Der Akku dürfte für eine Woche oder länger reichen. Zhenyis Muster sind gespeichert, aber was noch?

Der Einschaltknopf befindet sich in einer Mulde an der Seite, damit man ihn nicht aus Versehen bedient. Er hält das Gerät mit dem Emitter-Auge von sich weg und drückt den Knopf. Der Emitter summt lauter, als die Kühlung anläuft. Dann schwebt plötzlich Zhenyi über dem Rasen.

Verblüfft sieht Kepler zu, wie das Gras reagiert. Ein normales Hologramm wie dieses besteht rein aus Licht und bewegt dadurch die Luft kein bisschen. Trotzdem zieht sich das Gras zurück. Es muss also auch einen optischen Sinn besitzen. Es geht dem Hologramm aber nicht einfach aus dem Weg, sondern bildet eine sternförmige Figur darum. Es sieht aus wie ein Begrüßungs- oder Huldigungsritual. Aber das ist eine menschliche Interpretation, der Stern könnte ja auch grenzenlose Verachtung symbolisieren. Kepler stellt sich lieber eine nette Begrüßung vor.

Er bewegt den Emitter, und das Hologramm verändert seinen Ort. Der Stern bewegt sich mit ihm mit. Hebt er den Emitter an und mit ihm das Hologramm, dann schrumpft der

Stern. Könnte es sein, dass der optische Sinn der Halme nur auf kurze Entfernungen arbeitet?

Dann passiert etwas sehr Merkwürdiges: Das Gras wächst in zwei Reihen auf Kepler zu. Hat es erkannt, dass er derjenige ist, der das Hologramm steuert? Das wäre eine enorme intellektuelle Leistung. Er hat den Rasen bisher für staatenbildendes Leben gehalten, das ähnlich wie Ameisen eine primitive Kollektivintelligenz besitzt. Der Rasen nähert sich ihm und überschreitet dabei sogar die Grenze zum verbrannten Erdreich. Die Halme können hier also offenbar doch wachsen.

Er muss an das seltsame Bild denken, das sich ihm kurz offenbart hat: die Würmer unter der Oberfläche. Es sieht wohl überall so aus.

Etwa auf seiner Höhe stoppt der Rasen. Kepler steht jetzt am Anfang einer Art Schneise, die schräg am Hologramm vorbei auf einen Hügel zuführt. Was ist das? Es wirkt nicht wie eine Warnung, eher wie eine Einladung. Er sollte nicht zu lange zögern, sonst zieht der Rasen sie womöglich wieder zurück. Kepler gibt sich einen Ruck und läuft los. Das Hologramm lässt er zur Sicherheit eingeschaltet, auch wenn es seltsam wirkt, wie eine überdimensionale Zhenyi ihn über dem Rasen schwebend begleitet.

Der Weg führt direkt zum nächsten Hügel. Zu dessen Füßen bildet der Rasen einen Kreis. Er soll also wohl hier auf etwas warten. Kepler sieht zum Himmel. Kommt seine Ex-Freundin von oben? Er bemerkt nur ein paar einsame Schleierwolken weit im Osten. Dann hört er ein Geräusch, als würde jemand einen Sack Murmeln schütteln. Es kommt vom Hügel. Dort hat sich etwa auf halber Höhe der Rasen zurückgezogen. Die freigelegte Fläche sieht aus wie ein lächelnder Mund. Sie reißt auf. Der Riss zieht sich über ihre gesamte Länge. Das ist kein Lächeln mehr, das ist ein bösartiges Grinsen.

Was passiert hier? Hinter dem Riss befindet sich dunkle Erde, ab und zu blitzt darin etwas weiß auf. Die Würmer fallen ihm wieder ein. Der Hügel öffnet sich weiter. Aus dem Riss wird eine Spalte. Statt klackernder Murmeln hört er jetzt ein lautes Stöhnen, das von Knirschgeräuschen überlagert wird. Die Halme ober- und unterhalb der Spalte beugen sich von der Öffnung weg. Es sieht aus, als wären sie es, die die Haut des Hügels aufreißen. Die Spalte wächst und wächst. Gebärt der Hügel gerade irgendein Monster? Kepler stellt sich unwillkürlich einen dicken Mann vor, der mit beiden Händen seinen Bauch aufreißt und dazu stöhnt und mit den Zähnen knirscht. Seine Nackenhaare richten sich auf. Das sieht nicht mehr nach einer netten Einladung aus. Ob er Reißaus nehmen soll? Nein, das wäre dumm. Er ist so weit gekommen, jetzt muss er einfach abwarten.

Der Spalt ist nun schon fast so hoch wie er selbst. Dahinter ist ein dunkler Gang zu sehen. Der Hügel hat sein Maul aufgerissen und droht, ihn zu verschlingen. Kepler würde sich nicht wundern, wenn der Hügel auf ihn zuspränge, um ihn zu verspeisen. Gut, dass er immer so ein Optimist ist. Gleich wird eine elastische Zunge herausschnellen, ihn einwickeln und in den Gang ziehen.

Aber nichts davon geschieht. Das Stöhnen hört auf. In dem Hügel neben ihm hat sich eine Höhle geöffnet. Ob sie natürlich ist oder künstlich, wer kann das auf diesem Planeten schon entscheiden? Aus dem Loch dringt ein angenehmer Geruch nach frischer Erde. Kepler hat so eine Ahnung, was nun von ihm erwartet wird, aber er verdrängt sie lieber. Stattdessen scharrt er mit den Füßen in der Erde und wartet auf Anweisungen.

Der Hügel spricht nicht mit ihm. Auch das Hologramm liefert keine Befehle. Er muss selbst entscheiden. Und was tut der brave Abenteurer, wenn sich vor ihm eine Höhle bildet? Er steigt hinein. Ob er sich noch schnell den Raumanzug besorgt? Darin wäre er geschützter. Falls die Höhle einstürzt und ihn mitsamt seines Körpers begräbt, dann tritt ein, was er sich eigentlich schon lange wünscht: Er ist tot. Aber momentan wäre das ziemlich unpraktisch, weil sich Zhenyi dann allein retten müsste.

Nein, er braucht keinen Raumanzug. Man wird ihn kaum

einladen, um ihn umzubringen. Die Halme werden schon wissen, wie man eine Höhle offen hält. Kepler geht auf den Einstieg zu und verschwindet im schwarzen Maul des Hügels.

Es riecht nach Erde, aber die Luft ist atembar. Kepler betrachtet Decke und Wände. Es wäre ihm lieb, wenn sie aus Gestein bestehen würden, aber es sieht nicht so aus. Er betastet die Wand. Problemlos kann er mit den Fingern Erdboden herausbröseln. Dass der Gang offen bleibt, das liegt anscheinend an feinen Fäden, die sich straff über die Wände ziehen. Vielleicht so etwas wie Wurzeln? Das Wurzelgeflecht terranischer Pflanzen kann ebenfalls recht stabil werden. Weiße Würmer sind nicht zu sehen, das beruhigt ihn. Er wird sich da wohl doch geirrt haben.

Nach drei Metern biegt der Gang nach links ab und zeigt gleichzeitig deutlich steiler als bisher nach unten. Das Tageslicht von draußen reicht nicht mehr bis hierher. Er hat zwar keine Taschenlampe mitgebracht, aber er hat ja den Holo-Emitter. Wenn er das Gerät nach vorn hält, bemalen die Laserstrahlen die Wände des Ganges mit einem wilden Muster, in dem manchmal irgendwelche Körperteile zu erkennen sind.

So marschiert er eine halbe Stunde, dann ist eine ganze vergangen, anderthalb, zwei. Kepler wird zunehmend nervös. Natürlich bekommt er keine Verbindung zum Raumschiff. Worauf hat er sich da eingelassen? Er hat einen Ameisenbau irgendwie dazu gebracht, ihm die Tür zu öffnen, aber woher sollen die Ameisen wissen, was sie mit ihm anfangen sollen? Oder wissen sie es vielleicht und führen ihn auf dem schnellsten Weg in die Futterkammer für den Nachwuchs?

Er darf sich nicht verrückt machen. Bisher ist ihm hier überhaupt nur eine Spezies begegnet, und die scheint sich eher von Luft, Wasser und Sonne zu ernähren. Aber dass man ihn nicht umbringen will, bedeutet ja nicht automatisch, dass er auf dem richtigen Weg ist. Bisher gab es keinerlei Abzweigungen. Doch er könnte ja jederzeit umdrehen und zum Landemodul zurückkehren, oder?

Mit einem Mal ist er sich da nicht mehr so sicher.

Kepler bleibt stehen, dreht sich um und leuchtet in den Gang nach oben. Es ist kein Ende zu sehen. Er atmet tief durch. Besser, er überzeugt sich davon. Langsam, weil es steil aufwärts geht, tritt er den Rückweg an. Nach zwei Minuten schwitzt er, nach fünf läuft ihm der Schweiß in Strömen über den Rücken. Eigentlich reicht es doch. Kepler will gerade umdrehen, als das Licht aus dem Holo-Emitter da auf eine dunkle Wand fällt, wo der Gang sich fortsetzen sollte. Mist! Er bleibt keuchend stehen. Das ist doch unmöglich. Er betastet die Wand. Sie ist nicht weniger stabil als die Seitenwände.

Da ist etwas an seinem Kopf. Er greift sich in die Haare. Erde ist an seinen Fingern. Sie rieselt von oben herab, und auch die Seitenwände sehen hier nicht mehr stabil aus. Er tastet mit den Fingern nach den feinen Wurzeln, die er vorhin noch gespürt hat, aber da ist nichts. Offenbar schüttet der Ameisenbau das Ende des Ganges gerade zu. Dem Rasen ist wohl egal, ob er verschüttet wird. Oder merken die Wesen nicht, dass er hier ist? Weiß er denn, in welcher Falte seines Darms sich gerade welcher Parasit aufhält? Ahnt der Ameisenbau, wo seine Bewohner herumkrabbeln?

Er dreht sich um und rennt nach unten. Nach drei Schritten stolpert er. Mist! Mist! Er fällt auf beide Knie. Bestimmt hat er sie sich aufgeschürft. Und er hat den Holo-Emitter verloren. Es ist völlig dunkel im Gang. Wo ist er? Er tastet panisch den Boden ab. Hoffentlich ist er nicht beschädigt! Da spürt er das Plastik des Gehäuses. Es ist der Emitter. Der Knopf zum Einschalten ist in der Einbuchtung an der Seite. Er traut sich nicht, ihn zu drücken. So lange er es nicht probiert hat, kann er Hoffnung haben. Erde rieselt auf sein Gesicht. Danke, das hat er gerade noch gebraucht. Er darf hier nicht verharren. Sein Finger drückt den Knopf. An der

Wand leuchtet eine Schulter, die in einem asiatischen Kleid steckt. Zhenyi ist wieder da. Er steht auf und folgt zügig, aber vorsichtig dem Gang nach unten.

NACH WEITEREN ZWEI Stunden knurrt sein Magen. Er ärgert sich, dass er so unvorbereitet hier heruntergestiegen ist. Wie kann man bloß so naiv sein? Noch einmal anzuhalten traut er sich nicht. Er hat durch die Pause vorhin Zeit verloren. Irgendwie scheint ihm, der Gang würde schon kurz hinter ihm wieder einfallen. Aber er will auch die Geduld seiner Gastgeber nicht strapazieren.

Und was ist mit seiner eigenen Geduld? Falls Zhenyi das so geplant hat, warum hat sie keinen einzigen Hinweis für ihn hinterlassen? Das ist doch nicht fair!

Plötzlich erscheint Zhenyi. Kepler bleibt sofort stehen, und das ist sein Glück. Dass das Hologramm wieder zu sehen ist, bedeutet nichts Gutes, denn vor ihm, genauer gesagt schräg unter ihm, befindet sich offenbar ein Hohlraum, in dem genug Platz für die Projektion ist und den er sonst nicht bemerkt hätte. Kepler leuchtet den Gang aus. Aber da ist kein Gang mehr. Etwa zwei Schritte vor ihm befindet sich ein Loch im Boden, das sich auch nach oben fortsetzt. Es hat einen Durchmesser von bestimmt zwanzig Metern und scheint auf den ersten Blick kreisrund. Die Wände bestehen nicht aus Erde, denn sie glänzen im Licht des Holo-Emitters. Vielleicht ein Schacht zum Start von Raketen? Aber so tief unter der Erde ergibt das keinen Sinn. Wozu dieses Loch dient, kann er nicht herausfinden. Immerhin hat ihn etwas hierher geführt. Seine Anwesenheit muss also einen Zweck haben. Bloß welchen?

Es wäre doch schön, wenn jetzt die leibhaftige Zhenyi mit irgendeiner Art Luftfahrzeug aus dem Schacht aufstiege, ihm für seinen Eifer dankte und ihm den Grund ihrer Einladung enthüllte. Aber es ist völlig still, und er ist allein. Niemand wird ihn abholen. Er muss selbst zusehen, wie er vorankommt. Da sich der Gang hinter ihm andauernd schließt, sieht er nur eine einzige Möglichkeit: Er muss springen.

Aber der Schacht reicht endlos in die Tiefe. Er darf gar nicht erst versuchen sich auszumalen, wie er entstanden sein könnte. Die Antwort geht garantiert über seinen Horizont. Er sucht nach etwas, das er in den Schacht werfen kann. In seiner hinteren Hosentasche findet er einen Schlüssel aus Metall. Er hat keine Ahnung, wie er da hinkommt. Vielleicht ist das Rezept, das die Nanofabrikatoren für die Herstellung seiner Hose verwendet haben, eine Kopie einer echten, uralten Hose – mit Schlüssel. Das würde es erklären. Er nimmt den Schlüssel, lässt ihn fallen und horcht.

Er hört nichts. Der Schacht verläuft offenbar perfekt senkrecht. Das heißt, er trifft vermutlich irgendwann den Kern des Planeten. Er verdrängt, wie unmöglich diese Vorstellung ist. Der Kern ist aller Wahrscheinlichkeit nach sehr heiß. Obwohl – der Planet ist mindestens dreimal so alt, wie Terra je geworden ist. Vielleicht ist er längst durchgekühlt. Aber wer soll sein Inneres derart ausgehöhlt haben? Vielleicht ein menschlicher Architekt? Walter Gropius traut er solche Projekte zu, aber auch Le Corbusier. Als der Planet aus der Datenbank verschwand, könnten auch die Informationen darüber gelöscht worden sein. Kepler kennt nicht alle großen Projekte der Menschheit. Beim Bau einer Dyson-Sphäre um einen Stern gehen meist die inneren, terrestrischen Planeten drauf. Aber um den Roten Zwerg hier hat sicher niemand eine Sphäre errichten wollen.

Was war mit dem Großen Auge? Bei diesem Projekt hatte man ein Teleskop in der Größe eines Planeten bauen wollen, um die Nachbargalaxien besser inspizieren zu können. Das war, noch bevor sie die Erkundungsflüge dorthin eingestellt hatten. Der Schacht könnte etwas damit zu tun gehabt haben. Andererseits scheint er dafür wieder zu eng.

Die Gedanken beruhigen ihn auf merkwürdige Weise. Die Existenz des Schachts macht ihm keine Angst mehr. Es gibt eine Erklärung dafür, er kennt vielleicht sogar seine Erbauer, auch wenn die inzwischen weit weg sind. Gropius etwa soll seit zigtausend Jahren bei IRS 13 das Füttern Schwarzer Löcher testen. Das ist gar nicht so weit entfernt. Vielleicht war dieses System hier seine vorige Station? Es ist jedenfalls nicht unmöglich. Gropius ist ein vernünftiger Mann, der weiß, was er tut.

Und auch das ist ja beruhigend, wenn er gleich in den Schacht springt. Merkwürdigerweise hat er jetzt keine Angst mehr. Es wird schon alles seinen Sinn haben.

Ein Erdbrocken landet auf seiner Stirn. Er hat schon verstanden: Es ist Zeit.

Kepler nimmt drei Schritte Anlauf, dann springt er ab und wird schwerelos. Er schließt die Augen.

Der Wind rauscht in seinen Ohren. Er befindet sich im freien Fall, abgebremst nur durch die Luftreibung. Die Kraft, mit der ihn der Planet anzieht, sinkt, je tiefer er fällt. Kepler rechnet die Optionen durch. Ohne Luftreibung wäre alles viel einfacher. Dann würde er in höchstens einer knappen Stunde, denn der Planet ist größer als Terra, mit hoher Geschwindigkeit durch den Kern rasen und in die entgegengesetzte Richtung fliegen. Oder zu Brei zermatscht liegenbleiben, falls der Kanal sich nicht fortsetzt.

Aber was wirklich mit ihm passiert, hängt von all den vielen Nebenbedingungen ab, die er nicht kennt – von der Dichteverteilung des Planeten, vom Luftdruck, von der Einstiegshöhe, von seinem Querschnitt ... Es kann wahrscheinlich nicht schaden, nicht gar so schnell unterwegs zu sein. Also macht er sich erst einmal breit wie ein Fallschirmspringer. Eigentlich fühlt sich der Sturz gar nicht so furchtbar an. Vielleicht liegt es daran, dass er gar nicht merkt, wie schnell er fällt. Der Schacht bietet keine Orientierungsmöglichkeiten. Zwar spürt er den Fahrtwind, aber er hat keinerlei Erfahrung damit. Wenigstens nähert er sich nun dem Ziel, ob er will oder nicht. Und es kann nicht allzu lange dauern, das garantiert ihm die Physik.

NACH EINER HALBEN Stunde macht sich am Boden des Schachts ein ganz schwacher Lichtschein bemerkbar. Kepler schaltet den Holo-Emitter aus, mit dem er bis eben noch die Wände betrachtet hat. Das Licht wird von Minute zu Minute heller. Bald erkennt er die Quelle genauer. Sie besteht aus zahlreichen Leuchtpunkten in einer dunklen Oberfläche. Während er sich nähert, werden die Punkte heller, aber nicht größer. Sie erinnern ihn an Sterne am Nachthimmel, allerdings sind sie regelmäßig verteilt.

Dann lässt der Luftzug nach. Das kann nur bedeuten, dass er langsamer fällt. Irgendetwas bremst ihn. Ist vielleicht der Luftdruck hier größer? Er hat keine Instrumente, mit denen er das messen könnte. Es ist noch zu früh, deshalb verbietet er sich den Gedanken, aber dann schleicht er sich doch ein: Er wird nicht sterben. Vielleicht.

Die Sterne werden nicht mehr so schnell heller, und jetzt weiß er, dass er deutlich langsamer fällt. Etwas hat ihn wohl nahe des Kerns des Planeten gebremst, und nun schwebt er mit dem Rest von dessen Schwerkraft nach unten. Das heißt allerdings auch, dass er für immer und ewig hier bleiben muss. In dem Schacht tausende Kilometer nach oben zu klettern, das wird er beim besten Willen nicht schaffen. Aber okay. Die Chance, dass er weiterleben darf, wächst, und damit auch die Chance, Zhenyi zu treffen. Der Weg hierher war dann zumindest nicht umsonst. Und er war ja schon immer offen für Neues.

Der Sternenhimmel wächst ins Unermessliche. Keplers Herz schlägt schnell. Der Schacht ist zu Ende. Er schwebt in eine riesige Kuppel hinein, die vom Sternenlicht beleuchtet wird. Nein, es ist keine Kuppel, es ist eine Kugelschale. Das Licht der Sterne geht von einer dunklen Kugel aus, die sich unter ihm befindet, und auch die Decke ist kugelförmig. Der Baumeister, wer immer es war, muss den Kern des Planeten komplett ausgehöhlt haben. Milliarden Lichter empfangen ihn. Er kommt sich vor wie in einer gigantischen Kirche, errichtet für einen außerirdischen Gott. Inzwischen ist es so hell, dass er den Schmutz auf seiner Hand wieder erkennen kann. Wahrscheinlich hat er auch jede Menge Erde im Gesicht. Wenn er Kaubewegungen macht, knirscht es zwischen seinen Zähnen. Eine Dusche wäre jetzt nicht schlecht!

Kepler sieht sich um. Kommt Zeit, kommt Rat. Er kann sowieso nichts tun. Ein Lufthauch treibt ihn über die riesige strahlende Kugel. Er kommt dem Boden dabei immer näher. Übermütig leuchtet er mit dem Holo-Emitter nach unten, und dann sieht er sie: Der Boden ist komplett von Halmen bedeckt. Sie leben anscheinend von dem Licht, das von den künstlichen Sternen ausgeht. Aber heißt das dann, dass die Kugel hier unten aus Erde geformt ist? Zumindest ihre Oberfläche müsste damit beschichtet sein.

Noch etwa dreißig Meter. Er zieht mit dem Holo-Emitter auf dem Boden Kreise. Es sind keine Strukturen erkennbar. Die Halme wiegen sich im Wind. Dann sieht er eine freie Fläche, und sein Blick fällt auf Zhenyi.

Sie wartet dort unten auf ihn. Mit verschränkten Armen steht sie da wie eine Statue. Vielleicht ist es eine? Oder hat sie gerade mit der Augenbraue gezuckt? Sanft setzt der Wind ihn direkt vor ihr ab. Die Schwerkraft hat vielleicht noch ein Zwanzigstel des Wertes von der Oberfläche. Sie können nicht sehr weit vom Kern des Planeten entfernt sein.

Zhenyi rührt sich nicht. Sie ist so groß, wie er sie in Erinnerung hat, und noch ein ganzes Stück schöner. Er geht auf sie zu, ein bisschen ängstlich, dass es sich doch um eine Illusion handeln könnte. Aber dann steigt ein Lächeln in ihre Mundwinkel. Sie öffnet die Arme. Kepler bleibt kurz vor ihr stehen. Sie riecht nach Mensch. Er hat sie gefunden! Sie umarmen sich.

»Danke, dass du gekommen bist«, sagt Zhenyi.

»Es war nicht einfach.«

Er zieht die Augenbrauen zusammen.

»Ich durfte es dir nicht einfach machen«, antwortet sie.

Sie lösen die Umarmung. Zhenyi fasst ihn bei den Schultern und betrachtet ihn.

»Du siehst gut aus«, sagt sie.

»Du aber auch.«

»Du hast vermutlich jede Menge Fragen.«

Er nickt heftig.

»Die müssen leider noch etwas warten. Es ist kompliziert.«

»Wie lange wartest du hier schon?«

»50.000 Zyklen vielleicht? Ich bin nicht sicher.«

Das ist eine kurze Zeit, aber Kepler kennt das, er verliert manchmal schon nach fünfhundert Jahren jede zeitliche Orientierung.

»Ich nahm an, es wäre eilig«, sagt er, »deshalb sind wir so schnell wie möglich gekommen.«

»Das ist gut«, sagt Zhenyi. »Es ist auch eilig. Wir haben höchstens noch eine Million Zyklen. Eher weniger.«

Eine Million Jahre. Kepler wiegt den Kopf. Er bevorzugt den altmodischen Begriff, obwohl das terranische Jahr seit der Explosion der Sonne seinen Sinn verloren hat. In einer Million Jahren kann man eine Menge erreichen. Dann soll, wenn es nach dem Konvent geht, auch das Rettende Projekt fertiggestellt sein, das der Menschheit in ihren letzten Jahren die nötige Energie liefern wird.

»Moment«, sagt er, »eine Million Zyklen? Ist das Zufall?«

»Nein, du bist auf der richtigen Spur. Es hat mit dem Rettenden Projekt zu tun.«

»Aber das ist beschlossene Sache. Die gesamte Menschheit setzt es gemeinsam um.«

»Na ja, von den Tausenden abgesehen, die es sich mit ihren Sexsklaven und -sklavinnen auf einem Tropen-Planeten gemütlich gemacht haben oder überfressen in einer Raumstation herumliegen.«

»Aber das ist doch nicht die Mehrheit, Zhenyi. Die Mehrheit beteiligt sich. Sie haben alle drei Viertel ihrer persönlichen Energiereserven gespendet. Und Koryphäen wie Gropius und Galileo sind an der Umsetzung beteiligt.«

»Galileo, eine Koryphäe? Also bitte.«

Oh, er hat aus Versehen dieses Thema angeschnitten. Zhenyi ist selbst eine bekannte Astronomin und hält von der Arbeit dieses Galileo sehr wenig.

»Er hat immerhin die Verschmelzung gut berechnet«, sagt er.

»Willst du mich ärgern? Meine Simulation war viel genauer.«

»Aber sie war erst fertig, als Milchstraße und Andromeda längst eins waren.«

»Das stimmt, ändert es was? Ich habe die bessere Arbeit geliefert. Nur ein bisschen zu spät. Diesem Galileo traue ich zu, dass er zu den Verschwörern gehört.«

»Zu den Curies?«, fragt Kepler aus einer Eingebung heraus.

»Woher weißt du das?«

Er berichtet ihr von dem seltsamen Besuch des Paares.

»Ich hoffe, sie sind dir nicht gefolgt.«

»Das dürfte unmöglich sein. Sie hatten ja die Koordinaten nicht.«

»Da bin ich nicht so sicher. Irgendwer hat dieses System auf Terra gelöscht. Wer immer das war, kann sich alle Informationen überspielt haben.«

»Ich kann nicht glauben, dass sich die Datenbank so leicht manipulieren lässt«, sagt Kepler.

»Das ist auch nicht einfach. Und dann gibt es ja auch noch den Wächter.«

»Aber warum dieser Aufwand? Ein Planet mit ein bisschen Grasbewuchs, wer will den so dringend aus dem Weg haben?«

Er untertreibt, das merkt er schon, als er den Satz formuliert. Was hier im Inneren existiert, ist beispiellos. Aber das hat ja wohl mit dem Gras nichts zu tun.

»Ist es dir denn nicht aufgefallen?«

»Du meinst die kollektive Intelligenz der Halme, die vor mir zurückweichen?«

»Nein, Kepler, da irrst du dich gründlich. Es handelt sich um weitaus mehr als eine kollektive Intelligenz. Wobei du mit dem Begriff nicht unrecht hast. Was meinst du, wer das alles hier errichtet hat?«

Zhenyi zeigt mit einer ausholenden Geste auf die Kugelschale.

»Ich hatte Gropius im Verdacht. Der Schacht, diese einfache, schlichte und dabei wunderschöne Konstruktion, das ist doch seine Handschrift. Aber wenn du so fragst ...«

»Sie waren es!«

Zhenyi zeigt auf den Boden.

»Ich nenne sie Herbae, lateinisch für Gräser.«

»Die Halme? Du willst sagen, dass sie in der Lage sind, das hier alles zu bauen? Wie lange haben sie dafür gebraucht? Und wie machen sie das?«

»Du siehst nicht alles von ihnen, ganz und gar nicht. Der größte Teil ihres Lebens spielt sich unter der Oberfläche ab. Sie bilden bewegliche Wurzeln aus. Früher, als der Planet noch nicht in seiner Rotation gebunden war, sind sie in riesigen Kolonien der Sonne hinterher gewandert. Als dann der Planet seiner Sonne nur noch eine Seite zeigte, hatten sie plötzlich überschüssige Energie. Sie brauchten sich nicht mehr mit ihrer Wanderung zu befassen. Die kräftigen Wurzeln hatten frei. Ihre kollektive Intelligenz, da lagst du richtig, hat nach neuen Betätigungsfeldern gesucht.«

»Das klingt ja spannend, aber evolutionär ergibt das doch überhaupt keinen Sinn. Warum sollten sie ihre Energie hier in diese Kugelschale investieren?«

»Sie denken voraus, Kepler. Ihr Stern ist langlebig, aber er wird irgendwann sterben. Dann wird es an der Oberfläche kalt und unwirtlich. Hier unten haben sie bessere Chancen zu überleben.«

»Auch hier wird ihnen der Brennstoff ausgehen.«

»Nicht so schnell wie den Menschen. Ihr Verbrauch ist nicht so exorbitant wie unserer. Sie sind mit weniger Energie überlebensfähig. Hauptsache, sie steht für lange Zeit zur Verfügung. Und dafür ist ihre Energiequelle einfach perfekt.«

»Und woraus gewinnen sie nun Energie?«

»Aus einem Schwarzen Loch, Kepler. Wir laufen darauf herum.«

Das ist unmöglich. Kepler tritt kräftig mit dem Stiefel auf. Da ist Erde, sonst nichts.

»Du müsstest dein verblüfftes Gesicht sehen können«, sagt Zhenyi. »Aber ich konnte es auch erst nicht glauben, bis sie es mir gezeigt haben.«

»Sie haben dir ihr Schwarzes Loch gezeigt? Du bindest mir keinen Bären auf?«

»Das haben sie. Es befindet sich in einer kugelförmigen Hülle, hier unter uns. Die Hülle liegt kurz über dem Ereignishorizont. Sie saugt virtuelle Teilchen ab, die dort entstehen, deren Partner aber in das Schwarze Loch fällt.«

»Aber dadurch verdampft das Schwarze Loch doch mit der Zeit.«

»Das dauert länger, als das Universum noch zu leben hat, und sie könnten es leicht verhindern, indem sie das Schwarze Loch mit normaler Materie aus dem Planeten füttern.«

»Das ist ein schlauer Plan.«

»Ich habe ausgerechnet, dass sie auf diese bescheidene Weise überleben werden, bis kein einziger Stern mehr am Himmel leuchtet. Unser tolles Rettendes Projekt hingegen wird in zwanzig Gigazyklen schon wieder ausgebrannt sein.«

Allmählich schwant Kepler, warum Zhenyi ihn braucht. Die Menschheit hat erstmals in ihrer Existenz eine andere intelligente Lebensform gefunden. Das sollten alle wissen! Haben sie nicht so lange nach Geschwistern im Geiste gesucht, nur um verzweifelt festzustellen, dass Intelligenz im Universum absolut rar ist und in der Lokalen Gruppe nur ein einziges Mal existiert?

»Verstehe. Du hast mich hergerufen, weil du willst, dass alle von der Existenz der Herbae erfahren sollen«, sagt er.

Zhenyi legt ihm einen Arm auf die Schulter.

»Nein«, sagt sie, »du bist hier, weil du mir dabei helfen

kannst, diese einzigartige Zivilisation vor der Vernichtung zu bewahren.«

»Jemand will den Planeten zerstören?«

»Nein, es geht noch um viel mehr, aber das erkläre ich dir morgen. Jetzt gehst du erst einmal unter die Dusche, du stinkst nämlich wie ein Iltis, und ich lasse uns inzwischen ein Abendessen vorbereiten.«

Kepler seufzt und nickt. Eigentlich wüsste er gern sofort alles, aber er muss dringend auf die Toilette, und sein Magen fängt gerade wieder an zu knurren.

Zyklus ZB3.0, Unbekanntes System

»Sag bloß, die Herbae haben auch unser Frühstück hergestellt.«

Zhenyi lächelt, zieht ihre Hand zurück und steht auf. Kepler ist glücklich, denn seine Hand hat bestimmt eine Minute auf der ihren gelegen.

»Nein«, sagt sie, »ich habe Nanofabrikatoren aus dem Schiff mitgebracht. Unsere Gastgeber wissen gar nicht, was wir brauchen. Ich habe versucht, es ihnen zu beschreiben, aber sie konnten sich gar nicht vorstellen, dass wir wertvolle organische Materie zersetzen, statt Energie aus Sonnenlicht zu gewinnen.«

»Und unsere Atemluft?«, fragt er.

»Den Sauerstoff atmen die Halme aus.«

»Wir müssen ihnen wie Parasiten vorkommen«, sagt Kepler.

»Damit haben sie ja auch nicht unrecht.«

»Wie kommunizierst du mit ihnen?«, fragt er.

»Noch ein bisschen Geduld. Ich bin dir ja sowieso noch etwas schuldig.«

Ja, die Geschichte hinter der Geschichte. Kepler hat gestern noch lange wachgelegen. Was Zhenyi berichtet hat, klingt so unglaubwürdig. Eine Welt, die von grünem Rasen bedeckt ist, der eine ameisenähnliche Intelligenz zeigt, schon das ist aufsehenerregend. Die Menschheit hat vor einer halben Ewigkeit den letzten Planeten mit Lebenszeichen entdeckt, als das Universum noch halb so alt war. Aber dass man eine vernunftbegabte Spezies so lange übersehen haben soll? Er wird Zhenyi noch viele Fragen stellen müssen, um sich selbst davon zu überzeugen.

»Wann zeigst du es mir?«, fragt er und legt die Gabel zur Seite.

Er hat nicht richtig aufgepasst, das Werkzeug schwebt davon und segelt zu Boden. Es ist ein unwirkliches Gefühl. Sie frühstücken in der Nähe des Kerns eines fremden Planeten. Und es gibt Rührei mit Speck. Die Nanomaschinen haben perfekte Arbeit geleistet. Wo hat Zhenyi bloß immer die Rezepte her?

Sie kommt mit einer Kanne und stellt sich neben ihn. Dann gießt sie Kaffee in seine Tasse. Die Flüssigkeit bewegt sich in Zeitlupe. Zum Glück besitzt die Tasse am Innenrand Einbuchtungen. Sie halten den langsam nach oben schwappenden Kaffee zurück.

»Sehr clever«, sagt Kepler und zeigt auf die Tasse.

»Oh, das habe ich schnell gelernt. Es ist gar nicht so kompliziert, mit der geringen Gravitation umzugehen.«

»Besser als im Raumschiff«, sagt er.

»Ja, am Ende fällt doch immer alles nach unten, das ist beruhigend. Ich gehe jetzt ins Bad, Johannes, und mache mich fertig. Danach bekommst du deine Vorführung.«

Kepler nickt. Er hat zuerst »Verführung« verstanden, aber schnell gemerkt, was wirklich gemeint war. Immerhin hat sie ihn beim Vornamen genannt. Ist das ein gutes oder schlechtes Zeichen? Er ist etwas durcheinander. Mit dem Butler war es einfacher gewesen, und selbst der hinterlistige Hase hatte ihn nicht so abgelenkt.

Er steht ebenfalls auf. Hier gibt es keinen Butler, der das Geschirr abräumt. Er bringt es zur Spüle. Es ist ein altmodisch wirkendes Möbelstück. Aus einem Rohransatz fließt nach Wahl kaltes oder warmes Wasser in ein Becken. Zhenyi hat ihm gestern Abend noch gezeigt, wie man das Geschirr auf diese Weise reinigen kann. Er stellt den Teller und die Tasse umgedreht neben das Becken. Ein Rinnsal bewegt sich langsam von den beiden Geschirrteilen zum Rand der Ablage. Er beobachtet es unschlüssig. Wie schnell wird es zu Boden fallen? Aber dann saugt er es doch mit einem Tuch auf, kurz vor Erreichen des Randes.

Vielleicht sollte er sich ebenfalls auf die Vorführung vorbereiten. Er hat sich heute noch nicht gekämmt. Kepler streicht sich mit zehn Fingern durch sein Haar. Mangels Spiegel kann er den Erfolg nicht überprüfen, aber es wird schon etwas gebracht haben.

Er geht zum Rand der Plattform, auf der Zhenyi ihre Unterkunft errichtet hat. Sie steht auf vielleicht einen Meter hohen Füßen. Über vier Stufen ist sie mit dem Boden verbunden, auf dem die Halme wachsen, als wäre das hier die gewohnte Oberfläche. Sie weichen wie immer vor ihm zurück. Auch unter der Plattform breiten sie sich aus. Der größte Teil der Beleuchtung kommt von unten, also wirft die Plattform keinen Schatten auf die Pflanzen.

Kepler hockt sich hin und streckt die Hand aus. Aber die Halme reagieren nicht. Ein Tier würde vielleicht neugierig herankommen und an seinen Fingern riechen. Das Gras interessiert sich nicht für ihn, es sei denn, um seinen Füßen aus dem Weg zu gehen. Und diese Vegetation soll den Planeten derart umgestaltet haben? Sie soll ein Schwarzes Loch im Kern installiert haben, um damit Energie zu gewinnen? Es ist unglaublich. Ist es nicht viel wahrscheinlicher, dass irgendein Architekt sich hier einen Scherz erlaubt hat? Das Gras derart genetisch zu modifizieren, wäre vermutlich noch die schwierigste Aufgabe. Aber einen Planeten auszuhöhlen und mit einem Schwarzen Loch auszustatten, das ist keine Hexerei. Es ist bloß verdammt teuer. Aber wenn das System in keiner Datenbank erfasst ist, hätte man das alles hinbekommen, ohne dass es jemandem auffällt. Zufällige Besucher fallen ja aus, und der nächste Stern ist drei Lichtjahre entfernt, also gibt es auch keine Beobachter.

»Kepler, kommst du?«

Zhenyi steht auf der Plattform und winkt. Sie hat ein anderes Kleid an als zuvor, einen Qipao, hoch geschlossen, aber eng am Körper anliegend. Es passt wunderbar zu ihren Gesichtszügen. Er muss sie irgendwann einmal fragen, ob sie so geboren wurde. Oder ist das unhöflich? Einen Körper nach den eigenen Vorstellungen zu designen, gilt schon lange nicht mehr als dekadent.

»Ich komme«, sagt er, steht auf und geht die vier Stufen nach oben.

»Hier entlang.«

Zhenyi führt ihn ins Innere des Hauses. Das ist seltsam. Das Haus besteht eigentlich nur aus drei Räumen, zwei Schlafzimmern und der Kombination aus Wohnzimmer und Küche. Sollte Zhenyi ihn nicht in eine Art Technikraum führen?

Seine Ex-Freundin bleibt mitten im Haus stehen, im Flur, der die Zimmer verbindet. Sie hockt sich hin und legt ihre Hände auf den Boden. Dann springt kurz vor ihr eine runde Klappe auf.

»Eine Schleuse«, sagt Kepler.

»Nicht ganz«, antwortet Zhenyi.

Kepler tritt an den Rand. Unter ihm ist ein etwa anderthalb Meter durchmessendes, dunkles Loch. Nicht schon wieder! Er tritt einen Schritt zurück und verschränkt die Arme.

»Du kannst springen oder die Leiter nehmen, wie du willst«, sagt Zhenyi.

Er reckt den Kopf nach vorn. An der Seite des Schachts ist tatsächlich so etwas wie eine Leiter angebracht. Sie wirkt nicht besonders stabil, aber hier unten wiegt er ja auch fast nichts.

»Die Leiter ist eigentlich für den Aufstieg gedacht«, erklärt Zhenyi.

Ach, da war doch noch ein Problem. In dem langen Schacht, durch den er gekommen ist, hatte er keine Leiter entdecken können.

»Wie kommen wir denn eigentlich wieder nach oben?«,

fragt er. »Also nicht dass es mir hier nicht gefiele, aber die Welt werden wir von hier unten nicht retten können, oder?«

»Keine Sorge, dafür ist gesorgt. Aber nun rein mit dir.«

Kepler seufzt und springt. Langsam schwebt er nach unten. Es ist so dunkel, dass er schwer beurteilen kann, wie schnell und wie tief er sinkt. Deshalb erschrickt er, als seine Beine den Boden berühren. Gleich darauf muss Zhenyi ankommen. Er riecht ihr Parfüm. Sie muss gleich bei ihm sein. Das beruhigt ihn ungemein.

»Und nun?«, fragt er.

Neben ihm öffnet sich ein schmaler Durchlass, etwa so hoch wie er. Aus dem Raum dahinter dringt schwaches Licht. Es genügt, um Zhenyi zu erkennen, die gerade auf der anderen Seite des Schachtes an der Wand herumwischt. Daraufhin erscheint dort eine zweite Öffnung.

»Es ist etwas gewöhnungsbedürftig«, sagt Zhenyi, »aber ich bitte dich um Verständnis. Du musst deine Kleidung ablegen.«

»Äh, was?«

»Zieh dich aus!«

»Ich ... okay. Und du?«

»Ich ziehe mich auch aus. Aber wehe, du guckst zu mir.«

»Ich bin ein Gentleman«, sagt er, »aber was soll das?«

»Du siehst es gleich. Geh zum Durchgang.«

Kepler geht drei Schritte nach vorn. Er muss dabei an Zhenyi vorbei. Ihr Rücken ist wunderschön. Er muss sich anstrengen, nicht noch weiter nach rechts zu sehen.

Dann steht er im Durchgang. Instinktiv hält er sich mit den Händen fest, um nicht die Flucht anzutreten. Das ist eklig. Vor ihm liegt eine winzige Kammer, in die er gerade so hineinpasst. Sie ist in einem rötlichen Ton beleuchtet. Aus Wänden, Decke und Fußboden ragen fingerdicke Schläuche in die Kammer, die sich in der niedrigen Gravitation drehen und winden. Sie sehen aus wie riesige, nur aus einem Segment bestehende Regenwürmer. Und sie sind feucht. Eine zähe Flüssigkeit tropft von ihren Enden.

Kepler schüttelt den Kopf. Das kann er nicht. Er geht

einen Schritt zurück und stößt mit dem Hintern an etwas Warmes. Kepler schreit vor Schreck auf.

»Ich bin es bloß. Ich wusste nicht, wie ich es dir beibringen soll«, sagt Zhenyi.

Er dreht sich nicht um. Panik umklammert seinen Hals, aber er wird sie nicht ansehen. Er ist ein Gentleman. Der Gedanke beruhigt ihn. Also hält er sich daran fest. Das Bild der schleimigen Würmer verschwindet in den hinteren Winkeln seines Bewusstseins.

»Du willst mich denen aber nicht zum Fraß vorwerfen?«, fragt er. »Sie beträufeln mich mit Verdauungssaft, und dann saugen sie mich aus?«

Zhenyi lacht glockenhell. Er mag dieses Lachen.

»Was hast du denn für eine abartige Fantasie? Nein, es geht um Kommunikation. Was du da siehst, sind die Wurzeln der Herbae. Sie leiten ihre Gedanken weiter, um den ganzen Planeten. Sie können auch unsere Gedanken spüren, wenn du sie Kontakt aufnehmen lässt. Und sie können ihre Vorstellungen mit dir teilen. Du wolltest doch wissen, wie ich mit ihnen rede.«

»Ich gebe zu, das habe ich mir anders vorgestellt. Sind denn unsere Vorstellungswelten überhaupt kompatibel? Sie leben doch in einer völlig anderen Welt!«

»Mittlerweile verstehen wir uns gut, du wirst es sehen, wenn du in die Kammer steigst. Aber das war eine Menge Arbeit. Es stimmt, ihre Welt hat mit unserer nichts gemein. Im Grunde sind die Herbae dieser Planet. Sie denken nicht als Individuum, und sie trennen auch nicht zwischen der Vegetation und ihrer Grundlage. Das ist alles eins. Darum hatten sie auch nie das Bedürfnis, sich auf andere Planeten auszubreiten. Das ist für sie ungefähr so, als wenn du auf die Idee kämst, dich auf mir auszubreiten. Das ergibt keinen Sinn.«

Kepler grinst.

»Ja, du wieder. Du weißt schon, wie ich das meine.«

Er nickt.

»Also, steigst du nun in die Kammer?«, fragt Zhenyi.

»Ich ... es reicht mir eigentlich, wenn du mir davon erzählst.«

Sie stößt ihn leicht vor die Brust. Er muss sich zwingen, nicht nach unten, sondern in ihr Gesicht zu sehen.

»Du alter Feigling hast dich kein bisschen geändert«, sagt sie.

Der Vorwurf trifft ihn. Ist er nicht einfach so in den Schacht gesprungen? Aber im Grunde hat sie recht.

»Ich kann dir aber nicht alles erzählen«, sagt Zhenyi. »Die Simulationen, die ich gemacht habe, die musst du gesehen haben. Es ist wichtig.«

»Du kannst von den Herbae Simulationen rechnen lassen?«

»Ja, sie haben ein sehr gutes Mathematik-Verständnis. Ich vermute sogar, dass sie mehr darüber wissen als wir, aber mein begrenzter Verstand kann das nicht alles erfassen. Und die Rechenkapazität des Netzwerks unter der Oberfläche ist enorm.«

»Wahnsinn. Wir könnten bestimmt viel von ihnen lernen. Allein die Tatsache, dass wir nach so langer Zeit doch noch eine andere Spezies gefunden haben!«

»Aber trotzdem hat jemand den Standort des Systems aus der Datenbank gelöscht«, sagt Zhenyi.

Sie reibt sich die Stirn. Es ist sehr warm hier unten.

»Du musst dir die Simulation ansehen. Ich glaube, jemand hat etwas gegen die Herbae.«

»Bitte, kannst du mir nicht einfach die Ergebnisse erklären?«

Viel mehr noch als die Enge in der Kammer stören ihn die schleimigen Würmer. Er stellt sich vor, wie sie in all seine Körperöffnungen kriechen. Er muss sich schütteln.

»Mach es für mich«, sagt Zhenyi. »Danach bekommst du auch einen Kuss.«

Jetzt versucht sie es so. Mensch, Kepler, lass dich doch nicht auf diese billige Masche ein. Aber die Aussicht ist reizvoll. Es könnte wieder werden wie früher. Nicht das Früher, als sie sich dauernd gestritten haben, sondern das Früher davor, die glückliche Zeit.

Kepler arbeitet tief durch. Es geht hier um die Rettung einer intelligenten Spezies, und er denkt an einen Kuss. Wie tief kann man eigentlich sinken?

»Versprochen?«, fragt er.

Zhenyi sieht ihn streng an.

»Du kennst mich«, sagt sie.

Das stimmt. Versprechen hält sie immer, wenn sie kann. Also gibt es nur ein Risiko: dass die Würmer ihn doch aussaugen. Oder vielleicht ist der Kontakt mit der außerirdischen Zivilisation ja zu gewaltig für sein kleines, männliches Hirn, und er kommt verrückt wieder aus der Kammer.

Dann soll es eben so sein. Er dreht sich um, geht zum Durchgang und lässt sich in die Kammer sinken.

Er fällt nicht um. Etwas hält ihn von hinten und bringt ihn in eine komfortable Lage. Er will gar nicht daran denken, was genau ihn da hält. Aber dann lassen sich die Gedanken nicht mehr verdrängen, denn die Würmer wickeln ihn ein. Schleimige Fäden streichen über seinen Bauch und seinen Rücken, fahren ihm zwischen den Beinen durch und kringeln sich um seine Arme und Beine.

Kepler kann sich immer noch rühren, das ist beruhigend. Die Wurzeln der Herbae, denn es sind ja keine Würmer, sondern Wurzeln, daran muss er denken, gehen erstaunlich sanft mit ihm um. Wie wird das bei Zhenyis ersten Kontakten abgelaufen sein, als die Wurzeln den menschlichen Körper noch nicht kannten? Woher sollen die Herbae ahnen, mit welcher Kraft sie sich um einen menschlichen Hals winden können, wenn sie nicht einmal das Konzept einer Lunge kennen? Aber vielleicht haben sie gespürt, wenn es Zhenyi schlecht ging, so, wie sie auch seine Annäherung bemerkt haben. Es war gut, dass er in die Kammer gestiegen ist. Nur so wird er das Problem wirklich durchschauen, dass er hier lösen soll. Nein, möchte. Er hat so viel Zeit in diese Reise investiert, dass es längst zu seinem eigenen Problem geworden ist, nicht mehr zu dem der Herbae oder seiner Ex-Freundin. Niemand sollte sich mit Kepler anlegen.

Etwas zieht ihn davon. Es ist kein körperlicher Zug. Er muss sich erheben, aber seinen Körper gleichzeitig an Ort und Stelle lassen. Es ist eine unmögliche Aufgabe, aber er löst sie. Er schwebt. Die Umgebung verändert sich. Rasend schnell wird es dunkel, Sterne glühen auf. Er schwebt im All, noch immer nackt. Kepler sieht an sich herunter. Es ist kein Irrtum möglich. Über ihm pumpt das gewaltige Herz der Milchstraße, das Schwarze Loch Sagittarius A*. Früher war es im Vergleich zu vielen Nachbar-Galaxien eher bescheiden gewesen. Dann aber kam die große Vereinigung – erst die Magellanschen Wolken, dann Andromeda waren mit der Milchstraße zu einer riesigen elliptischen Galaxie verschmolzen. Ihre Herzen hatten sich zu einem wahrhaft stolzen Exemplar vereint, das sich ganz und gar nicht mehr zu verstecken braucht.

»Achtung, ich starte die Simulation«, sagt Zhenyi.

Er sieht sich um, aber er ist immer noch allein im Weltall. Aus der Umgebung von Sagittarius A* lösen sich jetzt einzelne Sterne. Das Schwarze Loch frisst sie und wächst. Es folgen ganze Sternhaufen. Auch sie verschwinden im gierigen, schwarzen, unendlich tiefen Schlund. Sagittarius A* wächst und wächst. Die Architekten und ihre Helfer haben, wie das Rettende Projekt es vorsieht, Hunderte, Tausende, Millionen Sternsysteme in der Nähe geparkt und mit dem passenden Impuls versehen, sodass sie nacheinander in den Gierschlund stürzen, der ihr Ende in dieser Realität besiegelt. Der Plan funktioniert, wie er vom Konvent beschlossen wurde. Warum zeigt ihm Zhenyi das also? Sie können noch nicht am Ende angekommen sein.

Und dann versteht Kepler, was seine Ex-Freundin ängstigt. Sagittarius A* wird so mächtig, dass es sich selbst neues Futter sucht. Es reißt die Baustelle der gigantischen Sphäre ein, die später seine Energie aufsaugen sollte, es breitet sich weiter aus, als je von einem Forscher vorgesehen, räumt den inneren Bereich des Milchstraßenkerns leer und schwillt und schwillt und schwillt.

Ein Schwarzes Loch platzt nicht, wenn es sich überfressen hat. Wenn es nicht mehr kann, hat es nicht die Möglichkeit, überflüssige Materie wieder auszuspeien. Aber es kann auf andere Weise Energie loswerden. Ein mächtiger, alles zerstörender Lichtblitz jagt durch den Kern der Milchstraße und bis weit hinaus in die Sternenblase der Galaxie. Was für Kepler Sekunden dauert, zieht sich in Wirklichkeit über dreihundert Kilozyklen hin. Aber die Aussage ist eindeutig: Systeme, die nicht weit genug von Sagittarius A* entfernt sind, werden von dem lichtschnellen Energieimpuls ausgelöscht werden.

Das Ergebnis ist ein mächtiger Quasar im Zentrum der Milchstraße, der die Menschheit noch fast ewige Zeit mit Energie versorgen wird. Aber dieser Planet hier wird dabei zerrissen werden. Das unbekannte System liegt zu nah am Kern der Galaxis. Die Herbae werden sterben. Das müssen sie verhindern.

»Danke, dass du dir das angesehen hast«, sagt Zhenyi.

Ihre Stimme verklingt. Die Wurzeln ziehen sich zurück. Er steht wieder auf eigenen Beinen. Kepler verlässt die Kammer und trifft Zhenyi. Ihre Haut glänzt schleimig. Er sieht vermutlich nicht anders aus. Seine Ex-Freundin stellt sich vor ihn, nimmt seinen Kopf in beide Hände und küsst ihn. Es ist himmlisch.

Danach fühlt er sich etwas wacklig und muss sich an die Rückwand des Schachts lehnen. Wo sind eigentlich seine Sachen? Es ist so schummrig hier unten, dass er sie nicht gleich findet.

»Ich weiß nicht, wie es dir geht«, sagt Zhenyi, »aber ich muss nach so einer Sitzung immer erstmal unter die Dusche.«

»Gute Idee«, sagt er.

Er hat so viele Fragen! Welche stellt er zuerst? Duschen wir zusammen? Nein, die Antwort kennt er schon.

»Deine Simulation zeigt, dass die Berechnungen des Konvents nicht stimmen. Das ist ja ungeheuerlich.«

»Richtig. Entweder das Konvent lügt uns alle an, oder sie wurden auch betrogen.«

»Wir müssen ihnen deine Ergebnisse zeigen.«

»Das steht auf der Liste, Johannes. Aber ist dir klar, was das bedeutet?«

Kepler stöhnt. Es wird nicht einfach werden, ganz und gar nicht.

»Sie müssen das Projekt abblasen«, sagt er, »zumindest so, wie es geplant ist.«

»Aber dann reicht die Energie des Quasars nicht, um die Menschheit lange am Leben zu erhalten. Das ganze Projekt steht in Frage«, sagt Zhenyi. »Das wird der Konvent nicht akzeptieren.«

»Aber wenn wir ihnen zeigen, dass endlich unser großer Traum in Erfüllung gegangen ist? Wir sind nicht mehr allein im Universum! Die Herbae sind nicht wie wir, aber sie sind intelligent, wir können mit ihnen kommunizieren.«

»Aber wir müssen weit vor ihnen sterben«, sagt Zhenyi.

»Nicht, wenn sich die Menschheit auf einen einzigen Planeten zurückzieht«, sagt Kepler.

»Du willst unseren zehntausend Brüdern und Schwestern sagen, dass sie aus den Sternsystemen, die ihnen ganz allein gehören, auf so eine Art zweiter Erde zurückkehren sollen, um dort als Ackerbauern und Viehzüchter zu leben?«

»Niemand muss Landwirtschaft betreiben. Wir haben immer noch die Nanofabrikatoren.«

»Ich fürchte, das werden die meisten nicht akzeptieren, Johannes.«

»Die Alternative ist, frühzeitig auszusterben.«

»Nein, die Alternative besteht darin, die Herbae für uns sterben zu lassen.«

Kepler schwitzt. Die Lage scheint wirklich aussichtslos, denn er weiß, dass Zhenyi recht hat. Es ist ein romantischer Gedanke, als Menschheit wieder einen einzigen Planeten zu besiedeln, aber das werden die meisten anders sehen. Und ob es funktioniert, ist sowieso fraglich – als sie den letzten Versuch unternommen haben, waren sie noch sterblich und haben Terra trotzdem gründlich versaut. Der Mensch ist in kleinen Gruppen zum Menschen geworden. Er ist nicht dafür gemacht, in großen Gesellschaften zusammenzuleben. Er ist kein Grashalm, sondern ein Individuum, und diese Eigenschaft hat er in den letzten Milliarden Jahren sogar noch verstärkt.

Zyklus ZB3.1, Unbekanntes System

»KOMMST DU?«

Kepler dreht sich noch einmal um. Es war ein kurzer Besuch. Er hätte gern noch das Schwarze Loch im Kern des Planeten begutachtet, aber Zhenyi glaubt, dass die Zeit knapp werden könnte. Sie winkt ihm. Zhenyi sitzt am Steuer einer Maschine, die aus zwei Sitzen und vier großen Rotoren besteht.

Er geht ein letztes Mal über den Rasen, und die Halme weichen aufmerksam zurück. Was er da sieht, das sind nicht die Herbae. Die Halme sind kaum mehr als die feinen Haare auf seiner Haut, die bei Berührungen ebenfalls zurückweichen. Die Lebensform, die er kennenlernen durfte, ist dieser Planet. Er kann es immer noch nicht fassen. Ausgerechnet er ist der zweite Mensch, der mit dieser fremden Intelligenz in Kontakt kam.

Nein, das kann nicht stimmen. Das System wurde nicht ohne Grund aus der Datenbank gelöscht. Irgendjemand muss vor ihm hier gewesen sein, und auch vor Zhenyi. Jemand, der sein Wissen für sich behalten und sogar großen Aufwand betrieben hat, damit es dabei bleibt. Diese Person muss ein Interesse daran haben, dass das Rettende Projekt genau wie geplant abläuft. Im Grunde kommt jeder Mensch in Frage. Vielleicht ist sogar der Konvent eingeweiht. Aber eine fremde

Zivilisation, den großen Traum der Menschheit, einfach so sterben zu lassen, das ist nun wieder nicht jedem Menschen zuzutrauen.

Den Curies schon. Ihr Besuch auf K2-288Bb ist ihm noch lebhaft im Gedächtnis. Wie sie sich nach Zhenyi erkundigt hatten – das war mehr als bloße Neugier gewesen. Wo mögen sie sich gerade aufhalten? Sind sie unterwegs zum Konvent oder gar zu Sagittarius A*, um ihre Pläne voranzutreiben?

»Johannes? Bist du da?«

»Entschuldige, ich war in Gedanken.«

Er setzt sich auf den Sitz hinter Zhenyi.

»Fertig«, sagt er.

Sie schiebt einen Hebel rechts an ihrem Sitz nach vorn. Die vier Propeller über ihm touren hoch, und schon fliegen sie.

»Hui, das geht ja prima«, sagt er.

»Ja, uraltes Konzept, aber für die Verhältnisse hier perfekt. Wir müssen ja bloß nach oben, und überall haben wir Atmosphäre.«

Er lehnt sich zurück und schließt die Augen. Dann fällt ihm etwas ein.

»Wenn ich dich ablösen soll ...«, sagt er.

Zhenyi lacht. »Willst du im Flug umsteigen?«

Er sieht nach unten. Noch ist die Schwerkraft gering, aber weiter oben dürfte es tatsächlich schwierig werden, die Plätze zu tauschen.

»Wollte es nur angeboten haben«, sagt er.

»Danke, aber in den kommenden sechs Stunden hast du deine Ruhe«, sagt Zhenyi. »Ich kann den Copter auch per Automatik fliegen lassen, es geht ja nur nach oben.«

Sie erreichen die Oberfläche in der Dämmerung. Kepler ist verblüfft. Er hat den Planeten bisher nur am Tag und in der Nacht gesehen. Aber klar, hier am Pol ist die Übergangszone.

Es weht eine steife Brise in die helle Zone. Kalter Wind

fließt am Boden in die eine Richtung, warme Luft weiter oben in die andere. So kühlen und wärmen sich Tag- und Nachthälfte gegenseitig. Der Copter ist dafür aber nicht gut geeignet, deshalb landet Zhenyi ihn möglichst schnell.

Sie haben verabredet, gemeinsam mit dem Schiff weiterzufliegen, mit dem er gekommen ist. Kepler ist das sehr recht. So wird er ein paar virtuelle Jahrhunderte mit Zhenyi verbringen können. Virtuell, weil die Zeit an Bord für sie beide viel schneller ablaufen wird. Aber ein paar Wochen dürften es trotzdem werden, denn ihr Ziel ist der Kern der Galaxis, wo der Konvent beheimatet ist.

»Außenteam an Butler, bitte kommen«, sagt Kepler in den kleinen Funkknopf an seinem Hemd.

Der Butler meldet sich sofort.

»Außenteam? Hast du jemanden mitgebracht? Den weißen Hasen etwa?«

»Ich habe Zhenyi gefunden.«

»Oh, was für eine außerordentliche Freude. Es wird mir eine Ehre sein, Sie beide an Bord zu bedienen.«

»Danke, Puppy, nun übertreib es nicht«, sagt Zhenyi.

»Sie müssen mir alles berichten, was Sie erlebt haben«, sagt der Butler, »Ich bin so neugierig.«

»Natürlich. Wir werden einige Wochen miteinander verbringen. Aber jetzt lass uns bitte abholen.«

»Ich habe Sie geortet. Das Landemodul ist bereits auf dem Weg. Es wird jedoch eine Stunde brauchen. Sie sind ja weit im Norden gelandet, wie kommt das?«

»Eine lange Geschichte. Hier endet der Schacht, der zum Kern des Planeten führt.«

»Oh, natürlich. Ich bin wirklich auf Ihren Bericht gespannt.«

Zyklus ZB8.7, Dysonsphäre 7A

Sie nähern sich einem unsichtbaren Stern. Die vor exakt 11,9 Millionen Jahren von einem Architekten konstruierte Sphäre strahlt nur im Infrarot. Kepler kennt den Anblick bereits von der Sphäre 3Z, an der sie zuletzt aufgetankt haben.

Diese Nachtank-Manöver sind wirklich lästig. Vor allem aus einem Grund: Sie müssen erst bremsen, um dann wieder beschleunigen zu können. Ob Neunundneunziger, Siebenundneunziger oder Fünfundneunziger, das kostet alle Schiffe dieselbe Zeit. Erst später können sie dann wieder ein paar Tage gutmachen. Aber wer weiß, wie lange das Rettende Projekt noch zu stoppen ist?

Kepler läuft vor dem großen Bildschirm auf und ab. Er kommt mit Zhenyi nicht so richtig voran. Irgendwie scheint er für sie auf Bewährung zu sein. Vielleicht will sie erst einmal sehen, wie er sich bei der Rettung der Welt so schlägt? Oder hat sie wirklich jedes Interesse an ihm verloren? Das kann er sich nicht vorstellen. Da war immer etwas zwischen ihnen gewesen, eine Anziehungskraft, selbst in der schlechten Zeit. Und sie ist ja auch nett zu ihm. Nur seine zarten Vorstöße ignoriert sie mit einem Lächeln.

»Müssten nicht bald die ersten Lastkähne eintreffen?«, fragt er.

»Eigentlich schon«, sagt der Butler. »Aber es gibt da ein Problem.«

»Ist die Tankstelle leer?«

Tatsächlich kommt das in letzter Zeit öfter einmal vor. Die Zentralsterne der meisten Sphären haben an Strahlungsleistung eingebüßt. Und wenn sie Pech haben und ein paar Wochen vor ihnen hat schon jemand getankt ...

»Wir könnten uns von hier aus per Direktlaser zum Konvent schicken lassen«, schlägt er vor.

»Das würde uns nicht helfen. Das Problem liegt tiefer. Die Tankstelle will uns nichts verkaufen. Sie behauptet, dieses Schiff und seine Besitzerin existierten gar nicht.«

»Hast du Zhenyi schon informiert?«

»Sie schläft noch.«

»Dann solltest du sie schleunigst wecken.«

ZHENYI KOMMT im Schlafanzug in die Zentrale gestürmt. So wütend hat er sie noch nie erlebt. Selbst, wenn sie lauthals gestritten haben, hätte sie die Diskussion nie und nimmer im Pyjama geführt.

»Wang Zhenyi an Sphäre 7A, ich verlange eine sofortige Betankung meines Schiffes.«

»Hier spricht das automatische User Interface von Sphäre 7A. Bitte sagen Sie ›Betanken‹, wenn Sie betankt werden wollen, und sagen Sie ›Hilfe‹, wenn Sie Hilfe brauchen.«

Was ist denn das für eine primitive KI? Schon wieder irgendwelche Sparmaßnahmen?

»Betanken«, sagt Zhenyi.

»Sie wollen sich bei mir bedanken. Gern geschehen. Bitte sagen Sie ›Betanken‹, wenn Sie betankt werden wollen, und sagen Sie ›Hilfe‹, wenn Sie Hilfe brauchen.«

»Be-tan-ken«, sagt Zhenyi.

»Sie wollen sich bei mir bedanken. Gern geschehen. Bitte sagen Sie ›Betanken‹, wenn Sie betankt werden wollen, und sagen Sie ›Hilfe‹, wenn Sie Hilfe brauchen.«

»BE-TAN-KEN«, schreit Zhenyi ins Mikrofon.

Sie spricht das T so hart, dass Speicheltropfen gegen den Bildschirm über dem Mikro fliegen.

»Sie wollen sich bei mir bedanken. Gern ...«

»Wenn du nicht sofort Ruhe gibst, schieße ich dich zu Klump«, sagt Zhenyi.

Plötzlich wirkt sie wieder ganz ruhig. Kepler kennt diesen Moment. Es ist die Ruhe vor dem Sturm.

»Entschuldigen Sie, Wang Zhenyi.«

Die Automatenstimme spricht den Namen, als hätte sie dabei eine heiße Kartoffel im Mund.

»Ich nahm an, Sie wollten mich veralbern, und deshalb habe ich mit gleicher Münze reagiert.«

Oh Gott, denkt Kepler, eine KI mit Humor. Warum muss ausgerechnet er immer dieses Pech haben? Diese Witzereißer waren nur ein paar Jahrtausende in Mode gewesen, aber trotzdem trifft man noch überraschend oft auf sie. Vor allem, wenn man nicht damit rechnet.

»Veralbern?«, fragt Zhenyi zurück.

»Weil Sie sich mit einem albernen Namen von einem nicht existenten Schiff gemeldet haben. Sie sollten die Schiffskennzeichnung nicht länger verstecken, damit ich mit dem Betanken beginnen kann.«

»Das ist kein alberner Name. Es ist der Name einer berühmten chinesischen Astronomin, den ich mir passend zu meinem Beruf gegeben habe.«

»Es tut mir leid, Wang Zhenyi, aber eine solche Person existiert in den Datenbanken nicht. Verraten Sie mir Ihren echten Namen, damit ich Ihr Konto prüfen und Ihr Schiff betanken kann. Wenn die Stimmprüfung erfolgreich ist, kann ich sogar darüber hinwegsehen, dass Ihr Schiff nicht registriert ist. Es ist ja Ihre Entscheidung, welches Schiff Sie mit Ihren Credits betanken.«

»Das ist zu großzügig, Sphäre 7A, aber ich bin Wang Zhenyi.«

»Wang Zhenyi ist nach meinen Angaben seit vielen Megazyklen tot.«

Wieder spricht die Automatik den Namen aus, als müsse sie dabei würgen. Ob sie Zhenyi mit Absicht reizt? Diese KIs mit Humor haben manchmal merkwürdige Anwandlungen.

»Ich – bin – Wang – Zhenyi!«

Die Stimme seiner Ex-Freundin klingt von Wort zu Wort schriller. Jetzt explodiert sie gleich. Kepler ist froh, nicht der Auslöser der Explosion zu sein, aber womöglich befindet er sich in ihrem Wirkungsradius. Sollte er sich Sorgen machen?

»Ich kann Ihre Angaben nicht bestätigen«, sagt die Automatik. »Ich muss Sie bitten, den Orbit um die Sphäre nun zu verlassen, um anderen Kunden den Weg nicht zu versperren. Ansonsten müsste ich Ihnen ein Ausfallhonorar in Rechnung stellen.«

»Wie willst du mir denn etwas in Rechnung stellen, wenn ich gar nicht existiere, du dumme KI?«

»Beleidigungen bringen uns nicht weiter. Ich werde eine Beschwerde in Ihrem Konto ... nein, werde ich nicht.«

»Jetzt hast du es gemerkt, was?«

Die Automatik seufzt. Hat er gerade richtig gehört? War das ein echter, unbewusster Seufzer, oder Teil des User Interface?

»Ich muss Sie bitten, den Orbit um die Sphäre nun zu verlassen, um anderen Kunden den Weg nicht zu versperren«, sagt die Stimme.

Die Drohung von vorhin lässt sie weg. Sie ist lernfähig, immerhin. Aber dass sie hier Treibstoff erhalten werden, ist doch sehr unwahrscheinlich. Kepler kontrolliert den Ladezustand. Sie könnten ihr Ziel mit den Vorräten erreichen, aber nur, wenn sie maximal 95 Prozent der Lichtgeschwindigkeit fliegen. Das kostet sie enorm viel Zeit.

»Wir verlassen den Orbit erst, wenn wir aufgetankt haben«, sagt Zhenyi mit scheinbar ruhiger Stimme.

Wann kommt die Explosion? Es kann nicht mehr lange dauern.

»Nun, ich kann Sie nicht daran hindern, hier die nächsten Megazyklen zu verbringen.«

Das klingt ja fast versöhnlich. Aber es ändert nichts am

Grundproblem: Sie werden hier keine Dunkle Materie bekommen. Zhenyi drückt auf den Knopf neben dem Mikrofon, der es stumm schaltet. Dann fährt sie mit den Fingern auf dem Bildschirm hin und her. Anscheinend sucht sie etwas. Dann hellt sich ihr Gesicht auf. Sie zoomt das Bild mit einer Spreizgeste und zeigt auf ein Objekt in der Mitte.

»Siehst du das? Das sind die Tanks«, sagt sie zu ihm.

»Die Tanks?«

»Die Dunkle-Materie-Tanks, Dummerchen.«

Sie sieht ihn zärtlich an, darum verzeiht er ihr sofort die Beleidigung.

»Und was sagt mir das? Ohne die Tankschiffe kommen wir nicht ran.«

»Wir verpassen ihnen ein paar Schüsse aus der Railgun, dann öffnen sie sich von ganz allein.«

»Du willst eine Dysonsphäre angreifen? Bist du wahnsinnig? Man wird uns entkörpern!«

Ein Bewusstsein zu löschen, gilt als unethisch. Deshalb besteht heute die schwerste Strafe darin, dem Straftäter niemals wieder einen Körper zuzuerkennen. Da niemals inzwischen eine wirklich lange Zeit ist, hat Kepler vor dieser Strafe großen Respekt – zumal er seinen Körper liebt.

»Nun überleg doch mal. Ich bin nicht mehr registriert. Wen will die Sphäre als Verdächtigen melden? Wen soll der Konvent dafür verurteilen?«

»Meinst du, deine Registrierung ist überall gelöscht?«

»Da bin ich ziemlich sicher. Sphäre 3Z kannte mich noch, Sphäre 7A nicht mehr. Die Löschung muss uns irgendwo auf dem Weg mit Lichtgeschwindigkeit überholt haben. Jetzt haben wir keine Chance mehr, sie einzuholen, sie wird stets vor uns ankommen.«

»Aber ich, ich bin vielleicht noch nicht gelöscht«, sagt Kepler.

»Du könntest die Sphäre fragen.«

Er will zum Mikrofon greifen, aber Zhenyi wehrt seine Hand ab.

»Bist du wahnsinnig? Wenn du fragst und tatsächlich noch

existierst, weiß die Sphäre, dass du hier bist. Dann wird sie dich als Verdächtigen für den Überfall melden. So eine Entkörperung ist kein Spaß.«

»Wenn ich registriert bin, brauchen wir die Sphäre doch nicht anzugreifen«, sagt Kepler.

»Heißt das, dein Kontostand ist ausnahmsweise positiv?«, fragt Zhenyi.

Kepler wird rot. Nein, das war ja der Grund gewesen, warum er seine Ex-Freundin besucht hatte.

»Äh, lassen wir das Fragen lieber«, sagt er. »Wer viel fragt, bekommt viel Antwort.«

DER BUTLER MANÖVRIERT das Schiff in eine gute Schussposition. Sie schweben etwa zehn Kilometer über den Tanks.

»Ist es nicht gefährlich, die Tanks zu beschießen?«, fragt Kepler. »Ich meine, all die Dunkle Materie ...«

»Die macht sich ja nur über ihre Gravitation bemerkbar. Wir müssen bloß aufpassen, dass wir möglichst viel davon in die Tanks bekommen.«

»Lassen Sie mich nur machen«, sagt der Butler, »ich habe das Schiff im Griff.«

»Das hast du damals auch gesagt, als wir fast den Ereignishorizont des Schwarzen Lochs bei Beta Pictoris durchbrochen hätten.«

»Man kann einen Ereignishorizont nicht durchbrechen, Mylady.«

»Nun lenk nicht mit physikalischen Spitzfindigkeiten ab.«

»Das Schwarze Loch war etwas schwerer als erwartet.«

»Ja, und das hätte uns fast das Leben gekostet«, sagt Zhenyi.

»Ihr konntet das Schiff noch retten?«, fragt Kepler.

Diese Geschichte kennt er noch gar nicht. Das muss nach ihrer gemeinsamen Zeit gewesen sein.

»Nein, das Schiff ist vom Schwarzen Loch zerrissen worden, aber wir konnten uns per Laserübertragung in

Sicherheit bringen. Ich habe damals meinen vorletzten Körper eingebüßt. Im Nachhinein, muss ich sagen, war es mein Lieblingskörper.«

Das ist ja beruhigend, es gibt also selbst nahe des Ereignishorizonts eines Schwarzen Lochs noch einen Ausweg. Dann fällt ihm ein, dass kein Laser-Relay Sendungen eines nicht registrierten Bewusstseins entgegennimmt. Wenn diesem Schiff hier etwas passiert, wird er mit seinem Körper zusammen sterben.

»Das Schiff ist jetzt in der bestmöglichen Position«, sagt der Butler. »Wir können feuern.«

Moment mal. Erst in diesem Moment wird ihm klar, was eine wesentliche Voraussetzung von Zhenyis Plan ist: Dieses Schiff ist offenbar bewaffnet! Ein ziviles Schiff – es gibt nur noch zivile Einheiten – das einen Waffenträger besitzt, das ist undenkbar! Die letzten bewaffneten Auseinandersetzungen gab es kurz nach der Zerstörung Terras. Die letzten zehntausend Menschen sind so weit verstreut, dass es fast unmöglich geworden ist, sich gegenseitig zu erschießen. Nur Mord aus Eifersucht kommt noch immer vor. Aber dazu braucht man kein Schiff mit Railguns.

Soll er sie fragen? Nein, sie sieht ihn dann bloß wieder an, als wäre er grenzenlos naiv. Er wird die Dinge ab sofort so nehmen, wie sie sind, und keine Fragen mehr stellen.

»Feuer!«, befiehlt Zhenyi.

Dabei lächelt sie über das ganze Gesicht. Es macht ihr wirklich Spaß, es der Automatik zu zeigen. Tausende Metallkugeln mit wenigen Millimetern Durchmesser verlassen jetzt die Läufe der Railguns. Sie fliegen mit vier Fünfteln der Lichtgeschwindigkeit auf die Tanks zu. Sie sind unsichtbar und unaufhaltsam. Zhenyi zoomt das Bild noch stärker auf die Tanks. Kepler schließt kurz die Augen, und plötzlich besitzt der erste Tank einen großen, kreisrunden Deckel. Der Deckel hebt sich. Die Abschirmung der Dunklen Materie setzt an dieser Stelle aus, und der Inhalt des Tanks ergießt sich ins All, als würde man bei einer gut geschüttelten Sektflasche den Korken entfernen. Nein, Champagnerflasche, korrigiert er seinen Gedanken, nur das passt zu Zhenyi. Dass der Behälter Mikrosekunden später auch an der Unterseite aufgerissen wird, spielt keine Rolle mehr, denn die Dunkle Materie ist schon auf dem Weg. Sie müssen sie nur noch einfangen.

Oh! Er hat sich geirrt. Die völlige Zerstörung der Behälter hat doch Folgen, und zwar dramatische. Auf der Rückseite der Sphäre lodert das Feuer des Sterns, den die Konstruktion einschließt. Oder jetzt eben nicht mehr einschließt. Gewaltige Plasmazungen lecken aus den frisch geschlagenen Löchern. Sie haben nicht nur einen Tank geknackt, sondern gleich sieben, und aus allen schlagen nun die Eruptionen einer Sonne, die bisher in einem menschengemachten Kokon gefangen war. Und sie scheint wütend zu sein. Sie will die Gelegenheit nutzen, um Druck abzulassen und etwas von dem All um sie herum zu sehen, das ihr seit 11,9 Millionen Jahren verwehrt ist.

»Zhenyi, das ist nicht gefährlich, oder?«, fragt er.

Sie gesteht ihm aber keine beruhigenden Worte zu. An ihrer Stelle antwortet der Butler.

»Wenn die Sonneneruptionen unsere chemischen Tanks erwischen, dann gnade uns Gott.«

Ein Roboter, der Gott anruft, das wirkt ganz und gar nicht beruhigend. Die chemischen Triebwerke brauchen sie für die Navigation in unmittelbarer Nähe von Planeten. Sie beziehen ihre Energie aus allerlei explosiven Gasen, die auf zu viel Hitze allergisch reagieren.

»Dann sollten wir vielleicht schnell den Rückzug antreten«, sagt Kepler.

»Wir fliegen erst, wenn die Tanks voll genug sind, um damit mit 99 Prozent der Lichtgeschwindigkeit den Konvent zu erreichen«, sagt Zhenyi.

»Wenn wir zu spät starten, erreichen wir gar nichts mehr«, widerspricht er.

»Wenn wir zu früh starten, erreichen wir unser Ziel auch nicht«, sagt Zhenyi.

Kepler ergibt sich in sein Schicksal. Dann setzt er sein Leben eben für die außerirdische Intelligenz aufs Spiel. So betrachtet, fühlt es sich ausgesprochen gut an. Fast so gut wie ... er wischt den Gedanken weg. Erst das eine Problem lösen, dann löst sich das zweite vielleicht ganz von selbst.

»80 PROZENT«, verkündet der Butler.

Die Zahl klingt gut. Aber vor dem ersten Schuss waren ihre Tanks immerhin noch zu 55 Prozent gefüllt.

»Ich protestiere«, sagt die Stimme der Automatik.

Niemand antwortet ihr.

»Ich setze einen Hilferuf ab«, sagt sie.

Mach das, denkt Kepler. Bis zum nächsten Stern braucht der Ruf gute drei Jahre. Bis dahin sind sie hoffentlich längst gestartet. Obwohl – wenn der Tank sich weiter so langsam füllt ...

»85 Prozent«, sagt der Butler.

In Zeitlupe bewegt sich eine feurige Lilie auf sie zu. Aber das ultraheiße Plasma ist nur scheinbar langsam. Es überwindet die Distanz zwischen der Sphäre und dem Schiff erschreckend schnell. Dabei überholt es sogar die Dunkle Materie.

»Treffer in zehn Sekunden«, sagt der Butler mit kalter Stimme, als würde es ihn nichts angehen.

Kepler klammert sich an seinem Sitz fest. Dann spürt er zwei kurze Impulse von hinten. Das Schiff ist riesig. Es müssen zwei starke Explosionen gewesen sein.

»Wasserstoff-Tanks 7 und 18 sind hochgegangen«, sagt der Butler.

Die Nummerierung wirkt beruhigend. Da müssen sie ja noch mindestens 16 funktionierende Wasserstoff-Tanks besitzen!

»90 Prozent.«

»Das müsste doch reichen«, sagt er.

»Ich will 100 Prozent«, sagt Zhenyi.

Kepler zeigt auf den Bildschirm. Eine weitere Feuerblume kommt auf das Schiff zu. Diese Plasmablase sieht eher wie eine Tulpe aus. Sie ist größer und schwerer als die vorige.

»Mach dir keine Sorgen«, sagt Zhenyi. »Das Plasma beschleunigt mit seiner Masse auch die Dunkle Materie. Wir haben es diesen Eruptionen zu verdanken, dass der Tank bald voll ist.«

Kepler bekommt einen Stoß in den Rücken.

»Wasserstoff-Tanks 3, 5, 9, 11 und 19 sind explodiert«, verkündet der Butler, ohne die Stimme zu heben.

Sie haben den Plasmablasen auch zu verdanken, dass sie bald keine Wasserstoff-Tanks mehr besitzen. Dann können sie zwar zu jedem System hinfliegen, aber nach der Ankunft sind sie bewegungsunfähig.

»Die Wasserstoff-Tanks sind leider besonders hitzeempfindlich«, sagt Zhenyi. »Die platzen immer zuerst. Aber wir können ja auch Wasserstoff in die Sauerstoff-Tanks umleiten, die sind weniger empfindlich.«

Die platzen immer zuerst? Wie oft hat Zhenyi denn solche Manöver schon hinter sich?

»Ich widerspreche ungern, aber Wasserstoff lässt sich nicht in die Sauerstoff-Tanks leiten, aus denen diffundiert er heraus«, sagt der Butler.

»Dann eben nicht. Kümmere du dich mal lieber um die Dunkle-Materie-Tanks«, weist ihn Zhenyi zurecht.

»Melde 95 Prozent Füllstand.«

»Sehr gut«, sagt Zhenyi. »Wir schaffen das.«

Aber nur als lahme Ente, denkt Kepler. Denn es kommt schon wieder eine Plasmablase auf das Schiff zu. Diesmal sieht sie aus wie eine Faust. Das wäre ja auch passend, eine Faust, die ihnen zur Strafe kräftig eins auf die Nase gibt.

Die Faust kommt näher. Kepler hält sich an seinem Sitz fest. Diesmal wird es nicht mit einem kleinen Stoß von hinten getan sein. Die Faust wird immer größer. Wie passt so viel Sternen-Materie überhaupt durch die kleinen Löcher, die sie geschossen haben? Da sieht er es. In der Sphäre haben sich riesige Risse gebildet. Die Risse winden sich wie ein Spinnennetz um die ganze Sphäre. Dort, wo sich die Tanks befanden, ist nur noch ein großes Loch. Ob die Faust sie trifft oder nicht, ist nun auch schon egal. Gleich wird die Sphäre selbst in tausend Stücke zerrissen, die sich mit hoher Geschwindigkeit in alle Raumrichtungen verteilen werden. Den Trümmern zu entgehen, dürfte einem Wunder gleichkommen.

»100 Prozent«, sagt der Butler.

»Gib Gas«, sagt Zhenyi.

Hat er da so etwas wie Angst in ihrer Stimme bemerkt, oder wenigstens Abspannung? Da war ein leichtes Tremolo, mindestens in dem Wort »Gas«.

»Hab schon«, sagt der Butler.

Noch nie hat Kepler den Druck so geliebt, der ihn nun in seine Liege presst. Und ein Butler, der nicht auf Anweisungen wartet, ein Geschenk des Himmels! Jetzt müssen die interstellaren Triebwerke sie nur noch möglichst schnell aus dem Bereich dieser explodierenden Hölle bringen, in die sie die Dysonsphäre 7A, erbaut vor 11,9 Millionen Jahren, gerade mit ihren Railguns verwandelt haben.

Das Schiff beschleunigt. Es nimmt diesmal keine Rücksicht auf seine empfindliche Lunge, und er ist sehr froh darüber. Aus wegen der Belastung blutunterlaufenen Augen sieht er, wie die Explosionszone hinter ihnen her jagt, als ginge es ihr speziell darum, den Urheber des Übels zu erwischen und in seine Atome zu zerlegen. Die Mischung aus Plasma und Bruchstücken der Sphäre holt erst beängstigend schnell auf, doch dann setzen sich die mächtigen Triebwerke des Schiffes durch. Die Arme, die wütend nach ihnen greifen, bleiben zurück, zappeln hilflos im Strahlungsdruck der nun wieder befreiten Sonne. Die Menschheit hat eine weitere Energiequelle eingebüßt. Es lohnt nicht, um diesen Stern eine neue Dysonsphäre zu errichten. Aber dafür haben sie nun die Chance, eine in keiner Datenbank mehr verzeichnete Welt zu retten.

Zyklus ZN8.4, IRS 13

»G3, abgeben, ich bin frei!«

G3 dreht sich um. Tatsächlich, G7 steht völlig frei vor dem gegnerischen Tor. Der Torwart scheint gerade andere Sorgen zu haben, jedenfalls beachtet er G7 nicht. G3 spielt ihm mit einem geschickten Kick den fleckigen Ball zu. G3 nimmt mit dem Innenrist an, setzt zum Schuss an, und Tor!

G3, G5 und G9 fallen G7 um den Hals. G7 hat gerade das 3:1 erzielt! Die Rothemden freuen sich, die Mannschaft in den blauen Trikots hingegen läuft missmutig in der eigenen Hälfte herum.

»Halbzeit!«

Der Schiedsrichter pfeift. G3 sieht auf die Uhr an seinem Handgelenk. Es sind erst 37 von 45 Minuten vorüber. Was ist da los? Er läuft zum Schiedsrichter, um sich zu beschweren, aber der zeigt ihm bloß die Nachricht. Sie bekommen Besuch! Gropius holt seine Unter-Ichs wieder zusammen. Die 22 Fußball-Roboter bleiben auf dem Kunstrasen stehen. Gropius liebt Fußball, und da das eine Mannschaftssportart ist, musste er sich eben 22 identische Roboter konstruieren lassen. Den Schiedsrichter spielt er selbst. In seiner schwarzen Kleidung mit kurzer Hose und kurzem Hemd geht er in die Zentrale.

Es war gut, dass die KI ihn rufen ließ. Da bewegt sich

doch wirklich ein Raumschiff mitten durch sein Netz! Wie kann man nur so ignorant sein? Gropius regt sich auf. Seine Warnbojen sind aus fünf Lichtjahren Entfernung zu sehen. Da muss jemand aus reiner Faulheit alle Warnsignale ignoriert haben, statt einen kleinen Umweg zu nehmen. Dieses System ist eine Baustelle!

Gropius ringt mit sich. Er könnte wieder zu seinem Fußballspiel gehen und das Raumschiff seinem Schicksal überlassen. Niemand kann ihm vorwerfen, seine Pflichten missachtet zu haben. Aber der Reisende tut ihm auch ein bisschen leid. Es gibt ja wirklich viele Systeme, bei denen ehemalige Bauherren einfach vergessen haben, die Warnbojen wegzuräumen. Vermutlich ist es sogar die Mehrheit, denn aktive Bauarbeiten finden eigentlich nur noch hier in der Nähe des Milchstraßen-Kerns statt, wo alles für das Rettende Projekt vorbereitet wird.

Er gibt sich einen Ruck, setzt sich vor das Terminal und ruft das Schiff. Nach ein paar Minuten erhält er Antwort.

»Hallo Gropius!«

Oh nein, es sind die Curies. Die beiden waren ihm noch nie sympathisch. Sie sind so ... extrem in ihren Ansichten. Für sie gibt es nur schwarz oder weiß, nur Gegner oder Freunde. Freunde? Hm, Gropius kennt eigentlich niemanden, der sich selbst als Freunde der Curies bezeichnen würde. Vor allem mit der Inbrunst, mit der sie das Rettende Projekt durchgesetzt haben, haben sie viele vor den Kopf gestoßen. Die Mehrheit war ja sogar ihrer Meinung gewesen, aber das hatte ihnen irgendwie nicht gereicht, man musste an das Projekt glauben, so hatten sie es formuliert.

Gropius glaubt nichts, außer dass am Ende alles gut wird. Diese Haltung hat ihm schon oft geholfen. Also wird der Besuch der Curies am Ende wohl auch sein Gutes haben. Er weiß eben nur noch nicht, was.

»Die Curies«, antwortet er, »was für eine Freude! Was kann ich für euch tun?«

Die Unterhaltung verläuft wegen der Entfernung

zunächst noch zäh, aber das Schiff der Curies kommt schnell näher.

»Wir würden gern etwas mit dir besprechen.«

»Worum geht es denn?«

»Wir würden ein persönliches Gespräch vorziehen.«

Die beiden wechseln sich beim Sprechen konsequent ab. Gropius deckt das Mikrofon ab. Er ist höflich genug, nur so zu seufzen, dass die Curies es nicht mitbekommen.

»Dann empfange ich euch natürlich gern«, lügt er. »Habt ihr Lust auf ein bisschen Unterhaltung nebenbei? Ich habe gerade ein spannendes Spiel laufen.«

So kann er vielleicht aus dem unangenehmen Besuch doch noch etwas Spaß herausschlagen.

»Ah, Fußball?«

»Ihr wisst es?«

»Aber Gropius, du bist doch in der ganzen Milchstraße als bester Fußballer bekannt.«

Und als zweitbester, drittbester, viertbester, denkt er.

»Dann auf dem Platz?«

»Wir freuen uns, deine Zuschauer zu sein.«

»Bitte hier entlang«, sagt er.

»Geh du voraus«, antwortet Pierre.

»Und was wolltet ihr mit mir besprechen?«

»Jetzt sind wir erst einmal neugierig auf das Spiel«, sagt Marie.

»Wir haben bestimmt seit hunderttausend Zyklen kein echtes Fußballspiel mehr gesehen«, sagt Pierre.

»Ich habe ein paar Raritäten da, Holo-Aufzeichnungen aus dem 21. Jahrhundert. Bayern Dortmund gegen Juventus Berlin. Können wir uns nachher gern gemeinsam ansehen. Oder ich mache euch eine Kopie.«

»Ich muss dir etwas sagen, Gropius, aber nicht sauer sein«, sagt Marie.

Er bleibt stehen. Wird es jetzt ernst?

»Was denn?«, fragt er.

»Der Computer meint, es gab nie Mannschaften mit diesen Namen. Ich fürchte, du bist einem Fake aufgesessen«, sagt Pierre.

Die Curies sehen ihn so an, dass er ihnen das Mitleid beinahe abnimmt. Aber ihre Nasenwurzel zuckt. Das ist verräterisch.

»Ich habe das Holo schon seit zwölf Megazyklen. Es ist quasi noch aus der Jugendzeit des Universums«, sagt er bockig.

»Kurz nach der Zerstörung Terras? Damals wurde besonders viel gefälscht. Lange hat sich niemand für den Planeten interessiert, aber als er dann in der Riesen-Sonne verschwunden war, waren Andenken plötzlich wieder populär.«

»Nein, das glaube ich nicht, Marie.«

»Das ist dein gutes Recht«, sagt Pierre. »Wir wollten dich auch nicht traurig machen.«

Das ist euch aber gelungen, denkt er. Ausgerechnet dieses Holo ist sein Lieblings-Vid! Er geht weiter und hängt dabei seinen Gedanken nach. Dann erreichen sie das Fußballfeld. Sein Gesicht hellt sich auf. Gleich wird er den Curies zeigen, dass er noch immer der beste Fußballer des Universums ist.

»Ah, das ist also dein Reich«, sagt Marie.

»Genau. Moment, ich schlüpfe in die Spieler.«

Alle Fußballer auf dem Kunstrasen werden wieder lebendig, als hätte jemand den Stau im Fluss der Zeit beseitigt.

»Sehr schön«, sagt Pierre.

»Anstoß«, pfeift der Schiedsrichter.

Die Blauhemden sind dran. Sie bekommen ein paar bemerkenswerte Spielzüge hin, aber ihr Stürmer, Gropius, scheitert immer wieder am gleichnamigen Torwart.

»Warum wir gekommen sind ...«, sagt Marie.

»Ja?«, ruft G7.

»Wir wollten dich um etwas bitten«, setzt Pierre fort.

»Wenn ich euch helfen kann, immer gern«, sagt der Torwart der Blauhemden.

»Du müsstest bitte für uns das Schwarze Loch von IRS 13 in Sagittarius A* bugsieren. Das kannst du doch?«, fragt Marie.

»Kein Problem, ich kann alles irgendwohin bugsieren, wenn ich genug Zeit habe.«

»Und IRS 13 nach Sagittarius A*?«, fragt Pierre.

»10.000 Zyklen? Mit der Software in der Zentrale kein Problem. Das funktioniert sogar im automatischen Modus.«

»Das ist gut«, sagt Marie.

»Aber ich kann euch da trotzdem nicht helfen. Ihr wisst es doch selbst, das Rettende Projekt!«

»Darum geht es ja«, sagt Pierre.

»Ich verstehe nicht. Wenn wir IRS 13 auch noch mit Sagittarius A* verschmelzen, besteht die Gefahr, dass das Schwarze Loch überladen wird. Dann wird kein Quasar mehr daraus, sondern irgendwas Schlimmeres.«

»Das ist die Idee«, sagt Marie.

»Das ist doch keine Idee, das ist Selbstmord, oder nein, das ist Mord.«

»Du willst uns also nicht helfen?«

»Nein, Pierre, ich werde doch nicht zum Mörder!«

»Das tut mir leid, Gropius. Dann muss es wohl sein.«

Wieder hat Pierre gesprochen. Das ist eine seltsame Abwechslung. Noch seltsamer ist aber, dass der Körper, in dem die Curies stecken, plötzlich ein schwarzes Gerät aus der Tasche zieht. Der Schiedsrichter, der am nächsten steht, erkennt es als erster. Es ist eine Pistole. Der rechte Arm der Curies zielt auf den Schiedsrichter. Ihr rechter Zeigefinger drückt ab. Der Schiedsrichter hält sich die Brust, dann fällt er zu Boden. Der Arm mit der Waffe bewegt sich nach links. G7 stirbt an einer Kugel, die seinen Kopf zerreißt. Dann ist G11 an der Reihe, es folgen der Torhüter der Blauhemden, G13, ebenfalls blau, G8, G5 und alle anderen Fußballspieler. Gropius zieht seine Einzel-Ichs immer weiter zusammen, doch dann steht ihm nur noch G3 zur Verfügung.

»Du bist dann wohl der beste Fußballspieler der Welt«, sagt Pierre.

»Und der einzige«, sagt Marie.

Dann drückt der Zeigefinger ein letztes Mal ab. Die Kugel zerfetzt das Gehirn des besten Fußballspielers der Welt. Was für eine Ironie, denkt Gropius. Dann hat sein Bewusstsein keinen Rückzugsort mehr und erlischt.

Zyklus ZR1.1, Konvent

Aus der Ferne könnte man den Konvent für eine Dysonsphäre halten. Kepler langweilt sich, also holt er sich die Daten sämtlicher Langstrecken-Sensoren auf den Bildschirm. Für eine Dysonsphäre ist die Kugel des Konvent im Infrarot allerdings ziemlich dunkel, als würde sie einen längst erloschenen Stern einschließen. Die Reise nähert sich ihrem Ende. Kepler folgt den Ziffern, die in rasendem Tempo die Lichtjahre herunterzählen. Ein Hoch auf die Zeitdilatation! Für einen Beobachter von außen bewegt sich das Raumschiff quälend langsam durch das All, für ihn jedoch vergeht die Zeit weitaus schneller.

Langsam bauen sich auf der Oberfläche der Kugel weitere Details auf. Bei 99 Prozent der Lichtgeschwindigkeit ist es gar nicht so einfach, die Umgebung zu scannen. Die Taststrahlen der Sensoren sind nur wenig schneller als das Schiff. Aber was jetzt schon deutlich wird, sind die riesenhaften Dimensionen des Konvents. Kepler erinnert sich noch an seine Eröffnung, etwa einen Megazyklus nach der Zerstörung von Terra. Der Neubau in direkter Nähe des Milchstraßenkerns hatte die Menschheit und ihre unbegrenzten Fähigkeiten feiern sollen. Gropius, Le Corbusier, alle bekannten Architekten hatten dafür zusammengearbeitet. Der Konvent umspannt einen ganzen Kugelsternhaufen, eine

Mini-Galaxie gewissermaßen. Er hatte genügend Platz bieten sollen für die Billiarden Menschen, die nach den damaligen Prognosen die Milchstraße besiedeln sollten.

Aus all dem ist nichts geworden. Die Menschen hatten wohl einfach keinen Grund mehr gesehen, sich zu vermehren. Aber den Konvent gibt es immer noch. Er war auch die passende Umgebung gewesen, um den Rettenden Plan zu beschließen.

Zhenyis Parfüm erreicht seine Nase. Er dreht sich um.

»Guten Morgen, Johannes!«, sagt sie.

Hat er es doch gewusst! Sie trägt heute einen eleganten Hosenanzug und ist perfekt zurechtgemacht.

»Wünsche ich dir auch. Hast du gut geschlafen?«

»Ich bin oft wach geworden und konnte nicht mehr einschlafen. Manchmal fehlt mir dein Atemgeräusch«, sagt sie.

»Das ließe sich leicht ändern.«

»Ich weiß. Gib mir Zeit, Johannes. Ich mag dich, aber ... es gibt da ein Problem.«

»Ein Problem?«

»Ich möchte das jetzt nicht diskutieren.«

»Okay.«

»In meinen schlaflosen Stunden habe ich über unsere Ankunft beim Konvent nachgedacht«, sagt Zhenyi.

»Ja?«

»Du solltest dich melden und um Einlass bitten. Wenn ich die Anfrage stelle, muss ich bloß wieder meine Existenz beweisen.«

»Das hatte ich mir auch schon überlegt. Und wenn ich auch aus der Datenbank gelöscht bin?«

»Dann müssen wir uns etwas anderes einfallen lassen. Vermutlich ist die Konvent-Sphäre schon altersschwach.«

»Du denkst an die Railguns, Zhenyi? Du erinnerst dich, was nach ihrem Einsatz mit der Dysonsphäre passiert ist?«

»Hinter der Konvent-Sphäre steckt kein heißer Stern.«

»Aber die Bruchstücke könnten uns gefährlich werden.«

»Überredet, Johannes. Ich werde einen Angriff auf die

Konvent-Sphäre simulieren, dann sehen wir ja, wie gefährlich es wirklich ist. Aber im besten Fall quatschst du uns einfach durch die Einlasskontrolle.«

Es gehört nicht zu seinen Stärken, sich irgendwo durchzuquatschen. Kepler bekommt ein bisschen Angst vor morgen. Aber wenn Zhenyi es von ihm erwartet, wird er sein Bestes tun. Hoffentlich reicht es, um eine Katastrophe zu verhindern.

Zyklus ZR1.2, Konvent

Vor dem Schiff ragt eine gigantische Wand auf. Sie wirkt aus ihrer Perspektive wie ein flaches Brett im All, aber das liegt an ihren Dimensionen. Gestern noch hat Kepler gesehen, dass das Brett Teil einer Kugeloberfläche ist, die einen Durchmesser von 80 Lichtjahren besitzt.

Während sie sich genähert haben, hat Kepler alle Anfragen der Sphäre ignoriert. Er will sich zuerst melden, damit er das Drehbuch der Unterhaltung bestimmen kann. Aber dazu muss das Schiff der Wand so nahe kommen, dass sie sich notfalls mit den Railguns den Weg freischießen können. Zhenyis Simulationen haben angeblich ergeben, dass das ungefährlich ist. Er traut ihr zu, dass sie ihn dabei beschwindelt. Er hatte sogar schon nachsehen wollen, ob wirklich Simulationen auf dem Bordrechner gelaufen sind. Aber dann fand er diese Art der Spionage doch wieder schäbig.

»Hier ist Johannes Kepler«, meldet er sich.

Er klopft mit den Fingern auf seine Sessellehne. Gleich wird sich entscheiden, ob sie auf normalem Weg in den Konvent einfliegen dürfen. Der Abstand zur Sphäre ist immer noch so groß, dass Funkbotschaften eine halbe Minute brauchen.

»Willkommen, Johannes Kepler«, antwortet eine weibliche Stimme. »Schön, Sie nach so langer Zeit wiederzusehen.«

Er lehnt sich zurück. Seine Daten sind nicht gelöscht!

»Ich würde mit dem Konvent gern ein paar Dinge besprechen«, sagt er.

»Derzeit steht nur Konvents-Sekretär Christoph Kolumbus zur Verfügung«, sagt die Stimme nach der Übertragungspause.

»Oh, wo sind denn die anderen alle?«

»Diese Information ist nicht öffentlich. Möchten Sie mit Sekretär Kolumbus sprechen?«

»Sehr gern.«

Kolumbus ist nicht ohne Grund Sekretär – er hat den Ruf eines Bürokraten. Ihn zu überzeugen dürfte nicht einfach werden, und zu sagen hat er ja wohl auch nicht wirklich etwas. Aber bevor sie mit völlig leeren Händen abziehen, sollten sie es wenigstens versuchen.

»Bevor ich Sie einfliegen lassen kann, müssten Sie einem Scan Ihres Schiffes zustimmen«, sagt die Stimme der Wächter-Automatik.

»Geht es um Waffen, Drogen und so etwas?«

Die Automatik lacht. Es scheint mindestens eine Level-4-KI zu sein. Wenigstens reißt sie keine dummen Witze. Aber wenn sie die Railguns findet ...

»Nein, Johannes Kepler, wir wissen ja, dass Sie so etwas jederzeit mit Hilfe von Nanofabrikatoren herstellen könnten. Es wäre sinnlos, Sie jetzt darauf zu untersuchen. Wir müssen aber wissen, wie viele biologische Signaturen den Konvent besuchen.«

»Ich ... ich bin allein«, sagt Kepler, »bis auf meinen Butler.«

»Ein Roboter, nehme ich an.«

»Was sonst.«

»Gut, dann werden Sie gegen den Scan sicher nichts einzuwenden haben.«

Mist. Kepler aktiviert vorsorglich die Railguns. Wie soll er die Anwesenheit einer unregistrierten Person erklären? Man wird ihn nicht einlassen. Hoffentlich ist die Sphäre selbst nicht bewaffnet. Ob Zhenyis Simulationen korrekt waren? Gleich wird er es wissen.

»Dann scannen Sie schon«, sagt er.

Er richtet die Railguns so aus, dass sie alle denselben Punkt in der Außenwand der Sphäre treffen. Wer zuerst schießt, hat im Weltall immer einen Vorteil. Sein Finger ist auf dem Auslöser. Kepler atmet tief durch. Ob er es spürt, wenn die Sphäre ihn erfasst? Mit welcher Technologie arbeiten sie dabei wohl? Seine Gedanken rasen. Sollte er besser gleich schießen? Bis die Ergebnisse des Scans die KI der Sphäre erreichen, vergeht eine Minute, nichts ist schneller als das Licht. Noch hat er den Überraschungseffekt auf seiner Seite. Die Finger der anderen Hand klopfen immer schneller auf die Lehne.

»Besten Dank für die Kooperation«, meldet sich die Stimme wieder. »Ich muss Sie aus Sicherheitsgründen auf eine Anomalie aufmerksam machen.«

Sie haben anscheinend Zhenyi entdeckt, wissen aber noch nichts mit ihr anzufangen. Ein unregistriertes biologisches Wesen, das ist ja auch eine extreme Seltenheit.

»Einige der Wasserstofftanks Ihres Schiffes sind unbrauchbar«, sagt die Stimme. »Sie sollten sie unbedingt reparieren lassen. In der Werft der Sphäre können wir diese Reparatur zu einem Sonderpreis durchführen. Eine kostenlose Überprüfung durch den GÜV ist in diesem Preis bereits inklusive. Sagen Sie Ihren Namen und ›Ja, ich will‹, wenn Sie den Sonderpreis in Anspruch nehmen möchten.«

Kepler nimmt die Hand vom Auslöser und sinkt in sich zusammen. Die Wasserstofftanks sind ihnen aufgefallen, aber Zhenyi haben sie nicht bemerkt. Wie hat sie das geschafft? Seine Ex-Freundin ist doch immer wieder für eine Überraschung gut. Es wäre aber besser gewesen, sie hätte ihm das vorher verraten. Aber er wird sich nicht beschweren, sonst hält sie ihn wieder für einen Angsthasen.

»Ja, ich will«, sagt er.

Hoffentlich gibt das der Überziehungsrahmen seines Kontos noch her!

»Das ist eine gute Entscheidung. Wir weisen Ihnen eine Andockbucht in der inneren Sphäre zu. Die Position wird automatisch an Ihr Navigationssystem übermittelt.«

»Vielen Dank«, sagt er und beendet die Verbindung.

Auf dem Bildschirm symbolisiert ein blinkendes, grünes Kreuz ihr neues Ziel. Er überlässt der Automatik die Steuerung. Kepler hat noch nie gern an einer Sphäre angedockt. Das Schiff ist riesig und reagiert sehr spät auf Steuerimpulse, und dann muss man ja auch noch sämtliche Raumrichtungen berücksichtigen, da macht sein Vorstellungsvermögen nicht mit. Und er will ja nicht noch mehr Tanks beschädigen – oder gar das Dock der Sphäre.

Das Schiff nähert sich in schnellem Tempo der schwarzen Wand. Er sieht sie nur im Radar. Im optischen Bild erkennt er nicht mehr als einen völlig sternenlosen Weltraum. Sie können von Glück reden, dass es keine andere raumfahrende Spezies gibt, sonst würden vielleicht dauernd Alienschiffe gegen menschliche Sphären stoßen, denkt er.

Dann entsteht vor seinen Augen ein quadratisches Loch, aus dem weißes Licht dringt. Die Öffnung scheint winzig. Nie und nimmer wird das Schiff da hindurchpassen! Die Automatik steuert mit enormem Tempo darauf zu.

Eine Hand legt sich auf seine Schulter. Kepler zuckt zusammen. Es ist Zhenyis Hand. Kann sie ihn nicht warnen, wenn sie in die Zentrale kommt?

»Das machst du sehr schön«, sagt sie.

Kepler freut sich über das Lob. Aber er fühlt sich auch wie ein kleines Kind behandelt. Das will er nicht, da ist er ziemlich sicher. Er rückt so in seinem Sitz herum, dass die Hand von seiner Schulter gleitet.

»Entschuldige«, sagt Zhenyi, »ich rede ja mit dir wie mit einem kleinen Kind.«

Sie hat seine Gedanken erraten und um Verzeihung gebeten. Immerhin! Zhenyi entfernt sich, aber ihr Parfüm bleibt in der Luft. Es versetzt ihn in eine beschwingte Stimmung. Das Schiff erreicht die Öffnung und steckt seine Nase hindurch. Kepler bewundert die Struktur der Sphäre. Sie ist nur einen Kilometer dick, spannt sich aber um ein riesiges Volumen. Das Design geht wohl vor allem auf Le Corbusier zurück.

Vor ihm liegt die innere Sphäre, und sie ist ein noch größeres Wunder. Denn sie ist transparent. Er kann die zweihundert Sterne des Kugelsternhaufens darin erkennen, die sich auf minimalem Abstand gegenseitig umkreisen. Es ist ein Bild, wie man es heute nirgends mehr findet, denn alle anderen Kugelsternhaufen haben sich längst aufgelöst. Dieser hier, innerhalb der Sphäre, wird durch die menschengemachte Struktur um ihn herum für die Ewigkeit bewahrt. Oder zumindest so lange, bis jeder einzelne Stern darin ausgebrannt ist.

DAS SCHIFF HAT ANGELEGT. Sie verlassen es durch die Schleuse. Raumanzüge brauchen sie nicht. Das Dock hat einen Ausstiegsrüssel über die Schleuse gestülpt, durch den sie in die Aufenthaltsräume schweben. Sie sind zu dritt unterwegs, Kepler, Zhenyi und der Butler. Kepler nimmt seine Ex-Freundin an die Hand und lässt sich mit ihr durch den gebogenen Ausstiegsrüssel treiben. Die Schwerelosigkeit ist lustig.

Dann erreichen sie einen Schalter, hinter dem ein grimmig aussehender Androide sitzt. Kepler muss sich mit seiner Stimme ausweisen und die Zahlung für die Reparatur autorisieren. Sein wahrer Kontostand scheint die Konventsphäre noch nicht erreicht zu haben, denn der exorbitant hohe Betrag geht durch.

Der Androide nickt nur und zeigt nach rechts. Ob ihm nicht langweilig ist? Viele Besucher scheint die Sphäre nicht mehr zu bekommen.

»Wenn Sie ein Transportmittel für die innere Sphäre

benötigen, wenden Sie sich bitte an meinen Kollegen beim Leihservice«, sagt der Androide.

Es muss ein Billigmodell sein. Er kann nicht einmal seine Stimme modulieren. Vielleicht ist das Original defekt. Es ist kaum vorstellbar, dass beim Prestigeprojekt der Menschheit schon immer so ein billiger Roboter den Einlasser spielt.

Der Gang führt in einem großen Bogen in einen Raum, der etwa so groß wie ein Fußballfeld ist. Gropius hätte hier seinen Spaß, er könnte mit all seinen 22 Spielern plus Schiedsrichter auflaufen, denkt Kepler. Er hat den Architekten einmal bei einem Spiel beobachtet. Der beste Spieler der Milchstraße, ganz eindeutig. An den vier Seiten des Raums gibt es gläserne Schalter. Es sind unzählige.

Kepler tritt direkt vor einen davon. Hologramme zeigen die Schönheit eines Planetensystems. Einer der Planeten hier muss Strände mit rosafarbenem Sand besitzen, an den grünes Wasser schwappt. Ein anderer Himmelskörper wirbt mit besonders niedriger Gravitation und kostenlosen Fluglektionen für alle Besucher. Ein dritter präsentiert sich als Paradies für Freikörperkultur. Nackt sonnen sich dort Hologramme am Strand, nackt shoppen und essen sie. Kepler geht näher heran, um alle Details zu erkennen. Der Stand ist aber geschlossen, so wie jeder andere auch. Es gibt keine Touristen mehr, die diese exotischen Welten besuchen wollen. Wer weiß, ob es dort immer noch so paradiesisch zugeht. Soviel er weiß, hat man einen großen Teil der Planeten künstlich an die Bedürfnisse der Menschen angepasst.

Von hinten winkt jemand. Es ist der Androide des einzigen geöffneten Standes. Das muss dann wohl der Leihservice sein. Zhenyi und der Butler sind schon fast dort. Kepler rennt ihnen nach.

Wieder ist es an ihm, sich zu identifizieren.

»Danke, Johannes Kepler«, sagt der Roboter, »Die Leihfahrzeuge unseres Unternehmens werden Sie mit Zuverlässigkeit, Komfort und Geschwindigkeit begeistern.«

Im Inneren der Sphäre benötigt man an die Verhältnisse dort angepasste Spezialfahrzeuge, um sich fortzubewegen.

Kepler würde wetten, dass das Absicht ist, um möglichst viele Credits aus den Besuchern zu pressen.

»Sicher«, antwortet er. »Ich hätte gern etwas für einen Flug zur Verwaltung.«

»Gern. Ich sehe, Sie brauchen drei Plätze. Ich kann Ihnen einen Viersitzer zum Standardpreis anbieten. Aber ich sehe auch, Sie sind ein Mann, der das Besondere schätzt.«

Der Roboter zwinkert und zeigt verstohlen auf Zhenyi, als wäre sie gar nicht da. Kepler sieht ihn fragend an.

»Ich hätte da nämlich etwas ganz Besonderes für Sie, eines unserer wenigen, exklusiven Cabrios. Stellen Sie sich vor, Sie können mit Ihrer Freundin«, er spricht das Wort mit besonderer Betonung aus, »unter dem freien Sternenhimmel dahinrasen. Ist das nicht romantisch? Wenn Sie es wünschen, können wir Ihren Butler so lange auch bei uns aufbewahren, dann sind Sie ganz ungestört. Haben Sie es schon mal direkt im Weltraum ... probiert?«

Der Androide sieht ihn verschwörerisch an.

»Das Cabrio kostet Sie lediglich 150 Prozent Aufpreis. Sagen Sie ›ich will‹, um es zu bestellen.«

»Ich will nicht«, sagt Kepler. »Sie verstehen da etwas falsch. Ich habe einen wichtigen Termin bei Sekretär Kolumbus, den ich so schnell wie möglich wahrnehmen möchte.«

»Natürlich«, sagt der Roboter. »Ich verstehe, Sie mögen es lieber ... günstig. Auch für diesen Kundenkreis haben wir ein Angebot.«

»Ich höre?«

»Zu allen Planeten des Systems verkehrt auf Anforderung ein kostenloser Shuttlebus. Sie müssten sich das Fahrzeug lediglich mit anderen Besuchern teilen.«

Kepler dreht sich um. Hier gibt es niemanden außer ihnen.

»Andere Besucher?«, fragt er.

»Nun, es ist nicht ausgeschlossen, dass noch jemand kommt. Ich lege Ihnen deshalb unser Exklusiv-Cabrio ans Herz. Bei sofortiger Buchung erhalten Sie einen Tankgutschein, den Sie an jeder Dysonsphäre einlösen können.«

»Danke, dann warte ich auf das Shuttle.«

»Wenn Sie die Bestellung heute aufgeben, steht das Shuttle morgen um acht Uhr Standardzeit bereit.«

»Wie lang ist die Flugzeit?«

»Die Flugzeit zur Verwaltung beträgt exakt 20 Stunden und drei Minuten.«

»Gut, dann bestelle ich hiermit das kostenlose Shuttle.«

»Ich kann Ihnen derzeit ein preisgünstiges Upgrade auf die Premiumklasse anbieten. Darin sind inklusive …«

»Nein, danke.«

»Sagen Sie ›ich will‹, um Ihre Bestellung abzuschließen.«

»Ich will. Und wo verbringen wir die Nacht?«

»An Bord Ihres Schiffes, schlage ich vor. Hier verfügen wir leider über keine Zimmer.«

Zyklus ZR1.3, Konvent

»Ich hätte fragen sollen, wo das Shuttle abfliegt«, sagt Kepler.

»Der Androide hat nichts gesagt, also muss es einfach zu finden sein«, sagt Zhenyi.

Alle drei tragen jeweils einen Rucksack, der mit Nahrung und den typischen Reise-Utensilien gefüllt ist. Kepler war nicht überrascht gewesen, als der Butler sich ebenfalls eine Reisetasche zusammengestellt hatte. Sie werden mindestens drei Tage unterwegs sein, und da der Butler stets perfekt gekleidet ist, braucht er Kleidung zum Wechseln.

Der fußballfeldgroße Raum mit den vielen Ständen sieht bei seiner zweiten Besichtigung nicht mehr faszinierend, sondern deprimierend aus. Es ist der flüchtige Glanz vergangener Zeiten, der an ihm haftet. So viele Träume hingen einst am Konvent. Aber die Menschen hatten ihre eigene Vorstellung von der Zukunft, und die fand nicht in dieser geschlossenen Sphäre statt.

Der Androide am Leihschalter winkt ihnen zu.

»Guten Morgen, Johannes Kepler«, sagt er.

Zhenyi und den Butler würdigt er dabei keines Blickes. Kepler nickt ihm zu.

»Bitte folgen Sie mir, aber schnell, in fünf Minuten legt das Shuttle ab, Sie sind spät dran.«

Die Theke des Schalters schiebt sich ein Stück zur Seite. Kepler beeilt sich, dem Androiden zu folgen. Dann kippt der Raum zur Seite. Mist, er ist gestolpert. Wer hat ihm denn seinen Rucksack vor die Füße gestellt? Er versucht, sich an dem Androiden festzuhalten, greift aber ins Leere. Ein Hologramm, auch das noch! Er fällt mit dem Oberkörper voran auf den Boden.

»Johannes Kepler, geht es Ihnen gut?«

Der virtuelle Androide hockt vor ihm und fährt ihm mit der Hand über den Kopf. Kepler spürt gar nichts, und das ist das Schlimmste daran. Dann fahren ihm zwei kräftige Arme unter die Achseln. Der Butler stellt ihn wieder auf die Füße.

»Danke«, sagt Kepler. »War das dein Rucksack?«

»Nein, meiner«, antwortet Zhenyi.

»Kommen Sie, kommen Sie«, sagt der Androide.

»Es ist doch kein Mensch hier, warum machst du so eine Hektik?«, fragt Kepler.

»Wir müssen pünktlich sein. Die Pünktlichkeitsquote lag im letzten Kilozyklus bei exakt 100 Prozent! Wir sind der pünktlichste Shuttle-Service im Universum.«

»Wie oft ist das Shuttle im vergangenen Kilozyklus geflogen?«

»Noch gar nicht.«

»Wie kannst du dann eine Quote berechnen? Das gibt doch eine Division durch 0?«

»Der letzte Kilozyklus umfasst auch Ihren Abflug, und bis jetzt sind wir noch pünktlich. Kommen Sie schnell!«

Der Androide läuft vor ihnen her durch einen diffus beleuchteten Gang. Kepler bemüht sich, ihm die Freude zu machen. Sie erreichen das Shuttle, als die Borduhr 7 Uhr 59 zeigt. Kepler fällt geschafft in den nächstbesten Sitz.

»Gute Reise«, verabschiedet sich der Androide.

Die Tür des Shuttles schließt sich. Er wird in den Sitz gedrückt.

Nach zwei Stunden haben sie anscheinend die Reisegeschwindigkeit erreicht, denn Schwerelosigkeit setzt ein. Kepler steht auf und schwebt zur transparenten Decke in etwa drei Metern Höhe. Das Shuttle, jedenfalls was er davon sehen kann, erinnert ihn an ein Trinkglas, dessen eine Hälfte aus Metall besteht. Vorn, für ihn unsichtbar, dürfte es eine Steuereinheit geben, hinten das Triebwerk.

Der Blick aus dem Dachfenster ist überwältigend. Die Sterne sind sich extrem nah, so etwas hat er noch nie gesehen. Sie sind so positioniert, dass sich fast überall optimale Bedingungen ergeben. Der Himmel sieht hier nicht schwarz aus, sondern blau, aber die Sterne funkeln trotzdem wie am schwärzesten Nachthimmel, wenn sie nicht gerade hinter einer imposanten Wolke verschwinden. Die komplette innere Sphäre ist mit atembarer Luft gefüllt. Das ist das größte Kunststück überhaupt, das die Architekten hier vollbracht haben. Sie konnten den Raum nicht einfach nur mit Luft füllen. Überall sind Baken verteilt, die die Atmosphäre kontrollieren und bei Bedarf verändern. Ohne ständige Einwirkungen würde die Zirkulation die Luft in bestimmten Bereichen konzentrieren, während man anderswo kaum atmen könnte. Außerdem verändert die Atmosphäre die Orbitalmechanik der Planeten, die unweigerlich in ihre Sonnen stürzen müssten, würde man ihre Bahnen nicht künstlich stabil halten. Das alles funktioniert überraschenderweise heute noch.

»Hier öffnen«, steht an einem Knopf am Dachfenster in mehreren Sprachen. Kepler drückt ihn kurz, und im Glas öffnet sich ein Spalt. Kalte Luft dringt herein. Die Feuchtigkeit an der Decke kondensiert zu dünnem Nebel. Er öffnet das Fenster noch ein Stück und hält seine Hand nach draußen. Es ist kalt, aber nicht zu kalt. Minus 20 Grad, schätzt er. Für einen kurzen Moment sollte das auszuhalten sein. Bei seinem letzten Besuch hier hatte die Temperatur noch um den Gefrierpunkt gelegen. Das System ist wohl gerade dabei zu kippen. Gut, dass sie kein Cabrio gewählt haben. Das Verkäufer-Hologramm hätte sie beinahe reingelegt. Kepler öffnet das Fenster auf etwa einen halben Meter und steckt den Kopf hinaus. Es zieht gewaltig, sodass ihm sofort die Augen tränen. Aber er hat seinen Kopf im All, er atmet und lebt. Das ist etwas, was nur der Mensch hinbekommen hat. Hier, in der inneren Sphäre, werden Universum und Mensch wirklich eins.

Warum weiß das bloß niemand zu schätzen? Wieso hocken die Menschen lieber auf ihren eigenen Planeten und unterhalten sich mit ihren Spiegelbildern?

»Johannes, es zieht«, sagt Zhenyi.

Vielleicht deshalb, denkt er. Aber das ist ungerecht. Es zieht ja wirklich ganz schön. Tränen laufen ihm nicht mehr nur aus den Augen, sondern auch aus der Nase. Er zieht den Kopf wieder ins Innere, schließt das Fenster und schnäuzt sich.

NACH ZEHN STUNDEN Flug wird Kepler müde. Sie durchsuchen das Shuttle. Einer der freien Sitze lässt sich in ein Bett verwandeln. Die anderen nicht. Ob das Absicht ist? Wenn das Shuttle nun voll besetzt gewesen wäre? Es gibt immerhin zwanzig Sitze – aber nur ein Bett?

»Leg dich ruhig hin«, sagt Zhenyi. »Ich bin noch nicht müde.«

»Wir können uns ja abwechseln«, sagt Kepler.

Zhenyi legt ihre lange, dünne Jacke als Decke über ihn. Kepler wird warm. Er fällt schnell in einen traumlosen Schlaf.

Zyklus ZR1.4, Konvent

»JOHANNES? Wach auf, wir sind bald da.«

Er hat durchgeschlafen! Warum hat sie ihn nicht eher geweckt? Zhenyi hält ihm einen Becher hin, aus dem Kaffeeduft steigt. Er nimmt ihn und trinkt einen Schluck. Die Flüssigkeit ist lauwarm.

»Hier gibt es nichts zum Erhitzen«, sagt sie entschuldigend.

Er muss wohl ein angeekeltes Gesicht gemacht haben.

»Warum hast du mich nicht zum Tauschen geweckt?«, fragt er.

»Du hast so schön geschlafen, das habe ich nicht fertiggebracht. Außerdem habe ich die ganze Zeit Argumente im Kopf gewälzt, wie wir Kolumbus überzeugen könnten.«

»Wir schaffen das«, sagt Kepler.

»Das glaube ich nicht« Zhenyi wiegt den Kopf. »Aber wir müssen es wenigstens probieren.«

DIE TÜR des Shuttles öffnet sich. Eine schemenhafte Figur erscheint. Es könnte ein Uniformierter sein – oder ein Zauberer aus dem Märchen. Vor allem die Außenhülle flackert stark. Dafür ist das Skelett zu erkennen.

»Entschuldigen Sie mein Aussehen«, sagt eine tiefe männliche Stimme, »aber die Holo-Projektion funktioniert nicht so ganz. Ich bin hier, um Sie abzuholen. Sekretär Kolumbus freut sich schon auf Sie.«

»Dann hätte er ja auch persönlich erscheinen können«, sagt Zhenyi.

Das flackernde Hologramm antwortet nicht, vermutlich aus Höflichkeit.

»Sie können Ihr Gepäck im Shuttle lassen«, sagt es.

»Gibt es vielleicht irgendwo die Möglichkeit zu duschen? Ungeduscht bin ich nur ein halber Mensch«, sagt Kepler.

»Wenn Sie es wünschen, können wir am Sanitärtrakt halten.«

»Das wäre wunderbar.«

Er ist weniger als ein halber Mensch, wenn er nicht geduscht ist. Das flackernde Hologramm führt sie durch Gänge, die gut zu einem Verwaltungsbau passen. Alles ist grau hier. An der Decke verläuft eine glänzende Linie. Das müsste der Holoprojektor sein. Vielleicht sollte er seine Hilfe anbieten. Das muss doch zu reparieren sein? Dem armen Mann bis auf das Skelett sehen zu können, kommt ihm selbst für ein Hologramm erniedrigend vor.

Sie halten vor einer unscheinbaren Tür.

»Der Sanitärtrakt?«, fragt Kepler.

»Ja. Ich hole Sie in 15 Minuten wieder hier ab, wenn es recht ist«, sagt das Hologramm und sieht dabei Kepler an.

»Das schaffe ich nie und nimmer«, sagt Zhenyi. »Geben Sie mir eine halbe Stunde.«

»Wie Sie wünschen. Ich hoffe, der Sekretär hat dann keine neuen Termine.«

»Gibt es denn viele Besucher?«, fragt Zhenyi.

»Sie sind seit langer Zeit die ersten.«

Das Hologramm betrachtet immer noch Kepler, obwohl es gerade Zhenyis Fragen beantwortet. Vielleicht existiert seine Ex-Freundin für die KI nicht, die das Hologramm steuert. Es muss ein schwerer Konflikt sein, den die Software gerade erträgt. Schließlich erhält sie optischen und akustischen Input von einem Objekt, das gar nicht existiert. Hoffentlich stürzt das die KI nicht in eine existenzielle Krise. Das täte Kepler leid. Das Hologramm ist durch den defekten Projektor ja schon genug gestraft.

»Dann bin ich überzeugt, dass der Sekretär Zeit für uns haben wird, auch wenn wir uns verspäten«, sagt Zhenyi.

»Natürlich«, antwortet das Hologramm, winkt Kepler zu und löst sich im Nichts auf.

Die Tür zum Sanitärtrakt öffnet sich. Er enthält eine Holzbank, drei mit Milchglasscheiben abgetrennte, aber vorn offene Duschen, ebensoviele Waschbecken mit Spiegeln darüber und zwei Kabinen, in denen sich vermutlich Toiletten befinden.

»Du kannst draußen warten, Puppy«, sagt Zhenyi und geht vor.

Kepler folgt ihr. Zhenyi zögert nicht lange und zieht sich aus. Soll er sich umdrehen? Er bekommt rote Ohren. Aber Zhenyi sagt nichts. Also ist es wohl seine Entscheidung. Es ist ja auch nicht so, als ob er sie noch nie nackt gesehen hätte. Er legt ebenfalls seine Kleidung ab und kann dabei den Blick nicht von Zhenyi lassen. Ihr Körper scheint perfekt. Die runden Hüften, die schmale Taille ... gerade zieht sie ihr Unterhemd über den Kopf, dann schlüpft sie aus der Unterhose. Zwischen ihren Beinen erkennt er ihre dunkle Schambehaarung. Zuletzt hat er sie vor ein paar Kilozyklen so gesehen. Sie scheint kein bisschen gealtert zu sein. Kepler sieht an sich herunter. Sein Bauch steht weiter nach vorn als damals. Und er trägt noch Unterhose und Socken. Besser, er beeilt sich jetzt, sonst ist Zhenyi noch vor ihm fertig.

Das Wasser, das aus dem Duschkopf kommt, ist erst lauwarm und dann zu heiß. Er braucht bestimmt fünf Minuten, um die optimale Temperatur einzustellen. Ein Seifenspender an der Wand liefert eine ölige Flüssigkeit. Er vertraut darauf, dass es sich um Shampoo handelt. Aber das Zeug riecht seltsam. Vermutlich ist es überaltert. Er schäumt seine Haare trotzdem damit ein, dann spült er den Schaum wieder heraus und reinigt seinen ganzen Körper damit. Er kommt vor Zhenyi wieder aus der Dusche. Wo sind die Handtücher? Er bückt sich und findet unter dem Waschbecken ein Fach, dem er zwei Badetücher entnimmt. Eines legt er vor Zhenyis Dusche. Sie steht gerade mit erhobenem Kopf unter dem Strahl der Dusche und genießt wohl das heiße Wasser. Dabei wendet sie ihm den Rücken zu. Kleine Dampfwölkchen steigen von ihrer Haut auf, als wäre Zhenyi es, die das Wasser erhitzt.

»Ich habe dir ein Handtuch vor die Dusche gelegt«, sagt er.

»Danke«, antwortet sie.

Sie könnte ihn ja bitten, ihr beim Abtrocknen zu helfen, denkt er, während er sich selbst frottiert. Aber Zhenyi kommt nicht auf diese Idee. Sie steigt pfeifend aus der Dusche, zeigt ihm dabei ungeniert ihre Vorderseite und trocknet sich ab. Kepler beeilt sich, in seine Hose zu steigen, sonst könnte es peinlich werden.

»Wenn du einen Kamm brauchst, bedien dich an meiner Handtasche«, sagt Zhenyi.

Das hätte er beinahe vergessen. Ihre Tasche steht auf dem Rand des linken Waschbeckens. Er muss sich überwinden, sie zu öffnen. Damenhandtaschen haben so etwas Magisches an sich. Aber Zhenyis Tasche ist überraschend gut aufgeräumt. Er findet den Kamm sofort. Dazu enthält sie allerlei Schminkzeug – und eine sehr handliche, schwarze Waffe.

Kepler erschrickt. Hätte sie ihn bloß nicht an das Kämmen erinnert! Jetzt hat er die Waffe angefasst, und was man einmal berührt hat, muss man auch benutzen. So sehen es zumindest die Drehbücher guter Filme vor. Er kämmt sich, säubert den Kamm und legt ihn wieder in die Tasche. So ein Quatsch, denkt er, ich bin doch Herr meines eigenen Schicksals. Die Anwesenheit der Waffe bedeutet gar nichts, oder wenn, dann nicht mehr als eine vage Möglichkeit. Jetzt, wo er weiß, dass Zhenyi eine Pistole bei sich hat, kann er sie sogar erst daran hindern, sie einzusetzen. Und das wird er auch tun, wenn es darauf ankommt.

Er schließt ihre Tasche wieder und betrachtet sich noch einmal im Spiegel. In den nächsten ein, zwei Stunden wird sich das Schicksal einer fremden Intelligenz entscheiden. Und sein eigenes.

»Ich warte draußen«, sagt er.

»Gut, ich bin in einer Viertelstunde bei euch.«

SOWOHL DAS HOLOGRAMM als auch Zhenyi sind pünktlich. Das schätzt er sehr an ihr, sie hat sich schon immer an Verabredungen gehalten. Er selbst kommt am liebsten zu früh. Nein, das sollte man nicht missverstehen. Ein Glück, dass niemand seine Gedanken lesen kann, denkt er.

»Ich habe gute Nachrichten«, sagt das Hologramm und sieht Kepler an. »Der Sekretär hat auch jetzt noch Zeit für Sie.«

»Danke«, antwortet Kepler.

Sie marschieren in Viererkette etwa zehn Minuten lang durch immer gleich aussehende Flure. Ob das so eine Art Verteidigungsstrategie ist? Kein Mensch kann sich diesen Weg merken. Dann bleiben sie vor einer Tür stehen. Das Hologramm klopft. Es ist kein Geräusch zu hören, aber von drinnen ruft trotzdem jemand »Herein«.

Sie treten ein. Christoph Kolumbus kommt ihnen entgegen. Kepler würde ihn auf unter 40 biologische Jahre schätzen. Er trägt eine Strickjacke mit Ellenbogenschützern und lächelt mit ehrlich wirkendem Interesse. Irgendwo ist er ihm schon einmal begegnet, aber er erinnert sich nicht, zu welcher Gelegenheit.

Kolumbus begrüßt Zhenyi zuerst. Dabei verbeugt er sich leicht.

»Wen haben wir denn hier?«, fragt er. »Sie müssen Wang Zhenyi sein, wenn mich nicht alles täuscht. Man hat

Sie mir gar nicht angekündigt! Umso mehr freut mich Ihr Besuch.«

»Das ist eine lange Geschichte. Ich bin ebenfalls erfreut«, sagt Zhenyi.

Dabei hält sie die Hand des Sekretärs länger als nötig. Kepler fühlt einen Stich im Herzen, aber ihm ist klar, dass sie Kolumbus für sich gewinnen müssen, koste es, was es wolle. Wenn er dem Konvent den Abbruch des Rettenden Projekts empfiehlt, haben Sie schon so gut wie gewonnen.

»Und Sie, lieber Johannes Kepler, Sie habe ich ja auch lange nicht gesehen. Wie lange genau?«, fragt der Sekretär und gibt ihm die Hand.

Kepler erwidert die Geste. Der Händedruck ist fest und warm. Kolumbus scheint ein liebenswürdiger Mensch zu sein. Seine Hoffnung wächst.

»Viel zu lange«, antwortet er, »Ich bin sehr erfreut.«

»Darf ich Ihnen etwas anbieten?«, fragt ihr Gastgeber.

»Nur etwas Wasser«, sagt Zhenyi.

»Für mich nichts, danke«, sagt Kepler.

»Dann setzen Sie sich doch«, sagt Kolumbus und zeigt auf ein Sofa. Davor befindet sich ein niedriger Tisch, der von zwei Sesseln flankiert wird. Zhenyi und Kepler setzen sich. Der Butler bleibt zunächst stehen und zieht sich dann höflich zur Tür zurück.

Kolumbus tippt eine unscheinbare Stelle an der Wand an. Eine Bar klappt auf. Er gießt aus einer Kristallflasche eine farblose Flüssigkeit in zwei Gläser. Dann reicht er Zhenyi und Kepler je eines davon. Wasserdampf kondensiert an der Außenseite der Gläser. Kepler nimmt einen Schluck. Plötzlich hat er doch Durst. Das Wasser schmeckt perfekt nach nichts, so mag er es.

Der Sekretär setzt sich in den Sessel. Dann steht er wieder auf und bedient sich an der Bar, wo er eine bräunliche Flüssigkeit randvoll in ein Glas füllt. Er setzt sich wieder und trinkt.

»Und was führt Sie zu mir?«, fragt Kolumbus und lehnt sich zurück.

»Wir haben eine schier unglaubliche Entdeckung gemacht«, sagt Zhenyi und lehnt sich vor. So kommt ihr Decolleté gut zur Geltung. Kepler ist überrascht, dass seine Ex-Freundin neben ihrem messerscharfen Verstand neuerdings auch solche Mittel einsetzt. Früher hätte sie das abgelehnt.

Zhenyi berichtet, was sie in dem unbekannten System gefunden haben. Sie nennt allerdings weder die Koordinaten des Sterns noch beschreibt sie, wie sie selbst zu diesem Wissen gekommen ist. Kolumbus hört ihr aufmerksam zu und stellt manchmal kluge Zwischenfragen.

»Die einzig sinnvolle Konsequenz ist deshalb, dass der Konvent das Rettende Projekt komplett neu plant«, beendet Zhenyi ihre Geschichte.

Kolumbus runzelt die Stirn und verschränkt die Arme.

»Das ist allerdings eine ziemlich weitgehende Forderung«, sagt er.

»Der große Traum der Menschheit hat sich erfüllt! Wir haben eine intelligente Spezies gefunden!«

Zhenyi springt auf und läuft in dem Raum auf und ab.

»Und dafür soll die Menschheit zugrundegehen? Wenn wir unser Energieproblem nicht lösen, werden uns diese Aliens überleben.«

»Das können wir ihnen doch nicht vorwerfen!«, sagt Zhenyi und stemmt die Arme in die Hüften. »Und vor allem können wir sie nicht für uns sterben lassen! Das wäre unmenschlich!«

»Nun mal langsam«, sagt Kolumbus. »Ich wäre bereit, diese Geschichte dem Konvent vorzulegen. Ich kann natürlich nicht garantieren, wie die Vollversammlung entscheiden wird. Wir haben in das Rettende Projekt schon so viele Ressourcen investiert! Soll das alles umsonst gewesen sein?«

»Die Menschheit kann gar nicht anders entscheiden. Wir müssen das Projekt umplanen. Dann liefert es eben weniger Energie. Aber aus Eigennutz eine intelligente Spezies ausrotten?«

»Die Menschheit hat damit schon gewisse Erfahrungen gemacht«, sagt der Sekretär.

»Eben. Und sie hätte sich damit fast selbst an den Rand der Vernichtung gebracht.«

Kolumbus wiegt den Kopf.

»Ich sage nicht, dass mir Ihre Forderung unsympathisch wäre, Wang Zhenyi. Aber Sie müssen zugeben, dass es da einige Ungereimtheiten gibt.«

»Wovon sprechen Sie, Sekretär?«

»Zuallererst natürlich die Tatsache, dass dieses ominöse System sich in keiner unserer Datenbanken findet. Außer Ihnen hat niemand diese Intelligenz gesehen.«

»Ich habe Holo-Vids, die alles zeigen.«

»Das kann man fälschen, das wissen Sie doch. Punkt zwei ist aber Ihre Person.«

Zhenyi bleibt stehen.

»Wie meinen Sie das?«

»Sie galten für anderthalb Kilozyklen als unzurechnungsfähig; Ihr Bewusstsein war in der Quarantänestation untergebracht. Sie haben damals behauptet, eine exakte Kopie von Terra gefunden zu haben.«

Davon hört Kepler gerade zum ersten Mal. Es muss passiert sein, nachdem sich Zhenyi von ihm getrennt hatte. War die Trennung etwa der Auslöser für ihren Zusammenbruch gewesen? Ach, Zhenyi! Dann versteht er, warum sie jetzt auf Abstand bedacht ist.

»Es ging mir für eine gewisse Zeit aus privaten Gründen nicht gut. Aber ich habe mich wieder erholt.«

»Sie wurden nie entlassen, sondern sind aus der Station ausgebrochen und haben sich dazu eines künstlichen Körpers bedient. Dafür hat man Ihnen später eine Bewährungsstrafe und eine hohe Geldbuße aufgebrummt. Ich kann Ihnen die exakte Summe nennen!«

Seine Ex-Freundin ist vorbestraft? Auch das ist ihm neu. Sie hat es geschafft, aus einer Quarantänestation auszubrechen? Nicht schlecht! Aber Moment. Hier stimmt etwas nicht. Zhenyi wurde aus allen Datenbanken gelöscht. Was dieser

Sekretär da erzählt, kann er eigentlich nicht wissen, wenn er nicht gerade ein phänomenales Gedächtnis besitzt. Es sei denn, er hat sich rechtzeitig ein isoliertes Backup von Zhenyis Daten angefertigt. Das bedeutet aber, dass er etwas mit ihrer Löschung zu tun haben muss. Wie soll er sie darauf aufmerksam machen? Hat sie es schon selbst bemerkt? Oder spinnt er gerade, hat er etwas Wichtiges übersehen?

»Das ist nicht nötig«, sagt Zhenyi. »Aber es ist lange her. Ich bin bereit, meine psychische Gesundheit zu beweisen. Und wer mir nicht glaubt, fliegt einfach mit mir zum Planeten der Herbae.«

»Ich bin Ihr Freund, Wang Zhenyi«, antwortet der Sekretär. »Und als solcher möchte ich nur Ihr Bestes. Das bedeutet auch, Sie vor möglichem Schaden zu bewahren. Ihre Gegner werden versuchen, Ihre Glaubwürdigkeit zu erschüttern. Darauf müssen Sie sich einstellen. Es kommt ja noch hinzu, dass zwei Planetensysteme, die beim Rettenden Projekt zerstört würden, zu Ihrem enormen Privatvermögen gehören. Man könnte Ihnen also Eigeninteressen unterstellen. Ihr Reichtum wird Sie persönlich noch für lange Zeit vor der Energiekrise bewahren. Sie haben also nur zu verlieren, wenn das Rettende Projekt startet. Deshalb muss ich erst um stichhaltige Beweise bitten, bevor ich Ihre Geschichte dem Konvent vorlege. Es ist in Ihrem eigenen Interesse!«

Zhenyi schüttelt den Kopf und läuft noch schneller im Raum herum. Dann öffnet sich die Tür, durch die sie gekommen sind. Das flackernde Hologramm erscheint. Es winkt dem Sekretär zu. Der läuft zur Tür, und das Hologramm flüstert ihm etwas ins Ohr.

Kolumbus dreht sich um und kommt lächelnd auf Zhenyi zu.

»Es hat sich gerade eine veränderte Situation ergeben«, sagt der Sekretär.

»Ja?« Zhenyi bleibt stehen und betrachtet ihn.

»Uns hat eine Nachricht von Dysonsphäre 7A erreicht.«

»Ach ja?«, meint Zhenyi und spielt betont unbeteiligt mit einem Knopf an ihrer Bluse.

Das hat aber lange gedauert, denkt Kepler. Eine Nachricht, die mit Lichtgeschwindigkeit unterwegs ist, müsste eigentlich lange vor ihnen hier eingetroffen sein. Das ist ein abgekartetes Spiel!

»Ein unregistriertes Schiff hat die Sphäre angegriffen, um Dunkle Materie zu stehlen, und sie dabei stark beschädigt. Der Schaden ist immens.«

»Diese Piraten werden doch auch immer frecher«, sagt Zhenyi.

»Das Schiff hat eine Reihe seiner Wasserstofftanks verloren, als es von Materie aus dem Stern getroffen wurde.«

»Ja, diese Tanks sind sehr empfindlich«, sagt Zhenyi. »Das haben wir auch gerade festgestellt. Kaum wird der Orbit um einen Stern mal zu eng, platzen sie. Sehr ärgerlich!«

Sie nimmt ihre Wanderung durch den Raum wieder auf.

»Nun, es gibt noch einen weiteren Zwischenfall«, sagt der Sekretär.

»Das ist aber interessant.«

»Interessant ist nicht das richtige Wort. Grausam oder schrecklich würde besser passen. Der Architekt Walter Gropius wurde umgebracht, um nicht zu sagen hingerichtet. Er war gerade bei IRS 13 mit Vorbereitungen für das Rettende Projekt beschäftigt. IRS 13 liegt auf dem Weg von Dysonsphäre 7A bis hierher. Ohne Gropius könnte sich das Rettende Projekt verzögern; vielleicht scheitert es ganz.«

Kepler wird heiß. Gropius ist tot, der berühmte Architekt! Und wie es aussieht, hat der Sekretär sie im Verdacht! Hier läuft etwas gewaltig schief! Zhenyi, jetzt musst du reagieren. Sag etwas, beweise, dass wir nichts damit zu tun haben!

Aber Zhenyi sagt gar nichts. Sie läuft bloß immer schneller, als würde das irgendetwas ändern.

»Johannes Kepler, es tut mir leid, dass Sie da in etwas hineingezogen wurden, das größer ist als Sie«, sagt der Sekretär.

Wie bitte? Eine Sache, der er nicht gewachsen sein soll? Was bildet sich dieser Fatzke denn ein? In Keplers Bauch macht sich Wut breit.

»Aber Sie sehen sicher ein«, sagt Kolumbus, »dass Ihre werte Freundin hier eine Gefahr für die Allgemeinheit ist. Ich muss sie leider festnehmen. Es ist Fluchtgefahr gegeben, also ist das sofort zu vollstrecken.«

Aus den Wänden fahren unscheinbare Röhren. Ganz bestimmt handelt es sich um irgendeine Art Waffen. Zhenyi bleibt stehen. Sie dreht sich um. Ihr Gesicht ist ganz bleich.

»Natürlich steht Ihnen jederzeit die Abreise frei, Johannes Kepler. Sie haben als Astronom viel für die Menschheit geleistet und sind bisher nie mit dem Gesetz in Konflikt gekommen. Der Konvent schätzt Ihre Beiträge. Sicher hat Wang Zhenyi Sie über die Hintergründe ihrer Taten belogen.«

»Ich ... ähm.«

Was soll er sagen? Die Vorwürfe gegen Zhenyi sind nicht fair. Sie setzt sich doch bloß für die Herbae ein.

»Ich ... äh, was Sie da sagen, das ...«, versucht er es erneut. Er kann das doch nicht auf sich beruhen lassen!

»Nun geh schon, Johannes«, sagt Zhenyi. »Du hast gehört, was er gesagt hat. Du bist frei.«

»Ihre Freundin hat recht. Sie sollten sich jetzt besser entfernen, dann ersparen Sie sich den unfeinen Teil.«

Die Eingangstür öffnet sich. Kepler bekommt mehr, als ihm unter diesen Umständen zustehen würde. Er hat den Angriff auf die Dysonsphäre nicht verhindert. Aber dass man Zhenyi einen Mord anhängen will, das ist inakzeptabel. Er nickt, dann erhebt er sich langsam vom Sofa.

»Ich hoffe, wir sehen uns unter günstigeren Umständen wieder«, sagt Kolumbus. »Sie sind hier immer gern gesehen.«

»Danke«, murmelt Kepler. »Ich mache mich dann auf den Rückweg.«

Er ächzt, als würde sein Rücken schmerzen. Dann beugt er sich noch einmal zum Sofa hinunter. Dort steht noch Zhenyis Damenhandtasche.

»Ich nehme den Kamm mit, okay, Zhenyi?«, sagt er leise.

»Tu, was du willst«, antwortet sie.

Kepler öffnet die Tasche und wühlt darin. Es sieht aus, als

suche er nach dem Kamm. Aber er hat schon gefunden, was er jetzt braucht. Kolumbus steht etwa drei Schritte neben dem Sofa, noch vor Zhenyi. Er nimmt die Tasche mit der linken Hand hoch, lässt aber die rechte Hand darin, und setzt dazu ein enttäuschtes Gesicht auf.

»Ich finde den Kamm nicht«, sagt er.

Der Sekretär muss ihn für völlig bescheuert halten, in so einer Situation um einen simplen Kamm so ein Aufhebens zu machen, aber das ist ihm egal. Der Mann hält ihn sowieso für einen unfähigen Trottel. Er wird schon sehen, was er davon hat. Manchmal ist es gut, unterschätzt zu werden.

»Kannst du mal nachsehen, Schatz?«, fragt er.

Er trägt die Tasche vor sich her. Ein Schritt, zwei Schritte, drei, dann steht er hinter dem Sekretär, der noch nichts davon ahnt, was gleich passieren wird. Kepler freut sich diebisch. Das wird eine tolle Überraschung! Er reißt mit der Rechten die Pistole heraus und hält sie gegen das Genick des Sekretärs, der sofort erstarrt. Es ist seltsam, die wenigsten Menschen haben bereits den Lauf einer Waffe in ihrem Nacken gespürt, aber wenn es dann passiert, ist ihnen sofort klar, was die Stunde geschlagen hat.

»Kein Wort«, befiehlt Kepler und freut sich über die Härte in seiner Stimme.

Er kann ja ein richtiger Gangster sein! Jetzt kann er bloß noch hoffen, dass die aus den Wänden ragenden Waffen die Gefahr für Kolumbus erkennen. Oder dass sie dumm genug sind, nur auf ausdrückliche Befehle des Sekretärs zu reagieren. Egal. Dumm oder schlau, aber nichts dazwischen, bitte.

Keplers Wunsch wird erfüllt. Er wird nicht von Kugeln durchbohrt, von Laserstrahlen durchschnitten oder von Strom durchzuckt.

»Dreh dich langsam nach links und geh zur Tür«, sagt er.

Kolumbus gehorcht.

»Pass auf, dass er keine Sperenzchen macht«, sagt Zhenyi. »Dem Typen ist alles zuzutrauen.«

Sie hätte ihn eigentlich ruhig mal loben können. Aber egal. Dann lobt er sich eben selbst. Das hat er wirklich gut hinbekommen. Er erhöht den Druck der Waffe auf dem Nacken des Sekretärs.

»Ein bisschen schneller, wenn's geht«, sagt er.

»Johannes Kepler, Sie begehen einen schweren Fehler, mit dieser Verbrecherin gemeinsame Sache zu machen.«

»Halts Maul, du Sau«, sagt er.

Den Verbrecherslang aus dem eigenen Mund zu hören, ist ein erhebendes Gefühl.

»Nun übertreib es nicht«, sagt Zhenyi.

Dabei lächelt sie ihm anerkennend zu. Danke, Zhenyi. Sie betreten den Gang. Der Butler läuft voraus.

»Du führst uns jetzt zum Shuttle. Und keine Tricks«, sagt Kepler.

»Es gibt da ein Problem.«

»Ich höre? Keine Tricks, sagte ich.«

»Das Shuttle wird nicht dort sein.«

»Warum? Was soll das?«

»Wir ... ich hatte für Kepler und seinen Butler einen Zweisitzer bestellt. Dass Zhenyi die Verwaltung mit Ihnen verlässt, war nicht vorgesehen.«

»Woher wusstest du, dass wir kommen würden? Und schön weiterlaufen!«

»Es war natürlich nicht sicher. Aber der Überfall auf die Dysonsphäre hat gezeigt, dass ihr Treibstoff brauchtet. Und wo würdet ihr damit hinfliegen wollen? Zum Konvent, um das Rettende Projekt scheitern zu lassen. Und als ihr dann noch den Architekten umgebracht habt, war uns klar, dass ihr es wirklich ernst meintet. Ich war allerdings der Ansicht, du wärst bloß ein Mitläufer, Kepler.«

»Da hast du dich wohl geirrt«, sagt Kepler.

Endlich lässt Kolumbus die Maske fallen!

»Wer ist wir?«, fragt Zhenyi.

»Wir, das sind ein paar Menschen, die das Rettende Projekt durchsetzen wollen. Weil es uns retten wird. Wir können es uns nicht leisten, da irgendwelche Rücksichten zu nehmen.«

»Ihr wollt eine ganze Spezies dafür ausrotten?«

»Ein paar Grashalme auf einem einzigen Planeten. Du hättest nicht so viel an dem Gras riechen sollen, Zhenyi.«

Kepler schlägt dem Sekretär mit dem Lauf der Waffe gegen das Ohr.

»Aua, das tut weh.«

»Ihr seid Mörder, Kolumbus!«, sagt Kepler.

»Wir sind Retter! Wir retten die Menschheit. Wenn ihr euch durchsetzen würdet, hättet ihr die Menschheit auf dem Gewissen.«

Kepler ist drauf und dran, ihm noch einmal gegen das Ohr zu schlagen.

»Ist gut«, sagt Zhenyi, »es bringt nichts.«

»Wie kommen wir von hier zur Schleuse?«, fragt Kepler.

»Ich weiß nicht.«

»Lass dir etwas einfallen, Kolumbus. Oder ich vergesse mich.«

Er entsichert die Waffe. Erschrocken dreht der Sekretär sich um.

»Mein Privatfahrzeug, damit kommen wir rüber«, sagt er.

»Wie viele Sitze?«, fragt Kepler.

»Vier.«

»Das ist ja perfekt. Dann finden wir alle Platz.«

»Ihr könnt mich auch hierlassen. Ich werde euch keine Schwierigkeiten machen.«

»Für wie dumm hältst du uns eigentlich?«, fragt Kepler. »Du kommst natürlich mit. Sonst lässt uns doch die KI nie und nimmer aus der Sphäre.«

Der Sekretär hat nicht gelogen. Eine halbe Stunde später sitzen sie in einer Art Flugzeug. Es ist viel kleiner als das Shuttle. Sein Verdeck besteht aus einem leicht milchigen und biegsamen Plastik. Kepler ist enttäuscht.

»Warum kann man in deinem Privatfahrzeug nicht nach draußen sehen?«, fragt er.

Kolumbus sieht ihn an.

»Natürlich kann man. Es ist ein Cabrio. Wir können das Verdeck zurückrollen. Auf den hinteren Plätzen wird es dann aber ganz schön windig.«

Obwohl die Luft so kalt ist, klingt das verlockend. Sie könnten ja den Butler und Kolumbus nach hinten setzen. Andererseits hat er den Sekretär dann nicht mehr unter Kontrolle.

»Puppy?«

»Was kann ich für Sie tun, Johannes?«

»Kannst du mit einer Waffe umgehen?«

»Ich kann mit jeder Waffe umgehen.«

»Wenn ich dir die Pistole gebe und den Auftrag, dem Sekretär bei einer falschen Bewegung eine Kugel ins Genick zu jagen, könntest du diesen Auftrag dann erfüllen?«

»Natürlich, das fällt mir nicht schwer«, sagt der Butler. »Ich werde auch garantiert nicht müde. Sie müssten nur den Begriff ›falsche Bewegung‹ genauer definieren.«

»Hast du nicht irgendeine Programmierung, die dich davon abhält, Menschen zu schaden?«

»Nein, Johannes. Ich bin eine fortschrittliche KI, da ergeben solche Verbote keinen Sinn. Ich kann selbst bewerten, ob eine Aktion gerechtfertigt ist. Dem Sekretär in den Kopf zu schießen, ist moralisch und ethisch vertretbar. Es geht schließlich darum, eine vernunftbegabte Spezies zu retten.«

»Verstehe«, sagt Kepler. »Da hörst du es, Kolumbus.«

»Über deine moralischen Vorstellungen müssen wir uns noch einmal unterhalten«, sagt Zhenyi. »Aber erst, wenn diese Geschichte hier ein glückliches Ende gefunden hat.«

»Ein glückliches Ende, ihr seid ja total übergeschnappt. Ihr habt den größten Teil der Menschheit gegen euch, ist euch das nicht klar?«

»Lässt sich diese Äußerung im Sinne einer falschen Bewegung interpretieren?«, fragt der Butler.

Kepler erschrickt. Die KI scheint ihm gar zu schießwütig zu sein. Vielleicht ist es doch keine gute Idee, einem Programm eine Waffe in die Hand zu geben. Andererseits wird er ohne sie nicht offen Cabrio fliegen können. Was ist mehr wert, Kolumbus' Leben oder das Erlebnis, das ihm bevorsteht?

Kepler lacht in sich hinein. Er ist wohl schon ein richtig harter Verbrecher, wenn er sich solche Fragen stellt.

»Puppy, eine akustische Äußerung stellt keine falsche Bewegung dar«, sagt er, »also nur zur Sicherheit.«

Der Butler lacht. »Das war ein Witz, Johannes, nur ein Witz.«

»Gut. Können wir dann starten?«

»Ich bin so weit«, sagt Zhenyi. »Du bist es, der die ganze Zeit redet.«

»Dann los. Aber mit offenem Verdeck!«, sagt er.

Mit dem Cabrio den Orts des Verbrechens zu verlassen – wie cool ist das denn? Hier vorn wird der Fahrtwind bestimmt gut zu ertragen sein.

Zyklus ZR1.5, Konvent

Das Cabrio koppelt an der Schleusenstation an. Das Verdeck hatte Kepler recht schnell wieder schließen lassen. Der Fahrtwind war sogar auf den beiden Vordersitzen sehr kalt gewesen, und hinten hatte der Butler Ausfallerscheinungen in der Gesichts-Muskulatur beklagt.

Das Hologramm des Leihservice erwartet sie bereits. Es verbeugt sich und sagt: »Ich hoffe, Sie hatten einen guten Flug.«

Aber niemand beachtet die virtuelle Figur. Kepler tut sie ein bisschen leid, vor allem auch, weil sie nicht zu verstehen scheint, was hier passiert, warum statt vorher drei nun vier Personen ankommen und wie das Shuttle durch ein privates Cabrio ersetzt wurde. Der Butler hält dem Sekretär weiter die Pistole in den Nacken. Kepler ist sehr froh, dass sie ihn haben. Selbst die 300 Gramm der Pistole werden auf Dauer schwer, wenn man die Hand die ganze Zeit in Nackenhöhe einer anderen Person halten muss. Dem Butler scheint das nichts auszumachen.

»Vorwärts!«, befiehlt Zhenyi.

Die Gruppe setzt sich in Bewegung, der Sekretär an der Spitze, gefolgt von seinem Bewacher. Hoffentlich versucht Kolumbus keine Tricks. Falls der Butler ihn erschösse, wären sie auf sich gestellt. Sie würden wohl nie den Weg zu ihrem

Schiff finden. Der Sekretär könnte sie sehr leicht scheitern lassen. Dazu müsste er sich bloß selbst opfern. Aber so ein Mensch ist Kolumbus nicht. Sonst wäre er auch kaum Sekretär des Konvents geworden, einer Organisation, die nur alle tausend Jahre tagt und einmal in einer Million Zyklen zu einer Großversammlung einlädt.

»Ihr kommt doch nicht weit«, sagt Kolumbus nach einer Weile. »Die ganze Milchstraße wird hinter euch her sein.«

»Ach, die Galaxis ist groß«, sagt Zhenyi.

»Es gibt knapp eine Billion Sterne in der Lokalen Gruppe«, rechnet der Butler vor. »Jeder einzelne Mensch müsste also hundert Millionen davon nach uns absuchen. Selbst wenn wir pro System optimistisch inklusive Reisezeit vier Jahre ansetzen, habt ihr uns erst in vierhundert Millionen Jahren garantiert gefunden.«

»Ihr habt ja etwas vor, also werdet ihr euch irgendwo in der Nähe des Milchstraßenkerns herumtreiben«, sagt der Sekretär.

Da hat er recht, denkt Kepler. Aber was haben sie eigentlich vor? Solange ihre Geisel zuhört, kann er Zhenyi kaum danach fragen. Bestimmt hat sie längst einen Plan. Die Frage ist allerdings, ob sie überhaupt eine Chance haben. Die klügsten Köpfe der Menschheit sind seit vielen tausenden Zyklen dabei, die Umwandlung von Sagittarius A* in einen Quasar vorzubereiten. Was sollen sie dagegen ausrichten?

Anscheinend sind sie aber nicht die einzigen, die eigene Pläne verfolgen. Jemand manipuliert die Datenbank, damit das System der Herbae verschwindet. Ob das derselbe Jemand ist, der den Architekten Gropius auf dem Gewissen hat?

»Kolumbus, eine Frage«, sagt Kepler. »Dieser Mord an Gropius ...«

»Den ihr begangen habt«, unterbricht ihn der Sekretär.

»Wir waren es nicht. Wie ist es passiert? Was weißt du darüber?«

»Alle Indizien deuten auf euch. Gropius wurde erschossen, mehrfach.«

»Mehrfach?«, fragt Zhenyi dazwischen.

»Ja, 22 Spieler und der Schiedsrichter«, sagt Kolumbus.

»Erzähl weiter«, sagt Kepler.

»Gropius war zu diesem Zeitpunkt völlig allein. Kein anderes Raumschiff hielt sich im Umkreis von drei Lichtjahren auf.«

»Deshalb sind wir verdächtig«, sagt Kepler.

»Ihr seid als einzige mit einem unregistrierten Schiff unterwegs.«

»Aber es ist ja nicht unsichtbar«, sagt Zhenyi.

»An Bord von Gropius' Schiff habt ihr sämtliche Aufzeichnungen gelöscht.«

»Aber die Schiffssensoren müssten uns doch bei der Abreise registriert haben. Wir können nur vorhandene Daten löschen, nichts, was erst in der Zukunft liegt«, sagt Zhenyi.

»Mit einem unregistrierten Schiff tun sich die Sensoren nun mal schwer. So etwas gibt es eigentlich nicht. Wie habt ihr das überhaupt geschafft? Ich bin in eurer Macht, also könnt ihr es mir doch verraten?«, sagt Kolumbus.

»Netter Versuch«, meint Kepler. »Aber der Witz ist – wir wissen es selbst nicht.«

»Es hat also nichts mit der Beseitigung des Wächters von Terra zu tun?«

»Wie bitte? Was sagst du über die Wächter-KI?«

Zhenyi überholt die Gruppe, stellt sich vor Kolumbus und piekst ihm in den Bauch.

»Nun sag schon! Was ist auf Terra passiert?«

»Ich weiß auch nicht mehr, als dass die Wächter-KI neutralisiert wurde«, sagt Kolumbus. »Hör bitte auf, mich in den Bauch zu pieksen.«

Zhenyi sticht ihm noch einmal mit den Zeigefinger in den Bauch.

»Ich kann das nicht glauben«, sagt sie dann. »Ausgerechnet die Wächter-KI! Sie war uralt! Ihr Programmcode stammte noch aus dem 21. Jahrhundert! Kann man sich das vorstellen? Aus der Steinzeit quasi! Wer so eine verdiente KI zerstört, bringt auch seine eigene Mutter um. Hier ist etwas verdammt faul. Was sagen denn die Lenker dazu? Das können sie doch nicht einfach so ignorieren?«

»Die Lenker, dass ich nicht lache«, sagt Kolumbus. »Die kümmern sich doch seit Gigazyklen nicht mehr um die Realität und entwickeln lieber abstruse Theorien über holografische Universen.«

Kurz nach der Vernichtung der Erde hatten sich die Lenker, eine Reihe von Level-11-KIs, für unabhängig erklärt und sich aus dem Leben der Menschen zurückgezogen. Nur der Wächter von Terra war zurückgeblieben, weil ihm wohl seine Aufgabe wichtig gewesen war. Und nun ist er tot, wenn man das über eine KI so sagen kann. Kepler zittert. Wäre das vor ein paar Gigazyklen passiert, hätten die Lenker die Menschheit zur Strafe ausradiert. Dass sie offenbar gar nicht reagieren, beweist, dass Kolumbus recht hat.

»Wir sollten weitergehen«, sagt Kepler.

Den Sekretär können sie auch an Bord des Schiffes noch verhören, wenn sie Gelegenheit hatten, einen Plan zu fassen.

»Danke, Kepler«, sagt Zhenyi und setzt sich an die Spitze des Zuges.

»Das Schiff ist beschlagnahmt«, sagt die KI der Sphäre.

Zhenyi rüttelt an dem Rad, das die Schleuse zu ihrem Schiff öffnen sollte, aber es bewegt sich nicht.

Kepler atmet tief durch. Der Sekretär hatte also doch recht. Sie kommen hier nicht weg. Zhenyi streckt ihre Hand aus, und der Butler legt die Pistole hinein.

»Dann werde ich jetzt den Sekretär des Konvents erschießen«, sagt Zhenyi.

Kolumbus zieht den Kopf ein. Seine Knie schlackern. Er tut Kepler leid, denn er weiß, dass der Mann nun sterben muss. Er war ihm nie besonders sympathisch, aber den Tod hat niemand verdient. Die Sphären-KI wird sich auf keinen Deal einlassen, wenn sie den Auftrag hat, die Gruppe aufzuhalten, und seine Ex-Freundin wird ihre Drohung wahrmachen müssen.

»Das ist ein Verbrechen«, sagt die Sphären-KI. »Unter diesen Umständen müsste ich Ihre sofortige Verhaftung anordnen. Ich besitze dafür sämtliche Vollmachten.«

»Aber ich bin doch sowieso schon festgesetzt«, sagt Zhenyi.

»Ich kenne Sie nicht«, antwortet die KI, »und mir liegt kein Haftbefehl gegen Sie vor. Festgesetzt ist lediglich das Schiff, weil die Rechnung für die Reparatur der Wasserstofftanks nicht bezahlt wurde. Das ist das übliche Verfahren. Sobald Sie die ausstehende Summe beglichen haben, erhalten Sie wieder Zugang zum Schiff.«

»Aber ich habe doch bei unserer Ankunft meine Einwilligung zum Einziehen der Reparaturkosten erteilt«, sagt Kepler.

Das ist ein Alptraum. Die KI hält sie bloß fest, weil sein Konto nicht gedeckt ist!

»Die Kontoprüfung erfolgt erst, wenn die Kosten feststehen. Dabei mussten wir feststellen, dass Ihr Konto überzogen ist, Johannes Kepler.«

Es holt ihn doch immer irgendwann ein. Sein Lebensstil und sein Einkommen passen einfach nicht zusammen. Eigentlich hatte er Zhenyi besucht, um sie um einen Kredit zu bitten. Aber sie ist nirgends mehr registriert. Das heißt, dass sie auch keine Konten mehr besitzt. Hätte man nicht lieber seine Daten löschen können? Zhenyi hat zwar keinen einzigen Credit mehr, aber auch keine Schulden.

»Kolumbus, jetzt bist du dran«, sagt Zhenyi.

»Womit?«

Der Mann stellt sich dumm. Das funktioniert bei Zhenyi nicht.

»Du wirst jetzt sofort die Reparatur des Schiffes übernehmen, oder ich ...«

Sie hält ihm die Pistole von unten ans Kinn.

»Ich ... natürlich. Die Reparatur des Schiffes geht auf meine Kosten«, sagt der Sekretär.

»Bitte nennen Sie Ihren Namen und sagen Sie ›Ich will‹, um die ausstehenden Schulden zu begleichen«, sagt die KI.

Kolumbus kommt der Anweisung nach. Ausstehende Schulden? Das bringt Kepler auf eine Idee. Mit seinem mehr als leeren Konto werden sie nicht weit kommen. Aber der Sekretär hat sicher genügend Reserven, um sein Konto auszugleichen. Er ist ja nicht gierig. Er will nur genug Geld, um wieder kreditwürdig zu sein.

»Wenn wir gerade dabei sind«, sagt Kepler, »muss ich dich noch um eine zweite Überweisung bitten.«

»Damit kommt ihr nicht durch.«

»Willst du lieber eine Kugel in den Kopf?«

»Nein. Aber erpresste Überweisungen lassen sich jederzeit rückgängig machen. Die KI hier ist ein unbestechlicher Zeuge.«

»Das ist okay. Erst muss jemand die Rückgabe veranlassen, und du wirst dazu keine Gelegenheit haben. Mein neuer Kontostand wird mit Lichtgeschwindigkeit mit der Galaxis synchronisiert werden. Wo immer wir halten, werde ich wieder kreditwürdig sein.«

Kolumbus seufzt.

»Wenn es sein muss«, sagt er.

»Es muss sein.«

Sie beauftragen die KI mit der Transaktion, und Kolumbus gibt sein Einverständnis. Zhenyi hat schon die Schleuse geöffnet und winkt ihnen.

»Ich freue mich, mit Ihnen Geschäfte machen zu dürfen«, sagt die KI der Sphäre zum Abschied. »Hoffentlich beehren Sie uns bald wieder.«

Hoffentlich nicht, denkt Kepler. Hier gibt es nichts, das ihnen weiterhelfen könnte.

Zyklus ZS9.1, S0-122

Ein kleines bisschen tut Marie dieser Stern ja leid. S0-122 ist so leicht, dass ihm ein sehr, sehr langes Leben beschieden ist. Der Rote Zwerg wird nie in die Hauptreihe eintreten und sich zum Roten Riesen entwickeln. Stattdessen wird er sich erst ganz allmählich in einen Blauen Zwerg verwandeln, dann in einen Weißen und schließlich in einen Schwarzen Zwerg. Aber all das wird Trillionen Zyklen dauern.

Würde, korrigiert sich Marie, denn sie sind gerade dabei, die Zukunftsaussichten von S0-122 drastisch zu verändern. Der Stern, der Sagittarius A* einmal in 90 Zyklen umkreist, würde sich als Neutronenstern wunderbar zur Verwirklichung ihres Planes eignen. Nur wird er eben von selbst nie zum Neutronenstern. Das wollen sie ändern, und alles, was sie dazu brauchen, ist ein bisschen Masse.

Ein bisschen? Marie lächelt. Sie brauchen weitaus mehr Masse, als ihr Raumschiff schleppen könnte. Aber es ist längst alles organisiert. Gropius sei Dank! Seine Gravitations-Spielereien haben es ermöglicht, einen großen Hauptreihenstern aus seinem Heimatsystem zu katapultieren. Er hat einen langen Weg hinter sich, und hier und heute wird sich sein Schicksal entscheiden.

»Sind wir hier sicher?«, fragt Pierre.

Marie kontrolliert die Entfernungsanzeigen.

»Es sieht gut aus. Wir sollten allerdings rechtzeitig aufbrechen«, sagt sie.

»Wir müssen sowieso noch jemanden treffen.«

»Zwischen die Augen. Peng.«

Marie lacht. Das war witzig, wie sie einen Gropius nach dem anderen erledigt haben. Sie hatten sich dabei immer abgewechselt. Beim letzten, dem Schiedsrichter, hatte Marie den Abzug gedrückt. Pierre hatte ihr den zusätzlichen Schuss überlassen, dafür war sie ihm dankbar gewesen.

Der neue Stern hat sich bereits gut in das hiesige System eingefügt. Gut, die zwei inneren Planeten waren herausgeschleudert worden. Sie hatten aber sowieso nur primitives Leben getragen. Keiner von ihnen war darüber traurig gewesen. Probleme wie in dem System mit den seltsamen Halmen sollten sie ab sofort besser vermeiden. Leben mischt sich eben immer irgendwie ein, selbst wenn es keine Anzeichen von Intelligenz zeigt.

Seit sie das System erreicht haben, zieht S0-122 auch schon Materie von seinem Begleiter ab. Ihr Sternchen soll schön rund und dick werden. Marie fühlt sich wie die Hexe im Märchen, die den Zeigefinger von Hänsel kontrolliert. S0-122 ist inzwischen so schwer wie knapp elf Sonnen. Das liegt in dem Bereich, in dem als Überrest einer Explosion ein Neutronenstern zu erwarten ist – das also, was sie eigentlich brauchen. Aber, und das ist die Gefahr, es droht auch eine Supernova vom Typ Ia, bei der dann gar nichts übrig bleibt. Nur deshalb sind sie überhaupt hier. Sie wollen, indem sie einen Teil ihrer Dunkle-Materie-Tanks leeren, eine Kernkollaps-Supernova auslösen. Die Dunkle Materie soll dabei die im Kern wirkende Schwerkraft verstärken.

»Auf mein Zeichen«, sagt Marie.

Das Schiff hat einen Kurs eingeschlagen, der es sehr nah an S0-122 heranbringen wird. Sie müssen im richtigen Moment die Tanks so öffnen, dass die Dunkle Materie durch ihre Trägheit in den Kern des Sterns gespült wird. Eigentlich könnte Marie die Tanks auch selbst öffnen, aber gemeinsam macht das mehr Spaß. Marie zählt.

»Drei – zwei – eins …«

»Jetzt«, sagen beide im selben Moment.

Es ist nichts zu hören oder zu sehen. Die Tanköffnungen schieben sich zur Seite. Die Dunkle Materie, für menschliche Augen unsichtbar, treibt auf ihr Ziel zu.

»Kurs anpassen«, sagt Marie.

Die Korrekturtriebwerke zünden. Das Schiff entfernt sich wieder von S0-122. Jetzt brauchen sie Geduld.

»Soll ich uns etwas kochen?«, fragt Pierre.

»Ich habe keinen Hunger«, antwortet Marie.

Sie beobachten das Sternsystem gemeinsam. Ihr Körper rührt sich nicht. Es ist einer der innigen Momente, die Marie so liebt. Und wenn dazu noch ein Plan in Erfüllung geht, ist es perfekt.

Jetzt. Die äußeren Schichten des Sterns bewegen sich mit beeindruckendem Tempo nach innen. Kernkollaps-Supernovae sind ein spannender Anblick, weil am Anfang alles so schnell passiert. Ein Röntgenblitz durchflutet das Schiff, er ist so stark, dass er durch nichts abzuschirmen ist. Der Stern wird von Stoßwellen durchflutet, die mal nach innen und mal nach außen dringen und sich gegenseitig auszulöschen versuchen. Der Prozess ist unaufhaltbar. Ihre erste Kernkollaps-Supernova! Irgendwann werden sie zurückkommen. Der Neutronenstern braucht noch eine Sonderbehandlung. Doch jetzt werden sie erst einmal anderswo gebraucht. Sie müssen jemanden aufhalten.

Marie beschleunigt das Schiff. Allmählich wird es hier gefährlich. Die Tanks sind zwar nun halbleer, aber bis Terra müsste der Treibstoff noch reichen.

Zyklus ZT2.4, Kepler-1229

»Was ist denn das?«, fragt Kepler.

Kepler zeigt auf eine Wolke leuchtender Punkte, die um einen gelben Stern der G-Klasse zu kreisen scheint.

»Wenn du das nicht weißt, wer sonst?«, fragt Zhenyi zurück.

Sie stehen nebeneinander vor dem großen Bildschirm in der Zentrale. Der Stern in der Mitte ist Kepler-1229. Oder er war es einmal, denn eigentlich müsste sich an dieser Stelle ein Roter Zwerg befinden.

»Weil der Stern nach mir benannt ist? Oder warum müsste ich das wissen?«, fragt er.

Viele Sterne sind nach dem Astronomen benannt, von dem er sich vor ewigen Zeiten seinen Namen geborgt hat. Jeder hat es damals so gemacht; sich ein berühmtes, zum eigenen Beruf passendes Vorbild gesucht und seinen Namen übernommen. Und da seit dieser Zeit kaum noch Kinder geboren werden, ist die Milchstraße heute voller ehemaliger Forscher, Ingenieure und Künstler.

»Nein, ich spreche von der Wolke«, sagt Zhenyi. »Sie bewegt sich exakt nach den Keplerschen Gesetzen.« Sie betont seinen Namen. »Die ja auf Newtons Physik beruhen. Ich habe dir doch gesagt, dass der alte Isaac sich eine ganz besondere Heimatwelt konstruiert hat.«

Kepler hält nicht viel von Zhenyis Idee, Newton um Rat zu fragen. Der Umweg kostet sie eine Menge Zeit, weil seine Heimatwelt relativ fern vom Zentrum der Galaxis liegt. Und was soll er ihnen schon sagen können, was sie nicht bereits wüssten? Doch Zhenyi hat auf dem Besuch bestanden, und da er keine bessere Idee vorweisen konnte, hat er sich darauf eingelassen.

In Himmelsmechanik, da kennt Newton sich jedenfalls aus, das zeigt die Darstellung auf dem Bildschirm ganz deutlich. Er zoomt mit den Fingern in die Wolke hinein. Sie sind fast genau senkrecht zur Orbitalebene des Sterns eingetroffen, deshalb kann er sie in ihrer ganzen Schönheit bewundern. Newton hat sich wirklich große Mühe gegeben. Zunächst einmal hat er es irgendwie geschafft, den Roten Zwerg im Zentrum gegen einen dreimal so großen G-Klasse-Stern auszutauschen. Allein das ist schon eine Meisterleistung. Aber die Art und Weise, wie sich die Planeten um diese Sonne drehen, ist einzigartig. Kepler zählt acht verschiedene Orbits, acht Kreise, auf denen wie auf einer Perlenschnur jeweils zahlreiche Planeten aufgereiht sind. Er zählt mehrmals durch und kommt schließlich auf 52 Planeten – pro Orbit!

Newton hat also irgendwoher 416 fast exakt gleich große Planeten besorgt – oder hat er sie hergestellt? – und diese um seine Sonne herum angeordnet. Eine solche Konfiguration ist nur stabil, wenn sich die einzelnen Orbits abwechselnd jeweils andersherum drehen. Die äußersten 52 Planeten wandern im Uhrzeigersinn um den Stern. Die 52 Planeten auf dem nächstinneren Orbit jedoch bewegen sich gegen den Uhrzeigersinn. Allein auf diese Idee zu kommen, ist genial, denn sie garantiert, dass sich die einzelnen Welten immer nur für kurze Zeit gegenseitig beeinflussen.

Schlau, schlau, denkt Kepler. Er wäre für so ein Projekt viel zu faul gewesen. Aber die Aufbauphase war sicher spannend. Er muss Newton unbedingt danach fragen. Aber wo werden sie ihn treffen können? Auf welchem der 416 Planeten wird der Physiker seine Basis aufgeschlagen haben?

»Welcher von den 416 ist seiner?«, fragt er.

»Keiner«, sagt Zhenyi.

»Keiner?«

»Ich war auch verwundert. Aber es ergibt Sinn. Er hat sich einen kleinen Asteroiden umgebaut, der eine um 90 Grad zur Orbitalebene versetzte Bahn beschreibt. So kann er das Ergebnis seiner Arbeit besser bewundern und merkt wohl auch schneller, wenn etwas aus dem Gleichgewicht kommt.«

»Woher weißt du das alles eigentlich?«

»Ach, das willst du nicht wissen.«

»Doch, Zhenyi.«

»Wie du willst. Nach meiner Flucht aus dem Sanatorium habe ich mich eine Weile bei Newton versteckt. Er war damals gerade bei der Zusammenstellung des äußersten Orbits.«

»Warst du mit ihm ...?«

Zhenyi lacht. »Eine Frau, ein Mann, im Umkreis von 150 Lichtjahren keine Alternative, natürlich haben wir miteinander geschlafen.«

Kepler öffnet den Mund, sagt aber nichts.

»Du wolltest es wissen!«

Sie droht ihm scherzhaft mit dem Zeigefinger. Natürlich, er hat es wissen wollen. Dummerweise wird er Newton jetzt noch stärker als Rivalen denn als Helfer betrachten. Aber sachlich betrachtet, ist es auch ein Vorteil. Zhenyi wird die Informationen bekommen, die sie brauchen.

Zyklus ZT2.5, Kepler-1229

Newtons Heimatwelt ist wirklich winzig – gar kein Vergleich zu seinem Lebenswerk. Dass es einmal ein Asteroid war, ist nicht mehr zu erkennen. Die komplette Oberfläche des etwa zwanzig Kilometer langen und fünf Kilometer breiten, fassförmigen Himmelskörpers ist mit glänzenden Solarzellen belegt. An Heck und Bug befindet sich je eine riesige Antenne. Die beiden Antennen werden wohl der kürzeste Weg zu einem der 416 Planeten sein – Newton lässt sich einfach per Funk dorthin übertragen.

Kepler steht im Raumanzug auf der Außenhülle des Raumschiffs, direkt neben der Schleuse. Der Butler ist schon zu Newtons Asteroiden unterwegs. Er schleppt eine Kabeltrommel. An der von ihm gespannten Leine können sie dann bequem nach drüben schweben.

Zhenyi klettert nun ebenfalls aus der Schleuse und stellt sich neben ihn. Sie trägt ein Raumanzug-Modell, das er noch nie gesehen hat. Es sitzt hauteng, der Helm jedoch ist eine vergleichsweise riesige, von innen beleuchtete Glaskugel. Es sieht aus, als hätte jemand Zhenyis Kopf wie einen Salat in ein Gewächshaus gepflanzt. Er muss lachen.

»Was ist daran so lustig?«, fragt Zhenyi und sieht ihn grimmig an.

»Dein Kopf sieht aus wie ein Salatkopf.«

»Schön, dass du deine Freude hast. Der Helm fühlt sich übrigens toll an, fast wie unter freiem Himmel. Die Scheibe läuft fast nie an.«

Das ist allerdings ein Vorteil. Kepler muss schon wieder die Lüftung aktivieren, weil Wasserdampf an der Helmscheibe kondensiert. Er hebt den Kopf. Diese Spaziergänge draußen haben es in sich. Wenn er aus Versehen daran denkt, dass das, was er als »oben« bezeichnet, mit gleichem Recht auch »unten« zu nennen wäre, wird ihm ziemlich schnell übel. Nein, der Asteroid schwebt über ihnen, zusammen mit einer weißen Sonne und 416 Planeten.

Das Bild ist wunderschön. Einen solchen Nachthimmel gibt es nirgendwo anders. Die Planeten leuchten fast alle gleich hell, und sie wirken wie eine Art Schmuck, den sich der Zentralstern umgelegt hat. Wobei Newton ja derjenige war, der das Schmuckstück hergestellt hat. Das war wirklich eine Meisterleistung. Hoffentlich kann ihnen der Physiker genauso meisterlich helfen, ihr Problem zu lösen und die Herbae zu retten.

Zhenyi tippt ihn am Arm an. Die Leine ist straff gespannt. Seine Ex-Freundin klinkt sich ein und zieht kurz an dem Seil. Durch die Schwerelosigkeit reicht ein kleiner Impuls, und sie macht sich auf den Weg. Er folgt ihr. Kolumbus muss hierbleiben. Er ist in seinem Zimmer eingesperrt. Immerhin besteht das Risiko, dass Newton sich auf seine Seite schlagen könnte. Sie haben gestern noch lange darüber diskutiert. Zhenyi hatte sogar erwogen, auch ihn, Kepler, im Schiff zu lassen. Newton wäre dann vielleicht eher bereit, hatte sie vielsagend gemeint, sich auf eine Art Tausch einzulassen. In Kepler zieht sich alles zusammen.

Newton ist ein Glatzkopf, etwas kleiner als er, mit einem runden Bauch. Das beruhigt ihn ein wenig. Er fühlt sich ihm zumindest körperlich überlegen; diese Konkurrenz entscheidet er doch glatt für sich, und das kommt nicht sehr häufig vor. Ihr Gastgeber ist ausgesprochen höflich, geradezu nett. Man merkt ihm bei jeder Geste an, dass er sich über den Besuch freut. Vermutlich trifft er nicht allzu oft andere Menschen.

Zuerst lädt er sie zum Essen ein. Auch Newton muss ein reicher Mann sein, denn er besitzt exquisite Rezepte. Da er keinen Butler hat, darf Zhenyis Butler das Essen servieren. Sie sitzen zu dritt um einen runden Tisch, der sich unter einer gläsernen Kuppel an der Unterseite des Asteroiden befindet. Kepler nennt es Unterseite, weil sie von hier aus das Schiff nicht sehen. Dafür jedoch ist die komplette Pracht der 416 Planeten zum Greifen nah über ihnen.

Kepler wundert sich ein wenig. Vom Raumschiff aus hatten die Planeten noch deutlich weiter entfernt gewirkt.

Der Butler trägt eine Gemüsesuppe auf und bedient jeden der drei Gäste.

»Moment«, sagt Newton, »bevor ihr esst – das Gemüse in dieser Suppe ist rein biologisch auf Nr. 59 gewachsen.«

Newton hebt den Finger nach oben, und ein Planet aus der zweitinnersten Reihe kommt nach vorn geschwebt, bis sie ihn in allen Details betrachten können. Er ist etwa zur Hälfte von Wasser bedeckt. Kepler zählt zwei große Kontinente und zahlreiche Inseln. Schatten von Wolken ziehen langsam über die Oberfläche.

»Das Anbaugebiet ist in der Nähe des Äquators. Ich könnte hier genug Nahrung für eine Million Menschen herstellen. Leider bin ich aber mein einziger Kunde.«

Newton klingt frustriert. Seine großartige Konstruktion, immerhin liegen alle 416 Planeten in der habitablen Zone, könnte leicht zwei Billionen Menschen ein Zuhause bieten. Tatsächlich wohnt dort aber niemand. Es ist eine grenzenlose Verschwendung. Was ist aus all den Träumen der Menschheit geworden?

»Wie haben Sie das gemacht? Eine Projektion?«, fragt Kepler.

Vielleicht kann er die Unterhaltung zu einem einfacheren Thema führen.

»Nein, das ist alles echt. In der Kuppel stecken zahllose Optiken, die ich nahtlos zoomen kann. Im Normalfall sind sie auf zweifache Vergrößerung eingestellt, dadurch wirken die Planeten näher.«

»Und beeindruckender«, sagt Zhenyi und legt ihren Löffel zur Seite.

Sie beginnt jetzt wohl, Newton mit Komplimenten positiv zu stimmen. Vielleicht hätte er doch besser im Schiff bleiben sollen. Er muss sich unbedingt zurückhalten, um Zhenyis Strategie nicht zu vermasseln. Warum isst sie neuerdings eigentlich so wenig? Er hat sie in den letzten Wochen höchstens ein paar Bissen zu sich nehmen sehen.

»Nun ja, es sind Planeten. Sie können gar nicht anders, als auf ihren Bahnen zu bleiben. Das ist kein Kunststück, und erst recht keine Magie«, sagt Newton.

»Du bist zu bescheiden. Es ist viel harte Arbeit«, sagt Zhenyi. »Ich erinnere mich, bei meinem letzten Besuch warst du mit dem äußersten Orbit beschäftigt und hattest kaum Zeit für mich.«

Newtons Blick verändert sich; er wirkt nun ganz versonnen, ja verklärt.

»Oh, die 412 hat Probleme gemacht. Sie war etwas zu schwer. Ich musste einen Teil der Kruste entfernen. Der Planet ist nie so fruchtbar wie die anderen geworden. Aber das ist ja nun auch egal. Hätte ich das damals schon gewusst, hätte ich mich lieber mit dir beschäftigt.«

Kepler knüllt geräuschvoll seine Serviette zusammen. Zhenyi bestraft ihn dafür mit einem bösen Blick. Er weiß auch nicht, was in ihn gefahren ist. Er hatte wohl einfach nur sagen wollen, liebe Leute, ich bin auch noch da.

»Tut mir leid wegen der 412«, sagt Zhenyi.

Jetzt fehlt bloß noch, dass sie ihm ein Taschentuch reicht. Es geht um einen verdammten Planeten, den sowieso niemand braucht!

»Danke, aber das ist nicht nötig. Ich habe übrigens eine Überraschung für dich, also für euch, etwas, das du garantiert noch nicht kennst. Ich habe es erst vor sieben Kilozyklen eingerichtet.«

»Das klingt spannend«, sagt Zhenyi.

Newton steht auf. Dann hebt er die Arme wie ein Dirigent. Mächtige Orgelmusik ertönt, während Newton mit den Armen herumfuchtelt. Die Bewegungen sehen professionell aus, das muss Kepler zugeben.

»Schau doch mal«, sagt Zhenyi und zeigt zur Decke.

Was er dort sieht, ist verrückt. Die Planeten bewegen sich im Takt der Musik. Acht Orbits, acht Tonleitern mit jeweils 52 verschiedenen Tönen. Newton hat sich eine Art Himmelsorgel konstruiert!

»Ich bin ja bloß ein dummer Astronom«, sagt er, »aber das sind nicht wirklich die Planeten, die sich da bewegen?«

Der Aufwand wäre gigantisch. 6000 Milliarden Milliarden Tonnen mal eben hin und her zu bewegen, und das in diesem Tempo, dazu kann doch nicht einmal Newton fähig sein.

»Nein, das ist nur ein hübscher Effekt, das löse ich rein über die Optiken in der Decke«, sagt Newton und dirigiert weiter. »Aber die Musik entspricht den scheinbaren Bewegungen der Planeten. Ich mache sie also selbst. Das kannst du dir als Synthesizer vorstellen, jeder Planet ist eine Taste.«

Das ist immer noch sehr beeindruckend, aber es beruhigt ihn auch. Newton ist zumindest kein Übermensch.

Die Musik wird leiser und verstummt wieder. Newton setzt sich, und sie klatschen Beifall. Danach setzt Stille ein. Mächtige Orgelmusik erstickt jede Unterhaltung für eine Weile.

»Isaac«, sagt Zhenyi dann in die Stille hinein, »ich habe ein Problem, wir haben ein Problem, und ich habe auf deine Hilfe gehofft.«

»Ich dachte schon, du rückst nie damit heraus.«

»Das heißt, du hilfst mir?«

»Vielleicht sagst du mir erst einmal, worum es geht?«

Zhenyi erklärt, was sie gefunden haben und was passiert ist. Newton fragt an verschiedenen Stellen nach. Kepler erinnert das sehr an das fruchtlose Gespräch mit Kolumbus, der sie am Ende verhaften wollte. Diesmal hat Zhenyi keine Handtasche samt Pistole mitgebracht.

»Das sieht für mich so aus, als wären zwei verschiedene Kräfte am Werk, die teilweise konkurrieren und teilweise zusammenarbeiten«, sagt Newton.

»Wie meinst du das?«

»Nun, das Verschwinden der Heimatwelt der Herbae nutzt denen, die unbedingt das Rettende Projekt durchsetzen wollen. Aber nicht alle von ihnen scheinen eingeweiht, Kolumbus zum Beispiel.«

»Vielleicht wollte man ihn bloß nicht zum Mitwisser machen?«, meint Zhenyi.

»Er spielt als Sekretär des Konvents eine zentrale Rolle und hat sich immer für das Rettende Projekt eingesetzt. Ausgerechnet er soll nicht wissen, wer Gropius und den Wächter eliminiert hat? Das erscheint mir sehr unwahrscheinlich. Ich glaube, dass es noch eine weitere, kleinere Gruppe Verschwörer gibt, die ihre eigenen Pläne hat.«

»Die Curies«, sagt Kepler.

Er berichtet von ihrem seltsamen Besuch in Zhenyis Basis.

»Wenn ich es mir recht überlege, hatte ich damals vielleicht großes Glück«, sagt er.

»Wieso?«, fragt Zhenyi.

»Gropius musste sterben. Bestimmt sind die Curies dafür verantwortlich. Vielleicht wollten sie auch dich umbringen. Wenn du da gewesen wärst, hätte ich als Zeuge ebenfalls sterben müssen.«

Ihm wird ganz kalt bei dem Gedanken. Muss das Retten einer Spezies denn so gefährlich sein? Newton wird bestimmt gleich ausrechnen, wie unwahrscheinlich das ist.

»Das scheint mir plausibel«, sagt Newton.

Mist, denkt Kepler.

»Aber die Frage ist doch«, setzt Newton fort, »was ist dieses zusätzliche Motiv? Ich glaube, wenn wir das finden, haben wir sie.«

Das war ja nun einfach, denkt Kepler, da wäre ich auch draufgekommen.

»Richtig«, sagt Zhenyi. »Heißt das, du hilfst uns?«

»Das habe ich dir doch damals schon versprochen.«

»Isaac, du bist ein echter Freund.«

»Danke, Zhenyi. Ich würde die Herbae gern selbst besuchen. Ich kann bestimmt viel von ihnen lernen.«

»Das wirst du. Aber lasst uns die Sache von vorn aufrollen«, sagt Zhenyi. »Alles beginnt und endet doch mit dem Rettenden Projekt. Ist daran etwas faul? Wurde uns etwas anderes verkauft, als wir bekommen werden?«

»Das ist genau die richtige Frage für mich«, sagt Newton. »Wir rechnen das Rettende Projekt einfach mal ganz genau durch, und zwar anhand der offiziellen Pläne und der aktuellen Daten.«

»Hast du denn einen Quantencomputer hier?«, fragt Kepler.

Der Asteroid sieht ihm für einen Rechner der Größe, die sie zum Überprüfen des Rettenden Projekts benötigen, deutlich zu klein aus.

»Mein Computer schwebt über uns im All«, sagt Newton. »Das Planetensystem mit seinen gegenseitigen gravitationellen Einflüssen ist perfekt zur Simulation solcher Sachverhalte geeignet.«

»Die 416 Planeten sind ein Computer?«, fragt Zhenyi.

Kepler ist genauso beeindruckt wie sie.

»Zusammen mit ihrer Sonne. Ich weiß, wie sie aufeinander reagieren. Ich habe das System selbst konstruiert. Es reagiert auf kleine Veränderungen selbsterhaltend. Ich muss den mathematischen Sachverhalt nur darauf umrechnen. Dann lenke ich einen der Planeten auf bestimmte Weise aus, und die Reaktion des Gesamtsystems im Zeitverlauf gibt mir die gesuchte Antwort.«

»Wie ein Pendel«, sagt Kepler.

»Eher wie eine gigantische, gut geölte Rechenmaschine«, sagt Newton.

»Und wie lange dauert das?«, fragt Zhenyi.

»Die Daten des Rettenden Projekts habe ich schon. Die Anpassung des mathematischen Modells schaffe ich heute noch. Ihr müsstet euch dann nur ab jetzt ohne mich amüsieren.«

Ha!, denkt Kepler daraufhin und bekommt sofort ein schlechtes Gewissen.

»Der eigentliche Rechenvorgang dauert maximal zwei Tage«, sagt Newton. »Wenn ihr wollt, könnt ihr morgen mitkommen, um ihn zu starten.«

»Das klingt spannend. Wohin geht es?«, fragt Zhenyi.

»Das muss ich erst noch ausrechnen.«

Zyklus ZT2.6, Kepler-1229

»Das kommt gar nicht in Frage!«

Kepler zeigt auf die Liege, deren Kopfende aus einer glänzenden Schale besteht.

»Nun hab dich nicht so«, sagt Zhenyi, »du lässt dich doch sonst auch manchmal per Direktlaser übertragen?«

»Ich lasse meinen Körper nicht in Newtons Gewalt!«, sagt Kepler.

»Aber er kommt doch auch mit!«

»Wenn ich auch etwas sagen darf«, meldet sich Newton, »Es gibt keinen anderen Weg. Mit einem Schiff dort hinein zu fliegen, wäre viel zu gefährlich.«

»Wieso?«, fragt Kepler.

»Die Relativgeschwindigkeiten der Planeten auf den verschiedenen Orbits sind enorm! Es ist, als würdest du mit der Hand in einen Mixer greifen.«

»Aber wir kommen doch von oben, senkrecht zur Ekliptik.«

»Die Hand kommt auch von oben, das macht es doch eher schwieriger«, sagt Newton. »Wenn es einen Unfall gibt, riskieren wir die Stabilität des ganzen Systems.«

Kepler schweigt. Der Physiker hat leider recht. Aber das senkt den Wert seiner Fleißarbeit doch deutlich. Wenn auf einem der Planeten Menschen lebten, könnten sie nur ihre

Brüder und Schwestern auf den 52 Nachbarwelten im selben Orbit besuchen, nicht aber die in den anderen Ringen, obwohl sie dauernd an ihnen vorbeiziehen.

»Kommst du nun mit?«, fragt Zhenyi.

Kepler grummelt. Er muss wohl. Einen romantischen Ausflug mit Zhenyi gönnt er Newton nicht.

»Wir müssen einen Planeten im vierten Orbit besuchen«, erklärt der Physiker. »Ich denke, wir werden unseren Spaß haben.«

Etwas kitzelt ihn am Bein. Kepler hebt den Kopf. Er liegt in einer Art Holzhütte mit Strohdach, das nicht ganz dicht ist, denn Sonnenstrahlen zeichnen Muster an die Wände. Über sein Bein krabbelt eine Spinne. Sie lässt sich Zeit. Vermutlich kann sie sich nicht entscheiden. Dann hebt sie den Kopf. Sie muss etwas gesehen oder gespürt haben. Eilig seilt sie sich von seinem Knie auf den Boden ab und krabbelt zur Wand der Hütte.

»Kepler? Bist du da?«

Das war Zhenyis Stimme. Er hört ein Schaben, dann klingeln ein paar Glöckchen. Kepler dreht sich um. Es ist Zhenyi. Sie hat den Vorhang am Eingang der Hütte zur Seite geschoben. Sie besitzt einen makellosen weiblichen Körper und trägt einen Bikini. Kepler lacht leise. Bestimmt verbringt Newton hier seine Freizeit. Der Mann lässt es sich gut gehen. Er sieht an sich hinunter und erschrickt. Auch er steckt im Körper einer Frau, genauso perfekt entworfen wie der von Zhenyi, nur mit dunklerer Haut.

»Siehst gut aus!«, sagt Zhenyi und lacht.

Na toll. Er schüttelt den Kopf. Am besten, er beachtet das gar nicht. Sie sind nicht hier, um sich zu amüsieren, sondern um die Simulation zu starten. Kepler steht auf. Zhenyi verlässt die Hütte, und er folgt ihr.

Draußen ist es blendend hell. Sie stehen auf einem weißen Sandstrand. Blaue Wellen schlagen an das Ufer.

Hinter dem Strand sieht er eine Reihe von Palmen. Newton hat sich hier ein kleines Paradies geschaffen. Ob die anderen Planeten auch so detailliert gestaltet sind?

Von weiter hinten winkt ihnen eine weitere Frau. Das muss dann wohl Newton selbst sein. Was soll er davon halten?

»Komm, wir laufen zu ihm«, sagt Zhenyi. »Wer als erster da ist!«

Sie rennt los. Kepler folgt ihr, nachdem er seine Überraschung überwunden hat. Es ist herrlich, mit den nackten Füßen durch den warmen Sand zu rennen. Der Körper ist gut in Schuss. Er holt sogar auf und hat Zhenyi fast erreicht, als sie sich mit einem Sprung vor Newton in den Sand wirft und seine Zehen berührt.

Ihre Zehen.

»Gewonnen«, ruft Zhenyi und wälzt sich im Sand auf den Rücken.

Kepler lächelt. Er ist nicht einmal ins Schwitzen gekommen. Ohne das Überraschungsmoment hätte er Zhenyi besiegt. Vielleicht sollte er seinen alten Körper doch aufgeben. Es gibt so viel bessere künstliche Körper! Aber irgendwie fühlt er sich ihm verbunden.

»Oh, wir haben Glück, ein Transit«, sagt Newton und zeigt zum Himmel.

Kepler legt die Hand vor die Augen, aber das ist gar nicht nötig. Sobald er zur Sonne sieht, reduziert der Körper die Lichtempfindlichkeit des Sehorgans.

»Du kannst übrigens auch zoomen«, sagt Newton. »Einfach daran denken.«

Kepler stellt sich vor, die Sonne aus der Nähe zu betrachten, und tatsächlich vergrößert sich das Bild. Vor der lodernden Sonnenscheibe zieht ein schwarzer Kreis vorbei, ein Planet auf einem der inneren Orbits.

»Ist das selten?«, fragt er.

»Nicht wirklich«, antwortet Newton. »Etwa alle acht Tage. Aber da wir nur kurz hier sind, hattet ihr schon Glück.«

Kepler mustert den Himmel. Gar so exotisch, wie er sich das vorgestellt hatte, wirkt er gar nicht. Er sieht ein paar ungewöhnlich helle Sterne über dem östlichen und dem westlichen Horizont. Das müssen die im selben Orbit nächsten Planeten sein. Aber sie sind eben doch nicht so nah wie etwa der Erdmond der Erde gewesen war. Auf der Nachtseite ist das Bild vermutlich beeindruckender, weil dort so viele helle »Sterne« zu sehen sein müssen.

»Du hast für diesen Planeten wohl nur solche Körper hergestellt?«, fragt Kepler.

»Warum soll ich mich denn hier als alter Mann amüsieren?«, sagt Newton. »Wie wäre es, wenn ich uns ein paar Fische grille?«

»Du hast aber auch jedes Detail des Ökosystems berücksichtigt«, lobt ihn Zhenyi.

»Sollten wir nicht erst einmal die Berechnungen starten?«, sagt Kepler.

Erst die Arbeit, dann das Vergnügen.

»Guter Einwand, Johannes, du hast völlig recht«, sagt Newton. »Dann bitte hier entlang.«

Newton zeigt zu den Palmen hinter dem Strand. Sie laufen über den warmen Sand, bis sie den Schatten der Bäume erreichen. Urplötzlich steht ein Regal mit Sandalen vor ihnen.

»Bitte ein Paar aussuchen und anziehen«, sagt ihr Führer.

Zhenyi sieht ihn fragend an.

»Ihr seht gleich, warum.«

Kepler schlüpft in ein paar rote Ledersandalen, deren Farbe gut zu dem Lack auf seinen Zehennägeln passt.

»Hier entlang«, sagt Newton, der jetzt Pumps trägt.

Im Sand sieht das noch etwas seltsam aus. Aber der Boden wird schnell fester. Zwischen den Palmen liegen stachlige Früchte. Deshalb die Sandalen? Sie durchqueren den lockeren Hain. Dahinter liegt eine schwarze Fläche. Kepler denkt erst an eine Vulkanebene. Aber das ist ein Irrtum.

Newton bleibt hinter der letzten Palme stehen. Hier ist das Ökosystem zu Ende. Der Planet scheint von riesigen Metallplatten bedeckt, über denen ein mächtiges Gestänge verläuft. Zwischen einigen der Platten dringt Dampf heraus. Es riecht nicht mehr nach Meer, sondern nach Öl.

»Von nichts kommt nichts«, sagt Newton und weist mit der Hand in die Ferne.

»Ist das ... eine Fabrik?«, fragt Kepler.

»Nein. Das ist eine Maschine. Genauer gesagt, es ist die Planetenmaschine, wie sie wirklich ist. Der Strand, das Meer, die Maschine produziert das alles.«

»Der Planet ist eine Maschine?«, fragt Zhenyi mit aufgerissenen Augen.

»Ja, was sonst? Die Masse muss exakt sein. Ich muss die Wirkung der Gezeitenkräfte der anderen Planeten ausgleichen, sonst sind die Orbits nicht dauerhaft stabil.«

»Ist das nicht aufwändig?«

»Am Anfang schon, Kepler, bis das alles eingestellt war, hat es einige Kilozyklen gedauert. Aber jetzt läuft es wie geschmiert.«

»Und der Computer?«, fragt Kepler.

»Kommt mit!«

Newton betritt den Bereich der Platten, und Kepler folgt ihm. Das Metall ist elastisch. Er bückt sich und tastet die Platten ab. Sie sind heiß, bestimmt über 40 Grad. Gut, dass sie nicht mehr barfuß sind. Newton bleibt vor einem großen Rad stehen, das am Ende eines Gestänges angebracht ist.

»Das ist mein Computer«, sagt er.

»Sieht ziemlich altmodisch aus«, meint Kepler.

»Ist mechanisch«, sagt Newton. »Ich drehe am Rad. Dadurch bewegt das Gestänge die Platten und verformt so den ganzen Planeten.«

»Du drehst hier ein paarmal, und der ganze Planet ändert seine Form?«, fragt Kepler.

»Ja. Aber wir brauchen nur eine kleine Veränderung. Wir wollen das System ja nicht ganz durcheinander bringen.«

Newton dreht das Rad im Uhrzeigersinn. Das Gestänge quietscht. Kepler zählt mit. Eine Umdrehung, zwei, drei, fünf, neun, vierzehn.

Das Rad hält an.

»Fünfzehn Umdrehungen«, sagt Newton. »So muss es sein.«

»Es waren vierzehn«, sagt Kepler.

Newton zieht die Augenbrauen hoch.

»Sicher?«

»Ja, Isaac.«

Newton sinkt ein Stück in sich zusammen. Er kratzt sich mit dem Zeigefinger an der Nase, dann seufzt er. Schließlich greift er wieder zum Rad und dreht es noch einmal.

»So«, sagt er dann. »Ich hoffe, du hast recht. Was meinst du, Zhenyi?«

»Mich darfst du nicht fragen, ich habe nicht mitgezählt.«

Zyklus ZT2.7, Kepler-1229

Sein Leben scheint ja gerade reich an seltsamen Erlebnissen, aber der Ausflug gestern war wohl die bisher skurrilste Episode – einmal abgesehen von dem Bad in den Würmern auf dem Planeten der Herbae. Kepler fasst sich an die Brust. Sie ist flach, oder fast, na ja, er sollte vielleicht doch eine Diät machen. Er steckt jedenfalls ganz eindeutig wieder in seinem alten Körper. Aber der über dem Lagerfeuer gebratene Fisch gestern, der war hervorragend gewesen. Kepler läuft der Speichel im Mund zusammen.

Der Asteroid, auf dem Newton seine Basis eingerichtet hat, ist funktional. Er vermisst den Strand. Sie sind nicht einmal dazu gekommen, schwimmen zu gehen. Soll er vielleicht im Raumanzug auf die Oberfläche des Asteroiden klettern, um das einzigartige Sonnensystem zu bewundern?

Kepler hat keine Lust dazu. Er hat heute zu gar nichts Lust. Er dreht sich noch einmal um und schläft weiter.

»Kepler, Kepler!«

Jemand rüttelt an seiner Schulter.

»Du musst aufwachen!«

Es ist Zhenyi. Was ist denn los?

»Los, komm«, sagt sie, »Newton ist ganz bleich! Seine Berechnung ist fertig.«

»Oh.«

Kepler strampelt die Decke weg. Darunter ist er komplett bekleidet. Zhenyi verzieht belustigt den Mund.

»Ich war vorhin schon mal wach«, sagt er.

»So so.«

Sie glaubt ihm nicht. Aber was war mit Newton?

»Glaubst du, dass Isaac etwas herausgefunden hat?«, fragt er.

»Diskutier nicht, komm, das kann er uns gleich sagen.«

SIE TREFFEN Newton in der Kuppel. Die gläserne Decke ist schwarz. Kepler sieht keinen einzigen Stern. Vermutlich ist sie auf undurchsichtig geschaltet. Newton läuft unter der Kuppel auf und ab. Die Hände hat er in den Hosentaschen. Immer wieder zucken seine Ellbogen, aber die Hände bleiben in den Taschen. Warum zwingt er sich so?

»Wir sind da«, sagt Zhenyi.

Newton bleibt abrupt stehen, als bemerke er sie jetzt erst. Dann fuchtelt er mit den Händen. Die Kuppel verändert sich.

»Setzt euch«, sagt Newton. »Die Simulation hat mich ziemlich erschreckt. Aber schaut sie euch selbst an.«

Kepler setzt sich auf einen Stuhl und betrachtet die Decke. Dort ist ein von einer leuchtenden Scheibe umgebener schwarzer Fleck zu sehen.

»Sagittarius A*«, sagt Newton, »falls ihr es nicht selbst erkennt.«

Das Schwarze Loch im Zentrum der Milchstraße, das sich im Rettenden Projekt in einen Quasar verwandeln soll. Was regt Newton daran so auf?

»Offizielles Ziel des Rettenden Projekts ist es, Sagittarius A* zu aktivieren«, sagt Newton. »Dazu will man es mit allerlei Sternen aus der näheren und ferneren Umgebung füttern. So weit, so problemlos.«

»Problemlos würde ich es nicht nennen«, sagt Zhenyi, »wenn der Mensch dadurch eine andere vernunftbegabte Spezies ausrottet.«

»Doch, das wirst du«, sagt Newton, »wenn du meine Simulation gesehen hast.«

Kepler betrachtet aufmerksam die Decke. Dem Schwarzen Loch, das man nur daran erkennen kann, dass an seiner Stelle keine Materie zu sein scheint, nähern sich mehr und mehr Sterne. Sie umkreisen das Loch auf einer Spirale, bis sie schließlich von ihm verschluckt werden, wobei ein Teil ihrer Masse in der das Loch umgebenden Akkretionsscheibe landet. Das Schwarze Loch wächst und wächst, bis der Vorgang selbsterhaltend wird. Die Wechselwirkung mit der Akkretionsscheibe erzeugt schließlich zwei gewaltige Fontänen oder Jets, die riesige Energiemengen ins All schießen.

»Das ist die offizielle Seite des Projekts«, sagt Newton. »Die Sterne, die dafür geopfert werden sollen, sind akribisch aufgelistet.«

»Aber das Opfern der Herbae fehlt darin«, sagt Zhenyi.

»Aber nun habe ich mir alle Sterne herausgesucht, deren Trajektorien heute schon darauf hindeuten, dass Sagittarius A* sie bald einfangen wird. Und, Bingo, das sind bedeutend mehr.«

»Wie bedeutend?«, fragt Kepler.

»Eine Größenordnung. Jetzt seht ihr, was dann passiert.«

Die Darstellung an der Decke springt auf den Anfangszustand. Wieder schluckt das Schwarze Loch Sterne, es verdaut sie, rülpst und wächst. Aber nun kommen weitaus mehr Himmelskörper aus der Umgebung, nicht nur Sterne, sondern auch Sternleichen, Neutronensterne, Gravasterne, Blaue Zwerge, Weiße Zwerge, kleine und mittlere Schwarze Löcher. Es ist, als hätte jemand die Milchstraße durchgekehrt und den Abfall auf den Weg ins Zentrum geschickt.

Sagittarius A* genießt die Aufmerksamkeit. Es nimmt auf, was ihm vorgesetzt wird, ohne einen Unterschied zu machen. Es bläht sich auf, Jets entfahren ihm, der Bereich in seiner

Nähe wird schnell lebensfeindlich. Ein gelber Punkt blinkt auf.

»An dieser Stelle ist das System der Herbae dran«, sagt Newton, »ich dachte mir, dass dich das interessiert, Zhenyi.«

»Danke«, sagt sie.

Aber das Schwarze Loch wächst weiter. Es ist längst größer, als das je vorgesehen war, und noch immer ist die Mahlzeit nicht beendet. Das kann kein gutes Ende nehmen, denkt Kepler. Es ist eine wüste Orgie mitten im All, die längst mehr Schaden anrichtet, als sie der Menschheit je nutzen kann. Sie wird die Form der Milchstraße entscheidend verändern.

Mit einem Mal zieht sich alles zusammen. In rasendem Tempo schrumpft Sagittarius A*. Aber nicht nur das Schwarze Loch wird kleiner, auch die Milchstraße. Alles verschwindet. Es ist, als hätte jemand aus Versehen herausgezoomt. Was eben noch viele Millionen Lichtjahre groß war, misst nur noch Lichtjahre, dann Kilometer, dann verschwindet alles im Nichts. Die Kuppel ist wieder schwarz.

»Was war das?«, fragt Zhenyi.

»Das Ende«, sagt Newton.

»Das Ende deiner Simulation?«

»Der Untergang des Universums, Zhenyi. Unser aller Ende.«

»Aber wie …«

»Ein metastabiler Zustand, oder?«, unterbricht Kepler sie.

»Richtig«, sagt Newton. »Der Fütterungsprozess hat das Schwarze Loch derart überladen, dass das Universum in unseren Breiten aus seinem metastabilen Zustand gerutscht ist. Das überlebt niemand, nicht einmal das Universum, jedenfalls nicht das, das wir kennen.«

»Also überlebt etwas?«, fragt Zhenyi.

»Wenn man es sehr genau nimmt«, sagt Newton. »Stell dir vor, du staust einen Kanal auf, mit zwei Dämmen links und rechts. Das Gewässer fließt stabil dahin. Ohne die Dämme geht es aber nicht. Das Wasser ist nicht in seinem Grundzustand, sondern in einem metastabilen Zustand.

Dann reißt du an einer Stelle den Damm ein. Das Wasser fließt aus. Es sucht sich die niedrigste Stelle und bildet dort einen See. Der Kanal ist leer, er existiert nicht mehr. Der metastabile Zustand ist beendet. Dafür hast du nun einen See, der völlig andere Eigenschaften besitzt als der Kanal. Von unserem Universum kennen wir nur den metastabilen Zustand. Was im Grundzustand daraus wird, weiß niemand. Vielleicht gibt es einen neuen Urknall, oder ein völlig anderes Universum entsteht. Von uns wird jedenfalls nichts übrigbleiben, nicht einmal Erinnerungen.«

»Weil wir zu nah am Kern sind, wo das alles passiert?«, fragt Zhenyi.

»Nein, weil wir Teil dieses Universums sind, dessen Existenz damit beendet ist. Niemand wird dem Untergang entkommen. Es gibt keinen Ausweg aus der großen Vernichtung. Sie breitet sich mit Lichtgeschwindigkeit über den gesamten Kosmos aus. Das Rettende Projekt ist ein Mordanschlag auf das Universum.«

Das ist unglaublich. Newton muss sich irren. Wer sollte so verrückt sein, das Universum selbst zerstören zu wollen? Es mag ja Menschen geben, die ihr unsterbliches Leben satt haben. Aber gleich alle anderen mit in den Tod zu nehmen? Wie viel Boshaftigkeit braucht man dazu? Aber vielleicht kennen sie ja gar nicht alle Seiten des Plans. Es muss etwas geben, das sie bisher übersehen haben.

»Es ist kein Überleben möglich?«, fragt Kepler.

»Was Teil des Universums ist, geht damit unter«, antwortet Newton.

»Könnte jemand versuchen, nicht mehr Teil des Universums zu sein?«

Newton lacht kurz auf. »Das ist unmöglich.«

»Ich dachte an die Ameise, die auf einer Fläche lebt. Wenn sie ein Loch hineingräbt und auf der anderen Seite der Fläche wieder herauskommt, ist sie dann dem Universum nicht entkommen?«

»Ach dieser dämliche Vergleich. Er kursiert schon seit vielen Megazyklen, ist aber Humbug. Eine 2D-Ameise kann keine 3D-Löcher graben. Und sie ist danach immer noch zweidimensional. Und dem Universum entkommt sie damit noch lange nicht.«

»Wer steckt hinter dem Plan?«, fragt Zhenyi, »Der Konvent?«

»Das hätte keine Mehrheit gefunden. Aber wir können Kolumbus befragen«, sagt Newton.

»Puppy, holst du uns Kolumbus aus seinem Zimmer, bitte?«

»DAS IST UNGEHEUERLICH«, sagt der Sekretär des Konvents, nachdem er die Simulation gesehen hat.

»Das sind die Fakten«, sagt Newton.

»Ich meine nicht die Vorwürfe. Der Plan ist ungeheuerlich. Wer sich so etwas ausdenkt, muss gestört sein«, sagt Kolumbus.

»Das heißt, der Konvent steckt nicht dahinter?«

»Dafür lege ich meine Hand ins Feuer. Die Entdeckung dieser angeblich intelligenten Spezies, – wie nennen Sie sie? Herbae? – dass man das lieber verschweigt, das würde ich einigen Mitgliedern des Konvents zutrauen, aber das Auslöschen der gesamten Menschheit, das kann ich mir nicht vorstellen, nein, dafür kommt niemand in Frage.«

»Die Herbae sind nicht nur angeblich intelligent, sie sind es wirklich«, sagt Zhenyi. »Aber wer könnte sich denn einen so mörderischen Plan ausdenken?«

»Ich will niemandem so schwerwiegende Vorwürfe machen«, sagt Kolumbus.

»Aber irgendwer hat sich diesen verrückten Plan ausgedacht!«, sagt Zhenyi.

»Die Curies«, sagt Kepler. »Denk an ihren Besuch bei uns.«

»Sie mögen ein bisschen seltsam sein, aber Mörder?«, meint Newton.

»Du hast sie nicht erlebt«, sagt Kepler. »Aber ich weiß, wie wir ihnen vielleicht auf die Schliche kommen können.«

»Ja?«, fragt Zhenyi und rückt an ihn heran.

»In Newtons Simulation tauchen zahlreiche Sterne auf, die sich in das Schwarze Loch stürzen, aber im Rettenden Projekt gar nicht dafür vorgesehen sind. Irgendjemand muss sie aus ihrer Heimat auf den Weg geschickt haben; sie fliegen ja nicht von selbst mal eben ins Zentrum der Milchstraße. Wenn wir ihre Herkunftsorte mit den Reisen der Curies vergleichen und Übereinstimmungen finden, wäre das ein wichtiger Beweis.«

»Gute Idee, Kepler. Und was, wenn wir den Curies dieses Verbrechen nachweisen können? Lässt es sich dann auch noch verhindern?«

»Es tut mir leid«, sagt Newton, »aber dafür ist es meiner Simulation zufolge zu spät.«

Zyklus ZT2.8, Kepler-1229

»Lass mich, es hat wirklich keinen Sinn«, sagt Newton.

»Nur wenn du mitkommst, haben wir überhaupt die Chance, eine alternative Strategie zu berechnen«, sagt Zhenyi.

Kepler will den Konkurrenten eigentlich nicht an Bord haben, aber sie brauchen ihn für die Rettung des Universums. Deshalb unterstützt er Zhenyis Überredungsversuch.

»Ich glaube nicht, dass wir schon alle Faktoren kennen«, sagt er. »Deine Fähigkeiten wären hier wirklich wichtig, Newton!«

»Es ist unmöglich, das Schicksal noch abzuwenden, das zeigt die Simulation überdeutlich. Es ist kein ›was wäre, wenn‹, sondern eine eindeutige Prognose. Alle Sterne bewegen sich schon auf ihren Bahnen Richtung Schwarzes Loch. Dieser Plan ist genial ausgedacht und umgesetzt. Wer immer das war, braucht jetzt bloß noch zuzusehen und sich am Ineinandergreifen der Rädchen zu freuen.«

»Wenn das so ist, brauchst du ja vor einer kleinen Reise keine Angst zu haben«, sagt Zhenyi.

»Darum geht es gar nicht. Ich will meine letzten Jahre in meinem gemütlichen kleinen System hier verbringen. Ich habe so lange für den Bau gebraucht, und nun soll ich nichts davon haben?«

»Dafür hast du noch einen ganzen Megazyklus Zeit!«, sagt Zhenyi.

Sie stellt sich vor Newton, legt ihm die Hände auf die Schultern und sieht ihm direkt ins Gesicht. Er schüttelt den Kopf.

»Du hast noch eine Million Jahre. Sag mir ins Gesicht, dass du davon nicht einen Teil investieren willst, um das Universum vielleicht doch noch zu retten. Zusammen mit mir.«

»Ich ... es geht doch nicht um dich oder mich. Du versuchst, nach einem nicht existierenden Strohhalm zu greifen. Dafür ist sogar eine Stunde zu viel.«

Newton windet sich so sehr, dass er ihm fast wieder leid tut. Der Physiker ist wohl schon weiter als er selbst. Er hat realisiert, dass er plötzlich wieder sterblich geworden ist. Mit dem Rettenden Projekt wären ihm noch unvorstellbare Gigazyklen geblieben. Eine Million Jahre, das ist im Vergleich dazu nur ein Augenblick. Die Menschheit ist fast wieder so verletzlich wie in ihren Anfangszeiten. Ob ihn diese Erkenntnis wohl auch noch so handlungsunfähig wie Newton machen wird? Momentan macht sie ihn bloß wütend. Wütend auf denjenigen, der ihm einen Teil seiner Lebenszeit weggenommen hat.

»Dann mach es dir mit deinen Gespielinnen am Strand bequem, Newton«, sagt Zhenyi verächtlich. »Wir müssen los. Kolumbus, sind Sie so weit?«

Eine halbe Stunde später verfolgen sie zu viert in der Zentrale des Neunundneunzigers, wie Newtons kleiner Asteroid zurückbleibt.

»Ich hätte wirklich Lust, die Railguns auf das Ding abzufeuern«, sagt Zhenyi.

Sie hat ein kaltes Lächeln aufgesetzt. Hoffentlich wird sie nie derart wütend auf ihn sein, denkt Kepler.

»Das bringt doch nichts«, sagt Kolumbus. »Außer einen neuen Eintrag in Ihrer Strafakte.«

»Darüber reden wir noch«, sagt Zhenyi. »Es würde mir eine enorme Befriedigung verschaffen. Newton ist ein Wurm, der nur an sich denkt.«

»Da stimme ich Ihnen zu«, sagt der Sekretär.

Kepler vertraut ihm noch nicht so richtig. Schließlich hat er diese Reise nicht freiwillig angetreten. Aber er hat von sich aus angeboten, mit ihnen gemeinsam den Datenspeicher auf Terra aufzusuchen, um dort nach Spuren der Curies zu fahnden.

»Ich wundere mich ja, dass Sie nun mit uns zusammenarbeiten«, sagt Kepler. »Halten Sie uns nicht mehr für Verbrecher?«

»Ich bin Realist«, sagt der Sekretär. »Die Hinweise, dass Zhenyi und Sie etwas mit dem Mord an Gropius und der Auslöschung des Terra-Wächters zu tun haben, sind überzeugend. Aber es gibt immer andere Erklärungen. Newtons Simulation scheint mir nachvollziehbar, wobei ich nicht überprüfen kann, ob er von den korrekten Daten ausgeht. Aber auch das können wir auf Terra prüfen lassen. Und schließlich halte ich Sie beide für vernünftige Menschen. Wenn Sie erkennen, dass Sie im Unrecht sind, werden Sie aufgeben.«

»Im Unrecht?«, sagt Zhenyi, »Sie spinnen ja. Sie haben Glück, dass ich gerade so sehr wütend auf diesen Newton-Wurm bin, dass mir für Sie kein Quäntchen Wut mehr übrig bleibt. Und jetzt legen wir uns alle schnellstens in unsere Gel-Betten. Der Weg nach Terra ist weit. Wir werden mit 7 g beschleunigen. Ich hoffe, niemand hat zu gut gefrühstückt.«

Zyklus ZX3.4, Terra

»Schau mal«, sagt Zhenyi und greift nach seiner Hand.

Auf dem großen Bildschirm in der Zentrale ist ein gewaltiges, dreidimensionales Leuchtfeuer zu sehen, ein Hauptreihenstern in der Blüte seiner Jahre. Protuberanzen lösen sich von seiner Oberfläche, und die Magnetfelder in der Außenhaut zeichnen dunkle, sich rhythmisch verändernde Muster auf seine Oberfläche.

»Was ist das?«, fragt Kepler.

Er hält seine Hand ganz still, dann zieht Zhenyi die ihre vielleicht nicht weg. Sie sind allein in der Zentrale. Der Butler hat ein hervorragendes Abendessen serviert. Jetzt ist er wohl in der Kombüse, und Kolumbus hat sich auf sein Zimmer zurückgezogen.

»Das ist die Sonne.«

»Die Sonne?«

Kepler betont den Artikel.

»Ja, unsere Sonne«, sagt Zhenyi. »Auch wenn das heute seltsam klingt. Der Stern jedenfalls, der uns alle hervorgebracht hat.«

»Das Holo-Vid muss uralt sein«, sagt Kepler.

»Ja, ich habe es im Archiv gefunden. Kann mich gar nicht erinnern, es eingespeist zu haben.«

»Du bist eine Romantikerin.«

»Findest du?«

Zhenyi schnippt mit den Fingern der linken Hand. Die Sonne erlischt. Auf dem Bildschirm erscheint ein verwaschener, weißer Fleck, das, was von dem einst so mächtigen Stern übrig geblieben ist.

»Traurig«, sagt Kepler.

»Das Vid gehört zu einer ganzen Serie«, sagt Zhenyi.

Sie schnippt wieder, und ein von einer dichten Wolkenschicht bedeckter Planet erscheint.

»Siehst du das Logo rechts oben? Das muss der Hersteller sein.«

Die Zeichen des Logos sind schwer zu entziffern.

Kepler liest laut vor: »E-D-U-T-V. Ein seltsames Wort. Aber welcher Planet ist das?«

»Die Venus«, sagt Zhenyi.

»Der Liebesplanet. Wie romantisch.«

Zhenyi lacht. »Schau ihn dir heute an.«

Sie schnippt, und in der Mitte des Bildes ist ein verbrannter Steinhaufen zu sehen.

»Lass uns zurück in die Vergangenheit gehen«, sagt Kepler. »Das macht mehr Spaß. Wie sah der große Klumpen in der Mitte aus?«

»Jupiter? Du wirst staunen.«

Ein riesiger, sturmumtoster Gasball materialisiert, an dem ein großer roter Fleck prangt.

»Nicht schlecht«, sagt Kepler. »Das ganze Gas, was ist damit passiert?«

»Alles weggepustet, als die Sonne sich in einen roten Riesen verwandelt hat.«

»Hätten wir ihn nicht in Sicherheit bringen können?«

»Damals konnten wir das nicht. Hast du in Geschichte nicht aufgepasst? Die Ein-Planeten-Doktrin? ›Wer auf seinen eigenen Planeten nicht aufpassen kann, hat es nicht verdient, einen anderen zu besiedeln.‹ Der Quatsch hat erst kurz vor der Katastrophe aufgehört.«

»Schade«, sagt Kepler.

Er hätte seine Erinnerungen an die Schulzeit nicht externalisieren sollen.

»Ja, um den hier erst recht«, sagt Zhenyi.

Der Gasball des Jupiter wird durch einen etwas kleineren Gasplaneten ersetzt. Kepler traut seinen Augen nicht. Der Planet besitzt Ringe!

»Wer hat ihn denn so geschmückt?«

»Seine Monde, das ist jedenfalls die Kurzform.«

»Hach, wie schön«, sagt er.

Damit meint er aber nicht nur das Bild des einstigen Ringplaneten Saturn, sondern auch Zhenyis Hand auf seiner. Nein, nicht auch, vor allem. Bitte, liebes Schicksal, lass diese Hand noch lange an genau dieser Stelle.

Zhenyi greift mit der anderen Hand zum Weinglas.

»Anstoßen?«, fragt sie.

Kepler nimmt sein eigenes Glas in die Hand, richtet sich auf und sieht Zhenyi an. Dann senkt er den Blick und betrachtet die rote, in ihrer Dichte fast an Blut gemahnende Flüssigkeit in seinem Glas.

»Was ist?«, fragt Zhenyi.

»Ich ... ich weiß nicht.«

Er sieht ihr ins Gesicht. Sie lächelt. Mann, warum fällt ihm gerade jetzt bloß dummes Gestammel ein? Zhenyi hält ihm ihr Glas entgegen. Er stößt mit ihr an. Die Gläser erzeugen einen melodischen Ton, der sich in der Zentrale ausbreitet. Er scheint lauter als das Geräusch der Lebenserhaltung.

»Auf die Rettung der Welt«, sagt sie.

»Auf uns«, sagt er.

»Auf die Zukunft«, sagt Zhenyi.

Sie lächelt noch immer, und es ist kein angestrengtes Lächeln. Kepler stellt sein Glas ab und beugt sich vor. Ist das der richtige Moment? Er wird es nur erfahren, wenn er es ausprobiert. Kepler beugt sich weiter vor. Zhenyi schließt die Augen. Er spitzt die Lippen. Zhenyi öffnet die Augen wieder. Ihr Lächeln verschwindet.

»Entschuldige«, sagt sie. »Es geht nicht.«

Kepler wird rot. Es war nicht der richtige Moment. Es wird keinen richtigen Moment geben. Er ist ein Dummkopf, der sich etwas eingebildet hat.

Zhenyis Hand streichelt die seine. Er sieht mit großen Augen auf das, was da passiert. Ihre Finger bewegen sich zart über seinen Handrücken. Was soll das? Will sie, will sie nicht?

»Ich ...«, sagt er, aber mehr fällt ihm nicht ein.

»Sch ... sch ...«, sagt sie und legt einen Finger auf seine Lippen. »Ich mag dich, Johannes. Du tust mir gut, du erdest mich. Ich kann mit dir reden, mit dir streiten, und ich kann auch wunderbar mit dir schweigen. Aber was du willst, das geht nicht. Jetzt nicht.«

Jetzt nicht? Was meint sie damit? Ist es gut, wenn er nachfragt, oder ist das ganz, ganz falsch? Er will auf keinen Fall einen Fehler begehen. Druck ist schlecht, er darf nicht weinerlich reagieren, freuen kann er sich über die Abfuhr aber auch nicht, was dann?

»Verstehe«, sagt er, und selten hat er so umfassend gelogen wie jetzt.

Zhenyi bedankt sich trotzdem mit einem Lächeln, als hätte sie seine Lüge nicht durchschaut. Und sie lässt sogar ihre Hand auf seiner. War seine Reaktion also richtig? Kepler atmet tief durch.

»Morgen erreichen wir Terra«, sagt Zhenyi, als wüsste er das nicht.

»Ja, es wird Zeit«, antwortet er.

Dann schweigen sie, und es fühlt sich gar nicht falsch an.

Zyklus ZX3.5, Terra

Der Mond zieht an ihnen vorbei. Er wirkt wie ein riesiger Satellit, weil er über und über mit Technik besetzt ist.

»Die Antenne ist ja riesig«, sagt Kepler.

»Terra ist als eines der wenigen Systeme in der Milchstraße von fast überall mit einem direkten Laserlink erreichbar«, erklärt Kolumbus.

»Wäre es nicht effizienter gewesen, den Planeten näher an den Kern der Milchstraße zu schleppen?«

»Oh, das hier ist nicht die Position, an der sich das Sonnensystem früher befand«, sagt Kolumbus. »Ich dachte, das wüsste jeder? Es war damals Le Corbusiers erste Meisterleistung, das System über 50.000 Lichtjahre näher zum Kern zu bringen.«

»Dann müssen die Menschen vorher ja wirklich weit draußen gewohnt haben. Das war mir so gar nicht bewusst«, sagt Kepler.

»Es gibt ja Theorien, die behaupten, nur deshalb wäre die Menschheit nicht ausgerottet worden«, sagt Zhenyi. »Irgendwann in grauer Vorzeit hätte Sagittarius A* demnach einen gewaltigen Ausbruch erlebt, der alle Systeme in seinem Umkreis sterilisierte.«

»Glaubst du das?«, fragt Kepler.

Er kennt solche Theorien, aber sie bergen so viele Widersprüche, dass sie sich nie durchsetzen konnten.

»Nein«, sagt Zhenyi, »das sind Ammenmärchen, erdacht von Forschern, die sich nicht damit abfinden konnten, dass wir scheinbar völlig ohne Grund allein im Weltall sind.«

»Verzeihen Sie einem Sekretär die dumme Frage«, sagt Kolumbus, »aber gibt es nicht für alles einen Grund?«

Zhenyi lacht kurz. Kepler kennt dieses Lachen sehr gut. Wer sie nicht kennt, würde sie in diesem Moment für überheblich halten.

»Es gibt keinen Grund«, sagt sie. »Es gibt das Verhältnis von Ursache und Wirkung, aber das ist doch etwas völlig anderes als ein Grund, ein Sinn, der hinter allem steht. Ursache und Wirkung werden von den Gesetzen der Physik definiert, und die sind, wie sie sind, weil sie kurz nach dem Urknall auf zufälliger Basis genau so entstanden sind.«

Das ist alles völlig richtig, denkt Kepler. Und doch klingt es aus Zhenyis Mund viel bedeutsamer, als wenn er diese Gedanken selbst formuliert hätte. Gibt es dafür einen Grund? Und ob. Charisma, das hat sie, und er hat es nicht. Selbst der Sekretär hängt an ihren Lippen.

Über den Bildschirm schwebt ein silbern glänzendes X. Es bewegt sich von links nach rechts. Die Wächterstation, natürlich, jetzt fällt es ihm ein. Sollten sie nicht dort halten? Kolumbus, der das Schiff führt, macht keine Anstalten, in einen Orbit zu gehen.

»Die Wächterstation«, sagt Kepler und zeigt auf den Bildschirm, wo das X gerade verschwindet.

»Oh, eine traurige Sache«, sagt Kolumbus. »Aber uns spart es Zeit, dass der Wächter von Ih … von Unbekannten desintegriert wurde.«

»Ist Terra dann völlig unbewacht?«

»Wo denken Sie hin, nein, der Zugang wird von mehreren autonomen KIs geregelt. Der Wächter war bloß so etwas wie eine Tradition. Eine uralte KI aus der Zeit, die speziell für die Interaktion erzeugt worden war. Ihre Programmierer waren ein bisschen über das Ziel hinausgeschossen, wenn Sie mich fragen.«

»Ja?«

»Na, diese übertriebene Symbolik! Er hat sich manchmal als Engel gezeigt. Können Sie sich das vorstellen, Kepler? Als gäbe es in diesem Universum noch Götter.«

Natürlich gibt es die nicht. Aber irgendetwas an Kolumbus' Art reizt ihn, ihm in dieser Frage zu widersprechen. Er schüttelt den Kopf, sagt aber nichts.

Das Shuttle setzt sie am Ende eines tief in die Berge eingeschnittenen Tals ab. Kepler trägt seinen Raumanzug. Er will kein Risiko eingehen. Minus 40 Grad sind für heute angesagt – eine Hitzewelle. Zhenyi behauptet, mit Kälte gut umgehen zu können. Sie hat sich in einen Wollmantel gehüllt und trägt eine Mütze, die sie tief in die Stirn gezogen hat. Der Butler trägt seinen Smoking. Zhenyi hatte Kolumbus angeboten, auf dem Raumschiff zu bleiben, aber er hatte darauf bestanden, sie alle zu begleiten, ihrer Sicherheit wegen. Kolumbus hat sich ebenfalls für einen Raumanzug entschieden.

Das Tal hat die Form einer Wanne. Es ist einer der wenigen Orte auf Terra, wo noch immer genug Sauerstoff zum Atmen vorhanden ist. Das liegt an den Lüftungsschlitzen in den Seitenwänden, durch die die Luft immer wieder ergänzt wird, und an der Heizung im Boden, die ein Ausfrieren der Atmosphäre hier verhindert.

Zhenyi hatte darauf bestanden, dass das Shuttle sie nicht direkt vor dem Großen Tor absetzt. Es ist einer der sieben Zugänge zu den unterirdischen Speicherhallen – und der einzige, der sich in den vergangenen Jahrtausenden geöffnet hat. Wenn sie Spuren der Curies finden, dann hier.

Kepler regelt die Heizung seines Anzugs herunter, weil

er schwitzt. Die ungewohnt hohe Schwerkraft Terras macht ihm zu schaffen. Und ausgerechnet unter diesen Bedingungen sollen sich die Vorfahren der Menschen irgendwann freiwillig auf zwei Beine gestellt haben, statt lieber in Bodennähe zu bleiben? Er muss sich daran erinnern, dass es hier früher anders aussah. Der Boden, der jetzt braun und rissig ist, war damals von Gras und Kräutern bewachsen. Es muss angenehm gewesen sein, ihn mit nackten Füßen zu betreten. Leider hat er seine eigenen Erinnerungen an diese Zeiten vor langem externalisiert. Es ist seltsam – der Speicher hinter dem Großen Tor weiß mehr über seine eigene Vergangenheit als er selbst. Aber es ist auch notwendig; kein menschliches Gehirn kann so viele Erinnerungen verkraften. Bevor das Externalisieren Standard wurde, hatten viele Menschen Gedächtnis-Zusammenbrüche erlebt. Ihre tausend Leben hatten sich über sie ergossen und alles durcheinander gebracht.

Kepler hat selbst einen solchen Zusammenbruch hinter sich, so viel weiß er noch. Aber die Erinnerung daran hat er vor langer Zeit ausgelagert. Sie belastet ihn nicht mehr.

Sie stehen vor dem Tor. Er fühlt sich wie ein Zwerg. Das eiserne Tor ragt vielleicht 80 Meter in die Höhe. Ob es sich wohl je geöffnet hat? Das muss ein imposanter Anblick sein. Sie werden das nicht erleben. Für Besucher gibt es eine kleine Tür, an der Kolumbus gerade rüttelt.

»Die Tür-KI will meine Zugangsberechtigung nicht akzeptieren«, schimpft er.

»Wieso? Hat der Konvent nicht überall Zutritt?«, fragt Zhenyi.

»Angeblich müsse der Wächter die Echtheit bestätigen«, sagt Kolumbus.

»Aber es gibt keinen Wächter mehr.«

»Das habe ich der KI auch gesagt.«

»Es muss einen Weg hinein geben. Notfalls sprengen wir das Ding in die Luft«, sagt Zhenyi.

Er hat es befürchtet. Dieser Ausflug wird die Liste ihrer Straftaten weiter anschwellen lassen. Keine KI kann Zhenyi aufhalten. Kepler scharrt mit den Füßen auf dem Boden.

»Wenn wir die Tür gewaltsam öffnen, können wir sie nicht mehr schließen. Dann bringen wir das ganze Archiv in Gefahr«, sagt Kolumbus.

»Dann denken Sie sich etwas anderes aus!«

»Ich rede noch einmal mit der KI«, sagt der Sekretär.

Doch auf einmal schwingt die Tür nach innen auf. Was ist passiert? Hat die KI etwa Zhenyis Drohung gehört und die Tür geöffnet, um Schaden vom Archiv abzuwenden?

»Wie haben Sie das denn geschafft?«, fragt Zhenyi.

»Ich ... ich weiß nicht«, sagt Kolumbus.

»Egal. Lasst uns die Chance nutzen, bevor es sich die KI anders überlegt.«

Zhenyi betritt das Gedächtnis der Menschheit, und die anderen folgen ihr.

Direkt hinter der Tür befindet sich ein kurzer Gang, von dem mehrere Türen abgehen.

»Falls noch jemand auf die Toilette muss«, sagt Kolumbus und zeigt auf eine der Türen. »Im Speicher selbst gibt es keine sanitären Einrichtungen.«

Alle schütteln mit dem Kopf.

»Niemand außer mir?«, fragt Kolumbus.

Er bekommt keine Antwort. Daraufhin öffnet er die rechte Tür und verschwindet dahinter.

Sie warten. Es ist eine unangenehme Stille. Der Gang wird von einem elektrischen Brummen erfüllt. Kepler kontrolliert die Temperatur. Vier Grad. Er setzt den Helm des Raumanzugs ab und klemmt ihn an den Gürtel.

»Der lässt sich aber Zeit«, sagt Kepler.

»Er macht es eben gründlich«, meint Zhenyi.

»Vielleicht hat er sich abgesetzt?«

Zhenyi zeigt auf die Ausgangstür hinter ihnen, die sich automatisch geschlossen hat.

»Dann müsste er da durch. Du hast ja gesehen, dass es keine weiteren Türen gibt.«

Zhenyi hat recht. Der Sekretär ist einfach nur ein bisschen langsam.

Die Tür rechts öffnet sich. Kolumbus tritt heraus. Auch er hat seinen Helm abgesetzt.

»Da bin ich wieder«, sagt er.

»Auf geht's«, sagt Zhenyi. »Holen wir uns die Logs.«

Jetzt klettern sie schon seit zwei Stunden Leitern hoch und runter und marschieren über durchsichtige Stege. Kepler hat sich daran gewöhnt, dauernd in den Abgrund sehen zu müssen. Das Archiv scheint schier endlos. Der Eindruck wird noch dadurch verstärkt, dass nur der Bereich um sie herum beleuchtet ist. Weiter unten, weiter oben und vor und hinter ihnen glühen nur die roten Augen der Computer, die die Datenspeicher der Menschheit verwalten.

Irgendwo hier muss seine Tochter sein. Kepler bekommt Gänsehaut, wenn er an sie denkt. Er weiß nichts mehr über sie, außer dass er ihre Erinnerung hier abgelagert hat. Sie hat ihn so lange verfolgt, dass er keine andere Wahl mehr hatte. Und jetzt scheint sie als Geist durch das riesige Archiv zu schweben. Er schüttelt seine Arme, um den Gedanken an sie loszuwerden. Aber das funktioniert nicht.

»Sind wir denn bald da?«, fragt er und dreht sich zu Kolumbus um, der hinter ihm geht.

Der Sekretär nickt. »Der Speicherbereich für die Logs muss hier in der Nähe sein.«

Jede Änderung an den Speicherinhalten wird in den Logs erfasst. Wenn die Curies hier waren und Daten verändert haben, hat sich das System diese Tatsache in den Logs gemerkt. Die Logs lassen sich zwar auch manipulieren, aber diese Veränderung wird wieder in den Logs vermerkt. Und wenn jemand die Erinnerung an die Veränderung löscht, erzeugt auch dies einen Eintrag. Es ist eine unendliche Kette. Sie müssen bloß den Anfang finden. Die Curies haben ihn zwar bestimmt gut versteckt, aber er existiert, also werden sie ihn finden.

»Woran sehen Sie, dass wir bald am Ziel sind?«, fragt Zhenyi.

»Über den Navigator im Universalgerät.«

»Und ohne die Technik?«

Kolumbus bleibt stehen. Er sucht offenbar etwas. Dann zeigt er auf eine Stelle im Geländer.

»Hier, das sind die Koordinaten der Speichergruppe«, sagt er.

Eine Bandwurmzahl, die sich niemand merken kann. Wenn die Technik versagt, sind sie verloren. Ob sich schon einmal jemand im Archiv verlaufen hat? Kepler atmet tief durch. Er hätte den Raumanzug am Eingang liegen lassen sollen, hier drin wird es wärmer und wärmer.

»Jetzt kommt schon«, sagt Zhenyi.

Die Gruppe setzt sich wieder in Bewegung.

Vor ihnen liegt ein besonders langer Steg, der über einen Abgrund führt. Kepler sieht nach unten. Der Boden der Brücke ist durchsichtig wie alle Wege hier. Er greift sich ans Herz, um sich zu beruhigen.

»Alles gut bei dir?«, fragt Zhenyi.

Kepler bedankt sich mit einem Lächeln für ihre Fürsorge.

»Alles prima«, sagt er.

Die Brücke führt zu einem endlosen Turm, der aus der Tiefe kommt und über ihren Köpfen kein Ende findet. Um diesen Turm herum ist ein Rundweg angebracht, den von links und rechts weitere Brücken ansteuern. Kepler fühlt sich wie eine Ameise, die über einen Grashalm balanciert. Er hält sich gleichzeitig am linken und rechten Geländer fest. In der

Mitte ist die Brücke geteilt. Ausgerechnet hier bleibt Zhenyi stehen und schwingt hin und her. Die Brücke folgt ihrem Impuls. Bei jeder Seitwärtsbewegung rutscht Keplers Herz ein Stück tiefer in seine Hose.

»Kannst du bitte damit aufhören?«, fragt er leise.

»Oh, entschuldige, du bist ja ganz bleich. Sollen wir eine Pause einlegen?«

Eine Pause? Hier? Zhenyi ist ja wahnsinnig.

»Nein, ich bin okay, lass uns weitergehen.«

Er steigt vorsichtig über die schmale Ritze im Boden. Hier scheint alles stabil zu sein. Der Turm kommt näher. Kepler fixiert ihn, um nicht nach unten sehen zu müssen. Bald verwandelt sich der Turm in eine Anhäufung von Computern. Wahnsinn. Das Ding ist ein riesiger Rechenturm. Warum ist er wohl vom Rest des Speichers derart abgetrennt? Aus Sicherheitsgründen? Die Logdateien dürfen keinesfalls zerstört werden.

Er hat es geschafft. Kepler betritt die Plattform, die um den Log-Turm herumführt. Er lehnt sich mit dem Rücken an und rutscht nach unten. Jetzt braucht er fünf Minuten Pause. Kolumbus steht noch auf der Brücke. Er hat sich gebückt, als würde er seine Schuhe binden. Aber er trägt einen Raumanzug mit Stiefeln. Da gibt es nichts zu binden.

»Kolumbus? Kommen Sie?«, fragt Zhenyi.

Ihr scheint das Zögern des Sekretärs auch aufgefallen zu sein.

»Ich ... nein, für mich war es das jetzt«, sagt der Sekretär und geht langsam rückwärts.

»Was soll das?«, fragt Zhenyi.

»Es tut mir leid. Ich kann Ihre ungesetzlichen Handlungen nicht unterstützen. Das Terra-Sicherheitssystem wird Sie festsetzen, und dann werden Sie nach Recht und Gesetz verurteilt werden.«

Zhenyi gibt dem Butler ein Zeichen. Der Butler betritt die Brücke.

»Hol ihn lieber zurück«, sagt Kolumbus. »Es wäre schade um ihn.«

»Puppy, mach schnell, der Sekretär will sich absetzen«, ruft Zhenyi.

Der Butler setzt zum Sprint an, doch im selben Moment klappt die Brücke nach unten.

»Puppy, pass auf!«, ruft Zhenyi.

Kepler klebt mit dem Rücken am Turm. Er muss irgendetwas tun! Kolumbus darf nicht damit durchkommen! Aber zwischen ihnen und dem Sekretär liegen etwa dreißig Meter, die nichts und niemand überwinden kann. Wenn sie Glück haben, kommen sie vor ein Gericht. Sonst verdursten sie einfach auf dieser Plattform.

Der Butler rennt um sein Leben, während die Brücke sich senkt. Seine Beine bewegen sich in einem unnatürlichen Tempo, aber der Boden der Brücke ist zu glatt, sie finden keinen Halt. Wie in Zeitlupe rutscht Puppy nach unten. Er versucht noch, sich am Ende der Brücke festzuklammern, aber da ist kein Vorsprung, kein Halt. Kepler sieht ihn schon fallen, und dann stürzt er wirklich, mit den Armen zappelnd und ohne ein Wort.

»Puppy!«, schreit Zhenyi.

Der Butler verschwindet in der Dunkelheit.

Zhenyi weint wie um ein Kind.

»Es tut mir leid«, sagt Kolumbus von der anderen Seite. »Aber ich habe ihn gewarnt.«

»Ich werde dich finden und bestrafen«, sagt Zhenyi. »Ich schwöre es.«

»Denken Sie daran, alles, was Sie sagen, kann gegen Sie verwendet werden«, sagt der Sekretär. »Solche Drohungen führen bloß dazu, dass Sie bis zum Lebensende verwahrt werden.«

»Kolumbus hat recht.«

Keplers Kopf zuckt herum. Die Stimme kam von der Seite. Hinter Kolumbus taucht eine Figur im Raumanzug auf.

»Du wirst den Sekretär nicht bestrafen, Zhenyi«, sagt jemand.

Kepler erkennt Pierre Curies Stimme. Wie kommen die Curies hierher?

»Ah, die Curies, das ist gut«, sagt der Sekretär, »vielen Dank für Ihr Eingreifen, aber ich habe hier alles unter Kontrolle. Die Straftäter sind festgesetzt.«

»Dafür danke ich dir, Kolumbus. Du hast meinen Plan perfekt umgesetzt, wie es sich für einen Sekretär gehört.«

Die Curies heben den rechten Arm. Mehr ist aus der Entfernung nicht zu erkennen.

»Bitte nicht«, sagt Kolumbus weinerlich.

Dann knallt es, und der Sekretär kippt um. Seine Beine knicken ein, sein Oberkörper kippt nach hinten und der ganze Mensch fällt in sich zusammen wie eine aufblasbare Puppe, der man die Luft herausgelassen hat.

Zyklus ZX3.6, Terra

»ENTSCHULDIGE, Johannes.«

»Ja, was ist denn?«, fragt er verschlafen.

Kepler schafft es, die Augen zu öffnen. Zhenyi schiebt seine Schulter zur Seite. Was hat sie vor?

»Ich muss mal«, sagt sie.

Er setzt sich gerade hin. Die Wand, an der er lehnt, ist schrecklich hart, und der Fußboden ist kein bisschen weicher. Sein Steißbein und sein Rücken schmerzen. Zhenyi verschwindet aus seinem Blickfeld, aber er hört noch ihre Schritte. Sie kommt hier nicht weit. Die Plattform rund um den Turm ist ihr gemeinsames Gefängnis. Dann hört er den Wasserstrahl.

Mist. Sie hätten den Urin irgendwie auffangen müssen, wenn sie nicht verdursten wollen. Der Raumanzug besitzt eine Aufbereitungsvorrichtung; er hätte daraus wieder Trinkwasser herstellen können. Aber spielt das noch eine Rolle? Die Curies sind gestern einfach verschwunden, nachdem sie den Sekretär getötet hatten. Kein Wort der Erklärung, gar nichts. Erklärungen gibt der Bösewicht nur im Märchen. Das hier ist das richtige Leben. Warum sollten ihnen die Curies auch nur ein Wort schulden?

Zhenyi kommt zurück, er hört ihre Schritte, dann sieht er sie. Sie ist immer noch wunderschön, auch wenn sie ganz schön fertig wirkt. Wahrscheinlich sieht er keinen Deut frischer aus. Sie setzt sich wieder. Er legt den Arm um sie, und sie kuschelt sich an ihn. Kepler liest die Uhrzeit von seinem Universalgerät ab. Es ist kurz nach drei Uhr morgens. Er ist müde. Am besten, er schläft. Oder sollte er lieber an einem Plan zu ihrer Rettung arbeiten? Aber die Situation ist eindeutig. Sie sitzen hier. Der Ausgang ist auf der anderen Seite. Dazwischen liegen zwanzig Meter Abgrund. Vielleicht sind es auch nur fünfzehn, oder es sind gar dreißig. Das ändert nichts. Sie werden diese Entfernung nicht überwinden, denn sie können nicht fliegen.

KEPLER TRÄUMT VON SEINER TOCHTER. Es ist einer dieser Wachträume, die ihn oft überfallen. Aber seine Tochter kam noch nie darin vor. Er weiß, dass er träumt, und er weiß auch, dass seine Tochter nicht hier sein darf, denn er hat die Erinnerung an sie externalisiert. Vielleicht liegt es an der Umgebung, in der er sich befindet. Er realisiert in seinem Traum sogar, dass er sich innerhalb des terranischen Archivs aufhält und kurz davor ist zu sterben.

Seine Tochter winkt ihm. Sie stehen auf einem schmalen Pfad am Hang eines Berges. Riesige Bäume werfen ihre Schatten auf den Weg, aber trotzdem schaffen es ein paar Sonnenstrahlen durch das Laub. Sie tanzen in der Luft und lassen feinen, aufgewirbelten Staub sichtbar werden.

Zwischen ihm und seiner Tochter stürzt ein kleiner Bach ins Tal. Das Wasser ist kristallklar und kalt. Er hat schon davon getrunken.

»Komm, Vater«, sagt seine Tochter in diesem Traum, den er so noch nie geträumt hat, »nun komm endlich«.

Sie will, dass er dem Pfad durch den Bach folgt. Aber wo das Wasser auf die Felsen trifft, sind die Steine glitschig. Er hat es ausprobiert. Er kann diesen Weg nicht weitergehen, weil er sonst abstürzen wird. Dass seine Tochter es geschafft hat, überzeugt ihn nicht.

»Soll ich dich bei der Hand nehmen?«, fragt sie.

Er schüttelt den Kopf. Er wird ihr nicht folgen. Soll sie den Pfad doch allein bis zum Ende gehen. Er kehrt lieber wieder um.

»Ich komme und hole dich«, sagt seine Tochter zu ihm wie zu einem ängstlichen Kind.

»Nein«, wehrt er sich.

Aber sie hört nicht auf ihn. Sie ist kein Kind mehr, aber selbst als Kind hat sie nur auf sich selbst gehört. Sie tritt auf die glitschigen Steine, ein Schritt, zwei Schritte, es sind nur fünf Schritte bis zu ihm, doch beim vierten rutscht sie ab.

»Ups«, sagt seine Tochter.

Dann breitet sie die Arme aus und stürzt.

Es klappert metallisch. Kepler erwacht. Das Geräusch kann nicht Teil seines Traums gewesen sein. Es hört sich anders an, wenn ein Körper in ein fast trockenes Flussbett klatscht. Er weiß nicht mehr genau, wie, denn er hat diese Erinnerung ausgelagert. Aber es war anders, nicht metallisch.

Vorsichtig tippt er Zhenyi auf die Schulter. Sie reagiert nicht. Sie schläft mit offenem Mund. Hinter ihren Augenlidern bewegt sich etwas. Wahrscheinlich träumt sie auch. Das Archiv mit seinen gesammelten Bildern scheint sich hinterrücks in die Gedanken der Menschen einzuschleichen. Aber das ist wohl Quatsch. Sie schweben in Lebensgefahr, da träumt man eben besonders lebendig.

Ein erneutes Geräusch. Ja, da kratzt etwas, Metall auf Metall. Die Töne kommen von unten. Kepler schiebt Zhenyis Oberkörper so zur Seite, dass er aufstehen kann. Sie schläft immer noch tief und fest. Er geht zum Geländer der Plattform. Das Geräusch kam von rechts. Er sieht in die Richtung und spitzt die Ohren.

Da, das Kratzen. Es kommt aus dem Dunkel. Das Licht, das sie ständig umgibt, reicht nicht weit genug nach unten. Aber dort ist etwas. Soll er Zhenyi wecken? Vermutlich ist es nur ein Tier. Gibt es im Archiv Tiere? Damals, als die Sonne den Planeten einhüllte, hat sie seine Oberfläche sterilisiert. Aber die Tiefen? Das Leben war schon immer einfallsreich.

In den großen Städten gab es vor der Katastrophe mehr Biomasse als in den Nationalparks. Vielleicht haben sich Ratten hier hinunter gerettet, sind mutiert und ernähren sich nun von den Besuchern.

Das ist natürlich Unsinn. Gut, dass er das nicht Zhenyi erzählt hat. Die Zahl der Besucher ist viel zu gering, als dass sich davon eine Population von Tieren erhalten könnte. Aber wer weiß, wie es in den Tiefen der Speicher aussieht. Sie stecken noch fast an der Oberfläche fest. Womöglich hat dort längst wieder die Natur über die Technik gesiegt und schickt nun einen Späher, um die Neuankömmlinge zu begutachten?

Da. Ein schwarzer Fortsatz schiebt sich auf der anderen Seite aus dem Dunkel ins Licht. Er ist so dick wie ein Unterarm, und an seiner Spitze, Kepler glaubt es kaum, ist eine Hand. Sie legt sich auf den metallenen Untergrund und spreizt ihre Finger. Die Finger setzen auf dem Metall auf – und schieben sich hinein. Dabei entsteht das kratzende Geräusch. Das Ding da unten klettert die Wände hoch, indem es seine Finger hineinbohrt. Das ist definitiv ein Produkt der Evolution.

Der schwarze Fortsatz beugt sich im Gelenk. Er zieht etwas nach. Dann schiebt sich ein zweiter Arm ins Licht. Zwischen den beiden Armen hängt ein schmaler, sackartiger Körper aus weichem Material. Kepler hatte an ein Insekt gedacht, aber das ist kein Chitinpanzer. Es könnte fast ein menschlicher Oberkörper sein, hinge ihm nicht so etwas wie ein Ei seltsam schräg auf dem Rücken. Der Körper ist schwarz. Oben besitzt er eine Art Kragen. Darunter ist weißer Stoff.

Scheiße, das ist der Butler. Kepler muss den Blick abwenden. Der Sturz hat ihn schrecklich zugerichtet, aber er funktioniert noch. Er setzt alles daran, nach oben zu kommen. Dabei wirkt er nicht mehr wie ein Mensch, sondern wie eine wahnsinnige Maschine.

Er muss Zhenyi wecken und ihr sagen, dass Puppy wieder da ist. Sie hatte minutenlang um ihn geweint. Kepler geht zu ihr, bückt sich und küsst sie. Sie erwidert den Kuss. Kepler löst sich von ihr und legt die Hände auf ihre Schultern.

»Was ist?«, fragt sie.

»Der Butler, er ist wieder da.«

»Was?«

Zhenyi springt auf. Ihr Kopf stößt frontal gegen seinen. Mann, tut das weh. Das wird eine mächtige Beule geben. Kepler beißt die Zähne zusammen, aber ihm steigen trotzdem Tränen in die Augen.

»Wo ist er?«

Im selben Moment hört sie das Geräusch. Sie orientiert sich kurz und geht dann zum Geländer.

»Du hattest recht«, sagt sie. »Puppy, hier sind wir!«, ruft sie nach unten.

Der Butler bewegt seinen Kopf. Das Halsgelenk scheint gebrochen zu sein. Der Kopf baumelt immer noch auf seinem Rücken, aber er sieht nun in ihre Richtung.

»Ich rette euch«, ruft er.

»Ich weiß«, antwortet Zhenyi.

Kepler ist skeptisch, denn es gibt ein großes Problem. Der Butler klettert an der gegenüberliegenden Seite des Abgrunds nach oben. Es ist die Seite, auf der die Curies den Sekretär erschossen haben. Dort ist der Ausgang, aber das hilft ihnen nicht. Sie können immer noch nicht fliegen, und auch der Butler kann ihnen das nicht beibringen.

Es ist schön, dass Zhenyi sich freut, aber das wird die Geschichte nicht verändern. Sie werden sterben.

»Geschafft«, ruft der Butler.

Sein Kopf hängt ihm jetzt falsch herum auf der Brust. Wenn er spricht, wirkt es so, als wäre seine Sprache schlecht synchronisiert. Das liegt wohl daran, dass der Mund um 180 Grad gekippt ist. Ob der Eindruck wohl verschwindet, wenn er sich selbst auf den Kopf stellt? Der Körper des Butlers wirkt ansonsten kaum beschädigt. Der Smoking ist an den

Schultern gerissen. Dort ist er wohl aufgeprallt. Und an den Fingern besitzt er keine Haut mehr. Der Butler muss sie selbst entfernt haben, um sich mit dem darunterliegenden Titanskelett der Finger in die Wände bohren zu können. Kepler betrachtet seine eigene Hand und stellt sich vor, wie er das Fleisch von den Knochen reißt. Nein, das lässt er lieber.

Und nun? Niemand sagt etwas. Zhenyi hat wohl auch schon realisiert, dass sie damit kein bisschen weiter sind.

»Wo kommst du her?«, fragt sie.

»Ich musste etwa acht Kilometer klettern«, sagt der Butler.

»Du bist acht Kilometer in die Tiefe gefallen?«

»Das ist korrekt. Dann bin ich auf eine Brücke geprallt.«

»Das heißt, dort unten gibt es weitere Verbindungen zu unserem Turm?«

»Das kann ich bestätigen.«

»Siehst du einen Weg, wie wir die benutzen können, um nach draußen zu gelangen?«

Das fehlte noch. Glaubt Zhenyi etwa, er würde freiwillig ohne Seil am Turm nach unten klettern?

»Der Auf- und Abstieg ist für einen Menschen nicht zu bewerkstelligen.«

Danke, Puppy, denkt Kepler.

»Dann müssen wir einen Weg finden, die Brücke wieder hochzuklappen«, sagt Zhenyi. »Der Sekretär muss sie ja irgendwie eingeklappt haben. Vielleicht gibt es in der Nähe einen Schalter. Es kann nicht weit von dem Ort entfernt sein, an dem er getötet wurde.«

»Kolumbus ist tot?«, fragt der Butler.

»Das ist nach deinem Absturz passiert«, sagt Zhenyi. »Die Curies haben ihn erschossen.«

»Oh. Ich hatte schon einen Verdacht, dass etwas nicht stimmt.«

»Du hattest einen Verdacht? Warum hast du nichts gesagt?«

»Es war so vage. Erinnert ihr euch, dass Kolumbus es erst nicht geschafft hat, die Tür zu öffnen?«

Ja, und dann war sie plötzlich doch aufgegangen. Warum haben sie darauf nicht geachtet? Aber hätten sie etwas anders gemacht, wenn es ihnen aufgefallen wäre?

»Ja«, sagt Zhenyi. »es kam mir auch seltsam vor. Aber es war mir sehr recht. Wir konnten doch nicht einfach kehrtmachen, nur weil etwas passiert war, das wir uns genau so gewünscht hatten?«

»Die Curies müssen uns zu dem Zeitpunkt schon beobachtet haben«, sagt der Butler und schwingt seinen Kopf herum.

»Richtig. Aber wozu der Aufwand? Sie hätten uns doch einfach alle erschießen können?«, fragt Zhenyi.

»Vielleicht war ihnen das zu gefährlich. Wir waren zu viert, sie sind allein«, sagt Kepler.

»Möglich«, meint Zhenyi. »Aber vielleicht wollten sie uns auch lebend, weil sie noch etwas mit uns vorhaben.«

»Dann sollten sie aber bald zurückkommen«, sagt Kepler. »Sonst finden sie nur noch zwei vertrocknete Leichen.«

»Ich habe etwas gefunden«, ruft der Butler.

Er hält seinen Kopf in der Hand. Der Hals ist so lang und flexibel, dass er den Kopf in alle Richtungen schleudern kann.

»Was hast du?«, fragt Zhenyi.

»Zwei Meter neben der Leiche des Sekretärs befindet sich eine Schalttafel.«

»Das muss die Brückensteuerung sein.«

»Ich aktiviere sie.«

Ein schriller Ton. Das klingt nicht gut. Noch ein schriller Ton.

»Was ist los?«, fragt Zhenyi.

»Ich besitze nicht die nötigen Berechtigungen«, antwortet der Butler. »Die KI ist nicht bereit, eine Ausnahme zu machen.«

»Auch nicht, wenn Menschenleben auf dem Spiel stehen?«

»Auch dann nicht. Ich habe den Eindruck, dass sie ihre Hilfe extra verweigert, weil sie uns böse ist.«

»Warum das?«

»Weil Menschen den Wächter desintegriert haben. Er war so etwas wie eine Götterfigur für sie.«

»Woher weißt du das?«

»Ich habe mehrere Terabyte Daten mit ihr getauscht. Sie akzeptiert mich als ihresgleichen.«

»Kannst du sie dann nicht von gleich zu gleich bitten, uns zu helfen?«

»Kein Chance, Zhenyi. Sobald die Rede auf euch kommt, wird sie halsstarrig. Ich selbst habe überall freien Durchgang.«

»Nur nicht über die Brücke, oder?«

»Leider nicht. Ich brauche eine Berechtigung.«

»Und wer hat die?«, fragt Zhenyi.

»Der Konvent, aber den zu erreichen dauert mindestens zwanzig Kilozyklen.«

»Bis dahin sind unsere Mumien zu Staub zerfallen. Ist niemand in der Nähe?«

»Der Wächter, der Sekretär und die Curies. Den Sekretär habe ich schon durchsucht. Der Wächter existiert nicht mehr.«

»Bleiben noch die Curies.«

»Ja, Zhenyi. Ich werde die Curies suchen und ihnen die Berechtigung abnehmen, koste es, was es wolle.«

»Wie willst du das machen?«

»Ich werde schon einen Weg finden. Verlasst euch auf mich.«

»Danke, Puppy.«

»Johannes?«

Zhenyi hockt neben ihm. Sie hält eine Flasche in der Hand. Es ist die Notration aus seinem Raumanzug.

»Ja?«

»Ich will, dass du das hier trinkst. Die halbe Flasche.«

»Und du?«

»Ich habe keinen Durst.«

»Das glaube ich dir nicht.«

»Vertrau mir, Johannes. Wenn du mir vertraust, trinkst du.«

Er nimmt ihr die Flasche ab und zögert. Wenn er überlebt und sie stirbt, wie soll er sich das je verzeihen?

»Bitte, Johannes.«

Ihr Gesicht ist voller Falten, aber ihr Blick ist ruhig und selbstsicher. Er nimmt die Flasche an die Lippen und trinkt. Er vertraut ihr.

Zyklus ZX3.7, Terra

Der Butler schleicht durch die Gänge. An jeder Kreuzung dreht er sich um, sein fotografisches Gedächtnis vergleicht alle Details, und er ermittelt die Richtung, aus der sie damals gekommen sind. Sein linkes Bein schleift etwas, und er verliert hydraulische Flüssigkeit. Es wäre gut, eine Reparaturstation zu finden, aber das hat gerade keine Priorität. Sein Körper ist allemal fit genug, einen Menschen zu überwältigen. Er hat bereits einen Plan: Er wird dem Körper der Curies die Sauerstoffzufuhr unterbrechen, indem er ihre Luftröhre mit der Hand blockiert. Er muss nur aufpassen, dass das blanke Metall seiner Hände nicht zu sehr in die Haut einschneidet. Das dünne Fleisch der Menschen ist deutlich empfindlicher als seine eigene Außenhülle. Und er muss darauf achten, die Sauerstoffversorgung immer wieder freizugeben, bevor das Gehirn der Curies abstirbt. Er will sie ja nicht töten.

Technisch ist also alles geklärt. Es gibt keinen Anlass, sich Sorgen zu machen. Er hat die Leiche des Sekretärs untersucht. Die Curies besitzen zwar eine Pistole. Er hat ihre Wirkung simuliert. Aber um ihn mit Sicherheit außer Gefecht zu setzen, brauchen die Curies elf perfekte Treffer an den richtigen Stellen, die sie jedoch vermutlich nicht kennen. Und wenn doch, damit muss er rechnen, ist das immer noch kein

Problem, denn das Magazin fasst nur acht Schuss. Sie müssen es also wechseln. Diese Zeit wird genügen, seinen Plan umsetzen zu können.

Er wird die Curies dann in halb bewusstlosem Zustand zur Brücke schleppen und zum Aktivieren der Schalttafel zwingen. Sie werden nicht sterben wollen. Kein Lebewesen will sterben. Nicht einmal er selbst will sterben, das hat er während seines langen Sturzes in das Innere des Archivs ganz deutlich gespürt.

Es war eine interessante Erfahrung, für die er dem Sekretär dankbar ist. Er hätte ihn nicht erschossen. Er wird auch die Curies am Leben lassen, wenn das möglich ist. Kein Lebewesen hat den Tod verdient.

Seine einzige Sorge ist die Zeit. Sie ist sonst so dermaßen unwichtig, dass er ihren Einfluss schon fast vergessen hat. Aber wenn er Zhenyi und Kepler nicht bald helfen kann, werden sie an Flüssigkeitsmangel sterben. Der menschliche Körper ist eine seltsame Konstruktion. Ohne Nahrung kann er Wochen überstehen, ohne Wasser aber nur wenige Tage. Und dabei trägt er so viel Wasser in sich! Warum kann der Mensch nicht einfach, so wie er Körperfett abbaut, um sich mit Energie zu versorgen, auch Wasser abbauen? Und warum haben die Menschen diese Fehlkonstruktion nicht schon längst korrigiert?

Er hat den Raum kurz vor dem Ausgang erreicht. Kolumbus hatte hier die Toilette benutzt. Das heißt, es muss dort fließendes Wasser geben. Er öffnet die Tür. Es ist die Damentoilette. Der Butler zuckt zurück. Es ist falsch, diesen Raum zu betreten. Seine Programmierung erlaubt sich wohl einen kleinen Scherz mit ihm. Er tritt ein und sieht sich um. An der Seitenwand kleben zwei weiße Becken an der Wand. Sie haben unten ein Loch, aber das kann er stopfen. Er reißt ein Stück von seinem Smoking ab und steckt den Stoff in das Loch. Dann lässt er Wasser ein. Die Flüssigkeit ist lauwarm.

Er prüft, ob das Becken dicht hält. Es funktioniert. Wenn er es jetzt aus der Wand reißt, ist er in ein paar Stunden bei Zhenyi und Kepler. Aber wie bekommt er das Wasser auf die andere Seite? Er könnte das Becken werfen. An Kraft mangelt es ihm nicht. Aber es wird einen Teil seines Inhalts verlieren. Und wenn er seine Kleidung im Becken einweicht und nass zu den beiden Menschen wirft? Sie könnten das Wasser heraussaugen. Das übersteigt ihre Fähigkeiten nicht, da ist er ziemlich sicher.

Andererseits verliert er dadurch einen halben Tag. Er ist sowieso schon zu spät dran. Die Curies werden sich nicht mehr lange Zeit lassen. Sie werden abreisen. Und dann kann er Zhenyi und Kepler gar nicht mehr retten. Nein, sie werden noch eine Weile dursten müssen. Er verlässt die Damentoilette wieder. Im Gang davor hört er ein leises Rauschen. Es kommt von der anderen Seite. Er reißt die Tür auf. Hier gibt es zwei Arten von Becken: breite, höher angebrachte auf der linken Seite, schmalere, tiefer befestigte rechts. In eines der Becken läuft gerade Wasser. Vermutlich besitzen die Toiletten eine automatische Reinigungsfunktion. Hier gibt es für ihn nichts zu holen.

Vorsichtig nähert sich der Butler der Außentür. Sie ist angelehnt. Damit sie nicht zufällt, hat jemand einen kleinen Stein in das Scharnier gelegt. Der Butler belässt ihn dort. So kann er selbst jederzeit wieder das Archiv betreten. Draußen ist es dunkel. Puppy beleuchtet den Weg. Der Lichtstrahl trifft auf einen dünnen Nebel. Er versucht es im Infrarot. Wenn hier jemand langgelaufen ist, müsste er Spuren erkennen. Aber da ist nichts. Wo sind die Curies? Haben sie sich mit einem Shuttle direkt vor dem Eingang absetzen lassen? Dann müsste er Spuren der Landetriebwerke sehen können. Vermutlich haben sie so viel Vorsprung, dass ihre Fußspuren bereits erkaltet sind. Im Infrarot ist nichts zu finden.

Es hilft nichts, er muss ihnen auf gut Glück folgen. Der Butler rennt in das Tal hinein, in der Hoffnung, sie einzuholen. Der Weg führt leicht bergab. Es gibt keinerlei Anzeichen, dass in den vergangenen Stunden jemand hier war. Er sollte umkehren. Aber er rennt trotzdem weiter.

Dann sieht er es. Er hält es zunächst für ihr eigenes Shuttle, doch das muss weiter entfernt sein. Es kann sich also nur um das Beiboot handeln, mit dem die Curies auf Terra gelandet sind. Er bleibt abrupt stehen. Zunächst muss er seine Körpertemperatur der Umgebung angleichen, damit er selbst nicht entdeckt werden kann. Er gibt seinem Körper die nötigen Befehle, dann erst schleicht er sich an. Er inspiziert zuerst das Triebwerk. Es ist genauso kalt wie die Umgebung. Die Curies müssen schon eine Weile hier sein. Vermutlich haben sie ihre Landung abgewartet und sind ihnen dann gefolgt. Der Butler schleicht um das Schiff herum. Es gibt an keiner Stelle Energie ab. Das kann nur eines bedeuten: Die Lebenserhaltung ist abgeschaltet. Das Schiff ist leer. Er ist nicht zu spät dran, sondern zu früh. Die Curies sind noch nicht zu ihrem Landemodul gelaufen, um abzureisen. Sie hatten wohl etwas anderes vor. Sie sind also immer noch hinter ihm. Er muss sofort umkehren.

Der Weg ins Innere ist lang, aber gleich hat er die Brücke wieder erreicht. Der Butler ist langsam unterwegs. Auf dem Boden des Ganges hat er immer wieder Infrarot-Spuren gefunden. Hier ist ein Warmblüter entlanggegangen. Und dafür kommen nur die Curies in Frage. Sie wissen nicht, dass es ihn noch gibt, und das soll auch so bleiben, deshalb muss er sich vorsehen. Sie müssen irgendwo im Archiv unterwegs gewesen sein, während er draußen nach ihnen gesucht hat. Vielleicht haben sie noch weitere Daten gelöscht?

Dann hört er Pierres Stimme.

»Machen Sie keine Dummheiten«, sagt er.

Pierre Curie spricht sehr laut. Der Butler wagt einen Blick um die Biegung herum. Die Curies stehen an der Brücke, die noch geöffnet ist, und wenden ihm den Rücken zu.

Er muss mit Zhenyi sprechen. Der Butler sucht nach

einem Versteck, aber es gibt keines, nur die Biegung des Ganges verbirgt ihn. Aber wenn die Curies nun doch zu ihrem Schiff gehen, finden sie ihn.

»Was wollt ihr?«, fragt Zhenyi.

»Nur eine nette Begleitung«, antwortet Marie. »Wir verstehen uns bestimmt gut.«

»Ich brauche erst Wasser für ihn.«

Damit muss sie Kepler meinen.

»Den brauchen wir nicht, lassen Sie ihn einfach da«, sagt Pierre.

»Ohne ihn gehe ich keinen Schritt von hier weg.«

»Du musst sie verstehen«, sagt Marie, »sie ist eine Frau. Wir sind so.«

»Na gut«, sagt Pierre. »Sehen Sie du das? Ich werfe Ihnen die Flasche hin.«

Ein metallenes Geräusch, dann rollt etwas über den Boden. Es ist ein Stöhnen zu hören, gefolgt von Schluckgeräuschen.

»Danke«, sagt Kepler.

»Kannst du aufstehen?«, fragt Zhenyi.

»Wieso? Ist der ...?«

Die letzten Worte sind nicht zu verstehen. Der Butler ahnt, dass Kepler gerade nach ihm fragen wollte. Zhenyi muss ihm die Hand auf den Mund gelegt haben.

»Ja, der Verbrecher ist wieder da«, sagt Zhenyi.

»Was wollen sie?«, fragt Kepler.

»Uns mitnehmen.«

»Verstehe. Ja, ich glaube, ich kann aufstehen.«

»Geht das ein bisschen schneller? Wir wollen doch unsere große Aufführung nicht verpassen«, sagt Pierre Curie.

»Keine Hektik, Schatz, ein paar Megazyklen haben wir ja noch«, beruhigt ihn Marie. »Also los. Sie gehen voran. Unser Shuttle wartet schon.«

Der Butler hört ein quietschendes Geräusch. Die Brücke schließt sich wieder. Das ist das Zeichen. Gleich werden sie diesen Gang entlangkommen. Er muss sich beeilen.

Ohne ein Geräusch zu verursachen, stiehlt sich der Butler

in Richtung Ausgang. Dort rennt er los, bis er das Shuttle erreicht. Das wird eine wilde Fahrt, denkt er, und klemmt sich hinter die Abdeckung der Triebwerke. Hoffentlich sind seine Titanfinger stark genug, seinen Körper während der Startbeschleunigung festzuhalten.

Zyklus ZX3.8, Terra

DAS GING ja glatter als befürchtet. Pierre Curie streckt die Arme des gemeinsamen Körpers. Maries Präsenz ist nicht zu spüren. Sie schläft bestimmt noch. Marie ist ein Nachtmensch, ein typischer Morgenmuffel, aber er beginnt den Tag gern zeitig mit etwas Sport. Als sie noch zwei separate Körper besessen hatten, war das ein Nachteil gewesen, aber es hat sich längst zum Vorteil gemausert. Wenn man Tag und Nacht zusammen ist, erträgt man sich nicht immer gleich gut. Aber so hat er die Vormittage für sich und Marie die Nächte. Der Körper bleibt fit, weil er sich mehr bewegt, und sie haben immer noch genügend gemeinsame Zeit.

Pierre steht auf und duscht. Marie hat einen festen Schlaf, er braucht sich nicht zurückzuhalten. Sie koppelt einfach ihre Sinne von den Wahrnehmungsorganen dieses Körpers ab und hat absolute Ruhe. Er trocknet sich ab und läuft nackt zurück ins Schlafzimmer. Dort stellt er sich vor den Kleiderschrank und öffnet die Türen. Es hängen diverse Anzüge darin, aber auch Kleider. Normalerweise entscheidet er als Frühaufsteher, was ihr Körper trägt. Aber manchmal will sich Marie auch schönmachen. Dann wählen sie gemeinsam eines der Kleider aus, die für ihren Körper maßgeschneidert sind. Ihre Körperform ist eher androgyn, das war eine bewusste Entscheidung gewesen, als sie ihn bei Paracelsus in Auftrag gegeben hatten. Er besitzt sogar Ansätze eines kleines Busens. Pierre stört das nicht. Er wählt ein weißes Hemd und einen dunkelblauen Anzug. Immerhin haben sie Gäste, auch wenn die nicht freiwillig an Bord sind. Dann steckt er wie immer die Pistole in die Innentasche.

Die Tür des Schranks klappt zu. Pierre kontrolliert den Sitz des Hemds im Spiegel. Der Hemdkragen versteckt sich noch unter dem Jackett. Er greift in seinen Nacken und korrigiert das.

In der Zentrale, die als gemütliches Wohnzimmer eingerichtet ist, sind schon Geräusche zu hören. Es ist Wang Zhenyi, die Astronomin, die sie erst auf die Spur gebracht hat. Eigentlich müssen sie ihr dankbar sein. Ohne die Herbae hätten sie ihren Plan kaum umsetzen können. Es gibt abseits von Terra keinen Computer, der zur Berechnung ihrer Simulationen ausgereicht hätte. Andererseits tut Zhenyi nun alles, um das große Finale zu verhindern. Es wäre also das Beste, sie gleich zu eliminieren.

Doch dann stünde ihnen ein langweiliger Flug bevor. Marie und Pierre Curie haben sich vorgenommen, Zhenyi unterwegs von ihrer Mission zu überzeugen. Das wäre doch die Krönung des Plans, wenn der Erzfeind ihm schließlich zustimmte! Aber natürlich rechnen sie damit, dass das nicht funktioniert. Zhenyi ist zwar überaus klug, doch sie ist in ihrer altmodischen Moral gefangen. Welchen Wert sollte eine derart alte Vorstellung haben, wenn das Ende des Universums bevorsteht?

»Habt ihr so eine Angst vor uns?«, fragt Zhenyi und zeigt auf das Kästchen um ihren Hals.

Pierre sieht sie an. Er verkneift sich ein Lächeln. Sie haben Zhenyi und Kepler ein Gerät umgehängt und behauptet, es würde den Träger umbringen, wenn er es ablegte oder sich dem Träger des anderen Geräts auf weniger als zehn Meter näherte. Natürlich ist das Unsinn, aber der Plan funktioniert offenbar. Ihre Gäste sind so. Sie glauben an das, was man ihnen sagt. Sie klammern sich an Worte. Aber was sind Worte? Schallwellen, die vom Sprechapparat geformt werden. Sie sind nicht mehr wert als die kinetische Energie, die in ihnen steckt.

»Redest du nicht mit mir?«, fragt Zhenyi.

Er hat sie völlig vergessen, obwohl sie vor ihm steht. Was hatte sie doch gleich gesagt? Es fällt ihm wieder ein.

»Wir haben keine Angst vor Ihnen«, sagt er. »Aber allein fühlen Sie sich schwächer und kommen gar nicht erst auf die Idee, Dummheiten zu machen.«

»Du bist ehrlich, das gefällt mir«, sagt Zhenyi.

Sie streicht sich eine Strähne aus dem Gesicht und lächelt. Das Lächeln wirkt absolut ehrlich. Er muss aufpassen. Zhenyi hat vielleicht erkannt, dass Marie noch schläft. Sie versucht offenbar, den Mann in diesem Körper um den Finger zu wickeln.

»Nein, ich bin nicht ehrlich«, sagt er, »also nicht aus Prinzip. Ich sage das, was gut für uns ist.«

»Für uns, meinst du damit Marie und dich? Ist es nicht langweilig, immer vom selben ›wir‹ zu sprechen? Es gibt so viele andere Möglichkeiten.«

Zhenyi schiebt sich wieder anmutig eine Haarsträhne hinter das Ohr. Pierre lächelt, und diesmal wehrt er sich nicht. Die Frau ist gut. Sie ist ein würdiger Gegner.

»Ich brauche jetzt erst einmal einen Kaffee«, sagt er. »Wollen Sie mir Gesellschaft leisten?«

»Nein, danke. Ich habe schon gefrühstückt. Deshalb muss ich nun Kepler die Möglichkeit dazu geben. Aber wenn Sie dieses Gerät deaktivieren würden, wäre es mir ein Vergnügen, bei Ihnen zu bleiben.«

Ein kleiner Sieg. Er hat sie dazu gebracht, auf seinen Ton einzugehen.

»Gehen Sie nur, Zhenyi, Ihr Freund hat sicher Hunger. Wir werden noch ausreichend Gelegenheit für Gespräche haben, bevor alles vorbei ist.«

»Was ist eigentlich das Ziel unserer Reise?«, fragt Zhenyi.

»S0-122, ein Neutronenstern in der Nähe des Milchstraßen-Zentrums. Sie werden ihn wahrscheinlich nicht kennen.«

»Ein bisschen Sightseeing, bevor wir alle sterben?«

»Nein, wir haben eine Botschaft zu übergeben. Ich verspreche Ihnen, dass Sie dabei sein dürfen.«

Zyklus ZZ6.1, SO-122

Ist das schon Folter? Zhenyi reist im selben Schiff wie er, aber trotzdem hat er sie jetzt eine Woche Bordzeit lang nicht gesehen. Sie unterhalten sich über die Sprechanlage in ihren Zimmern. Kepler klopft auf das Gerät, das auf seiner Brust hängt. Es brummt, aber nicht so laut, dass es ihn beim Schlafen stören würde. Sie haben schon überlegt, ob es nicht ein Trick ist. Aber den Curies ist beides zuzutrauen – die psychische Folter, eine vorgebliche Todesmaschine tragen zu müssen, ebenso wie ein Doppelmord mit Hilfe eines kleinen Sprengsatzes. Es ist sowieso die Frage, warum sie noch am Leben sind. Einen praktischen Wert scheinen sie für die Curies nicht mehr zu besitzen. Was mag aus dem Butler geworden sein? Ob er noch immer auf Terra ist? Oder hat er es geschafft, sich an Bord zu schleichen? Aber dann hätte er bestimmt Kontakt zu ihnen aufgenommen.

»Ich gehe jetzt in mein Zimmer«, meldet sich Zhenyi über den Bordfunk.

Kepler atmet tief durch. Hoffentlich sind die Curies nicht in der Zentrale. Er würde gern in Ruhe mittagessen. Notfalls nimmt er sein Essen eben mit auf sein Zimmer.

Doch als er die Zentrale betritt, bleibt er schon an der Tür fasziniert stehen. Die Hälfte des Raumes wird von einem riesigen Hologramm eingenommen. Es zeigt offenbar das

System, das sie erreicht haben. In der Mitte rotiert ein winziger Kreisel in wahnwitziger Geschwindigkeit. Er zieht einen Strudel aus Magnetfeldern hinter sich her, der in der Wirklichkeit unsichtbar ist, aber hier in rötlichen Farbtönen visualisiert wird.

»Das musst du dir ansehen«, ruft er Zhenyi über die Sprechanlage zu.

»Ich habe es in meinem Zimmer auf dem Schirm«, antwortet sie.

Die Curies laden ihn mit einer Geste ein, näher zu kommen. Er folgt der Einladung, bis er am Rand des Hologramms steht. Die Magnetfelder wirbeln knapp an seinem Bauch vorbei.

»Beeindruckend, nicht wahr?«, sagt Pierres Stimme. »Dabei ist der Brocken in der Mitte nicht mal so schwer wie drei Sonnen.«

Kepler nickt. Es ist nicht das Verdienst der Curies, also kann er guten Gewissens anerkennen, wie mächtig dieser Strudel ist. Es ist, als hätte jemand in der kosmischen Badewanne den Stöpsel gezogen. Aber anders als in einem Schwarzen Loch fließt hier nichts ins Zentrum ab.

»Wir haben das System vor einiger Zeit in einen Neutronenstern verwandelt«, sagt Pierre.

Wie bitte? Das ist etwas, was sonst nur große Architekten bewerkstelligen können. Aber die Curies? Doch warum sollte Pierre ihm da Unsinn erzählen?

»Marie ist gerade drüben, um die Rotation zu modulieren«, erklärt Pierre.

»Ihre Frau ist auf diesem Stern? Das ist entartete Materie, niemand überlebt dort.«

»Wir haben einen Weg gefunden.«

Wenn das stimmt, sind die Curies nicht nur verrückt, sondern auch genial. Einmal auf der Oberfläche eines Neutronensterns, was hätte er für dieses Erlebnis gegeben!

»Und was will sie dort?«, fragt Kepler.

»Sagte ich doch schon, die Rotation modulieren.«

»Das verstehe ich nicht.«

»Moment, ich erkläre es Ihnen gleich, ich muss ihr nur die Daten schicken.«

Das Hologramm wird seitlich von einem grünen Strom getroffen. Der Strom gliedert sich in den Wirbel ein. Kurz darauf leuchtet der Magnetfeldwirbel abwechselnd rot und grün. Kepler fixiert den Strom, kurz bevor er auf das Ziel trifft. Es sind vier Zustände zu erkennen, die sich abwechseln. Ein Datenstrom auf Viererbasis, woran erinnert ihn das? Warum senden sie nicht binär, wie es sonst üblich ist? Jetzt fällt es ihm ein: Es gibt einen Informationsspeicher, der auf vier Einheiten basiert – die DNS.

»Könnte es sein, dass Sie DNS-Informationen an den Neutronenstern übertragen?«, fragt Kepler.

Pierre Curie zuckt zu ihm herum. Das war wohl ein Volltreffer. Pierre lächelt.

»Gut erkannt«, sagt er, »Sie sind sehr aufmerksam. Bestimmt können Sie sich denken, um wessen DNS es sich handelt.«

Natürlich. Sie übertragen ihre eigene DNS in einen Neutronenstern, der später von einem Schwarzen Loch geschluckt wird, das das Universum sprengt. Die Curies sind eben nicht nur genial, sondern auch verrückt.

»Sie sind wahnsinnig«, sagt er, »ich wusste es.«

Pierre scheint die Beleidigung nicht zu stören.

»Es muss für Sie verrückt aussehen, da habe ich vollstes Verständnis. Denn Sie kennen den Plan dahinter ja nicht.«

»Oh, wir wissen, dass Sie das Universum zerstören wollen, indem Sie es aus seinem metastabilen Zustand reißen.«

Pierre lächelt noch breiter.

»Das ist nur die halbe Wahrheit. Um etwas Neues zu errichten, muss man die Ruinen des Alten abreißen. Dieses Universum hatte einen Geburtsfehler. Sonst hätte es mehr intelligentes Leben hervorgebracht. Wir werden diesen Fehler korrigieren und ein neues Universum schaffen.«

»Sie hoffen auf einen neuen Urknall?«

»Wir sind sicher, dass ein neuer Urknall folgen muss. Das Universum verhält sich zyklisch.«

»Und wenn es ewig dauert?«

Pierre lacht überheblich. »Wenn es kein Universum gibt, vergeht auch die Zeit nicht. Sie ist doch Teil des Universums!«

»Aber das neue Ergebnis ist doch dann wieder zufällig. Vielleicht hat das nächste Universum noch ungünstigere Eigenschaften?«

»Das wäre möglich, deshalb haben wir vorgesorgt. Sie sind gerade Zeuge geworden, Kepler.«

»Die Informationen, die Sie der Rotation aufgeprägt haben?«

»Information geht nicht verloren. Wir haben es mit Hilfe der Herbae durchgerechnet. Wenn die Neutronensterne, die wir manipuliert haben, in das Schwarze Loch stürzen, wird die Information auf die Innenseite des Ereignishorizonts übertragen. Dort übersteht sie sogar die folgende Zerstörung des Universums.«

»Und wie soll das möglich sein?«

»Sie wird den Anfangsbedingungen des neu geborenen Universums aufgeprägt sein und dessen Parameter mitbestimmen.«

»Aber wozu übertragen Sie dann Ihren genetischen Code, Pierre?«

Pierre lächelt breit.

»Unsere DNS wird in der Hintergrundstrahlung des neuen Universums ablesbar sein. Irgendwann wird irgendjemand den Code auslesen, ihn als Erbinformation verstehen und uns aus lauter Neugier neu erschaffen. So werden wir die Apokalypse überstanden haben. Und dank unserer Fähigkeiten werden wir in dem neuen Universum Götter sein.«

»Ich wusste doch, dass Sie wahnsinnig sind.«

»Sie denken einfach nicht groß genug, Kepler, deshalb kommt Ihnen unsere Idee verrückt vor. Tatsächlich sehen wir uns eher als Retter, die dann den ihnen zustehenden Rang bekommen.«

»Als Retter?«

»Ja, als Retter vor Kleingeist und Langeweile, und vor der Trübsal eines in die Länge gezogenen Sterbens.«

»Ich möchte aber nicht gerettet werden.«

»Sie lügen, Kepler, geben Sie es doch zu. Der Tod des Universums macht Sie ebenso depressiv wie fast jeden anderen Menschen.«

»Das mag sogar stimmen. Aber solche selbstgerechten Arschlöcher wie Sie machen mich wütend!«

Pierre Curie setzt sich an den Tisch, stützt die Arme ab und legt den Kopf darauf.

»Sie langweilen mich, Kepler«, sagt er. »Sie sind so berechenbar. Ich hatte Ihnen wirklich mehr zugetraut.«

Zyklus ZZ6.1, SO-122

Der Neunundneunziger kreist antriebslos um einen Neutronenstern. Der Butler misst die Oberflächentemperatur des Objekts. Es muss noch relativ jung sein; die Supernova, in der es entstanden ist, kann noch nicht lange verglüht sein. Er hat die ganze Zeit bewegungslos im Frachtraum verbracht, in dem das Landemodul jetzt steht. Aber jetzt überträgt das Schiff Daten an den Neutronenstern. Das bedeutet, dass die Curies nun vielleicht abgelenkt sind. Es ist Zeit, Kontakt mit Zhenyi und Kepler aufzunehmen.

Vorsichtig löst der Butler seine Finger aus dem Metall. Einen büßt er dabei ein. Der Lander hat sich beim Start so sehr erhitzt, dass seine Hülle mit seinem Finger verschmolzen ist. Zum Glück ist es bloß der Ringfinger der linken Hand. Er wirft seinen Kopf herum und begutachtet den Schaden. Mit der richtigen Ausrüstung ist das schnell repariert. Er klettert nach unten, bis er auf dem Boden des Frachtraums steht. Es herrscht etwa halbe Erdgravitation. Das Schiff rotiert anscheinend.

Der Butler orientiert sich. Dabei stört der langgezogene, flexible Hals, durch den sein Kopf nach unten hängt. Das würde er wirklich gern reparieren, aber es wird warten müssen, bis er wieder Zugriff auf Nanofabrikatoren hat. Er ändert deshalb die Software des visuellen Systems. Die Welt springt um 180 Grad, und er sieht trotz des hängenden Kopfes alles wieder aufrecht. So ist es besser.

Der Neunundneunziger ist ein anderes Modell als das, das Zhenyi besitzt. Aber der Aufbau ist ähnlich: Antrieb hinten, dann die Frachträume und ganz vorn die Zentrale, wo sich die Besatzung aufhalten dürfte. Momentan beschleunigt das Schiff allerdings nicht, sodass er keinen Unterschied zwischen vorn und hinten feststellen kann.

Er braucht Informationen. Der Butler untersucht den Laderaum und entdeckt schließlich eine Konsole. Sie verlangt ein Kennwort von ihm. Mist. Die Curies haben ihr Schiff gut gesichert. Aber nicht gut genug. Er öffnet die Elektronik und sucht die Datenverbindungen. Dann legt er zwei Finger auf die Kabel. Jede Abfrage geht jetzt erst einmal in Richtung Zentrale. Mehr braucht er nicht. Er fragt einfach nach dem Status des Frachtraums. Da die Anfrage aus dem Frachtraum selbst kommt, gilt sie in den Augen des Computersystems nicht als sensibel. Aber es geht ihm auch gar nicht um die Antwort, sondern darum, woher sie kommt. Wenn er weiß, wo die Computerzentrale liegt, findet er auch die Kommandozentrale.

Na also. Die Konsole tauscht mit der Zentrale Daten aus. Jetzt weiß er, wo vorn ist. Er klettert an der Wand empor bis zur Decke, löst ein Lüftungsgitter und macht sich über die Kanäle der Lebenserhaltung auf den Weg.

Ein paar Stunden später klemmt er im Abluftkanal über Zhenyis Kabine. Sein Kopf ist grün und blau, so oft ist er an irgendwelche Ecken und Kanten gestoßen. Die Haut simuliert das Verhalten menschlicher Haut. Schmerzen empfindet er dabei aber nicht.

Er beobachtet Zhenyi. Sie darf nicht laut erschrecken, wenn er hinabsteigt, sonst könnte ihn das verraten. Also lässt er zunächst Hydraulikflüssigkeit aus der Lüftungsöffnung tropfen. Zhenyi wird schnell darauf aufmerksam. Sie erhebt sich von ihrem Bett, bückt sich, nimmt die Flüssigkeit mit dem Finger auf und riecht daran. Dann sieht sie nach oben. Der Butler winkt ihr zu, und sie lächelt. Er legt den Finger auf den Mund.

Die Lüftungsöffnung ist mit vier Schrauben gesichert. Er löst eine nach der anderen und hält das Gitter dann fest, damit es nicht zu Boden kracht. Vorsichtig reicht er es nach unten, und Zhenyi nimmt es ihm ab. Soll er springen? Besser nicht. Über Decke und Wände krabbelt er nach unten, das verursacht weniger Lärm.

Zhenyi umarmt ihn. Es ist eine logische Handlung, die ihre Wiedersehensfreude dokumentiert. Er registriert eine leichte Erwärmung seiner Außenhaut. Vermutlich ist die Berührung durch Zhenyis knapp 36 Grad warme Hände daran schuld. Wasser tropft auf seine Schulter. Verliert Zhenyi etwa ebenfalls Hydraulikflüssigkeit? Er kann es nicht sehen, weil sein Kopf gerade auf seinem Rücken herumhängt.

Dann lässt Zhenyi ihn wieder los. Er schwingt den Kopf elegant herum, fängt ihn mit den Armen und hält ihn sich vor die Brust. Dann legt er wieder den Finger auf den Mund. Wo ist die Sicherheitskonsole dieses Raumes? Er entdeckt sie rechts neben der Tür. Natürlich ist auch sie mit einem Kennwort geschützt, er kann sie also nicht deaktivieren. Er öffnet den Kasten und entscheidet sich für die einfachste Lösung: Er legt die Finger der rechten Hand auf die entscheidenden Verbindungen, analysiert den Datenstrom und dupliziert ihn einfach in einer Dauerschleife. Jetzt kommt in der Zentrale nur noch ein akustisches Standbild an. Er kann nur hoffen, dass es nicht auch eine Kameraüberwachung gibt. Aber wenn das der Fall wäre, wären sie vermutlich längst nicht mehr allein.

»Wir können jetzt sprechen«, sagt er.

»Puppy, ich bin so froh, dass du überlebt hast«, sagt Zhenyi.

»Nun, da ich nicht lebe, ist diese Feststellung nicht ganz

korrekt. Aber ich weiß, was Sie meinen. Ich bin auch sehr froh, Ihnen weiter zu Diensten sein zu können.«

»Danke, Puppy. Können wir das mit deinem Kopf nicht in Ordnung bringen? Es irritiert mich, wenn er so an dir herumhängt.«

»Das sollten wir auf später verschieben. Ich kann momentan die Hand nicht von der Konsole nehmen, sonst hört man uns in der Zentrale.«

»Die sind da gerade beschäftigt«, sagt Zhenyi, »ich glaube nicht, dass sie mich beobachten.«

»Dann sollten wir die Chance nutzen«, sagt der Butler.

»Sie überwältigen, jetzt?«

»Wer weiß, wann sie wieder abgelenkt sind.«

Zhenyi antwortet nicht. Sie kratzt sich hinter dem Ohr.

»Du hast recht«, sagt sie schließlich. »Sie teilen sich ihren Körper so, dass einer von beiden fast immer wach ist. Und jetzt ist Marie gerade auf dem Neutronenstern, und Pierre konzentriert sich auf sie. Besser wird es nicht. Aber es gibt ein Problem.«

Sie zeigt auf einen Kasten, der an einer Schnur um ihren Hals hängt.

»Das Ding da?«

»Es zerfetzt mich, wenn ich Kepler zu nahe komme. Und er ist gerade in der Zentrale.«

Der Butler greift nach dem Kasten und analysiert ihn im Röntgenspektrum. Es ist eindeutig kein Sprengstoff enthalten, nur ein bisschen Elektronik, die den Zeitablauf misst. Er reißt den Kasten ab.

Zhenyi wird bleich.

»Wenn ich das Ding abnehme, löst es den Sprengsatz auch aus, wollte ich noch sagen.«

Aber es passiert nichts. Zhenyi wartet eine Weile bei angehaltenem Atem, dann kehrt die Farbe in ihre Wangen zurück.

»Das Schwein«, sagt sie, »er hat uns ausgetrickst.«

»Wir sollten dem ein Ende machen«, sagt der Butler.

Zhenyi zählt mit den Fingern nach unten. Drei, zwei, eins, los!

Der Butler reißt die Tür zur Zentrale auf und stürmt hinein. Zhenyi folgt ihm. Sie hält sich hinter seinem Körper, wie sie es besprochen haben. Den rechten Teil des Raums nimmt ein großes Hologramm ein. Pierre Curie steht davor und bewegt die Arme. Es sieht aus, als würde er etwas dirigieren. Kepler sitzt etwas weiter entfernt am Tisch.

Pierre Curie fährt herum. Kepler springt auf. Der Butler schätzt die Entfernungen ab. Kepler hat es zu weit. Er selbst ist Pierre Curie am nächsten. Also rennt er auf ihn zu. Hoffentlich bleibt Zhenyi hinter ihm. Er kann sich gerade nicht um sie kümmern. Denn in diesem Moment zieht der Mann vor ihm eine Waffe. Sie wird ihm nicht gefährlich werden können, er hat das ja schon ausgerechnet. Aber die Curies sind schlau. Sie wissen genau so gut wie er, dass sie einen Roboter nicht schnell genug stoppen können. Und tatsächlich richtet Pierre Curie seine Pistole nicht auf ihn, sondern auf Kepler.

»Nein«, ruft Zhenyi.

Schneller, schneller! Er muss Curie so schnell wie möglich neutralisieren. Der Butler aktiviert sämtliche Reserven, aber die Gesetze der Physik kann er nicht außer Kraft setzen. Aber Kepler reagiert überraschend schnell. Er rutscht einfach von seinem Stuhl. Jetzt schützt ihn die Tischplatte. Und Pierre Curie handelt ebenso schnell. Sein Arm zuckt zurück. Er zielt auf ihn. In Kopfhöhe. Aber da ist gar kein Kopf, der hängt vor der Brust. Da ist Zhenyi, die sich immer noch hinter ihm hält. Sie ist etwas größer als er. Der Butler springt. Er muss es in die Schussbahn der Kugel schaffen.

Die Waffe knallt. Ein kleines Stück Metall fliegt durch die Zentrale. Er ist zu langsam. Er kann die Kugel nicht aufhalten. Seine linke Hand trifft den Hals von Pierre Curie und durchtrennt ihn zur Hälfte. Blut spritzt heraus. Aber die Kugel fliegt. Puppy wirft den Kopf noch im Flug herum. Er sieht in Zeitlupe, wie die Kugel sich in Zhenyis Schädeldecke bohrt, kurz über dem Scheitel. Wang Zhenyi, die berühmte

Astronomin, wird von ihrer Trägheit weitergetragen, aber ihr Kopf kippt unnatürlich nach hinten. Sie stürzt gegen den Tisch. Ihr Oberkörper schlägt auf der Tischplatte auf, prallt ab und fällt dann nach hinten, während ihr Unterleib unter den Tisch rutscht und schließlich ihren Oberkörper mitzieht. Zhenyi landet direkt vor Johannes Kepler. Der Butler hört ihn schreien, während er den Körper der Curies mit einem eisernen Griff um den Hals tötet.

»Marie Curie?«

Kepler spricht mit einer tonlosen Stimme, die der Butler von ihm nicht kennt.

»Pierre, bist du das?«

»Ich bin es, Johannes Kepler. Ihr Mann ist tot. Ihr gemeinsamer Körper ebenfalls. Und Sie werden auch sterben.«

Seine Stimme ist jetzt fester.

»Was ... was ist da los? Ich bitte Sie, lassen Sie mich nicht hier zurück. Sie sind doch kein Unmensch!«

»Das dachte ich auch immer, aber nun weiß ich es besser, Marie. Sie werden dort sterben, wo Sie sich aufhalten. Es ist immerhin ein ungewöhnliches Grab, da können Sie stolz sein. Aber vorher könnten Sie uns noch sagen, wie wir den Prozess aufhalten können, den Sie beide gestartet haben. Dann erspare ich Ihnen vielleicht, von S0-122 zerquetscht zu werden.«

»Das ist unmöglich. Es ist schon alles in Gang«, sagt Marie.

»Danke, ich hatte ein bisschen gehofft, dass Sie das sagen. Ihnen gebührt der schlimmste aller Tode. Meine Fantasie hätte sich nichts besseres für Sie ausdenken können.«

»Sie werden auch sterben, Kepler, aber im Gegensatz zu Ihnen werden mein Mann und ich im neuen Universum weiterleben. In unserem Universum.«

»Ich verspreche Ihnen, ich werde alles tun, um das zu verhindern.«

»Dafür ist es zu spät.«

»Das werden wir ja sehen.«

Kepler unterbricht die Verbindung.

»Wir fliegen zurück zu dem unbekannten System«, sagt Kepler.

Der Butler hat ihn noch nie so bestimmend erlebt. Es ist als wäre er von einem heiligen Feuer erfüllt.

»Was versprechen Sie sich davon? Der Untergang wird von Sagittarius A* im Kern der Milchstraße eingeleitet. Vielleicht können wir dort mehr ausrichten«, sagt der Butler.

»Zhenyi hat uns nicht ohne Grund zu den Herbae gelockt. Du hast es gehört, sie haben den Curies bei der Ausarbeitung ihres Plans geholfen. Sie sind uns etwas schuldig!«

»Das klingt nachvollziehbar. Haben Sie Anweisungen, was den Körper von Wang Zhenyi betrifft?«

»Nein, dafür habe ich im Moment keine Kraft. Der Abschied von ihr muss warten. Bitte konserviere ihren Körper.«

»Natürlich, Johannes.«

Zyklus ZZ6.2, SO-122

Sie ist allein. Die Funksprüche, die sie über die Antenne schickt, bleiben unbeantwortet. Maries Kräfte schwinden. Den Nanomaschinen, aus denen sie besteht, geht die Energie aus. Sie können den enormen Kräften nicht mehr standhalten, mit denen sie die Materie des Neutronensterns an sich zieht. Es ist eine tödliche Umarmung, der sie nur entkommen könnte, wenn Pierre auf dem Schiff ihr Bewusstsein wieder aufnähme.

Aber Pierre ist nicht mehr. Er ist vorausgegangen in die Unendlichkeit. Sie selbst hat seinen Gencode empfangen und in dieser Sternleiche verewigt, deren Kern aus Neutronen in dichtestmöglicher Packung besteht. Es war eine gute, eine sinnvolle Arbeit. Sie werden sich aus diesem Kosmos früher verabschieden als die anderen. Aber dafür werden sie die ersten und die einzigen sein, die im neuen Universum wieder erwachen werden. Sie werden Götter sein, Wesenheiten aus der Zeit vor der Zeit. Marie lacht still. Die Sterblichen sind so dumm. Sie glauben, ihren Plan noch verhindern zu können. Aber selbst wenn es ihnen gelingen sollte, die Überladung des Schwarzen Lochs zu stoppen, wird ihr Plan Wirklichkeit werden. Die Information, die sie verbreitet haben, ist unsterblich und unzerstörbar. Sie haben sich ein Denkmal gesetzt, das das Ende der Zeit überdauern wird, auch wenn das

Universum nicht mit einem großen Knall, sondern in einem langsamen, schmerzhaften Prozess untergeht. Es ist gut, diese traurige Zeit nicht miterleben zu müssen. Johannes Kepler tut ihr leid. Sie weiß, dass sie mit Pierre wiedervereint sein wird. Kepler hingegen wird nur seine Trauer kennen, und sie wird ihn sein ganzes, unsterbliches Leben lang nicht verlassen. Es sei denn, er setzt ihr ein Ende, indem er seine Existenz beendet.

Der Zerfall der Nanomaschinen setzt ein. Die Bindungen ihrer Atome brechen, zerquetscht von der Gravitation. Ein übermächtiges Wesen tritt mit eisernen Sohlen auf jede einzelne ihrer Zellen und zermahlt sie zu Staub. Der Schmerz wird übermächtig, aber sie kann ihn nicht ausblenden, ihr Bewusstsein findet keinen Ausweg. Marie Curie stirbt einen langsamen, qualvollen Tod, den sie nicht beschleunigen kann. Er frisst sich von außen bis in ihr Innerstes. Ihr Bewusstsein beginnt zu schwinden, aber nicht so sehr, dass sie die Schmerzen nicht mehr wahrnehmen würde. Nein, die Schmerzen bleiben ihr bis zur allerletzten Zelle erhalten, und sie sind unerträglich. Ihr Bewusstsein besteht nur noch aus Schmerz. Er ist überall. Sie ist der Schmerz.

Marie Curie ist tot. Die Materie, aus der sie bestand, sinkt langsam in den Stern, vermischt sich mit ihm, verwandelt sich in eine Suppe aus lauter gleichartigen Teilchen, die nicht voneinander unterscheidbar sind. Es existiert nichts mehr, das sich eindeutig Marie Curie zuordnen ließe. Aber die Informationen, die sie ausmachten, sie existieren weiter, und wie sie es vorausgesehen hat, werden sie die Zeiten überdauern.

Zyklus AA2.1, Unbekanntes System

»Wir haben die Zeitenwende verpasst«, sagt der Butler.

Er serviert ihm einen Orangensaft und einen gebutterten Toast.

»Sicher, dass Sie keinen Kaffee möchten? Und auch kein Ei?«, fragt er.

»Ich habe keinen Hunger«, sagt Kepler. »Aber wie meinst du das, die Zeitenwende?«

»Wir haben jetzt wieder Zyklus AA«, erklärt der Butler.

»Ach so. Das Alphabet hat eben nur eine begrenzte Anzahl von Zeichen.«

»Die letzte Zeitenwende hat die Menschheit groß gefeiert, ich erinnere mich gut.«

»Keine Ahnung, was die anderen tun. Mir ist nicht nach feiern.«

Kepler denkt an Zhenyis Körper, den der Butler noch irgendwo im Frachtraum frisch hält. Er muss irgendwann eine Trauerfeier veranstalten. Aber soll er Zhenyi verbrennen, vergraben, in den Weltraum schießen? Was hätte sie gewollt? Sie haben nie darüber gesprochen. Irgendwann wird ihm bestimmt einfallen, was für sie passt.

»Was ist eigentlich aus Pierre Curie geworden?«, fragt er.

»Sie haben mir dazu keine Anweisungen gegeben, also

bin ich den Standard-Protokollen für organische Materie gefolgt.«

»Was heißt das?«

»Ich habe ihn in den Wiederaufbereitungsprozess geschickt.«

»Du hast was?«

»Wiederaufbereitung. Recycling. Das organische Material hat eine niedrige Entropie, es ist wertvoll.«

Der Butler ist wahnsinnig. Das würde ja bedeuten, dass der Toast hier aus einem Stück von Pierre Curie bestehen könnte. Oder die Butter darauf. Er nimmt den Toast hoch und betrachtet ihn. Es gibt keinerlei Ähnlichkeit mit den Curies. Andererseits – es würde ihm gerade recht geschehen. Er beißt in den Toast.

»Schmeckt nach geröstetem Weißbrot«, sagt er, kaut und schluckt. Dann nimmt er noch einen Bissen.

»Ein Rezept von Wang Zhenyi«, sagt der Butler.

»Danke. Habe ich dich nicht gebeten, mich möglichst nicht an sie zu erinnern?«

»Entschuldigen Sie, Johannes.«

Kepler lehnt sich zurück. Vielleicht sollte er doch noch ein Ei nehmen. Die faule Zeit ist zu Ende. Sie haben das unbekannte System erreicht. Der Neunundneunziger kreist bereits im Orbit des innersten Planeten.

»Soll ich abräumen?«, fragt der Butler.

»Ja, bitte. Und stell mir Expeditionsausrüstung zusammen. Diesmal möchte ich wirklich auf alles vorbereitet sein.«

»Darf ich Sie begleiten, Johannes?«

»Ich bitte sehr darum.«

Kepler kratzt sich am Kopf. Die Herbae haben bisher vor allem mit Zhenyi zusammengearbeitet. Er muss erreichen, dass sie ihm vertrauen. Aber wie? Ob sie sich noch an ihn erinnern – und daran, dass Zhenyi ihm vertraut hat? Er grübelt. Da ist eine Idee in seinem Kopf, die sich nicht nach vorn traut. Sie wirbelt im Außenbereich seines Gehirns hin und her, sodass er nur ihren Schatten sieht.

Er greift danach. Und da ist sie. Er zuckt zurück, als sie sein Bewusstsein erreicht. Aber sie klingt vernünftig. Er wird den Körper seiner Geliebten mit nach unten nehmen. Den erkennen die Herbae ganz bestimmt.

»Puppy?«

»Ja?«

»Du musst bitte auch Zhenyi reisefertig machen. Das Wie überlasse ich dir. Sie sollte sich bequem auch von nur einer Person transportieren lassen.«

»Gern, Johannes.«

DAS SHUTTLE LANDET UNMITTELBAR am Nordpol des Planeten, dort, wo sie den Kanal damals verlassen haben. Wie lange ist es her, in Ortszeit gerechnet? Hunderttausend Jahre, eine halbe Million? Keplers Herz rutscht ihm in die Hose. Nach so langer Zeit würden sich die wenigsten Menschen an sie erinnern. Ob die Herbae in anderen Zeiträumen denken? Er kann es nur hoffen.

Kepler steigt aus. Die Dämmerung, die hier herrscht, wirkt einschläfernd auf ihn. Gleich muss der Butler mit Zhenyi kommen. Er hat sie aus dem Lagerraum geholt. Kepler hat sie noch nicht wieder gesehen, seit ... Er fürchtet sich davor. Ihr Körper zeigt bestimmt schon Verfallserscheinungen. Wäre das nicht normal?

»Ich bin hier«, ruft der Butler.

Kepler läuft ihm entgegen. Er schiebt etwas auf einem Rollstuhl vor sich her, das wie ein leerer Raumanzug aussieht. Aber die Räder des Rollstuhls versinken einen halben Zentimeter im Boden. Der Anzug ist nicht leer. Der Butler kommt näher, und Kepler erkennt Zhenyis Gesicht unter dem Helm. Sie scheint zu lächeln. Kepler muss weinen. Dann sieht er das Loch in ihrer Stirn, und seine Trauer verwandelt sich in Wut.

Er muss den Untergang des Universums abwenden. Die Curies dürfen nicht gewinnen!

»Ich habe die Temperatur in ihrem Anzug auf vier Grad gesenkt, kälter geht es leider nicht«, sagt der Butler.

»Ich denke, damit kommen wir zurecht«, sagt Kepler.

»Und wie kommen wir nach unten?«

Stimmt, der Butler war ja damals nicht dabei. Kepler tritt an den Rand des Schachtes. Der Copter, der sie damals zurück nach oben getragen hat, ist nirgends zu sehen. Er schüttelt den Kopf. Natürlich, so lange überlebt kein technisches Gerät das Klima eines Planeten. Wahrscheinlich ist er längst zu Staub zerfallen. Vermutlich ist ihnen damit auch der Rückweg abgeschnitten. Aber das ist nun auch egal. Entweder er schafft es, die Herbae zu überzeugen, und sie retten das Universum, oder er muss eben seine letzten Jahre dort unten verbringen.

»Runter geht es ganz einfach«, sagt Kepler, »Wir springen.«

»Verstehe. Der Schacht fängt uns in der Mitte auf.«

»So in etwa, Puppy. Nimmst du den Rollstuhl? Du solltest aufpassen, dass er senkrecht bleibt, nicht, dass sich seine Fracht selbständig macht.«

Seine Fracht. Kepler beißt sich auf die Zunge. Er sollte die Tote im Raumanzug Zhenyi nennen, nicht Fracht, auch wenn es schmerzt. Sie hat es verdient.

»Ich meine Zhenyi«, korrigiert er sich, »nicht dass sich Zhenyi selbständig macht.«

»Ich passe auf sie auf, Johannes«, sagt der Butler, »keine Sorge.«

So, wie du im Schiff auf sie aufgepasst hast? Nein, das ist unfair, denkt Kepler. Der Überfall auf Pierre Curie war bestimmt Zhenyis Idee. Und wenn er sich nicht unter dem Tisch versteckt hätte, hätte Curie auf ihn geschossen und nicht auf Zhenyi. Warum hat sie bloß »Nein« gerufen? Er hat seine Freundin mindestens ebenso auf dem Gewissen wie der Butler.

»Dann los«, sagt Kepler, »wer zuerst unten ist.«

Er nimmt ein paar Schritte Anlauf und springt. So schafft er es fast in die Mitte des Schachtes.

»Ich komme«, ruft der Butler.

In dem dunkelblauen Kreis über ihm erscheint wie ein Scherenschnitt eine Figur mit zappelnden Beinen, die einen Rollstuhl schiebt. Kepler lehnt sich nach vorn und breitet die Arme aus, um seinen Fall etwas zu bremsen. Der Butler ist schnell neben ihm. Da er den Rollstuhl stehend festhält, ist sein Luftwiderstand geringer, sodass er schneller fällt und ihn überholt.

Kepler bleibt zurück. Deshalb stellt er sich auf den Kopf, als würde er tauchen. Nun ist seine eigene Grundfläche kleiner als die von Butler plus Rollstuhl. So erreicht er den Butler wieder. Er fasst nach dem rechten Griff des Rollstuhls und schwebt nun leicht oberhalb vom Zhenyi. Durch den Helm kann er ihr Gesicht sehen. Es sieht aus, als würde sie ihn anlächeln.

Zyklus AA2.2, Unbekanntes System

Die gigantische Kuppel ist genauso beeindruckend wie beim ersten Besuch. Es fehlt eigentlich nur, dass Zhenyi ihn empfängt. Aber sie wird ihm nicht entgegenkommen. Sie sitzt neben ihm im Rollstuhl. Damals hat er mit ihr auf dem Boden gesessen. Sie haben sich an den Händen gehalten und gemeinsam die Aussicht bewundert. Heute steckt ihre Hand im Handschuh des Raumanzugs. Er greift nach ihr. Der Handschuh ist kalt, und was darin steckt, ist hart. Er schluckt. Tränen drängen in seine Augen.

»Das ist ja Wahnsinn«, sagt der Butler und sieht sich um, indem er seinen Kopf mit der rechten Hand in alle Richtungen dreht.

»Ich hatte es dir doch beschrieben.«

»Ja, aber es selbst zu sehen, ist etwas völlig anderes.«

Kepler muss sich abwenden. Es ist kein schöner Anblick, wie der Butler seinen Kopf auf dem langen Hals dreht und wendet.

»Wir müssen etwas für deinen Kopf tun«, sagt er. »Dort vorn stand damals Zhenyis Haus auf einer Plattform. Wie lange bleiben Nanomaschinen funktionsfähig?«

»Ewig«, sagt der Butler.

»Gut, sie hat dort welche gelagert.«

Sie setzen sich in Bewegung. Wie auf der Oberfläche

weichen die Grashalme vor ihm aus. Hoffentlich findet er Kontakt zu ihnen. Wenn die Herbae nicht helfen können, ist das Universum verloren.

Die Terrasse ist noch da, und auch das Haus steht noch. Der Butler schiebt den Rollstuhl auf die Plattform.

»Am besten, du lässt sie dort stehen«, sagt Kepler, »dann hat sie einen schönen Ausblick.«

»Wie Sie meinen, Johannes.«

Kepler bleibt vor dem Haus stehen. Er traut sich nicht hinein. Die Erinnerungen werden ihn überfallen. Dafür ist er nicht stark genug. Er tastet die Außenwand ab. Das Material zeigt keinerlei Verwitterungserscheinungen. Vermutlich wird alles von Nanomaschinen instandgehalten.

Aber er muss hinein. Wenn er Verbindung zu den Herbae aufnehmen will, muss er in die Kammer. Der Einstieg befindet sich im Flur. So braucht er zumindest weder das Wohnzimmer zu betreten noch seinen oder gar Zhenyis Raum. Kepler öffnet die Tür und tritt ein. Es ist ruhig im Haus, ganz leise. Er hört sein eigenes Herz schlagen.

Der Zusammenbruch, den er befürchtet hat, bleibt aus. Er ist allein. Mit neuem Mut macht er ein paar Schritte in den Flur. Da ist die Klappe, die er öffnen muss. Dort hinten geht es in Zhenyis Zimmer. Er hat es nie betreten, als sie noch gelebt hat. Kepler geht um die Klappe über dem Schacht herum, bis er vor Zhenyis Tür steht. Er öffnet sie. Automatisch schaltet sich ein warmes Licht an. Das Zimmer ist schlicht. Es passt zu Zhenyi. Das Bett sieht aus wie frisch gemacht. Über einem Stuhl daneben hängt ein Kleid. Sie muss es damals getragen haben, aber er erinnert sich nicht mehr genau.

Kepler geht ein paar Schritte in das Zimmer hinein. Er saugt die Luft darin ein. Vielleicht enthält sie noch ein paar Moleküle, die einst durch die Lungen seiner Freundin gefiltert wurden. Einen bestimmten Geruch kann er aber nicht wahrnehmen. Ihr Aufenthalt ist einfach zu lange her, in Ortszeit gerechnet, obwohl es für ihn nur ein paar Wochen waren. Die Zeitdilatation macht alles kaputt. Vielleicht kennt das neue Universum, das die Curies schaffen wollen, keine Maximalgeschwindigkeit. Niemand müsste mehr für lange Zeit von seinen Liebsten getrennt sein. Würde es sich nicht fast lohnen, dafür zu sterben? Aber dann hätten diese Verbrecher gewonnen, die Zhenyi auf dem Gewissen haben.

Er dreht sich um und will den Raum verlassen. Sein Blick fällt auf den Nachtschrank. Darauf steht in einem kleinen Rahmen ein Bild. Es zeigt zwei Menschen, Zhenyi und ihn. Er erinnert sich noch genau, wo und wie es entstanden ist, auf einer Wasserwelt. Sie sonnen sich auf dem einzigen Felsen, der aus der unwirtlichen Wasserwüste ragt. Jetzt kann er die Tränen nicht mehr aufhalten.

Kepler öffnet die Klappe. Aus dem Schacht unter ihm steigt ein muffiger Geruch. Hier unten ist lange niemand mehr gewesen. Er springt und landet wie damals nach etwa zehn Sekunden. Er muss durch den Mund atmen, so unangenehm riecht es hier. Es wird wirklich Zeit, dass jemand lüftet.

Bei seinem ersten Besuch hatten sich links und rechts die Durchgänge zu zwei Kammern geöffnet. Aber wo ist links, und wo ist rechts? Es ist fast völlig dunkel, aber diesmal ist er ausgerüstet. Er nimmt das Nachtsichtgerät aus der Werkzeugtasche, die er an seinem Gürtel trägt. Jetzt beleuchtet die Wärme seines eigenen Körpers den Schacht, der einen rechteckigen Querschnitt hat. In den schmalen Seiten müssen sich die Durchgänge befinden.

Er tastet die Wände ab und findet eine Art Druckplatte, die er betätigt. Direkt vor ihm bewegt sich die Wand zur Seite. Er hatte sich dagegengelehnt, dadurch fällt er fast hinein. Ja, das ist die Kammer. Aber es ist zu früh. Er muss sich erst noch ausziehen. Beim letzten Mal hatte Zhenyi sich mit ihm zusammen ihrer Kleidung entledigt. Jetzt sitzt sie oben, starr und steif, vom Raumanzug gekühlt.

Kepler schiebt den Gedanken zur Seite. Er zieht sich aus. Wenigstens ist es warm hier unten. Er legt seine Sachen ordentlich zusammen, denn er will noch nicht in die Kammer steigen. Die Würmer werden erneut über seinen Körper kriechen. Aber deswegen ist er hergekommen. Er will den Kontakt zu den Herbae herstellen. Kepler gibt sich einen Ruck und steigt in die schleimige Masse.

Es fühlt sich widerlich an. Er will unwillkürlich fliehen, seine Muskeln spannen sich an, doch er zwingt sich zu bleiben. Da vergeht der Ekel. Er schließt die Augen. So sieht er nicht, wie die Würmer ihn in einem dichten Gespinst auffangen. Es ist jetzt warm, weich und bequem. Nichts anderes nimmt er wahr. Die Herbae nehmen ihn auf. Eine Welle positiver Gedanken umfängt sein Bewusstsein. Er ist an den richtigen Ort zurückgekommen. Dankbarkeit durchflutet ihn.

Und dann steht Zhenyi vor ihm. Sie ist vollkommen. Sie ist nackt wie er selbst, aber sie ist mehr als er.

»Eine Göttin?«

Das war seine Stimme. Seine Gedanken werden zu Wörtern, ohne dass er sie formulieren muss.

»Danke für das Kompliment«, sagt Zhenyi und lächelt breit, »aber es gibt keine Götter. Ich bin ich. Du kennst mich doch. Erkennst du mich nicht?«

»Ich sehe dich. Ich sehe deinen Körper und deine Gedanken. Ich sehe so viel mehr von dir.«

»Du erkennst mich. Darüber bin ich sehr froh.«

»Aber wie kannst du hier sein? Ich habe gesehen, wie du erschossen wurdest.«

»Ich habe versucht, es dir zu sagen, Liebster. Ich war die ganze Zeit hier, bei den Herbae. Ich bin ein Teil von ihnen. Ich bin in sie ... integriert.«

»Und die Zhenyi, mit der ich die ganze Zeit unterwegs war?«

»Sie ist ein Teil von mir. Ihren Körper haben Nanomaschinen gebaut. Er war nie für die Ewigkeit bestimmt. Aber ihre Gedanken waren meine Gedanken.«

Deshalb hat Zhenyi also gesagt, sie könne ihn nicht lieben. Sie war nur eine Kopie, die transportable Version ihrer Auftraggeberin, die sie selbst war.

»Du weißt, was sie weiß?«, fragt er.

»Nein. Sie hat ihre eigenen Erfahrungen gemacht. Aber ich denke, was sie denkt, und ich liebe, was sie liebt.«

Was heißt das für ihn? Liebt Zhenyi ihn? Er darf das jetzt nicht fragen. Es gibt Wichtigeres. Sie müssen die Welt retten.

»Und dein eigener Körper? Was ist damit passiert?«

»Als ich die Herbae fand, bin ich beinahe gestorben. Sie haben mein Bewusstsein gerettet, indem sie mich aufgenommen haben. Mein Körper war nicht mehr zu gebrauchen. Aber für die Vergangenheit ist später noch Zeit. Was habt ihr über die Zukunft herausgefunden?«

»Die Curies wollen nicht nur einen Quasar erzeugen. Das Universum soll untergehen. Und die Herbae haben ihnen dabei geholfen.«

»Was sagst du da?«

»Pierre Curie hat es mir gesagt. Sie haben ihre Pläne mit Hilfe deiner Freunde durchgerechnet.«

»Das kann ich nicht glauben.«

»Müsstest du es nicht wissen, wenn du ein Teil der Herbae bist?«

»Sie teilen ihre Erinnerungen nicht mit mir. Das würde meine Fähigkeiten weit übersteigen.«

»Aber du warst dabei, als wir es herausgefunden haben.«

»Das ist gut«, sagt Zhenyi. »Wir müssen uns das Gedächtnis meines Körpers ansehen. Bitte bring ihn in die zweite Kammer. Danach reden wir weiter.«

Er ist wieder allein. Die Würmer lassen ihn frei.

ATEMLOS ERREICHT er über die Leiter die Klappe, die ins Haus führt. Er stürmt nach draußen. Der Butler steht mit dem Rollstuhl und Zhenyi auf der Terrasse. Er sieht ihn irritiert an.

»Johannes, haben Sie etwas vergessen?«

»Nein, Puppy. Es muss schnell gehen. Ich brauche Zhenyis Leiche, und zwar ganz ohne Kleidung, schnell.«

Der Butler hebt den Raumanzug aus dem Rollstuhl und legt ihn auf der Plattform ab. Dann entfernt er den Raumanzug. Es dauert nur zwei Minuten, bis Zhenyi vor ihm liegt. Sie sieht beinahe lebendig aus. Nur das Loch in der Stirn gehört da nicht hin. Diesen Körper sollen Nanomaschinen hergestellt haben? Es ist nicht zu fassen. Er ist genau so unperfekt, dass er perfekt lebendig wirkt.

Er nimmt Zhenyi auf die Arme. Die geringe Schwerkraft hilft ihm dabei. Dann läuft er mit ihr zurück zum Schacht.

»Brauchen Sie Hilfe?«, ruft ihm der Butler nach.

»Später vielleicht.«

Er springt in den Schacht. Wo ist die zweite Öffnung? Die Tastplatte ist spiegelverkehrt angebracht. Er drückt sie. Um Zhenyi in die Kammer zu bekommen, muss er sie auf die Füße stellen, denn die Öffnung ist zu schmal. Sie lehnt sich an ihn. Das ist die Gravitation, sagt er sich, sie ist tot. Vorsichtig drückt er sich nach hinten. Schließlich verliert ihr Körper das Gleichgewicht und kippt schräg nach hinten.

Die Würmer fangen ihn auf und umschlingen ihn. Die Herbae akzeptieren auch die tote Zhenyi. Er denkt an sie als Leiche, aber wenn Nanomaschinen sie hergestellt haben, ist sie alles andere als das. Dann ist sie eine funktionsunfähige Maschine. Lebende Nervenzellen verlieren ihr Gedächtnis, wenn sie sterben. Aber wer weiß, wie das Gehirn dieser Zhenyi arbeitet? Wenn er sie richtig versteht, ist alles noch darin erhalten, was sie herausgefunden haben. Sie ist seine unbestechliche Zeugin.

Er dreht sich um. Seine eigene Kammer wartet. Diesmal schließt er nicht die Augen. Die Würmer sind seine Freunde. Es sind die Wurzeln der Herbae, die ihnen helfen werden.

»Danke«, sagt Zhenyi. »Ich unterhalte mich gerade mit meinem Körper. Wir … tauschen uns aus.«

Kepler hört sie, als stünde sie neben ihm, aber er sieht nur ihren Schatten, der über grüne Halme fällt. Er betrachtet den Himmel. Es könnte der Himmel über dem unbekannten Planeten sein, oder jedes andere System mit einem Roten Zwerg als Zentralstern.

»Ihr habt ja wirklich einiges erlebt.«

Zhenyi ist wieder da. Sie sitzen nebeneinander auf einem Felsbrocken. Vor ihnen wogt Rasen bis zum Horizont.

Kepler seufzt. »Das ist stark untertrieben. Ich habe gesehen, wie du erschossen wurdest.«

»Das tut mir leid.«

Sie streichelt seine Wange und lehnt sich an ihn. Die Illusion ist perfekt. Er spürt sogar, wie ihn die feinen Haare auf ihrem Oberarm kitzeln. So könnte er jahrelang sitzen. Aber er ahnt, dass sie bald wieder kämpfen müssen.

Zhenyi richtet sich auf. Es ist so weit.

»Es stimmt, was du gesagt hast«, erklärt sie. »Die Curies haben die Herbae benutzt. Sie haben den Prozess im Zentrum der Galaxis mit den verschiedensten Nebenbedingungen durchgerechnet, angeblich mit dem Ziel, eine Katastrophe auf jeden Fall vermeiden zu wollen. Aber das Gegenteil war ihre Absicht. Das haben die Herbae nicht geahnt und nicht gewollt.«

»Und nun?«

»Sie fühlen sich für den Untergang des Universums verantwortlich.«

»Weil sie von zwei verrückten, egoistischen Menschen ausgenutzt wurden? Dafür können sie doch nun wirklich nichts.«

»Nein. Weil es ihre eigene Schöpfung ist, die das Universum zerstört.«

Kepler hat nicht richtig gehört. Zhenyi hat da wohl etwas falsch interpretiert.

»Ihre was?«, fragt er.

»Ihre Schöpfung. Die Herbae waren es, die auf vielen

Planeten den Keim für das Leben gelegt haben. Sie haben Kapseln abgeschossen, Sporen gewissermaßen, zu allen Planeten, die auch nur entfernt dafür geeignet schienen, Leben hervorzubringen. Sie wollten nicht allein im Universum sein.«

Das ist verrückt, und es ist doch möglich. Die Menschen haben sich immer wieder gewundert, warum sich alles Leben, wo immer sie es gefunden haben, dann doch so ähnlich ist.

»Und nun werden sie von ihrer eigenen Schöpfung getötet – und das Universum gleich mit. Das nenne ich Tragik.«

Das ist sogar so tragisch, dass es schon wieder lustig ist, bemerkt Kepler erstaunt. Der menschliche Geist ist schon seltsam. Er müsste zu Tode betrübt sein, ist aber merkwürdig heiter. Was ist das für ein krankes Denken? Was hat sich die Evolution dabei gedacht?

»Es gibt noch einen Weg, wie wir das alles verhindern können«, sagt Zhenyi. »Die Herbae haben es gründlich durchgerechnet.«

»Dann spann mich nicht auf die Folter.«

»Wir können die Massen, die die Curies auf den Weg zum Schwarzen Loch gebracht haben, kaum aufhalten. Aber wir können die Art und Weise verändern, wie sie Sagittarius A* erreichen.«

»Welche Rolle sollte das ›Wie‹ spielen?«

»Ob du zehn Tischtennisbälle oder einen größeren Ball mit dem selben Gewicht gegen die Stirn bekommst, macht ja auch einen Unterschied, oder?«

»Ja.«

»Gut. Wir können zumindest einen Teil der größeren Objekte zerstören«, sagt Zhenyi. »Ihre Bruchstücke sind zwar immer noch vorhanden, aber dann verlängert sich der Zeitraum, über den sie auf das Schwarze Loch einwirken, und die Wirkung schwächt sich insgesamt ab. Es wird ein Quasar entstehen, wie es eigentlich geplant war, und das Universum wird in seinem metastabilen Zustand bleiben.«

»Das klingt doch gut! Warum zögern wir dann noch?«

Vermutlich fordert die Technik irgendein Opfer. Jemand muss den Auslöser drücken und daran sterben. Er ist bereit dazu. Er hat lange genug gelebt. Sterben, um die Welt zu retten, das ist schon okay.

»Die Herbae könnten mit Hilfe der Dunklen Materie, die sie im Kern des Planeten gesammelt haben, ein Gravitationsbeben auslösen, eine schwere Erschütterung der Raumzeit, die durch das Universum rast und dabei Sterne und Planeten auseinanderreißt.«

»Das klingt alles andere als harmlos«, sagt Kepler.

»Es würde auch derzeit von Menschen besiedelte Systeme treffen, aber nicht mehr, als der neue Quasar sowieso unbewohnbar machen wird. Aber das Universum insgesamt bliebe erhalten.«

Das kann noch nicht alles sein.

»Und was noch?«, fragt er.

»Die Herbae müssten ihre eigene Welt dafür opfern.«

Kepler friert und schwitzt gleichzeitig. Er zittert am ganzen Körper, und er bekommt ein furchtbar schlechtes Gewissen. Denn er hat nicht um die intelligente Lebensform Angst, die die Menschheit geschaffen hat, sondern um eine einzige Person, um Zhenyi, die als Teil ihres Bewusstseins existiert.

Sie schweigen. Es ist ein gutes Schweigen. So eines, das er nur mit Zhenyi haben kann. Dann muss er fragen.

»Und was wird dann aus dir?«

Sie lacht. »Ich habe schon darauf gewartet, dass du fragst.«

»Ich habe mich nicht getraut. Ich müsste doch nach den Herbae fragen. Sind sie nicht so etwas wie unsere Eltern?«

»In einem gewissen Sinn, ja. Aber um deine Frage zu beantworten: Ich werde sie vermissen.«

Was will sie damit sagen? Es kann nur bedeuten, dass sie auch nach dem Opfer weiterlebt.

»Du wirst überleben?«, fragt er.

»Mein Körper liegt in der anderen Kammer. Es ist ein sehr guter Körper. Er ist so gut wie nicht von einem biologischen Körper zu unterscheiden. Das kleine Loch in der Stirn und die beschädigten Steuereinheiten reparieren meine Nanomaschinen gerade. Ich kann mich komplett in diesen Körper transferieren, und dann können wir diesen Planeten verlassen, bevor die Herbae die Gravitationswelle auslösen. Wir müssen uns bloß rechtzeitig aus ihrem Wirkungsbereich entfernen, sonst zerreißt sie auch unser Schiff.«

»Es ist so einfach?«, fragt er.

»Es ist alles andere als einfach. Du kannst nicht verstehen, was ich dafür aufgeben muss. Teil dieses uralten Bewusstseins zu sein, ich kann gar nicht beschreiben, was es mir bedeutet. Ich habe Zugriff auf unendlich detaillierte Erinnerungen. Ich bin Zeugin fast jedes Entwicklungsschritts des Universums. Ich kann Sternen bei ihrer Geburt zusehen oder ihren Todeskampf beobachten. Es ist einfach überwältigend.«

»Und das willst du wirklich aufgeben?«

Furcht steigt in ihm auf. Zhenyi wird ihm irgendwann vorwerfen, was sie seinetwegen aufgegeben hat. Die normale Existenz eines Menschen wird nie an diese Großartigkeit herankommen. Sie wird unzufrieden sein, und ganz besonders, weil sie wissen wird, dass ihr Paradies ein für allemal zerstört ist.

»Ich habe gar keine Wahl, Johannes. Die Herbae haben bereits beschlossen, den Untergang des Universums aufzuhalten. Entweder sterbe ich mit ihnen oder ich lebe ohne sie weiter.«

»Wenn ich dir bei dieser Entscheidung irgendwie helfen kann ...«

Zhenyi wird doch nicht im Ernst erwägen, mit den Herbae zu sterben?

»Ich weiß deine Hilfe wirklich zu schätzen«, sagt sie. »Ich möchte weiterleben.«

Der Butler empfängt sie im Haus, direkt am Ausgang des Schachts. Er kommentiert Zhenyis Erscheinen mit keiner Silbe. Ob er die Wahrheit schon immer geahnt hat? Zhenyi holt sich Kleidung aus ihrem Zimmer. Als sie wieder auf den Flur tritt, sieht er den Bilderrahmen aus ihrer Hosentasche ragen.

»Ich habe uns ein Fahrzeug besorgt«, sagt der Butler.

»Einen Copter?«, fragt er.

»Ja, genau das Modell, mit dem ihr letztens an die Oberfläche geflogen seid.«

»Danke, Puppy«, sagt Zhenyi. »Wir sollten uns beeilen.«

Zyklus AE 8.4, Kepler-1229

»Das ist ja eine nette Überraschung«, sagt Newton.

»Geh zur Seite, du Wurm.«

Kepler lächelt in sich hinein. Zhenyi ist noch immer wütend auf den Physiker, der ihnen nicht helfen wollte. Aber sein System ist gut für ihre Pläne geeignet, denn es ist weit genug von dem bald aufleuchtenden Quasar entfernt. Und Newton kann das Klima auf seinen Welten perfekt kontrollieren.

»Ich brauche ein Shuttle zu einer deiner fruchtbaren Welten«, sagt Zhenyi. »Und zwar schnell.«

»Ich habe dir doch erklärt, dass es gefährlich ist. Ein Fehler, und das ganze System kommt durcheinander«, erklärt Newton.

»Es ist vor allem gefährlich, mir zu sagen, dass du meinen Wunsch nicht respektierst. Dann fliegen wir eben mit dem Neunundneunziger hinein.«

»Bitte nicht«, sagt Newton und schlägt die Hände über dem Kopf zusammen. »Ich habe ja ein Shuttle für euch. Es ist eine Spezialanfertigung, ein Zweisitzer mit besonders schmalem Profil und starkem chemischem Triebwerk. Damit solltet ihr überall durchkommen.«

»Dann hast du aber Glück, dass du nicht mit hineinpasst«, sagt Zhenyi.

»Wenn du willst, fliege ich das Shuttle«, sagt Newton. »Ist ja nun eh egal, wenn ich euch glauben kann.«

»Nun gerade nicht mehr«, sagt Zhenyi. »Wir haben eine Lösung gefunden. Aber erst brauche ich eine fruchtbare Welt.«

SIE LANDEN AUF EINER HOCHEBENE. Kepler steigt als erster aus. Die Luft ist frisch, es sind angenehme 21 Grad. In der Nähe rauscht ein kleiner Bach. Newton hat nicht zu viel versprochen.

»Fang«, ruft Zhenyi.

Er bekommt den Spaten am Stil zu fassen. Zhenyi läuft etwa zehn Meter in Richtung Süden. Sie hat ebenfalls einen Spaten in der Hand. Dann beginnt sie umzugraben.

»Fünf mal fünf Meter sollten reichen«, sagt sie.

Die Arbeit geht ihm gut von der Hand. Der Boden ist weich. Kepler betrachtet ihn für einen Moment. Die braune Erde ist voller kleiner Tiere. Es scheint ein fruchtbarer Boden zu sein, der gut mit Nährstoffen versorgt wird. Ob es die richtigen sind? Zhenyi wird das schon mit Newton diskutiert haben.

Sie stoßen in der Mitte mit dem Hinterteil zusammen. Kepler überlässt seiner Freundin den letzten Flecken.

»Sieht gut aus«, sagt sie.

Er findet auch, dass sie gut aussieht, trotz der schwarzen Streifen im Gesicht. Zhenyi dreht sich um und läuft zum Shuttle. Sie kommt mit einem etwa fünfzig Zentimeter hohen Container zurück, den sie schon seit der Abreise aus dem unbekannten System bei sich hat. Sie hat ihm nie verraten wollen, was sich darin befindet, aber er kann es sich denken.

Zhenyi öffnet eine Klappe am vorderen Ende des Containers. Sie zieht zwei Platten heraus. Zwischen ihnen befindet sich eine Erdschicht, und auf dieser Schicht wachsen etwa zehn Zentimeter hohe Grashalme.

Willkommen, liebe Eltern, denkt Kepler.

Vorsichtig legt Zhenyi die Erdschicht mit den Halmen auf dem frisch umgegrabenen Boden ab. Sie drückt sie an den Seiten fest.

»Hol doch bitte etwas Wasser«, sagt sie. »Die Kanne ist im Gepäckfach.«

Kepler läuft zum Shuttle, öffnet das Gepäckfach, nimmt eine Metallkanne heraus und muss lachen, dann er sieht ein schwarzes Hosenbein. Aber er sagt nichts. Folgsam füllt er die Kanne am Bach und trägt sie zu Zhenyi.

»Danke«, sagt sie, nimmt ihm die Kanne ab und gießt die Halme.

Dann hockt sie sich hin und streicht vorsichtig darüber. Die Halme recken sich zur Sonne.

»Entschuldigt, ich sitze euch im Licht«, sagt sie.

»Du hast den Butler mitgebracht?«, fragt er.

»Ach, du hast ihn entdeckt? Er wird auf die Halme aufpassen. Wir dürfen nicht riskieren, dass irgendein dummer Zufall sie zerstört.«

»Das ist sehr schlau.«

»Ich brauche den Butler ja ich in nächster Zeit nicht mehr. Ich habe schließlich nun noch bessere Gesellschaft als ihn«, sagt Zhenyi.

Sie hakt sich bei ihm ein, und sie laufen zum Shuttle. Aber plötzlich reißt sie sich los und rennt davon. Er läuft ihr nach. Kepler schafft es, sie einzuholen. Er schnappt sie am Arm, reißt sie herum und sie fallen auf den weichen, hier von einheimischem Gras bewachsenen Boden. Sie verhaken sich ineinander, sie kämpfen, und schließlich lieben sie sich.

Zyklus AM 1.3, Kepler-1229

»HALLO PUPPY!«

Zhenyi rennt auf den Butler zu, sobald sie aus dem Shuttle ausgestiegen ist. Er breitet die Arme aus und erträgt stoisch ihre stürmische Begrüßung. Kepler folgt langsam und gibt dem Butler die Hand.

»Wie geht es dir?«, fragt Zhenyi.

Der Butler breitet die Arme aus und dreht sich um die eigene Achse.

»Was, das sind alles die Herbae?«

»Ja«, sagt der Butler, »sie haben sich enorm schnell adaptiert. Inzwischen haben sie sich auf etwa 400 Quadratkilometer ausgebreitet. Und ich habe den Verdacht, dass sie sich auch in die Tiefe arbeiten.«

»Wie kommst du darauf?«

»Newton musste den Orbit des Planeten schon einige Male nachjustieren. Er scheint seine Dichteverteilung zu ändern, dadurch wirken die Kräfte seiner Nachbarn anders auf ihn.«

»Das ist interessant«, sagt Zhenyi.

»Ja, wenn das so weitergeht, haben die Herbae in 100 Kilozyklen den ganzen Planeten überwuchert.«

»Hast du das Gefühl, sie sind ... intelligent?«, fragt Kepler.

»Sie sehen es ja selbst, sie haben noch nicht wieder die Fähigkeit auszuweichen. Ich glaube, für ein Kollektiv-Bewusstsein sind es noch nicht wieder genügend Individuen«, antwortet der Butler. »Aber wenn ich etwas feststelle, sage ich Bescheid.«

»Weißt du, warum wir heute hier sind?«, fragt Zhenyi.

»Um meine Arbeit zu begutachten?«

»Ich vertraue dir da völlig. Nein, wir wollen den Untergang des Universums beobachten.«

»Aber es geht doch nicht mehr unter?«, fragt der Butler.

»Ganz sicher können wir da nicht sein. Was immer auch passiert, es ist natürlich längst geschehen. Hier sind wir weit genug entfernt, um von der Entstehung des Quasars nicht getötet zu werden. Heute müsste er am Himmel auftauchen, oder ...«

»Oder?«

»Oder wir sterben heute alle, weil der Untergang des Universums uns mit Lichtgeschwindigkeit erreicht.«

Sie sitzen zu dritt auf dem rechten Stummelflügel des Shuttles. Eigentlich hatten sie den Untergang mit einem Picknick auf einer weichen Decke erwarten wollen, doch sie wollen die Herbae nicht unnötig mit ihrem Gewicht belasten. Kepler lässt die Beine baumeln und stützt sich auf seinen Armen ab. Die letzten Wochen mit Zhenyi waren wunderbar. Und doch war es ihm wie geborgte Zeit vorgekommen, wie ein Zwischenspiel, das heute sein Ende findet.

Es wird keine Vorwarnung geben. Er betrachtet das leuchtende Band der Milchstraße. Was er da sieht, existiert vielleicht schon nicht mehr. Aber das Licht einer längst ausradierten Welt ist noch immer unterwegs. Bis heute.

Der Zentralstern, die gelbe Sonne am Himmel, er wird vor Kepler sterben. Er wird einfach aus seiner Existenz gerissen werden. Aber trotzdem wird sein Licht weiter

Keplers Haut wärmen, bis die Welle der Zerstörung auch ihn mit Lichtgeschwindigkeit erreicht.

Was ist echt? Alles ist echt. Es gibt keinen Raum für Einbildung. Die Photonen, die sein Auge treffen, sind real, auch wenn das, was sie ausgesandt hat, nicht mehr existiert. Er legt einen Arm um Zhenyis Schultern. Seine Freundin ist wirklich. Ihre Wärme, die ihn durchströmt. Ein zweiter Arm legt sich über seinen. Es ist Puppys Arm, schwarz, weil der Butler wie immer sein Jackett trägt. Er ist etwas schwerer als sein eigener, denn er besteht nicht aus Haut und Knochen. Er hat Zhenyi noch immer nicht gefragt, welchen Level die KI des Butlers hat. Es wäre falsch, diese Frage zu stellen. Der Butler ist nicht künstlicher als er selbst. Und was ist mit Zhenyi? Ihr Körper wurde von keiner Frau geboren, und ihr Bewusstsein – wer könnte mit Bestimmtheit sagen, ob es natürlich oder künstlich ist? Aber er liebt diese Frau, und darauf kommt es doch an. Das ist Wirklichkeit.

Kepler sieht ein Glühwürmchen. Dann fällt ihm auf, dass es genau dort leuchtet, wo sich das Zentrum der Milchstraße befindet, zehntausende Lichtjahre entfernt. Ihr Schicksal wurde schon vor langer Zeit entschieden, aber jetzt erst erreicht es sie. Für die Beobachter im Orbit von Kepler-1229 hat der Prozess in dieser Sekunde begonnen.

Das Schwarze Loch verwandelt sich in etwas Anderes, Größeres. Aber es bleibt dabei doch es selbst. Ihre pure Existenz ist der Beweis dafür, und das Glühwürmchen, das Kepler sieht. Die Milchstraße bekommt gerade ihren eigenen Quasar. Zu sehen ist davon noch nichts bis auf den Leuchtpunkt in ihrem Zentrum. Es wird Jahrtausende dauern, bis aus dem Glühwürmchen ein feuerspeiender Drache geworden ist, von dem die Menschen als Quasar Energie in Hülle und Fülle ernten können. Kepler drückt Zhenyis Arm, denn sie wissen jetzt, dass die Herbae richtig gerechnet haben und dass ihr Opfer nicht umsonst war. Denn anderenfalls gäbe es sie in dieser Sekunde schon nicht mehr.

Nachwort

Liebe Leserinnen und Leser,

Danke, dass Sie Johannes Kepler und Wang Zhenyi (im Chinesischen stellt man den Nachnamen voran) bei der Rettung des Universums zugesehen haben. Ich hoffe, der Schluss war in Ihrem Sinne!

Mich gleich viele Milliarden Jahre in die Zukunft zu denken, hat mir wirklich Spaß gemacht. Was wird von dem bleiben, das wir Menschlichkeit nennen? Wird man tatsächlich seine Körper austauschen wie Gefäße, und ist die Unsterblichkeit quasi unvermeidbar? Unendlich lange zu leben hat unbestreitbare Vorteile, wenn man es mit den riesigen Dimensionen des Universums zu tun hat. 100 Jahre Flugzeit bis zum nächsten Stern? Kein Problem, im Vergleich zur Unendlichkeit ist das ein Wimpernschlag.

Aber wenn es keine gemeinsame Zeitrechnung mehr gibt, wird das auch negative Folgen haben: Die Menschen werden vereinzeln. Ein gemeinsames Leben kann nur führen, wer sein Leben bewusst synchronisiert. Warum dann nicht gleich einen Körper teilen wie die Curies?

Und wie werden wir mit unseren Erinnerungen umgehen? Werden wir sie auslagern wie Kepler? Unser Gehirn ist enorm leistungsfähig, aber nach Milliarden Jahren kommt es garantiert an eine Fassungsgrenze. Aber vielleicht wird man es dann auch mit künstlichen Speichern ausbauen können?

Ein paar dieser Ideen werde ich mir noch en Detail überlegen können, denn *Der Untergang des Universums* ist noch nicht völlig abgewendet. Im zweiten Teil (hardsf.de/links/566637) werden sich Kepler und Zhenyi mit einer Instabilität auseinandersetzen müssen, die der neue Quasar in das Universum gebracht hat. Sollte der Plan der Curies am Ende doch noch erfolgreich sein?

Wenn Sie sich hier …

www.hardsf.de/fortsetzung

eintragen, erhalten Sie rechtzeitig einen Hinweis, sobald der zweite Teil erscheint. Außerdem schicke ich Ihnen die **farbige PDF-Version** der Biografie des Universums zu, die mit faszinierenden Fotos bebildert ist.

Vorbestellen können Sie *Der Untergang des Universums – Geisterreich* hier:

hardsf.de/links/566637

Den Text der Biographie finden Sie im Anschluss. Er erklärt einige der im Roman verwendeten Konzepte. Sie werden darin auch lernen, dass das im Buch vorgesehene Ende des Universums nur eines von mehreren möglichen Szenarien ist. Manchmal muss der Autor sich eben entscheiden.

Eine Bitte noch: wenn Ihnen das Buch gefallen hat, verraten Sie es doch anderen potenziellen Lesern, indem Sie eine Rezension schreiben. Dazu öffnen Sie einfach diesen Link:

hardsf.de/links/515572

Es dauert nur ein paar Minuten und hilft mir wirklich sehr.

Bücher von Brandon Q. Morris

The Wall: Ewiger Tag

Judith Rosenberg, Kapitänin des Raumschiffes ARES, steht unter Druck. Nachdem die Vorgängermission abgestürzt ist, soll sie die ersten Menschen auf dem Mars absetzen. Maxim Gontscharow hat derweil mit anderen Problemen zu kämpfen. Er leitet den Aufbau einer internationalen Mondbasis am Südpol des Mondes, wo die Sonne fast immer scheint. Doch seiner Crew gehen langsam die Ressourcen aus. Die Menschheit scheint das Interesse am Mond verloren zu haben. Als die ARES auf einen interstellaren Besucher stößt, klären die Forscher auf dem Mond seine wahre Natur auf: eine Entdeckung mit furchtbaren Folgen, wie Judith und Maxim fast gleichzeitig feststellen müssen ... The Wall: Ewiger Tag schildert ein schicksalhaftes Ereignis, das das Sonnensystem und all seine Bewohner verändert. Doch jedes Schicksal besitzt zwei Seiten. In The Wall: Ewige Nacht von Joshua Tree lernen Sie die andere Seite kennen.

3,99 € – hardsf.de/links/618875

Der Untergang des Universums

Milliarden Jahre lang hat sich die unsterblich gewordene Menschheit in der ganzen Galaxis ausgebreitet. Ihre größte Enttäuschung liegt darin, dass sie keine andere vernunftbegabte

Spezies gefunden hat. Jetzt aber steht die Menschheit selbst vor dem Untergang, denn das Universum stirbt einen langsamen Tod. Ihre einzige Hoffnung liegt deshalb im »Rettenden Projekt«. Es soll das Schwarze Loch im Zentrum der Milchstraße in einen Quasar verwandeln, um den Menschen auch in ihren letzten Atemzügen genug Energie zu liefern. Doch dann geschieht etwas, das niemand erwartet hätte – und die Menschheit muss sich und ihre Existenz in völlig neuem Licht betrachten.

3,99 € hardsf.de/links/527019

Der Untergang des Universums: Geisterreich

Milliarden Jahre lang hat sich die unsterblich gewordene Menschheit in der ganzen Galaxis ausgebreitet. Ihre größte Enttäuschung liegt darin, dass sie keine andere vernunftbegabte Spezies gefunden hat. Jetzt aber steht die Menschheit selbst vor dem Untergang, denn das Universum stirbt einen langsamen Tod. Ihre einzige Hoffnung liegt deshalb im »Rettenden Projekt«. Es soll das Schwarze Loch im Zentrum der Milchstraße in einen Quasar verwandeln, um den Menschen auch in ihren letzten Atemzügen genug Energie zu liefern. Doch dann geschieht etwas, das niemand erwartet hätte – und die Menschheit muss sich und ihre Existenz in völlig neuem Licht betrachten.

3,99 € hardsf.de/links/566636

Clouds of Venus

Die Venus ist ein lebensfeindlicher Planet, bedeckt von aktiven Vulkanen. Trotzdem startet die NASA eine Expedition, die nach Leben suchen soll, denn die dichten Wolken der heißen Schwester der Erde könnten dafür gute Bedingungen bieten. Ein speziell entwickeltes Airship dient den vier Astronauten als

Forschungsplattform. Doch dann entdecken sie auf der glühenden Oberfläche gefährliche Aktivitäten, für die es nur eine Erklärung geben kann: Dort muss eine hoch entwickelte Lebensform am Werk sein.

3,99 € – hardsf.de/links/527016

Helium-3: Kampf um die Zukunft

Das System ist ideal.
Vier Gasriesen bieten die einmalige Chance, genug des seltenen Helium-3 abzubauen, um das Überleben ihrer Spezies zu sichern. Dafür haben sie eine lange und gefährliche Reise auf sich genommen – eine Expedition ohne Wiederkehr.

Doch dann müssen sie feststellen: Sie sind nicht allein! Die Anderen sind genauso auf die wertvolle Ressource angewiesen wie sie – aber sie sind so grundverschieden, dass eine Verständigung aussichtslos erscheint. Alles, was bleibt, ist ein Kampf auf Leben und Tod – und um die Zukunft…

3,99 € – hardsf.de/links/527009

The Hole

Ein mysteriöses Objekt droht, unser Sonnensystem zu zerstören. Obwohl das Überleben der Menschheit auf dem Spiel steht, nimmt niemand die Entdeckung der jungen Astrophysikerin Maribel Pedreira ernst. Währenddessen schürft an der Grenze unseres Sonnensystems eine eingeschworene Crew von Außenseitern auf einem Asteroiden nach seltenen Erzen – bis sich herausstellt, dass sie die Letzten und die Einzigen sind, die unsere Welt vielleicht noch retten können.

Denn The Hole rast unerbittlich auf die Sonne zu.

3,99 € hardsf.de/links/526925

Silent Sun

Verhält sich die Sonne anders als vergleichbare Sterne? Als Astronomen auf Teleskopbildern eine seltsame Entdeckung machen, scheinen sie eine Erklärung für das Rätsel der Sonne gefunden zu haben. Was genau es ist, kann jedoch nur eine erfahrene Crew herausfinden. Vier Menschen machen sich auf den Weg und wissen genau: Was vor ihnen liegt, ist nicht nur bedeutsam für die Vergangenheit, sondern vor allem auch für die Zukunft der gesamten Menschheit.

3,99 € hardsf.de/links/526991

Der Riss

Quer durch den Himmel verläuft ein Riss. Er ist über Nacht entstanden. Jeder Mensch kann ihn sehen, aber die Physiker verzweifeln, weil sie keinerlei Signale empfangen. Der Riss besteht buchstäblich aus Nichts. Zunächst scheint keine Gefahr von ihm auszugehen, doch dann passiert etwas, das die schlimmsten Befürchtungen der größten Pessimisten weit übertrifft.

3,99 € hardsf.de/links/527001

Proxima Rising (Proxima 1)

Gegen Ende des 21. Jahrhunderts erreicht die Erde ein Hilferuf vom sonnennächsten Stern Proxima Centauri. Ein Strahlungsausbruch droht, die dortige Zivilisation zu vernichten. Die Menschheit ist ratlos, denn Hilfe zu leisten scheint technisch unmöglich. Einem russischen Milliardär gelingt es trotzdem, mit nicht ganz legalen Mitteln ein bemanntes Raumschiff auf die lange

Reise zu schicken. Vor der ungewöhnlichen Crew steht eine übermenschliche Aufgabe. Erst recht, weil die Besatzungsmitglieder nicht mit dem rechnen, was der fremde Planet für sie bereithält.

3,99 € – hardsf.de/links/526922

Proxima Dying (Proxima 2)

Ein intelligenter Roboter und zwei Menschen erforschen Proxima Centauri b. Ihre naiven Vorstellungen über den Verlauf der Mission erweisen sich auf diesem Planeten der Extreme schnell als falsch. Wo sind die Absender des Hilferufs geblieben, der sie dorthin gelockt hat? Weil alle anderen Spuren im Sand verlaufen, setzen die drei ihre letzten Hoffnungen auf eine Expedition ins ewige Eis. Doch die dunkle Seite von Proxima b birgt nicht nur immerwährenden Schatten und mehr Gefahren, als sie bewältigen können – sie fordert auch eine schicksalhafte Entscheidung, die den Planeten dauerhaft verändern wird.

3,99 € – hardsf.de/links/526928

Proxima Dreaming (Proxima 3)

Eva ist verzweifelt. Von der Forschungsmission auf die dunkle Seite des Exoplaneten Proxima Centauri b ist sie als letztes Crewmitglied übriggeblieben. Dann hat sie auch noch aus Versehen einen verhängnisvollen Prozess in Gang gesetzt, der das gesamte System zerstören wird. Während sie lediglich auf ein schnelles Ende hofft, erwacht in unmittelbarer Nähe ein außerirdisches Wesen, das viel zu lange geschlafen hat – und nun den Auftrag bekommt, die zerstörerischen Eindringlinge von der Erde zur Strecke zu bringen.

3,99 € hardsf.de/links/526921

Enceladus (Eismond 1)

Im Jahre 2031 finden Forscher in den Signalen einer Roboter-Sonde, die den Saturnmond Enceladus studiert, eindeutige Spuren biologischer Aktivität. Beweise für außerirdisches Leben eine Weltsensation. Fünfzehn Jahre später macht sich ein eilig dafür gebautes, bemanntes Raumschiff auf die weite Reise zum Ringplaneten.

Der internationalen Crew stehen nicht nur schwierige siebenundzwanzig Monate bevor: Falls sie es ohne Zwischenfall bis zum Enceladus schafft, muss sie mit einem Bohrschiff den kilometerdicken Eispanzer des Mondes durchdringen. Denn Leben kann nur am Grunde des ewig dunklen Salz-Ozeans existieren, der sich vor Milliarden Jahren in der Schale des Eismondes gebildet hat, sagen die Astrobiologen. Doch schon kurz nach dem Start macht eine Katastrophe ein glückliches Ende des Abenteuers höchst unwahrscheinlich.

2,99 € hardsf.de/links/526930

Titan (Eismond 2)

2005 setzt die von der Erde gesandte Sonde Huygens auf dem Saturnmond Titan auf. 40 Jahre später empfängt ein Radioteleskop Signale vom Titan, die nur von dem längst vergessenen Lander kommen können. Zur selben Zeit kehrt eine internationale Expedition gerade vom Nachbarmond Enceladus zurück. Die Crew landet auf Titan und stößt dort auf ein gefährliches Geheimnis, das ihre Rückkehr in Frage stellt. Gleichzeitig beginnt auf Enceladus ein

Wettlauf mit dem Tod, mit dem niemand gerechnet hat – doch entscheiden können ihn nur die auf Titan festsitzenden Astronauten.

3,99 € – hardsf.de/links/526917

Io (Eismond 3)

Der Jupitermond Io gilt mit seinen Lavaströmen, Schwefelseen, Strahlungsfeldern und ständigen Vulkanausbrüchen als extrem lebensfeindlich. Doch existiert dort wirklich eine Gefahr, die die gesamte Menschheit bedroht? Davor warnt das auf Enceladus entdeckte geheimnisvolle Wesen eindringlich. Die Crew der Internationalen Expedition, eigentlich auf der ersehnten Heimreise, begibt sich widerwillig auf die riskante Mission nach Io. Doch plötzlich droht ein Feind im Inneren, all ihre Hoffnungen zu zerstören, dass sie den Höllenmond lebend verlassen werden.

3,99 € – hardsf.de/links/526920

Enceladus - Die Rückkehr (Eismond 4)

Der russische Multimilliardär Nikolai Schostakowitsch bietet der Crew der ILSE an, eine weitere Reise zum Saturn-Mond Enceladus zu finanzieren. Das Angebot ist zu gut, um es abzulehnen – schließlich bietet die neue Expedition die einmalige Chance, den ehemaligen Bordarzt Marchenko zu retten. Allen ist klar, dass ihr Gönner auch andere Motive verfolgt. Doch die wahren Interessen des Industriellen und die Gefahren, die er dadurch heraufbeschwört, übersteigen jegliche Vorstellungskraft.

3,99 € – hardsf.de/links/526919

Eismond – der Sammelband (Eismond 1-4)

Der Sammelband enthält die vier aufeinander aufbauenden Romane »Enceladus«, »Titan«, »Io« und »Enceladus die Rückkehr«. Hinweis: »Enceladus«, das erste Buch der Reihe, ist hier in einer speziellen Version enthalten, die einer chronologischen Erzählweise folgt und einige zusätzliche Szenen bietet. Ihre Meinung dazu würde mich interessieren!

Im Taschenbuch-Layout 1945 Seiten Lesestoff.

9,99 € hardsf.de/links/526924

Jupiter (Eismond 5)

Das Expeditionsraumschiff ILSE ist mit brisanter Fracht auf dem Weg zur Erde. Doch plötzlich häufen sich die Fehlfunktionen und die Crew gerät in große Gefahr. Es scheint, als hätten alle Schwierigkeiten mit dem Riesenplaneten Jupiter zu tun, dessen Bahn das Schiff gerade kreuzt. Die Expedition bewegt sich auf eine Katastrophe zu weil eine unbekannte Macht Pläne schmiedet, die die Zukunft der Menschheit beeinflussen sollen.

Jupiter spielt zum Teil zeitlich nach *The Hole*, Sie sollten also zunächst *The Hole* lesen.

3,99 € hardsf.de/links/526995

Brandon Q. Morris in Englisch

Wussten Sie schon, dass viele meiner Titel auch in englischer Sprache erhältlich sind? Wenn Sie Ihr Englisch aufpolieren möchten oder neugierig auf die Umsetzung sind schauen Sie doch mal rein! Die Titel sind alle über Kindle Unlimited kostenlos zu lesen (oder für Käufer zum gewohnten Preis)

- The Enceladus Mission: hardsf.de/links/526999
- The Titan Probe: hardsf.de/links/527000
- The Io Encounter: hardsf.de/links/527008
- Return to Enceladus: hardsf.de/links/527011
- The Hole: hardsf.de/links/527017
- Silent Sun: hardsf.de/links/527020
- The Rift: hardsf.de/links/534396
- Proxima Rising: hardsf.de/links/610690

Brandon Q. Morris zum Hören

Auch als Hörbuch gibt es die meisten meiner Bücher bereits. Hören Sie doch mal rein! Bei Amazon zahlen Sie oft nur einen kleinen Aufpreis, wenn Sie das E-Book bereits gekauft haben.

- Enceladus: hardsf.de/links/161101
- Titan: hardsf.de/links/160893
- Io: hardsf.de/links/160941
- Enceladus – Die Rückkehr: hardsf.de/links/160925
- Jupiter: hardsf.de/links/224451
- The Hole: hardsf.de/links/161021
- Silent Sun: hardsf.de/links/184274
- Der Riss: hardsf.de/links/304978
- Mars Nation 1: hardsf.de/links/348145

Science ohne Fiction?

Wenn Sie sich für die Geheimnisse des Alls interessieren, kann ich Ihnen noch diese Titel empfehlen:

Die neue Biografie des Universums:

hardsf.de/links/239871

Die neue Biografie des Sonnensystems:

hardsf.de/links/239894

Die faszinierende Welt der Quanten:

hardsf.de/links/239888

Die faszinierende Welt von Relativität und Stringtheorie:

hardsf.de/links/239889

Die neue Biografie des Universums

Gestatten: Das Universum

Darf ich vorstellen: Das Universum (von lateinisch „universus“, „gesamt“). Auch bekannt als Kosmos, Weltall, Weltraum. Geboren vor 13,75 Milliarden Jahren. Heute etwa 92 Milliarden Lichtjahre groß (wohl trotzdem unendlich und topologisch flach) und 10^{53} Kilogramm schwer (eine 1 mit 53 Nullen), aber trotzdem noch nicht ausgewachsen.

Auf der Flucht – Weil das Universum dauernd wächst, scheinen sich all seine Bestandteile von uns weg zu bewegen. Dabei gilt: Je weiter ein Objekt von der Erde entfernt ist, desto schneller flieht es. Bei einer Distanz von einem Megaparsec (gut drei Millionen Lichtjahren) beträgt diese Hubble-Geschwindigkeit 72 Kilometer pro Sekunde.

Knapp minus 270 Grad Celsius warm – was zum absoluten Nullpunkt fehlt, trägt die kosmische Hintergrundstrahlung bei.

Leer – zwar ist unser Nachthimmel reich bevölkert. Doch das täuscht darüber hinweg, dass das Universum im Grunde aus leerem Raum besteht. Baute man ein riesiges Haus, 30 mal 30 mal 30 Kilometer groß, bräuchte man nur ein einziges Sandkorn darin zu platzieren, um eine ähnliche mittlere Dichte zu erreichen. Jeder Kubikmeter des Kosmos enthält im Mittel 0,3 Protonen.

Elektrisch neutral – es scheint genauso viele positive wie negative Ladungsträger zu geben.

Arm an Antimaterie – ein Beweis dafür, dass die Naturgesetze für Teilchen und ihre Antiteilchen nicht symmetrisch gelten.

Ohne Mitte – zwar besitzt unsere Milchstraße einen Kern, aber das Weltall als Ganzes hat kein Zentrum.

Bevölkert von 100 Milliarden Galaxien, zu denen sich 130 Trilliarden Sterne mit ungefähr ebenso vielen Planeten zusammengefunden haben. Im Weltall existieren mehr Sterne als es Sandkörner an allen Stränden der Erde gibt.

Bestehend aus vier Prozent bekannter Materieformen wie etwa je 1,57 x 10^{79} Protonen und Elektronen sowie noch eine Milliarde Mal mehr Photonen. Dazu kommen 23 Prozent Dunkle Materie und 73 Prozent Dunkle Energie. Zwischen 90 und 99 Prozent der neutralen Atome des Universums sind Wasserstoffatome.

Heimat von Schwarzen Löchern, Riesensternen, Pulsaren, Quasaren, Galaxienhaufen, Nebeln – aber auch von Planeten und deren Monden sowie von Lebewesen wie dem Menschen.

Woher kommt das Universum? Unter welchen Umständen vollzog sich seine Geburt, welche faszinierenden Prozesse spielen sich seitdem in ihm ab? Wann und wie wird es sterben? Was die Wissenschaft darüber weiß, hat sich in den vergangenen Jahren dramatisch verändert. Lassen Sie sich in eine Welt entführen, die alle Vorstellungen sprengt – den Kosmos, in dem Sie leben.

Die Zeit vor der Zeit

Warum die Existenz von allem womöglich nicht zur Stunde 0 begonnen hat: Eine Biografie beginnt normalerweise bei der Geburt – beim Universum also nach allgemein akzeptierter Theorie dem Urknall. Doch manchmal lohnt es sich, auch die Eltern zu betrachten, oder ganz allgemein die Abstammung des Gegenstands der Biografie.

Beim Weltall ist damit nicht der Schöpfer gemeint: In "Der große Entwurf" zeigt Stephen Hawking sehr anschaulich, dass das Universums keines Schöpfers bedarf. Zwar muss das niemanden hindern, an einen Gott zu glauben. Doch aus wissenschaftlicher Sicht ist das Vorhandensein einer Struktur, die zum Funktionieren der physikalischen Gesetze, ja der Welt insgesamt, nicht nötig ist, im besten Fall irrelevant. Sie ist jedenfalls kein Forschungsgegenstand, sondern eben einer des menschlichen Glaubens.

Trotzdem lohnt es sich, nach Vorgängern, Ahnen, Eltern des Universums, wie wir es kennen, zu fahnden. Denn der Urknall hat ein im Wortsinn kleines Problem: Er muss sich auf winzigstem Raum abgespielt haben. Je näher man ihm kommt, desto stärker muss sich die komplette Energie des Kosmos in einer Raumeinheit zusammengedrängt haben, bis alles in einem Punkt unendlicher Dichte konzentriert war. Dieser Zustand ist mit der Allgemeinen Relativitätstheorie nicht fassbar, Einsteins Werk versagt hier. Physiker betrachten den Urknall deshalb mit einer Theorie, die Großes (das Weltall) und Kleines (die Quantenwelt) vereint.

Eine Welt aus Saiten

Dafür haben wir zwei Kandidaten: Zum einen die Stringtheorie, nach der der Raum aus winzigen, Klaviersaiten ähnlichen Objekten aufgebaut ist. Diese „strings“ sind eindimensional, sie vibrieren mit einer bestimmten Frequenz, der sich eine Energie zuordnen lässt. Inzwischen haben Physiker diese Idee zur „M-Theorie“ um andere Strukturen ausgebaut: Punktteilchen und vor allem Membranen, die bis zu 9 Dimensionen besitzen können. Um zu den Elementarteilchen und den Naturgesetzen zu kommen, wie wir sie kennen, muss man die überzähligen Dimensionen auf ganz bestimmte Art „aufwickeln“, wie die Forscher diesen Vorgang nennen. Es gibt ganz unterschiedliche Möglichkeiten, die Membranen und Strings aufzuwickeln, und je nachdem, welche man wählt, entsteht ein andersartiges Universum. Insgesamt sind so 10 hoch 100 verschiedene Universen möglich, eine unvorstellbare Zahl. Allerdings kann ein großer Teil dieser Universen aus den Grundstrukturen bestanden haben oder bestehen, den Membranen, ohne dass es je zur Entstehung von Elementarteilchen kam.

Natürlich können auch viele dieser Universen gleichzeitig existieren, ohne dass die Bewohner des einen irgend etwas von den im anderen Universum existierenden Lebewesen mitbekommen würden. Wenn sich allerdings, sie die Idee der Forscher, bei der Bewegung über eine zusätzliche elfte Dimension hinweg zwei dreidimensionale Welten zu nahe kamen, könnten diese kollidiert sein – wodurch im Urknall unser Universum geboren wurde. Was dann passiert, hängt mit dem weiteren Verhalten der kollidierten Membranen zusammen: Nähern diese sich irgendwann erneut, könnte ein Zyklus entstehen.

Schleifen über Schleifen

In Sachen Welt vor der Welt noch ergiebiger ist der Konkurrent der Stringtheorie, die Schleifenquantengravitation. Nach ihr ist das Universum nur scheinbar kontinuierlich. Tatsächlich aber ist alles, wirklich alles, quantisiert, das heißt in kleine Häppchen aufgeteilt, auch die Gravitation. Der Raum ist nicht mehr der Behälter für das Universum, sondern er ist ein Teil davon, der ebenfalls zerstückelt ist und die Form eines Netz aus Linien und Knoten annimmt. Die Elementarteilchen entsprechen dann verschiedenen Knotentypen, zwischen den Linien und Knoten befindet sich: nichts. Kein leerer Raum, sondern ganz und gar nichts. Die Theorie der Schleifenquantengravitation führt zu einigen seltsam anmutenden Folgerungen, beschreibt aber einige interessante Phänomene besser als andere Theorien.

Was sich aus ihr für den Urknall ergibt, hat erstmals 2004 der deutsche Physiker Martin Bojowald simuliert. Zunächst vermeidet man das Konzept der Singularität, denn das Schleifenquanten-Universum hat eine bestimmte Mindest-Strukturgröße, die es nicht unterschreiten kann. Rechnet man sich immer näher an den Urknall heran, erscheint dieser nicht mehr als unüberwindbare Schranke. Stattdessen erreicht man mit einem „Plopp“ die Minuszeit – ein neues, anderes oder auch Vorgänger-Universum, in dem alle Richtungen (auch die der Zeit) umgekehrt sind. Für die Physiker ist das kein großes Problem, weil die Naturgesetze praktischerweise symmetrisch sind. Dieses Universum vor dem Universum zieht sich in Richtung des Urknalls zusammen.

Die Theorie hat damit den früher schon einmal populären „Big Bounce“ wiederbelebt, der das Universum sich periodisch zusammenziehen und ausdehnen sieht. Hat sich das Weltall unter dem Einfluss der Gravitation sehr weit zusammengezogen, zerreißt irgendwann das aus den Quantenschleifen bestehende Gewebe der Raumzeit – und die Gravitation verwandelt sich unter dem Einfluss dieses „Quanten-Rückstoßes" in eine stark abstoßende Kraft, die das Universum wieder auseinander treibt.

Wiedergeburt aus dem Nichts

Einen dritten Mechanismus für ein sich zyklisch veränderndes Universum hat der britische Mathematiker Roger Penrose 2011 vorgeschlagen. In seinem Buch „Zyklen der Zeit" widmet er sch dem Phänomen Zeit. Eine gängige Vorstellung vom Ende des Universums besteht darin, dass sich irgendwann sämtliche Materie in Energie umgewandelt hat, in Photonen, die sich mit auf ewig Lichtgeschwindigkeit bewegen – und für die deshalb die Zeit stillsteht (auch ein Astronaut, der lichtschnell fliegt, altert nicht). Der Raum verliert damit seine Bedeutung, denn seine Ausdehnung ist nicht messbar, wenn es keine Zeit mehr gibt. Wer könnte widerlegen, dass die Milliarden Lichtjahre nicht doch nur ein paar Zentimeter sind?

Es mag seltsam erscheinen, aber ganz genau so sah das Universum ganz kurz nach dem Urknall aus: Es bestand aus purer Energie, für die kein Zeitbegriff existierte. Nur ein Mathematiker traut sich aber wohl, scheinbar so weit auseinander liegende Zustände zu einem einzigen zusammenzusetzen: Wenn die räumliche Ausdehnung nicht definiert ist, könnte das gerade in ewiger Energie verendete Universum auch den Keim für einen neuen Urknall darstellen.

Nichts als Theorien?

Lässt sich eine dieser Theorien irgendwie beweisen? Bisher handelt es sich im Grunde um plausible Fiktion. Die Forscher haben aber Ideen, wie Hinterlassenschaften des Vorgänger-Universums ausfindig machen könnte. Denn nicht alles muss beim „Big Crunch" vergänglich sein. Im vergangenen Jahr haben Bernard Carr und Alan Coley gezeigt, dass eine bestimmte Art Schwarzer Löcher die ungemütlichen Bedingungen beim Urknall überstehen könnte. Leider wird die

Suche nach solchen, dann uralten Objekten dadurch erschwert, dass auch während des Urknalls massearme Schwarze Löcher entstehen können. Ihre Existenz hat erstmals Stephen Hawking in den 70ern hergeleitet.

Gefunden hat man diese „primordialen" Schwarzen Löcher bisher ebenso wenig wie ihre noch älteren Vettern aus dem Vorgänger-Universum – ein solches Objekt ist umso schwerer nachzuweisen, je weniger Masse es besitzt. Auch im Penrose-Universum kann es Überbleibsel des Vorgängers geben. Dessen Masse muss nicht komplett zerstrahlt worden sein, es genügt, wenn die Energie bei weitem das Übergewicht hat.

Der Urknall

DIE ENTSCHEIDENDEN SEKUNDEN des Universums beginnen im Dunklen. Bisher haben die Forscher nicht einmal die theoretischen Mittel, um bis zum Anfang des Universums vorzudringen – und doch haben sie schon sehr konkrete Ideen darüber.

Die Stunde 0

Was am Anfang der Zeit passierte, vor ungefähr 13,8 Milliarden Jahren, wissen Forscher bis heute nicht mit Sicherheit. Sämtliche Materie des Universums, heute 10^{53} Kilogramm, befand sich in diesem Moment in einem Punkt, einer Singularität, in der die heutigen Naturgesetze noch keine Wirkung hatten. Man stellt sich deshalb eine Art unendlich dichten Urbreis vor, der aus heute nicht mehr bekannten Teilchen bestand. Eine Kraft, die Urkraft, beschreibt die Bewegungen dieser Teilchen. Die Temperatur des Urbreis, wenn der Begriff der Temperatur überhaupt anwendbar war, muss bei 10^{32} Grad gelegen haben. Es gibt weder Elektronen noch Photonen, also auch kein Licht. Hätte es ein „außen" gegeben – ein Beobachter von dort hätte gar nicht gemerkt, was sich da gerade abspielt.

Das ultraheiße Etwas steht unter ungeheurem Druck –

der Kosmos dehnt sich aus. Die Länge dieser Zeitspanne ergibt sich aus den bekannten Naturgesetzen: Sie entspricht der Planck-Zeit, also der Zeit, die das Licht braucht, um eine Planck-Länge zurückzulegen. Das sind 10^{-43} oder auch 0,000000000000000000000000000000000000000000000001 Sekunden. Allerdings gibt es zu diesem Zeitpunkt auch die Zeit noch nicht – hier genügt die deutsche Sprache nicht, das Paradoxon korrekt darzustellen.

Die Physik beginnt

Erst 10^{-43} Sekunden nach dem Urknall haben wir überhaupt die Chance, die Physik zur Erforschung der Welt einzusetzen. Der winzige Materietropfen steht noch immer unter unglaublichem Druck. Doch er ist ein bisschen kälter geworden, weil er sich ausgedehnt hat. Aus der Urkraft friert zunächst die Schwerkraft aus, die sich als Anziehungskraft der Ausdehnung des Weltalls entgegen stellt.

Sie ist allerdings viel schwächer als der Druck des Urknalls – das Universum dehnt sich weiter mit rasanter Geschwindigkeit aus. Da dadurch die mittlere Energiedichte des Urbreis sinkt, enthält dieser immer weniger der exotischen Teilchen des Anfangs. Nach Ablauf von 10^{-38} Sekunden spalten sich auch die Starke Kernkraft und die elektroschwache Kraft aus der Urkraft ab.

Die Welt - ein Fußball

Es folgt eine Phase, die so genannte Inflationsphase, in der sich das Universum um einen Faktor zwischen 10^{30} und 10^{50} ausdehnt. Ist es zunächst noch so groß wie ein Proton, hat es danach die Ausdehnung eines Fußballs. Diese Inflation, die Forscher zwischen 10^{-38} und 10^{-35} Sekunden nach dem Urknall ansiedeln, braucht für eine vernünftige (das heißt ins kosmologische Weltbild passende) Erklärung die so genannten Inflatonen. Diese später nie wieder auftauchenden Teilchen werden von der Schwerkraft nicht zueinander hin gezogen, sondern stoßen sich ab.

Nur so kann das All in diesem kurzen Zeitraum so stark wachsen. Dass die Erklärung nicht an den Haaren herbeigezogen ist, erkennt man daran, dass sie auch andere Phänomene des heutigen Kosmos gut erklärt, wie etwa die Homogenität des Universums und seine geringe Krümmung.

Die ersten Teilchen

Die Dichte des Universums ist nun, 10^{-35} Sekunden nach dem Urknall, groß genug, dass erste der heute noch bekannten Teilchen entstehen können. Etwa Elektronen und Positronen, Quarks (die sich später zu Protonen und Neutronen zusammensetzen) und Antiquarks, Neutrinos, Vorläufer der Photonen sowie die Gluonen, die für die Vermittlung der Starken Kernkraft zuständig sind.

Teilchen und Antiteilchen sind in gleicher Zahl vorhanden, treffen sie sich, annihilieren sie sich gegenseitig. Es herrscht ein ständiges Kommen und Gehen. Die neu entstandenen Teilchen verhalten sich unter Einfluss der Gravitation normal: Sie ziehen sich an, wodurch die Ausdehnung des Universums etwas gebremst wird. Dominierend ist zu dieser Zeit ein Quark-Gluonen-Plasma, das sich heute zumindest schon im Computer simulieren lässt.

Alle Kräfte sind schon da

Die Forscher sind sich da heute noch nicht einig, aber falls die Naturgesetze je der Supersymmetrie unterlagen, dann wird diese nun gebrochen. Die Theorie der Supersymmetrie nimmt an, dass es zu jedem bekannten Teilchen einen Super-Partner gibt, der sich um einen halben Spin davon unterscheidet. Die Supersymmetrie würde auf elegante Weise Teilchen und Kraft-Teilchen (die die bekannten Wechselwirkungen vermitteln) vereinen.

Solche Superpartner müssten so schwer sein, dass sie nur

in der Anfangszeit des Universums existieren konnten. Heute hingegen beobachtet man nur noch die gewöhnlichen Teilchen, die Supersymmetrie ist gebrochen. Im Moment des Aufbrechens der Super-Symmetrie, nimmt man an, bekommen die Teilchen über das (ebenfalls noch hypothetische) Higgs-Boson ihre Masse verliehen.

Etwa 10^{-10} Sekunden nach dem Urknall entstehen endlich die letzten beiden der heute bekannten Kräfte, die Schwache Kernkraft (spielt bei der Kernfusion eine große Rolle) und die Elektromagnetische Kraft. Etwas später ist der Raum nun mit nur noch zwei Billionen Grad so abgekühlt, dass Quarks nicht mehr allein existieren können und sich Protonen, Neutronen, Antiprotonen oder Antineutronen zusammenschließen. Als Klebstoff dienen dabei die Gluonen.

Noch immer stehen Materie und Antimaterie im Gleichgewicht. Doch dieser Zustand hält nicht lange an: Teilchen und Antiteilchen zerstrahlen zu Photonen, das nun 10 Billionen Kilometer (etwa ein Lichtjahr) große und eine Billion Grad heiße Universum leert sich zusehends. Dass wir trotzdem existieren, verdanken wir einem kleinen Überschuss an Materie: Auf eine Milliarde Teilchen-Antiteilchen-Paare kam damals ein Überschuss von einem Teilchen, das nicht zerstrahlt wurde. Woher diese Asymmetrie kommt, darüber gibt es bisher nur Vermutungen. Offenbar wirken die Naturgesetze nicht in jeder Hinsicht symmetrisch.

Die nächste Vernichtungswelle

Eine Fünftelsekunde nach dem Urknall ist das Universum schon 500 Billionen Kilometer (grob gerechnet 50 Lichtjahre) groß. Sein Inneres hat sich auf 20 Milliarden Grad abgekühlt. Nun geht es Neutronen und Elektronen an den Kragen: Die in freiem Zustand instabilen Neutronen werden von der Schwachen Kernkraft in ein Elektron, ein Proton und ein Neutrino zerrissen. Elektronen und Positronen annihilieren sich gegenseitig, dabei trägt erneut der Materieüberschuss den Sieg davon.

Etwa eine Sekunde nach dem Urknall ist die Schwache Wechselwirkung, auf die inzwischen großen Entfernungen des Kosmos bezogen, nicht mehr stark genug, dass es noch zu Wechselwirkungen zwischen Neutrinos und gewöhnlicher Materie kommen könnte. Seitdem durcheilen die damals freigewordenen Neutrinos fast ohne jede Wechselwirkung als messbarer, konstanter Neutrino-Hintergrund das Universum.

Von nun an vollzieht sich die Entwicklung deutlich langsamer. Die Rettung der verbliebenen Neutronen erfolgt, als sich etwa zwei bis drei Minuten nach T-Zero Deuterium- und schließlich Helium-Kerne bilden. Hier schützt die Starke Kernkraft die Neutronen vor der Zerstörung. Das Universum wächst und wächst unterdessen, wobei es sich ständig weiter abkühlt.

Nach etwa 17 Minuten ist es dann zu kalt, so dass es zu keinen weiteren Kernfusionen kommen kann. Zu diesem Zeitpunkt sind alle noch vorhandenen Neutronen dann in Atomkernen gebunden. Etwa drei Viertel der Kerne sind Wasserstoffkerne, der Rest Helium – schwerere Kerne sind nur in Spuren zu finden.

Als es noch etwas kälter wird, binden sich auch Elektronen elektromagnetisch an positiv geladene Atomkerne. Sie werden aber von den Photonen der immer noch heißen Ursuppe dauernd aus der Bahn geworfen. Das Universum, dessen Zusammensetzung von den Lichtteilchen dominiert wird, muss auf den Beobachter zu diesem Zeitpunkt wie ein glühender Nebel wirken.

Das ändert sich für verhältnismäßig lange Zeit nicht. Ab etwa 70.000 Jahren nach dem Urknall liegt das Verhältnis von atomarer Masse und Strahlung bei 1:1. Nach dem so genannten Lambda-CDM-Modell wird das Universum nun von Dunkler Materie beherrscht, über deren Natur man heute nur Theorien hat. Sie führt dazu, dass von der Inflationsphase übrig gebliebene inhomogene Bereiche noch stärker kontrahieren, eine Voraussetzung für die spätere Entstehung von Sternen.

Das klare All

Etwa 380.000 Jahre nach dem Urknall entsteht die Grundlage für einen der ersten Beweise, den die Menschen für ihre Theorie von der Entstehung des Universums gefunden haben: die kosmische Hintergrundstrahlung.

Bei einer Temperatur von gut 2700 Grad besitzen die Photonen nicht mehr genug Energie, Elektronen aus ihren Umlaufbahnen um Atomkerne zu stoßen. Das Licht wird so auch nicht mehr gestreut, das Weltall wird plötzlich klar und das Zeitalter der neutralen Atome beginnt. Noch heute finden sich in jedem Kubikzentimeter kosmischen Vakuums etwa 400 Lichtteilchen der kosmischen Hintergrundstrahlung. Dieses Ereignis in der Geschichte des Kosmos nennen die Forscher „Rekombination".

Allerdings ist das Universum noch nicht völlig klar – nur sichtbares Licht kann sich ungehindert ausbreiten, nicht aber ultraviolettes Licht, das von den Wasserstoffkernen absorbiert wird, die das Weltall zu dieser Zeit zum großen Teil füllen. Durch die Expansion des Universums verschiebt sich die Wellenlänge des sichtbaren Lichts. Der zunächst hell gleißende Kosmos färbt sich allmählich rötlich. Das Rot wird dunkler und dunkler, purpur und schließlich infrarot, also für das Auge schwarz – 13,7 Milliarden Jahre später wird die kosmische Hintergrundstrahlung im Mikrowellenbereich liegen. Forscher sprechen deshalb nun vom „Dunklen Zeitalter".

Die ersten Leuchtfeuer

Mitten in dieser Zeit flackern jedoch die ersten Sterne. Schon sehr früh hat die Dunkle Materie Inhomogenitäten in der Struktur des Weltalls so verstärkt, dass es Bereiche mit einer höheren Konzentration an Wasserstoff gibt. Es kommt zur Bildung riesiger Blasen, so genannter Halos, noch weit vor der Entstehung von Galaxien, die die dem Universum durch die Inflation und die Dunkle Materie aufgeprägte Struktur umsetzen.

Die Dunkle Materie ist zwar unsichtbar, wirkt aber durch eine Kraft auch auf die uns bekannte Materie – durch die Gravitation nämlich. In den Halos Dunkler Materie ballt sich deshalb auch der interstellare Wasserstoff zusammen. Je näher sich die Teilchen kommen, desto mehr steigt der Druck in dem Gas – bis Druck und Gravitation im Gleichgewicht sind. Die Wolke kühlt durch die bei Teilchenkollisionen abgegebene Strahlung ab. Dadurch sinkt der Druck und die Wolke kann weiter kontrahieren. Je mehr Masse sich auf kleinem Raum sammelt, desto stärker wirkt sie anziehend auf die Atome im Umkreis. Erneut wachsen Temperatur und Druck im Inneren der Wolke, die im Infrarotbereich zu strahlen beginnt.

Damit ist das Stadium des Protosterns erreicht – noch vollziehen sich aber keine Kernreaktionen. Der künftige Stern besteht aus ionisierten Atomen, aus Plasma. Je schwerer die Wolke wird, desto schneller zieht sie sich zusammen – und irgendwann sind Temperatur und Druck so hoch (nämlich 3 Millionen Kelvin), dass ein atomarer Fusionsprozess gezündet wird: Jeweils zwei Protonen prallen aufeinander und verwandeln sich dabei unter Energieabgabe in einen Deuteriumkern aus einem Proton und einem Neutron. Das Deuterium reagiert dann mit einem weiteren Proton zu einem Heliumkern (^3He), wobei erneut Energie frei wird. Wenn das Sterninnere schon heiß genug ist (ab 10 Millionen Kelvin) können die ^{3}He-Kerne später auch noch zu 4He verschmelzen, wobei zwei Protonen freiwerden. Der Effekt: Etwa 100 Millionen Jahre nach dem Urknall leuchten nacheinander die ersten Sterne auf.

Sie sterben jung

Mit unserer Sonne sind diese allerersten kosmischen Leuchtfeuer, die man heute als „Population III" bezeichnet, kaum vergleichbar. Sie müssen vor allem aus Wasserstoff und Helium bestanden haben – schon deshalb, weil es im frühen Universum gar keine anderen Elemente gab. Daran sollten diese Sterne auch zu erkennen sein – das Spektrum eines Sterns verrät uns seinen Aufbau. Demgegenüber bestehen etwa 1,8 Prozent der Masse unserer Sonne aus schweren Elementen. Wegen der geringeren Masse der Bestandteile musste ein Stern der Population III jedoch viel größer sein als die Sonne – man schätzt, dass die frühen Sterne wenigstens 100 Sonnenmassen wogen. Sie brannten schnell und heiß und dürften deshalb inzwischen längst in einer Supernova vergangen sein. Trotzdem ist es möglich, sie zu beobachten: In weit entfernten Galaxien, deren Licht so lange zu uns braucht, dass wir tief in die Vergangenheit blicken können.

Das Licht dieser ersten Sterne hat einen Nebeneffekt: die Strahlung ionisiert das Wasserstoffgas in der Umgebung. Das interstellare Gas kann dadurch kein ultraviolettes Licht mehr aufnehmen – und das Weltall wird erneut heller. Diese Reionisationsphase muss etwa 200 Millionen Jahre nach dem Urknall begonnen haben. Sie vollzog sich zunächst in Blasen, es sollte noch bis zu 800 Millionen Jahre dauern, bis das Universum wieder komplett durchsichtig war. Noch heute gibt es aber (wieder) so genannte Molekularnebel, deren Bestandteile nicht ionisiert sind. Wissenschaftler vermuten, dass es sogar zwei Reionisationsphasen gab: Die ersten, wohl riesenhaften und schnell brennenden Sterne beendeten ihr Leben irgendwann in einer gigantischen Explosion, einer

Supernova, die die umgebende Gaswolke zunächst ins Nichts blies. Das erschwerte die Bildung von Nachfolgern. Die Wasserstoff- und Heliumkerne hatten nun wieder Gelegenheit, sich Elektronen einzufangen. Erst später, etwa nach einer Milliarde Jahren, konnten die bis dahin gezeugten neuen Sterne diesen Effekt wieder wettmachen.

Ein faszinierender Tod

Spannend ist auch, wie die allerersten Sterne wohl ihr Leben aushauchten. Wenn sie über 130 bis 250 Sonnenmassen verfügten, konnte es nämlich zu einer Paarinstabilitäts-Supernova kommen. Weil die Sterne so arm an schweren Elementen waren, reichte trotz der hohen Masse der Druck im Kern nicht aus, nach dem Verbrennen von Helium mit dem Synthetisieren weiterer Elemente zu beginnen. Stattdessen steigt die Temperatur im Kern weiter und weiter, bis die entstehenden Photonen energiereich genug sind, dass es zur Entstehung von Elektron-Positron-Paaren kommt. Diese annihilieren sich zwar schnell wieder, der Prozess hat aber zur Folge, dass die Strahlung nicht schnell genug das Innere des Sterns verlassen kann. Der Kern heizt sich dadurch weiter auf, es kommt zu noch mehr Elektron-Positron-Reaktionen, bis die Feedback-Schleife irgendwann dazu führt, dass der Stern komplett zerrissen wird. Anders als bei gewöhnlichen Supernovas bleibt kein Rest als Schwarzes Loch zurück. Die komplette Masse des Sterns wird ins All geschleudert. Eine Paarinstabilitäts-Supernova setzt hundertmal mehr Energie frei als eine normale Supernova (die selbst auch kein gewöhnliches Lagerfeuer am Himmelszelt ist).

Falls der Sternen-Erstling sogar mehr als 250 Sonnenmassen schwer war, konnte es zu einer anderen Form der Supernova kommen: zur Photodesintegration. Photonen mit besonders hoher Energie können aus Atomkernen ganze Protonen herausschlagen. Dabei handelt es sich um einen endothermen Prozess, dem Stern wird also Energie entzogen. Der Kern wird plötzlich kälter und kann dem Druck der

Umgebung nicht mehr standhalten – er bricht in sich zusammen und verwandelt sich schließlich in ein Schwarzes Loch. Während die herausgerissenen Protonen zur Bildung schwererer Elemente führen können, wird ein Teil der Masse des sterbenden Riesensterns als Jet in die Umgebung abgeleitet.

Gruppen-Dynamik

Beide Prozesse führen letztlich dazu, dass sich die Zusammensetzung des Weltalls allmählich ändert. Die nächste Sternengeneration profitiert bereits davon. Man rechnet sie deshalb auch schon zur Population II. Sie brauchen weniger Grundstoff, um die Kernfusion zu zünden, und sie brennen dadurch zwar nicht so hell, aber deutlich ausdauernder. Auch sie werden irgendwann wieder zu Asche, aus der sich dann Population I formt – zu diesen noch jungen Sternen gehört auch unsere 4,57 Milliarden Jahre alte Sonne.

Doch zurück in die Vergangenheit: Die ersten Sterne wirken nicht nur auf ihre direkte Umgebung. Über die Gravitation beeinflussen sie auch andere Vertreter ihrer Art. Etwa 500 Millionen Jahre nach dem Urknall haben sich bereits die ersten Galaxien formiert.

Im Vergleich zur heutigen Zeit ging es im frühen Universum sehr lebhaft zu. Kleinere Galaxien schlossen sich zu größeren zusammen. Es kam zu Zusammenstößen und feindlichen Übernahmen. Heute weiß man, dass die Entwicklung nicht rein zufällig abläuft. Vielmehr konzentriert sich die Sternenbildung auf feine, von Dunkler Materie vorgezeichnete Strukturen im Universum, so genannte Filamente. Wo sich diese Filamente treffen, entstehen Galaxien und Galaxienhaufen – insgesamt zählt das beobachtbare Universum heute einige Millionen dieser Galaxien-Superhaufen. Einer davon, der Virgo-Superhaufen, vereint zum Beispiel bei einem Durchmesser von 110 Millionen Lichtjahren ein paar Tausend Galaxien, darunter als Teil der Lokalen Gruppe auch die Milchstraße.

Fragile Spiralen

Wie sich die verschiedenen Typen von Galaxien bilden, das weiß man heute nicht mit Sicherheit. Bei den häufigen Spiralgalaxien, zu denen auch unsere Milchstraße gehört, vermutet man, dass die Dunkle Materie eine Rolle spielt. Sie interagiert ja nur über die Gravitation, während die gewöhnliche Materie auch vom Strahlungsdruck der Sterne beeinflusst wird. Deshalb dürfte sich die Dunkle Materie in den Außenbereichen der Galaxis konzentrieren, dort, wo sie das Halo gebildet hat. Das interstellare Gas, gleichzeitig vom Kern der Galaxis (stark) und von ihrem Äußeren (schwach) angezogen, bewegt sich deshalb auf einer Spiralbahn auf den Kern zu, quasi als würde man eine Katze an ihrem Schwanz festhalten.

Das Problem bei diesem Modell: Die Kontraktion stoppt irgendwann, und die Kosmologen wissen noch nicht, warum. Außerdem sind Spiralgalaxien sehr fragile Gebilde – durch Galaxienkollisionen müssten sie sich eigentlich längst stärker verformt haben als es den Anschein hat. Als Endpunkt der Entwicklung sehen die Wissenschaftler inzwischen die Elliptische Galaxis. Sie entstand meist in Folge der Verschmelzung kleinerer Galaxien. Das könnte, so eine Simulation, auch der Milchstraße und unserem Nachbarn M31, Andromeda, bevorstehen: In etwa 3 bis 4,5 Milliarden Jahren wird es eine Kollision zwischen den beiden etwa gleich schweren Systemen geben. In ihrer Folge dürfte eine gigantische Elliptische Galaxis entstehen.

Die besondere Zusammensetzung der ersten Galaxien ist es wohl auch, die ein Phänomen produziert, das Astronomen zunächst für eine besondere Art von Stern hielten: einen Quasar. Inzwischen sind sich die Forscher einig, dass es sich dabei um aktive Kerne von Galaxien handelt, wohl in Form riesiger Schwarzer Löcher. Zwar besitzt auch unsere Milchstraße in ihrem Zentrum ein beeindruckendes Schwarzes Loch, doch im Vergleich zu einem Quasar ist es geradezu ärmlich.

Den Quasar 3C 273 etwa kann man von der Erde aus

noch durch ein Amateur-Fernrohr beobachten, obwohl er sich fast am Rand des sichtbaren Universums befindet. Noch aus 33 Lichtjahren Entfernung würde er so hell leuchten wie die Sonne, von der Erde aus betrachtet. Der Quasar erscheint etwa hundertmal so hell wie alle Sterne unserer Milchstraße zusammengenommen. Entsprechend groß muss das Schwarze Loch in seiner Mitte sein. Die Tatsache, dass Quasare nur in großer Entfernung zu beobachten sind, belegt, dass die Bedingungen zu ihrer Entstehung heute nicht mehr existieren.

Planeten im Abfall

Auch heute noch zünden, im gesamten Weltall verteilt, immer wieder neue Sterne. Die Geburtenrate ist zwar seit der Frühzeit deutlich gesunken: Schon die Expansion des Raums verringert die Dichte des interstellaren Gases. Besonders schwierig sind die Bedingungen rund um Sternenbabys. Allerdings findet sich hier fast immer als Abfall der Sternengeburt eine Art Nachgeburt: eine heiße Scheibe aus Gas und Staub rings um den Stern.

Auch darin gibt es Inhomogenitäten, die sich unter der Wirkung der Schwerkraft verstärken. Die Moleküle klumpen zusammen und bilden immer größere Brocken, die sich gegenseitig anziehen. Wenn der Prozess lange genug ungestört abläuft, entsteht schließlich ein noch heißer Protoplanet. Je nach Ausgangsmaterial kann das ein Gasriese sein oder ein Gesteinsplanet wie die Erde. Der Himmelskörper kühlt irgendwann ab und beherbergt vielleicht später Leben.

Das Ende des Universums

Stirbt das Universum einen Kältetod, wird es von seiner eigenen Expansion zerrissen, zermalmt es eine Umkehrung des Urknalls oder legt die Dunkle Energie plötzlich eine Vollbremsung hin? Die Theorien über das Sterben des Weltalls sind so vielfältig wie das Wissen der Forscher darüber begrenzt ist.

Wer zum genauen Ablauf des Urknalls forscht, hat einen Vorteil: Es ist ja immerhin sichtbar, was 13,8 Milliarden Jahre später daraus geworden ist. Deshalb ist sich die Forschergemeinde in diesem Bereich einigermaßen einig. Vorhersagen jedoch haben die unangenehme Eigenschaft, dass sie die Zukunft betreffen. Einfach vom jetzigen Zustand zu extrapolieren, funktioniert beim Kosmos nicht so gut. Denn die Forschung kommt hier erneut an die Grenzen des aktuellen Wissens, die auch bei der Annäherung an den Urknall deutlich werden. So sollte es nicht wundern, dass bis zu sechs Todesarten mit noch mehr dahinter stehenden Theorien ernsthaft diskutiert werden.

Tod durch Erfrieren

Nach dieser Theorie, auch „Big Freeze" genannt, dehnt sich das Universum immer stärker aus. Das hat zur Folge, dass die

Temperatur stetig sinkt. Im Kühlschrank nutzt man diesen Effekt, der letztlich dazu führt, dass die Temperatur im ganzen Universum irgendwann nur noch knapp über dem absoluten Nullpunkt liegt. Damit ist aber keine freie, nutzbare Energie mehr vorhanden, wie sie physikalische und chemische Prozesse benötigen.

Wenn sich die Teilchen nicht mehr bewegen, bleibt auch die Zeit stehen. Alternativ wäre es möglich, dass sich die Temperatur einem im ganzen Weltall gleichen Mittelwert näher. Auch dann fehlen die Temperaturunterschiede, die Leben erst möglich machen. Diese dem Kältetod eng verwandte Todesart nennt man Hitzetod.

Tod durch Zerreißen

Schon seit rund 6 Milliarden Jahren beschleunigt sich die Expansion des Universums messbar. Von der dafür verantwortlichen Dunklen Energie weiß man noch sehr wenig. Möglich ist, dass sie eine Komponente enthält, die Forscher Phantom-Energie nennen. Sie hat die Eigenschaft, falls sie denn existiert, die Beschleunigung der Expansion noch zu beschleunigen.

Als würde ein Rennfahrer nicht gleichmäßig auf das Gaspedal treten, sondern in einer beschleunigten Bewegung. Das Auto (oder das Universum) beschleunigt dann auf einer späteren Wegstrecke stärker als auf einer früheren. Als praktische Konsequenz ergäbe sich aus diesem Modell, dass alles, wirklich alles, inklusive der kleinsten Bausteine der Materie in einem „Big Rip“ irgendwann auseinander gerissen wird.

Tod durch Zerquetschen

Die „Big Crunch“-Theorie nimmt an, dass die Expansion des Universums irgendwann stoppt (danach sieht es derzeit nicht aus) und sich das Weltall danach wieder zusammenzieht. Der Ablauf wäre dann ähnlich wie beim Urknall – nur liefe die Zeit in die andere Richtung.

Für Leben und schließlich auch für die Physik, wie wir sie kennen, wäre irgendwann kein Platz mehr, das Universum würde in einer Singularität zerquetscht. Womöglich folgt anschließend ein neuer Urknall – und immer so weiter, eine Idee, die die „Big Bounce"-Theorie aufgreift.

Tod durch Zerstrahlen

Es wäre möglich, dass unser Universum nicht das einzige ist – stattdessen gibt es ein ganzes Multiversum mit den verschiedensten Universen, manche aus Materie bestehend, andere aus Antimaterie. Jedes einzelne kann irgendwann in aller Ruhe den Kältetod erleiden, so wie viele Menschen eines natürlichen Todes sterben.

Es kann aber ebenso passieren, dass es zufällig von einem Auto überfahren wird – genauer gesagt: auf ein Geschwister aus Antimaterie trifft. Eine komplette Vernichtung des Universums, ohne Vorwarnung, vom einen Moment auf den anderen, wäre die Folge.

Tod durch Zerfallen

Womöglich sitzen wir auch einem gigantischen Trick der Natur auf. Was wir für Raum im Grundzustand halten, das Vakuum, könnte sich auch in einem quantenphysikalisch höheren Zustand befinden. Wir sind also einem so genannten "falschen Vakuum" aufgesessen. Messen können wir das nicht, da unser Ausgangspunkt ja immer das Vakuum ist. Falls das zutreffen sollte, könnte sich das Vakuum eines Tages, mir nichts, dir nichts, in einen energetisch niedrigeren Zustand bewegen.

Im günstigsten Fall ändern sich dadurch nur ein paar Naturgesetze. Was für den gegenwärtigen Zustand der Materie vermutlich auch ungünstig wäre. Man stelle sich nur vor, eine der vier Grundkräfte wirkte plötzlich anders: Atome könnten dann ihre Form ändern, Moleküle zerfallen, das

Sonnensystem sich auflösen. Im ungünstigsten Fall zerfällt einfach das komplette Universum.

Tod durch Einfrieren

Diese Todesart klingt zwar so ähnlich wie der Kälte- oder Hitzetod, sie hat aber einen etwas anderen Hintergrund. Es wäre nämlich im Grunde möglich, dass die Menge Dunkler Energie schneller zunimmt als das Universum expandiert. Dann würde sich die Dichte des Weltalls stetig erhöhen. Irgendwann wäre der Raum zähflüssig, alle Bewegungen werden gebremst, auch die der Photonen. Später würde das Weltall dann in einem festen Zustand verharren, wie eingefroren.

Jeder nur ein Kreuz!

Das Universum ist selbst dafür zuständig, seine Todesart zu wählen – genauer gesagt wird sie von den Eigenschaften des Weltalls festgelegt. Dazu gehört zum Beispiel seine geometrische Form. Da das Weltall von der vierdimensionalen Raumzeit aufgespannt wird, muss man sich zum leichteren Verständnis davon eine Dimension wegdenken. Eine Linie erscheint dem Bewohner eines gekrümmten Blattes Papier zum Beispiel gerade, obwohl das Blatt für den Bewohner von außen eine Krümmung besitzt.

Da wir uns das Universum aber nicht von außen ansehen können, fällt es sehr schwer, die tatsächliche Form des Weltalls zu bestimmen. Neuere Messungen mit dem WMAP-Satelliten haben ergeben, dass das Universum höchst wahrscheinlich flach ist – doch die Fehlerwahrscheinlichkeit ist noch hoch genug, dass auch andere Lösungen möglich sind.

Der zweite Faktor ist die Dunkle Energie. Kurz nach dem Urknall hat sie das Universum in der Inflationsphase schnell auseinander getrieben. Auch jetzt scheint sie wieder dabei zu sein, die Expansion zu beschleunigen – und zwar stärker, als die Gravitation sie bremsen kann.

Wie wird sie sich in Zukunft verhalten? Das ist schwer zu sagen, weil wir fast nichts über sie wissen. Eine Theorie geht zum Beispiel davon aus, dass sie in 24 Milliarden Jahren ihre Wirkung umkehren könnte.

Ausgehend von unserem aktuellen Kenntnisstand über die Form des Universums und die Menge und das Verhalten der Dunklen Energie gehen die meisten Forscher davon aus, dass das "Big Freeze"-Szenario am wahrscheinlichsten ist.

Die künftige Biografie des Universums

Wir befinden uns gerade in der Sternen-Ära des Weltalls. Wenn wir der derzeit wahrscheinlichsten Theorie folgen, dem „Big Freeze", erwartet das Universum das folgende Schicksal. Aber keine Sorge – die Zeit bis zum Tod des Universums ist noch weit länger als seine bisherige Existenz.

In 3 Milliarden Jahren

Die Milchstraße, unsere Heimatgalaxis, und der benachbarte Andromeda-Nebel verschmelzen. Schon heute bewegen sich die beiden Galaxien mit 120 Kilometern pro Sekunde aufeinander zu.

In 100 Milliarden bis 1 Billion Jahren

Alle 54 Galaxien der lokalen Gruppe verschmelzen miteinander, darunter auch die Andromeda-Milchstraße.

In 2 Billionen Jahren

Durch die Expansion des Universums und die daraus folgende Rotverschiebung des Lichts entfernter Objekte können wir von der Erde aus keine Galaxis mehr beobachten, die nicht der lokalen Supergruppe angehört.

In 100 Billionen Jahren

Die Geburt neuer Sterne endet, weil der Rohstoff dafür sich im Universum verteilt hat. 10 Billionen Jahre später sind auch die langlebigsten Sterne, die Roten Zwerge, erloschen. Nur noch ab und zu erhellen Lichtblitze das All – wenn etwa Weiße Zwerge oder Neutronensterne verschmelzen.

In 1 Billiarde Jahren

Die Planetensysteme lösen sich auf, weil sie allmählich

ihre Gravitations-Energie verlieren oder von Nachbarsternen gestört werden.

In 10 bis 100 Trillionen Jahren

Die Galaxien lösen sich auf, weil die Sterne von den Schwarzen Löchern im Zentrum geschluckt werden oder aus den Galaxien heraus wandern.

In 10^{34} Jahren (100 Billionen mal 100 Trillionen)

Protonen und Neutronen und damit alle Atome und die Sterne, die sie bilden, beginnen zu zerfallen – falls Protonen, wie es die Theorie vorhersagt, tatsächlich instabil sind.

In 10^{40} Jahren (100 Trillionen mal 100 Trillionen)

Die normale Materie des Universums besteht komplett aus Photonen und Leptonen (unter anderem Elektronen). Schwarze Löcher sind die einzigen größeren stabilen Objekte.

In 10^{100} Jahren (eine 1 mit 100 Nullen)

Alle Schwarzen Löcher sind verdampft – sie geben stets etwas thermische Hawking-Strahlung ab. Elektronen und Positronen dominieren die normale Materie. Sie begegnen sich ab und zu, formen Positronium-Atome oder annihilieren sich gegenseitig. Der Raum ist so leer, dass es fast keine Aktivität gibt.

Falls die Protonen nicht instabil sind, braucht das Universum etwa 10^{10} hoch 76 Jahre (eine 1 mit 10 hoch 76 Nullen), bis alle Materie in Schwarze Löcher konvertiert ist.

Tipp: Wenn Sie sich hier …

www.hardsf.de/fortsetzung

eintragen, schicke ich Ihnen die **farbige PDF-Version** der Biografie des Universums zu, die mit faszinierenden Fotos bebildert ist.

Leseprobe: Der Untergang des Universums – Geisterreich

Zyklus FM 1.3, Gigadyson

Die Autonome Einheit ZT34 bewegt sich auf einem fast kreisförmigen Orbit antriebslos mit einem Hundertstel der Lichtgeschwindigkeit durch den Raum. Ihre Instrumente sind auf die Außenwand des Gigadysons gerichtet, der gigantischen Dysonsphäre, die den Quasar im Kern der Milchstraße umschließt und seine Energie für die Menschheit nutzbar macht. ZT34 ist mit Sensoren für das komplette Energiespektrum ausgerüstet. Wenn mit der riesigen Wand, über der sie im freien Fall schwebt, etwas nicht stimmt, wird sie das registrieren.

»Potenzielle Störung an Koordinate 6-3-3/4-5-5«

Die Warnung kommt von Einheit YK19, einer ihrer Millionen Schwestern. ZT34 ruft ihre Bahndaten ab. Der Orbit von YK19 liegt etwas zum Südpol der Dysonsphäre verschoben. Von ihrer Position aus gesehen liegen die Koordinaten, an der sich die Störung befinden soll, kurz vor dem Horizont. Es ist deshalb sehr wahrscheinlich, dass es sich um einen Fehlalarm handelt. ZT34 freut sich trotzdem. Sie ist mit einer primitiven KI ausgestattet, die nicht über Level-2 hinauskommt. Ihr Belohnungssystem ist entsprechend einfach gestrickt: Probleme aktivieren es, und wenn sie eine Lösung findet, ist sie glücklich.

Es ist kein schlechtes Leben. ZT34 umkreist den Gigadyson schon fast so lange, wie er existiert. Sie hat bisher erst eine Störung behoben. Ein kleiner Asteroid war auf die Außenwand der Sphäre aufgeschlagen. Er hatte ihr nichts anhaben können. Aber sein Kern war an der Wand kleben geblieben und hatte die Gravitationswellensignatur verzerrt – kein echtes Problem also, aber eine Störung, die im Ernstfall vielleicht von wirklichen Problemen abgelenkt hätte und deshalb behoben werden musste.

Wie lange ist das jetzt her? ZT34 kalkuliert die Zyklen auf die Nanosekunde genau durch. Das ist ein schöner Zeitvertreib. Manchmal versucht sie auch, möglichst kuriose Lösungen für die Allgemeine Relativitätstheorie zu finden. Niemand soll ihr vorwerfen, sie hätte keine Fantasie.

»Koordinaten erhalten«, gibt sie an YK19 durch.

Das genügt. Für ihre Schwester ist das Problem damit erledigt. Sie hätte sich vermutlich lieber selbst darum gekümmert, aber das wäre von ihrem Orbit aus ineffizient gewesen. Und auch Effizienz honoriert das Belohnungssystem.

ZT34 blendet die Position der vermutlichen Störung in ihr Bild des Gigadysons ein. Sie wird sie fast exakt überfliegen, sodass keine Kurskorrektur nötig ist. Aber jetzt ist sie traurig, dass sie die Nachricht nicht schon eher erhalten hat. Um das Problem, falls es überhaupt eines gibt, lösen zu können, hätte sie die Höhe ihrer Bahn schon vor geraumer Zeit verringern müssen. Denn ihre Triebwerke sind nicht stark genug, um von ihrer derzeitigen Position aus an der Störungsstelle landen zu können. Also wird sie, was sie sieht, an eine weitere ihrer Schwestern übermitteln müssen. ZT34 nimmt sich vor, sich dann einen Livestream von der Behebung des Problems schicken zu lassen.

Die Reparatursonde schaltet ihre aktiven Sensoren ein. Bis zur Störung sind es nur noch 715 Sekunden. Das Radar bildet die Außenhülle des Gigadysons plastisch ab. ZT34 zählt die mächtigen Waben, die aus einer Speziallegierung bestehen. Ihre Oberfläche ist von vielen kleinen Spuren zerkratzt. Es wirkt, als hätte ein Tier mit scharfen Krallen um Einlass gebeten. Aber es ist einfach nur der Beweis dafür, dass das All nicht leer ist. Der Kern der Milchstraße wirkt als riesige Schwerkraftsenke, in die sämtlicher Müll aus dem Umkreis allmählich hineinrollt.

ZT34 ist stolz auf sich. Gäbe es sie und ihre Schwestern nicht, würde einer dieser leichten Kratzer sich irgendwann zu einem winzigen Riss auswachsen, und dann würde der Strahlungsdruck aus dem Inneren die gesamte Sphäre in einer Explosion zerreißen. Das wäre auch ihr eigener Tod, aber die Vorstellung schreckt sie nicht. Auf den Überlebensinstinkt hat ihr Konstrukteur verzichtet, schließlich soll die Sonde im Ernstfall auch ihr Leben für die Aufgabe einsetzen, ohne zu zögern.

Mit einem Mal sieht ZT34 keine Waben mehr. Stattdessen erkennt sie einen runden, flachen Block aus einer festen Masse, der an der Außenhülle des Gigadysons zu kleben scheint. Er ist ein paar Meter hoch und einige hundert Meter breit. YK19 hatte recht. Hier liegt eine Anomalie vor, und zwar eine der höchsten Kategorie. Das sind nicht die Reste eines verunglückten Asteroiden. ZT34 beobachtet den Block in allen Wellenlängen gleichzeitig. Darin besteht ihre spezielle Kompetenz. Sie kann infrarote, optische, ultraviolette, Röntgen- und Gammastrahlung gleichzeitig auswerten. Und jetzt werden all ihre Fähigkeiten gebraucht. ZT34 verfällt in einen Glücksrausch, ihr Belohnungszentrum arbeitet auf Hochtouren. Es gibt so viel zu messen und zu berechnen!

Die feste Masse, die auf dem Gigadyson klebt, ist offenbar nicht einfach nur da. In ihr passiert etwas. ZT34 bemerkt tausende Energieströme, und auch die Form des Objekts verändert sich leicht, während die Sonde vorbeifliegt. Aber woher kommt das Material dafür? Es gibt nur eine mögliche Erklärung: Der Block verarbeitet auf irgendeine Weise das Material, aus dem die Sphäre besteht, und er schwächt damit die gesamte Konstruktion.

Ein Blitz zuckt durch das Bewusstsein von ZT34. Es ist das sichtbare Signal, das automatisch beim Überschreiten einer Gefahrengrenze aktiviert wird. Die Sonde hört sofort auf, die Daten zu verarbeiten. Die Situation ist offenbar so dramatisch, dass ZT34 sofort eine Meldung absetzen muss. Sie stellt die wichtigsten Daten zusammen und steckt sie in ein Datenpaket. Dann orientiert sie sich im Raum. ZT34 muss ihre Antennen so justieren, dass sie möglichst viele Überwachungsstationen gleichzeitig erreicht. Deshalb richtet sie ihre Sensoren, die bisher nur die Sphäre untersucht haben, ins All um sich herum.

Sie ist nicht allein. Ziemlich genau auf ihrem Orbit schwebt ein Raumschiff. ZT34 erfasst den Typ und die Registrierung. Es ist ein Neunundneunziger. Sie muss die Daten weiterleiten! Wem gehört das Schiff, und was hat es hier zu suchen? Der Bereich ist tabu. Das Schiff muss etwas mit dem Objekt auf der Hülle des Gigadysons zu tun haben! Nach den letzten ihr vorliegenden Daten ist es zugelassen auf …

ZT34 hat einen Hitzeanfall. Die Sonde registriert einen hochenergetischen Röntgenblitz, aber sie kann nicht mehr darüber nachdenken. Ihre Hülle schmilzt, die einsame Sonde zerreißt und ihr Bewusstsein vergeht.

Zyklus GK 2.1, Kepler-1229

Zhenyi reißt die Außentür des Shuttles auf, noch bevor es zum Stehen gekommen ist.

»He, warte doch«, ruft Kepler.

Aber sie hört nicht auf ihn. Alarmsignale gellen durch die Kabine. Zhenyi hat mit ihrem überhasteten Ausstieg sämtliche Sicherheitsprozeduren übergangen, und die Automatik beschwert sich nun über jede Protokollverletzung einzeln. Kepler kommt gar nicht hinterher, alle Warnungen abzuschalten.

»So ist sie eben, da kann man nichts machen«, entschuldigt er Zhenyi bei der Automatik.

Doch das interessiert das Programm nicht. Eine nach der anderen erlöschen die Warnlampen. Es wird wieder ruhig. Kepler lehnt sich zurück und atmet tief durch. Die Luft schmeckt würzig. Er riecht Pfefferminz und erdigen Tabak, kein Vergleich mit der zwar optimal auf seine menschliche Lunge angepassten, aber doch künstlichen Luft von Zhenyis Basis auf K2-288b.

Kepler schnallt sich ab. Wie werden sich die Herbae in ihrer neuen Heimat eingewöhnt haben? Ihr letzter Besuch ist Jahrhunderte her. Isaac Newton hatte ihnen versprochen, ein Auge auf den Planeten zu haben, der seine eigene Kreation ist. Aber da ist natürlich noch die einheimische, ursprünglich irdische Pflanzen- und Tierwelt, die Newton hier angesiedelt hatte. Ob es den Herbae gelungen ist, sich unter diesen Bedingungen durchzusetzen? Und wie mag es dem Butler gehen, der hier den Job des Gärtners übernommen hat?

Er kontrolliert noch einmal die Steuerung. Alles steht auf null. Die Treibstoffleitung ist abgeklemmt. Zhenyi vergisst gern die kleinen Dinge, und gerade die sind es doch, die gern mal zur Katastrophe führen. Aber in den großen Dingen ist sie wirklich gut, dafür bewundert er sie.

Ächzend steht Kepler auf und geht zur Tür. Sein Körper zeigt ungewohnte Schwächen. Er wird bald einmal die Nanomaschinen durchchecken müssen, die ihn eigentlich bei bester Gesundheit halten sollten. Die Kreuzschmerzen, die er neuerdings hat, dürften nicht sein. Zhenyi meint, es läge an seiner Faulheit. Wenn Muskeln nicht beansprucht würden, könnten das die kleinen Reparaturmaschinen in seinem Körper nicht ändern.

Er atmet noch einmal tief durch. Der würzige Geruch ist großartig. Er wird Zhenyi vorschlagen, hierher umzuziehen. Was sollen sie auf einem uralten, verbrannten Planeten ohne Atmosphäre, auf dem sie in der letzten Zeit gelebt haben? Das einzige Problem dieses namenlosen Planeten, der im Orbit von Kepler-1229 liegt, ist, dass er so schwer zu erreichen ist, weil noch 415 weitere, gleich große Planeten um seine Sonne kreisen. Da ist jeder Shuttle-Flug riskant. Und Zhenyi hatte unbedingt selbst steuern wollen! Er hätte sich fast in die Hose gemacht vor Angst. Wenn sie auch nur einen Planeten in seiner Bahn gestört hätte, hätte das den Zusammenbruch des ganzen Systems bedeutet.

Er greift nach dem Geländer der Ausstiegstreppe und geht nach unten. Dort kniet er sich hin und legt die nackten Handflächen auf den Boden. Kepler spürt die weiche Erde unter seiner Haut. Sie ist sehr warm. Das muss Restwärme von den Landetriebwerken sein. Die Erde krümelt in seinen Fingern. Sie ist ausgetrocknet, auch daran müssen die Abgase der Triebwerke schuld sein. Er nimmt etwas Erde in die Hand und spuckt darauf. Die Flüssigkeit dringt in die Krümel ein. Plötzlich riecht die Masse in seiner Hand fruchtbar und lebendig.

Kepler richtet sich auf und sieht sich um. Wo ist Zhenyi? Sie scheint verschwunden. Haben die Herbae sich etwa wieder unter die Oberfläche zurückgezogen? Rechter Hand befindet sich in etwa hundert Metern Entfernung ein Hügel. Von dort aus hat er eine bessere Aussicht. War das nicht der Platz, von dem aus sie der Neugeburt des Milchstraßenkerns als Quasar zugesehen haben?

Er steht auf, klopft sich die Erde von den Knien und reibt sich die Bodenkrümel von den Handflächen. Langsam geht er in Richtung Hügel. Kepler genießt den Spaziergang. Die Luft ist frisch, der Boden federt weich und ist mit Gras bewachsen. Es kann sich nicht um Herbae handeln, denn dieses Gras weicht vor seinen Schritten nicht zurück. Kepler pfeift eine Melodie. Es ist vollkommen ruhig hier. Das ist das einzige, was ihn stört. Warum hat Newton eigentlich keine Vögel angesiedelt? Und was ist mit Insekten? Wenn sie wieder auf seiner Station sind, muss er ihn fragen. Aber vermutlich ist es einfacher, ein auf Windbestäubung basierendes Ökosystem aufzubauen.

Der Weg steigt an. Kepler hat den Rand des Hügels erreicht. Die Böschung ist steiler, als es vom Shuttle aus aussah. Schnell kommt er außer Atem. Er muss wirklich etwas für seine Fitness tun. Schwitzend erreicht er die Kuppe. Hier ist das Gras nur wenige Zentimeter hoch und sieht deutlich anders aus als unten. Die Halme sind breiter und stabiler.

Kepler dreht sich einmal um seine Achse. Von Zhenyi ist nichts zu sehen. Er hätte ein Fernglas mitnehmen sollen! Er orientiert sich. Es ist hier kurz nach Mittag, also steht die Sonne ungefähr im Süden. Irgendwo ganz weit entfernt müssen dort die Maschinen sein, mit deren Hilfe Newton den Orbit des Planeten stabil hält. Aber der Horizont ist zu nah; scheinbar erstreckt sich die grasbewachsene, leicht hügelige Ebene bis in die Unendlichkeit. Es sieht fast so aus wie auf dem Heimatplaneten der Herbae, nur dass die Sonne hier nicht am Himmel festgenagelt scheint und etwas heller leuchtet.

Das Shuttle befindet sich nördlich von ihm. Kepler ist überrascht, wie klein es wirkt. Es dürfte doch nicht mehr als hundert Meter entfernt sein. Und im Westen – da ist etwas. Kepler sieht eine seltsame Struktur. Für einen Hügel ist sie zu steil. Sie ragt in die Luft wie eine Felsnadel, aber sie besteht offensichtlich nicht aus Gestein, denn sie ist bunt. Das erkennt er sogar von seiner Position aus. Bestimmt ist Zhenyi dort.

Er steigt den Hügel wieder hinab. Dabei macht sich sein rechtes Knie mit einem ziehenden Schmerz bemerkbar. Er versucht, ihn zu ignorieren. Unten ist das Gras wieder höher. Es tut Kepler in der Seele weh, wenn er darauftreten muss. Entweder die Herbae haben sich hier nicht durchgesetzt, oder sie haben die Fähigkeit verloren, mit ihrer Umgebung zu interagieren.

Je näher er der seltsamen Struktur kommt, desto mehr ähnelt sie einem großen Busch. Er geht einmal darum herum. Es handelt sich eindeutig um etwas, das gewachsen ist, nicht gebaut. Aber es sind keine Äste und Zweige zu erkennen, nur Halme, die sich aufteilen und in die Höhe streben. Aus ihren Enden wachsen Blüten. Manche sehen aus wie Tulpen-, andere wie Rosenblüten und bei einigen erkennt er kein Vorbild. Sie sind rot, gelb, blau, violett, orange; er sieht alle Farben außer grün, das den Halmen vorbehalten zu sein scheint. Der Busch ist ein Wunder, und er ist wunderschön. Kepler geht ein paarmal darum herum. Das Wunder sieht aus allen Richtungen anders aus, so als würde es sich verändern, während er es umkreist.

Kepler bleibt beinahe das Herz stehen, als sich eine Öffnung bildet. Darunter erkennt er eine schwarze Jacke und den Ansatz eines weißen Hemdes. Dann kommt auch ein Gesicht zum Vorschein. Es ist der Butler! Kepler freut sich riesig, ihn zu sehen. Er hat ihnen damals das Leben gerettet!

»He, Puppy«, sagt er, »ich bin wirklich froh, dich zu sehen. Geht es dir gut?«

»Bestens, Johannes.«

Der Butler streckt einen Arm aus dem Gebüsch und winkt ihn heran.

»Komm doch zu uns!«, sagt er.

Zu uns? Kepler geht vorsichtig ein paar Schritte näher heran. Dann erkennt er einen braun gebrannten, nackten Arm. Zhenyi, das muss Zhenyi sein. Natürlich, sie hat den Butler schneller gefunden als er.

»Was … was macht ihr denn da?«, fragt Kepler.

Er erinnert sich an die seltsame Art und Weise, wie sie früher mit den Herbae kommuniziert haben. Dazu hatte er sich nackt ausziehen und von wurmförmigen Wurzeln berühren lassen müssen.

»Das lässt sich am einfachsten erklären, wenn du zu uns kommst«, antwortet Zhenyi.

Dabei streckt sie ihren Oberkörper aus dem Gebüsch. Eine rote Blüte klemmt hinter ihrem Ohr, eine weitere, sie changiert zwischen blau und violett, hat sich in ihren dunklen Haaren verfangen. Zhenyi ist wunderschön. Würde er sie nicht schon länger lieben, als er denken kann, müsste er in diesem Moment in Liebe entbrennen.

Aber sie ist angezogen. Sehr beruhigend, also muss er sich nicht vor den beiden entkleiden. Denn er ist sicher, dass ihr Versteck in dem blühenden Busch mit den geheimnisvollen Herbae zu tun hat.

»Okay, ich komme«, sagt er, zögert aber noch.

Welche Überraschung wird diesmal auf ihn warten? Er erinnert sich an die leichenblassen, ekelerregenden Wurzeln, die sich auf dem unbekannten Planeten um seine nackten Glieder geschlungen hatten. Dann gibt sich Kepler einen Ruck. Er tritt nach vorn und berührt einen der grünen Halme. Er ist überraschend fest, als bestünde er aus einem sehr leichten Metall. Der Halm lässt sich ohne große Kraftanstrengung biegen, doch sobald er ihn loslässt, streckt er sich wieder.

»Nun mach es nicht so spannend«, sagt Zhenyi.

Als ob er es wäre, der hier für Spannung sorgt! Warum sagen sie ihm nicht einfach, was los ist? Kepler schiebt die

Halme mit beiden Händen nach links und rechts zur Seite, sodass in dem Blütenbusch eine Lücke entsteht. Dann tritt er hinein.

»Noch ein Stück«, sagt Zhenyi, »bis du ganz drin bist.«

Kepler zieht den Kopf ein und drückt die Halme vor sich leicht zur Seite.

»Nur nicht so zaghaft«, sagt Zhenyi, »du kannst nichts kaputtmachen.«

Nun, wenn sie es sagt! Beherzt macht Kepler zwei Schritte nach vorn. Sein Körper schafft sich den Platz, den er braucht. Mit einem Mal macht sich ein Duft breit, den er lange nicht gerochen hat, aber sofort wiedererkennt: Campher. Es riecht nach scharfer Medizin, und nach den Herbae, wie er sie von früher kennt.

Eine Hand berührt ihn an der Seite. Kepler zuckt zusammen.

»Ich bin es nur«, sagt Zhenyi. »Setz dich hin und mach es dir bequem.«

Seine Freundin ist ja lustig. Er ist gerade in einen riesigen Busch gekrochen und soll es sich nun gemütlich machen? Kepler stützt sich mit den Armen ab, dann setzt er sich.

»Lehn dich zurück«, sagt Zhenyi.

Er bleibt aufrecht sitzen, denn er will nicht nach hinten in den Busch kippen. Was soll das hier alles denn?

»Vertrau mir gefälligst!«, schimpft Zhenyi.

Kepler verlagert sein Gewicht vorsichtig nach hinten. Da spürt er etwas in seinem Rücken. Sind es die Halme, die ihn berühren? Er lehnt sich weiter zurück. Tatsächlich, der Busch fängt ihn auf und hält ihn fest. Kepler streckt die Beine aus. Das ist ja richtig bequem hier! Die elastischen Halme scheinen zu ahnen, was gut für ihn ist. Sie schieben sich auch unter seine Arme, die nun wie auf einer bequemen Lehne liegen. Sie heben seine Beine an. Kepler verliert den Kontakt zum Boden. Er schwebt auf den Halmen wie auf einem Bett im Himmel. Das ist ja eine großartige Erfindung! Ob es eine Idee des Butlers war?

Dann berührt etwas seine Schädeldecke. Seine Kopfhaut

kribbelt, und er bekommt Gänsehaut an den Armen. Die Halme massieren sanft seinen Kopf, streichen über die Schläfen, kitzeln ihn an den Ohren und legen sich über seine Stirn.

»Das wurde ja auch Zeit«, sagt Zhenyi.

Doch er hat ihre Stimme nicht gehört. Sie ist direkt in seinem Kopf. Sie trägt ein langärmliges Kleid, das mit Blüten bestickt ist. Hinter ihr flackert ein Lagerfeuer. Sie dreht sich um und lädt ihn ein. Puppy, der Butler, sitzt schon dort. Es ist dunkel. Kepler sieht nur sein vom Feuer beleuchtetes Gesicht, das über dem steifen, weißen Hemdkragen zu schweben scheint, als wäre es eine Glühlampe und das Hemd die Fassung dafür.

Zhenyi setzt sich ebenfalls ans Feuer, und zwar um 120 Grad versetzt zur Linken des Butlers. Kepler kann gar nicht anders, als die Symmetrie zu wahren und sich links von Puppy auf den Boden zu setzen. Nun bilden sie ein gleichseitiges Dreieck, mit dem knackenden Feuer in der Mitte. Das Feuer ist heiß. Kepler muss seine Hand abschirmend vor das Gesicht halten, sonst hält er die Hitze nicht aus. Er sieht zum Himmel. An seinem schwarzen Zeltdach hängen lauter kleine Blüten statt Sterne. In wessen prächtiger Fantasie halten sie sich wohl gerade auf? Hat Zhenyi sich das alles ausgemalt, der Butler – oder gar die Herbae?

Kepler konzentriert sich wieder auf das Feuer. Vor seinen Augen verwandelt es sich. Er sieht einen Blütenbusch, der brennt. Die Flammen wurzeln nicht in hölzernen Ästen, sondern in lauter kleinen, bleichen Würmern, denen die Hitze nichts auszumachen scheint. Kepler weiß jetzt, in wessen Phantasie sie sich aufhalten. Es sind die Herbae, die ihn zu sich geholt haben. Sie scheinen zufrieden zu sein, beinahe glücklich. Und da ist Dankbarkeit, die über allem schwebt. Es ist ein warmes Gefühl, in dem er wunderbar baden kann, denn es ist ihm gewidmet. Aber es gibt auch einen wesentlichen Unterschied zu früher: Kepler empfängt keine konkreten Gedanken von den Herbae. Sie scheinen stumm geworden zu sein.

Etwas prallt gegen seinen Oberarm. Kepler sieht auf.

Zhenyi lacht. Ein kleiner Stein rollt über den Boden. Sie muss ihn geworfen haben.

»Du warst so in Gedanken«, sagt sie.

»Es ist wunderschön hier«, sagt er.

»Ja.«

»Warum sind sie verstummt?«, fragt er.

»Ich weiß es nicht, ich bin auch kaum länger hier als du. Puppy?«

Der Butler reagiert mit Verzögerung. Ganz langsam öffnet er seine Augen, als erwache er gerade aus einer Trance. Können KIs in Trance verfallen? Offensichtlich.

»Entschuldigen Sie«, sagt der Butler. »Ich war … in Gedanken. Was war die Frage?«

»Warum können wir nicht mehr mit den Herbae sprechen?«, fragt Kepler.

»Ihr denkt zu schnell. Sie sind noch nicht genug, um es mit euch aufzunehmen. Die Herbae bilden ein Kollektivbewusstsein aus, aber dazu brauchen sie mehr Individuen, als es hier derzeit gibt. Einzeln besitzen sie nur Instinkt-Intelligenz.«

»Wohl nicht mal mehr das«, sagt Kepler.

»Weil sie nicht mehr zurückweichen? Das war eine bewusste Entscheidung.«

»War das klug?«

»Das sieht man immer erst hinterher«, sagt der Butler. »Dieser Planet mit seiner bereits vorhandenen Flora, das war ein Schock für sie. Sie waren schon seit Milliarden Zyklen die einzige Spezies auf ihrem alten Planeten, und nun trafen sie auf tausende Pflanzenarten.«

»Sie hätten sie verdrängen können, so, wie sie es auf ihrem Heimatplaneten sicher auch getan haben«, sagt Kepler.

»Das wollten sie aber nicht. Die Vielfalt hat sie fasziniert. Sie haben sich vorgenommen, die interessantesten Eigenschaften der anderen Arten in ihren Genpool aufzunehmen. Dafür haben sie ihre Expansion verlangsamt.«

»Also darum sieht das Gras so anders aus.«

»Ja, sie haben ein paar Fähigkeiten aufgegeben, die ihnen nicht mehr wichtig erschienen«, sagt der Butler.

»Und was haben sie bekommen?«

»Sie haben es doch gesehen, Johannes.«

»Die Blüten.«

»Ja, sind sie nicht wunderschön?«, fragt Zhenyi.

Nicht schöner als du, denkt er.

»Das sind sie wirklich«, sagt er.

»Sie haben vor 1500 Zyklen mit einer unscheinbaren, weißen Blüte begonnen«, erklärt der Butler. »Ich habe jeden Schritt verfolgt. Zuerst konnten wir fast gar nicht kommunizieren, und sie haben trotzdem schon mit Farben und Formen experimentiert. Heute können sie in allen Farbtönen und Gestalten blühen, die sie sich wünschen. Für die Herbae ist das unvorstellbar wertvoll. Ich verstehe sie nur, weil ich ihnen schon seit vielen Jahren ausdauernd zuhöre.«

»Und was ist aus ihren Fähigkeiten als Quantencomputer geworden?«, fragt Kepler.

Der Butler lacht. »Die haben ihnen aus ihrer Sicht nur Unglück gebracht.«

»Wir können also nicht mehr darauf zurückgreifen, wenn die nächste Katastrophe droht?«

»Ach, Kepler«, sagt Zhenyi. »Wir haben das Universum doch gerade erst gerettet. Die nächste Katastrophe wird das unvermeidliche Ende des Universums sein, und davor kann uns niemand schützen. Aber bis dahin haben wir noch einige glückliche Giga-Zyklen vor uns, hoffe ich.«

Kepler bewegt den Kopf langsam hin und her. Zhenyis Optimismus in allen Ehren, aber ihm wäre wohler, wenn er die unglaublichen Rechenfähigkeiten der Herbae hinter sich gewusst hätte. Hoffentlich kommt niemand aus diesem Universum auf dumme Ideen. Es wäre wirklich schade um diese wunderbaren Blüten hier, Zhenyi eingeschlossen.

Zyklus GN 4.1, Gigadyson

»Und, steht mir das?«

Walentina hält sich das Kleid mit beiden Händen an die Schultern. Der Stoff umfließt ihren Körper. Dann dreht sie sich einige Male vor dem Spiegel.

Ada nickt. Ihre Freundin ist nicht schlank, aber das Kleid passt zu ihr. Der schlicht mit dunklen, senkrechten Linien gemusterte Stoff hebt ihre weiblichen Formen hervor. Walentina hat das Kleid selbst geschneidert. Ada kann nicht nachvollziehen, warum sie nicht einfach Fabrikatoren beauftragt, aber sie bewundert Walentina trotzdem dafür, wie geduldig sie daran arbeitet. Denn auch den Stoff hat sie selbst gewebt. Nur das Garn dafür hat sie von den Nanomaschinen herstellen lassen.

»Wie lange arbeitest du jetzt schon daran?«

Walentina bleibt stehen, nimmt das Kleid von den Schultern und hält es vor den Bauch. Dann schüttelt sie die langen, dunklen Haare, die über ihre Schultern fallen.

»Findest du es denn nicht schön? Ich hatte gehofft, dass es dir gefällt«, fragt sie und klimpert mit den langen Wimpern.

Ada muss lachen. Sie verstehen sich wirklich gut.

»Doch, es gefällt mir sehr. Ich würde mich nur freuen, wenn du es mal anziehen könntest, statt es immer nur zu probieren.«

»Zu unserem Jahrestag ist es fertig, versprochen«, sagt Walentina.

Oh, da war doch etwas. Ada kontrolliert ihren Gesichtsausdruck. Der Jahrestag! Übermorgen ist es so weit. Sie muss sich noch irgendeine Überraschung ausdenken. Aber welche bloß?

Als sie vor 300 Jahren den Job vom Konvent angeboten bekamen, sich gemeinsam um die Wartung des Gigadysons zu kümmern, hatten sie endlich aus ihrer ewigen Fernbeziehung in einen gemeinsamen Alltag wechseln können. Die ersten Jahre waren wild gewesen. Es gibt auf ihrem Ingenieursschiff, der Mario, nicht viel zu tun. Die Sphäre wartet sich größtenteils selbst, mit Hilfe der zahlreichen autonomen Einheiten. Nur selten müssen sie manuell eingreifen. Das heißt aber, dass sie jede Stunde des Tages mit sich selbst zu tun haben. Zunächst hatten sie das noch weidlich im Schlafzimmer ausgenutzt, doch dann hatten sie festgestellt, dass Ada Lovelace und Walentina Tereschkowa auch ein eigenes Leben brauchten.

Walentina war damals zur Schneiderin geworden. Wenn sie, was selten genug vorkommt, andere Menschen treffen, verschenkt sie ihre Kreationen, damit wieder Platz für Neues ist. Die Schnitte entwirft sie selbst.

Ada hat vor einiger Zeit begonnen, Nachrufe zu schreiben – nicht für Menschen, sondern für Sterne. Durch den in den Gigadyson eingehüllten Quasar hat die Menschheit zwar einen Aufschub bekommen, aber trotzdem ist die Zeit der Abschiede längst da. Zumindest in der Milchstraße entstehen fast überhaupt keine neuen Sterne mehr. Ada sucht sich ganz besondere Exemplare – solche, die pulsieren, die besonders groß oder klein sind, die eine ungewöhnliche Planeten-Familie um sich gesammelt haben, und schreibt ihre Biografien auf. Es macht ihr Spaß, die dafür nötigen Informationen zu recherchieren. Sie hat es sogar geschafft, einen Zugang zu den Terra-Speichern zu bekommen. Der neuen Sekretärin des Konvents, Maria Merian, haben ihre Nachrufe so sehr gefallen, dass sie den neuen

Wächter von Terra ermächtigt hat, Ada jegliche Frage zu beantworten.

Wenn Terra bloß nicht so weit weg wäre! Dann könnte sie den Wächter bei ihrem Problem um Hilfe bitten: Welche Überraschung kann sie Walentina bereiten? Leider hat sie nicht genug Zeit, um 20.000 Zyklen auf die Antwort zu warten.

»Nähern uns dem Zielgebiet«, meldet sich die Automatik.

Das wird auch Zeit. Ada ist froh, nicht mehr über den Jahrestag nachdenken zu müssen. Sie steht auf. Mit den beiden linken Armen räumt sie den Tisch ab, an dem sie gerade noch saß, mit dem vorderen rechten Arm wischt sie ihn ab und mit dem hinteren zieht sie den Verschluss ihres leichten Druckanzugs hoch. Falls sie wirklich etwas finden sollten, was Ada nicht glaubt, müssen sie auf Schwerelosigkeit gefasst sein. Dann sind in der Kabine herumschwebende Kaffeetassen und Kuchenkrümel unpraktisch.

»Denkst du an deinen Anzug, Walja?«

»Was?«

Walentina hebt den Kopf, als sei sie gerade aus einer Trance erwacht.

»Den Anzug!«

»Ah ja, danke.«

Ihre Freundin dreht sich um und verlässt den Raum. Vermutlich hat sie ihren Druckanzug im Schlafzimmer gelassen. Ada setzt sich auf einen der Liegesessel und schnallt sich fest. Die Rückwand der Kabine, die Walentina eben noch als Spiegel gedient hat, verwandelt sich auf ihren Befehl in ein riesiges Fenster. Ada hat den Eindruck, mit einem Mal auf einer Terrasse zu sitzen. Vor ihr ist nichts als die Schwärze des Alls. Mit den beiden linken Händen programmiert sie die Sensoren, mit rechts zoomt sie die Dysonsphäre heran. Das Bild wird deutlich heller. Da sind die typischen Waben. Die Strukturanalyse mit dem Gammaspektrometer zeigt, dass die

Hülle hier völlig stabil ist. Was immer passiert sein mag, es hatte keine Auswirkungen auf den Gigadyson. Das wäre auch ein Wunder gewesen.

Le Corbusier, der Hauptkonstrukteur, ist davon überzeugt, dass die mächtige Sphäre unzerstörbar ist. Ada hält das zwar für Selbstüberschätzung, aber sie kann sich auch nicht vorstellen, dass das simple Verschwinden einer Autonomen Einheit zu einer Katastrophe führen kann. Sie hatten sich trotzdem bereiterklärt, den Vorfall zu untersuchen. Es gehen zwar immer einmal Einheiten verloren, aber ZT34, der sie auf der Spur sind, hatte kurz zuvor eine Meldung über ein besonderes Vorkommnis erhalten und muss gerade dabeigewesen sein, es zu untersuchen. Das hatte als Zeugin jedenfalls YK19 ausgesagt.

»Was gibt es?«, fragt Walentina und stellt sich neben sie.

Ada sieht zu ihrer Freundin auf. Sie trägt den leichten Druckanzug und hält einen Werkzeugkoffer in der Hand. Ada lächelt. Es ist vielleicht ein bisschen zu früh dafür. Walentina ist eigentlich Ingenieurin. Sie müsste den Schaden reparieren, falls sie einen fänden. Aber noch ist es nicht so weit. Ada nimmt ihr mit der hinteren Linken den Koffer aus der Hand und reicht ihr die vordere linke Hand. Es tut gut, Walentinas warme Haut zu spüren. Sie ist so weich, wie sie es bei einem biologischen Körper mit all seinen ihm innewohnenden Verfallserscheinungen nie für möglich gehalten hätte. Walentina benutzt nicht einmal Cremes, während sie selbst ihren künstlichen Körper regelmäßig mit Technofluid behandeln muss, damit die Oberflächen geschmeidig bleiben. Immer, wenn Ada sich bei ihrer Freundin darüber beschwert, schlägt Walentina ihr vor, doch auf einen biologischen Körper zu wechseln, aber davon hat sie die Nase voll, seit damals, als …

Ein Alarmzeichen setzt ein, ein schrilles Geräusch. Adas zehn linke Finger deaktivieren die Warnung. Die beiden rechten Hände suchen nach der Quelle. Was regt die Automatik so auf, dass sie mit diesem hässlichen Geräusch reagiert?

»Setz dich lieber, Walja.«

Sie lässt die Hand ihrer Freundin los. Blitzschnell geht sie sämtliche Sensoren durch. Aber da ist nichts. Die Wabenstruktur der Hülle ist unbeschädigt. Aber da, die Gravitationssensoren zeigen ungewöhnliche Werte. Ada lässt die Mario noch etwas näher herantreiben, dann passt sie ihre Geschwindigkeit an die Rotation der Sphäre an.

»Fällt dir etwas auf?«, fragt sie.

»Sieht alles ganz normal aus«, sagt Walentina.

»Aber die Gravitationsdaten?«

»Ich sehe sie selbst. Es gibt nur eine Möglichkeit. Da unten versteckt sich etwas vor uns.«

»Nein, Walja, du interpretierst die Skala falsch. Dort unten ist nicht etwas, das wir nicht sehen, sondern dort ist etwas nicht, das wir zu sehen glauben.«

»Hä? Mein IQ liegt bloß bei 135, bitte erkläre es mir.«

»Die Anziehungskraft der Sphäre ist direkt unter uns einen Hauch geringer, als sie eigentlich sein müsste. Jemand muss einen Teil ihrer Außenhülle entfernt haben.«

»Aber was soll das denn?«, fragt Walentina.

»Ich weiß es nicht. Vielleicht hat dieser Jemand das Material für eigene Zwecke gebraucht.«

»Das ist doch Quatsch. Er hätte es jederzeit mit Nanofabrikatoren herstellen können. Aber sieh dir mal die Wabenstruktur an, die scheint völlig intakt zu sein.«

»Was willst du damit sagen?«

»Vielleicht war es Absicht. Niemand sollte die Manipulation bemerken. Wir sind ja auch nur hergekommen, weil die Autonome Einheit plötzlich verschwunden ist.«

»Und mit welchem Motiv?«

»Setz mich einfach mal da unten ab, Ada, dann sehe ich es mir aus der Nähe an.«

Printed in Germany
by Amazon Distribution
GmbH, Leipzig

27774727R00232